KB099790

배채진의 길 뫼 철학5

와룡산, 블루 수채화

와룡산, 블루 수채화

발행일 2021년 7월 19일

지은이 배채진
펴낸이 손형국
펴낸곳 (주)북랩
편집인 선일영 편집 정두철, 윤성아, 배진용, 김현아, 박준
디자인 이현수, 한수희, 김윤주, 허지혜 제작 박기성, 황동현, 구성우, 권태련
마케팅 김회란, 박진관
출판등록 2004. 12. 1(제2012-000051호)
주소 서울특별시 금천구 가산디지털 1로 168, 우림라이온스밸리 B동 B113~114호, C동 B101호
홈페이지 www.book.co.kr
전화번호 (02)2026-5777 팩스 (02)2026-5747

ISBN 979-11-6539-880-4 03810 (종이책) 979-11-6539-881-1 05810 (전자책)

와룡산, 블루 수채화

배채진의 길 뫼 철학 5

배채진 에세이

북랩 book Lab

책머리에

이제 와서 돌아보니 와룡산은 블루 수채화, 금오산은 동경 담채화, 지리산 천왕봉은 성장 백색화이다. 유소년 시절에 멀리서 바라보던 세 개의 큰 산 회상기를 중심으로 책을 엮었다.

〈마음의 행로〉라는 영화가 있었다. 제1차 세계 대전 직후의 영국을 무대로 한 영화인데 전투에서 입은 부상으로 기억을 상실한 남자와 그를 보살펴 기억을 회복하게 하는 여자의 헌신적 사랑의 여정을 그린 흑백영화였다. 잃어버린 세월과 상실한 기억 때문에 보는 내내 마음을 아프게 하던 영화였다.

나는 젊은 시절의 기록물을 몽땅 잃어버렸다. 군 복무 후 시골집 다락에 두고 복학했었는데 챙기는 것을 소홀히 한 사이에 버려진 것이다. 그런데 분실한 '내 젊음의 노트'를 찾을 수도 없는 일, 그래서 나는 '길뫼철학 시리즈'라는 이름으로 잃어버린 세월의 영상과 젊음의 흔적을 글로써 복구하고 있다. 나의 모든 글쓰기가 이것에만 집중된 건 아니지만, 썼거나 지금 쓰고 있는 글들의 큰 부분은 잃어버린 내 젊음의 노트를 찾아가는 '마음의 행로'인 건 맞다. 특히 이번 책이 그렇다. 분실과 복구, 이는 내 사유가 전개되는 또 하나의 길이다.

이번에도 진주의 사진작가이신 박종일 형이 와룡산 전모 사진을 보내주셨다. 그 사진의 촬영 지점이 가무작살이라고 하는 우리 유소년 시절의 동네인데 지금은 없어진 마을 터이다. 사천 공군 부대에 수용되었기에 허가를 얻어 들어가서 찍은 귀한 사진이다. 형에게 거듭 감사드린다.

끝날 것 같았던 코로나 19 팬데믹이 해를 넘겨서도 끝을 보이지 않는다. 그래도 희망은 있다. 혼선을 거듭하던 백신 정책이 가까스로 방향을 잡은 것 같기 때문이다. 백신 접종을 통해 집단 면역이 제대로 이루어져 일상생활이 회복되면 그때 화진포나 남해 아니면 여기 악양 평사리 '스타 웨이'에서 가족이 함께 모여 출판 기념회를 갖자고 자녀들에게 내가 제안할 참이다.

이번에도 책을 북랩에서 출판했다. 코로나 상황의 여름에 꼼꼼히 살펴주신 출판사 관계자들에게 크게 감사드린다.

육체노동을 한 후에 글을 쓰면, 그런 노동 없이 머리만 굴려서 쓴 글, 상상력은 뛰어나지만 공상에 불과한 글보다 더 힘이 있고 진실성이 담긴 글이 될 것이라는 H. D. 소로우의 말을 마음에 새기고 있다. 오늘도 나는 늘 하던 대로 밤에 책상 앞에 앉는다. 낮에는 밭에 나가서 괭이질 하고.

2021년 7월 19일

악양 지리산 기슭 길뫼재에서 배채진

차례

셋, 와룡산 수채화

넷, 두 개의 바위틈

다섯, 바위와 새집

여섯, 광포만 쪽빛 언덕

일곱, 다시 올 봄의 화사한 첫차

하나,
멀리 가듯 나섰지만

멀리 가듯 나섰지만, 죽성 포구 두모포
거울과 겨울, 양주 어둔리 저수지
파랑새 나무, 월출산 무위사
삼포 길 착각, 고창 곰소만 상포만
깜짝 눈 두어 번, 고창 선운사
철쭉이 지나간 자리, 기장 철마산
산죽 같은 삶, 무주 덕유산 향적봉
어느 섬이라도 그렇듯, 홍도와 흑산도
등대의 그늘과 빙빙 국수, 가고시마 당선협
당항포 희망, 고성 당항만
봉분과 시간, 거창 삼봉산 내당마을
떠나면서 돌아보니 멀고 먼 고향, 사천 철봉골 화전마을

멀리 가듯 나서지만 돌아와서 돌아보면 발걸음은 달팽이 동선!

멀리 가듯 나섰지만, 죽성 포구 두모포

우리들은 떠날 생각을 했다. 하지만 떠날 철이 아니다. 학생들은 방학을 끝내고 직장인들은 휴가를 끝낸 9월은 떠나기보다는 머무는 게 더 어울리는 계절 아닌가? 그래서 비록 주말이긴 하지만 멀리 가기보다는 가까운 곳 나들이를 하기로 했다. 가까운 곳을 먼 곳처럼 다녀오자고, 8월에 떠나듯 신바람으로 떠날 수는 없지만 9월의 조신함으로 산뜻 나서기로 했다. 머무름을 곁에 데리고 가까이를 먼 곳처럼 떠나기로 했다. 우리란 가끔 만나는 네댓 지인 내외다.

출발하기에 앞서 부산에 사는 우리들은 해운대구 우동에 있는 H 리조트 20층에 방을 잡았다. 가까운 곳에 가는 준비 동작치고는 거창한 동작이다. 내려다보이는 바다와 해운대 모래사장 정경과 요트를 매는 요트장 물속 기둥들이 작게 그리고 약간은 환상으로 보인다. 백사장의 사람들은 다 떠나고 없다. 모래와 바람과 파도의 발자국뿐이다. 20층 높이에서 오른편을 바라보니 오륙도가 보인다. 오륙도, 이름이 소박하다. 이름에 무슨 의미가 들어가 있지도 않아 보인다. 보이는 대로 부른 이름 오륙도, 그래서 그 이름이 자연스럽고 담백하다. 대여섯 개니까 '대여섯 섬'으로 부른 것 같다.

밤에 밖으로 나왔다. 해운대 동백섬을, 깊은 밤에 우리는 그 사이의 길을 걸었다. 함께 걷는 길은 가뿐한 발걸음이다. 심야에 오르니 적막하여 그 속에 내가 묻히고 만다. 에세이라 부르는 수필처럼 담백한 모습으로 길을 열어 준다. 길이 소슬하다. 먼 산의 소슬함처럼의 솔바람 같은 소슬함을 가지고 있는 것은 아니긴 해도.

동백섬의 가운데 있는 마당에 다다랐다. 내 눈엔 이 마당이 아크로폴리스 광장처럼 보인다. 자유인, 광장의 자유인! 이곳에 서니 자유인이 된다. 벤치에 앉았다 일어나기를 몇 번 반복했더니 엉덩이가 찍찍 달라붙어 잘 떨어지지 않는다. 이슬과 더불어 내려앉은 송진으로 젖었기 때문이다.

다음 날 아침, H 리조트를 나와 해운대 백사장 쪽으로 걸음을 뗀다. 오른쪽 동백섬 그 옆에 배가 하나 서 있다. 아주 작은 배인데 돛대가 하늘 높이 치솟아 있다. 떠나갈 배인지, 돌아온 배인지. 정태춘·박은옥의 노래 〈떠나가는 배〉의 눈으로 보면 떠나갈 배이고, 김성우의 책, 『돌아가는 배』의 눈으로 보면 돌아온 배다. 돌아와서 쉬는 배인 것 같다. '나는 돌아가리라, 출항의 항로를 따라 귀향하리라, 빈 배에 내 생애의 그림자를 달빛처럼 싣고 돌아가리라'는 욕지도 사람 김성우의 음성이 저 배에 실려 있는 것 같다.

달맞이 고개에서 내려다보는 오륙도 바다는 참 좋다. '대여섯 개'가 주는 의미가 참 풍요롭다. 가을 산길에서 밤알 대여섯 개만 주워도 주머니가 불룩해진다. 감 대여섯 개면 광주리가 차기도 한다. 내 지금 대여섯으로 이루어진 섬을 다시 바라보고 있다.

달맞이 길을 따라간다. 아래로 이어지는 해안선의 절경이 눈에 들어온다. 달맞이 고개를 넘어간다. 아래를 내려다보니 작은 포구의 정겨운 모습이 보인다. 그래서 그리로 내려간다. 이름하여 청사포이다. 초입에 암자도 있다. 성철스님이 말년에 자주 찾으셨다는 암자이다. 내려갈 땐 몰랐는데 나중에 알았다.

올라 와서 길 따라 자꾸 가니 대변항 방파제에 이른다. <친구>의 촬영 장소임을 알리는 푯말이 판으로 서 있다. 여기 또 등대를 세울 터인데 세울 등대 이름은 '월드컵 기념 등대'가 될 거라고 한다. '월드컵과 친구'라, 길 따라 계속 올라간다. 내가 잘 모르는 길을 따라 우리는 가고 있다. 편도 1차선 도로로 이어진 이 길은 곡선 구간이 대부분이어서 속력을 내거나 추월할 수 없다. 곡선이어서 유연했지만, 숨어 있는 듯한 좁은 길인지라 길옆의 바다를 편안하게 볼 수는 없었다. 흘낏 훔치듯 바라보았을 뿐.

해안의 굴곡을 따라 늘어선 해송 가지에서 솔바람 소리가 들리는 듯하다. 바다는 더러 물거품을 선으로 보여준다. 바람이 불어도 많이 부는 줄을 내려서지 않아도 잘 알겠다. 도착하니 두모포라고 하는 큰 돌 이정표가 마을 초입에 떡 버티고 서 있다. 죽성 포구의 두모포에 도착한 것이다.

사는 곳 부산에서 그리 멀지 않은 곳 두모포, 멀리 가듯 나섰지만 도착한 곳은 그리 멀지 않은 곳. 하지만 들어선 길이 해안선 좁은 곡선 초행길이었는지라 그리 가까운 길로 여겨지지 않았다. 두모포에 바람이 분다. 바다에서 오는 바람이다.

거울과 겨울, 양주 어둔리 저수지

거울과 겨울은 이름이 비슷하다. 이름만 비슷한 게 아니라 닮은 데도 있다. 거울을 통해서 겨울을 볼 수 있고 겨울은 또 계절의 참모습을 보여주는 거울이 될 수 있기 때문이다. 걷고 있는 커브 길 모퉁이의 도로 반사경이라는 볼록 거울 속에는 겨울이 자리하고 있었다. 거울 속의 길로 겨울이 오고 있었다. 11월 초순인데도 거울 뒤의 논에는 살포시 언 얼음이 깔려 있었다.

여름의 숲은 자기 속을 감춘다. 그러다가 늦가을부터 숲은 자기 속을 드러내기 시작한다. 외진 산자락의 감나무에 떨어질 듯 매달려 있는 감들은 눈을 맞다가 그냥 떨어지기도 하고 까치나 청설모의 밥이 되기도 한다. 계절은 꽃을 피우고 열매를 맺게 하고 거둬들인 후 겨울이면 이 모든 것을 다 놓아 버린다.

겨울은 또한 '나'를 되돌아보게 하는 거울이 되기도 한다. 쫓기듯 허둥지둥 사는 건 이른바 '존재적 삶'이 아닌 '소유적 삶'이라는 걸 겨울은 잎들을 다 떨구고 서 있는 나목들을 반면교사로 내게 보여 준다. 겨울은 내게 말한다. 바쁘다는 말을 입에 달고 살지 말라고, 이제 좀 그만 움직이고 안으로 향하라고, 안으로의 여행을 시작하라고, 다른 것을 지키는 것도 지키는 거지만 마음을 지키는 일이 제일 큰 것을 지키는 것이라고 말이다. 그래서 겨울의 자연은 자상한 거울, 밝히고 드러내는 유리알 거울이다. 이게 겨울 속의 거울 본모습이다. 겨울의 벌거숭이 숲은 존재를 반영하는 좋은 거울이다.

겨울의 나무들은 마치 죽은 것 같다. 아무것도 하지 않고 덤덤히 서 있기만 하는 것 같다. 하지만 그들은 겨울을 열심히 살아내고 있다. 죽은 듯 아무것도 하지 않고 그냥 서 있는 잡목숲은 무위의 의미를 내게 준다. 겨울 숲에서 사진기로 건질 것은 별로 없다. 그러나 또한 유심히 살피면 건질 건더기들이 없지 않다. 그런 것 중에 계요등과 배풍등이 있다. 닭의 오줌이라는 뜻을 가진 계요등 열매는 황금색이고 배풍등 열매는 빨간색이다. 나는 이 열매들을 처음 봤을 때 잎과 줄기 또 꽃을 짐작하지 못했다. 이듬해 여름 산기슭에서 비로소 확인했다. 계요등꽃은 흰색 바탕에 안쪽은 자줏빛이고 배풍등꽃은 흰색이었다.

달리 보면 텅 빈 겨울 숲은 충만의 겨울이다. 여름에는 발 들여 놓을 틈 없이 꽉 찼던 산이 겨울이 되면 그리 헐렁할 수가 없다. 그래서 겨울 숲은 하늘까지 자기 품에 품는다. 이게 내 눈에는 겨울 산의 멋이다. 겨울 산처럼 나도 그렇게 헐렁해져야겠다고 생각해 본다. 지금은 겨울 산이 거울로 되어 나를 부끄럽게 비추지만 나의 비운 마음에 하늘까지 품을 수 있다면 말이다.

겨울 숲에서 제일 화려하게 무게를 잡는 것은 배풍등 열매라고 한다. 바람을 물리치는 열매라고 해서 이렇게 부른다는 이름의 배풍등은 색깔이 선명하게 붉다. 어쩌면 찔레 열매인 영실과도 비슷하다. 여름에 하얀 꽃이 피는 이 식물은 토마토와 비슷하게 생겼는데, 눈에 잘 띄지도 않고 꽃도 작아 있는 듯 없는 듯 숨어 지내다가 모든 잎이 다 진 겨울 숲에선 영화를 한몸에 누리는 식물이라고 한다. 열매의 다홍이 참 투명하고 영롱하다.

11월 중순 금요일, 아침 일찍 출발하여 한낮에 도착했다. 도착한 이곳은 경기도 양주시 어둔동의 '어둔리 저수지'라는 곳이다. 처음 와 본다. 바로 이 호수 위 산자락에 한마음 청소년 수련원이라는 곳이 있는데 여기서 열리는 워크숍 때문에 내디딘 발걸음이다. 서울에서 전철을 타고 의정부로 오는 중에 옆을 보니 도봉산이 좌측에서 먼 산을 보며 앉아 있었다. 도봉산, 60년대 말 70년대 초반, 학교 다닐 때에는 더러 올랐었는데 그 이후로는 한 번도 오르지 못했다. 멀리서나마 바라보니 마치 내가 잘 아는 산인 것처럼 반가웠다. 도봉산, 오래간만이다.

어둔리 저수지는 밟지 않은, 밟아도 밟았다는 표시가 나지 않는 낙엽 길을 둘레에 가지고 있었다. 낙엽 길이라. 낙엽이 가는 길, 아니면 낙엽이 깔린 길? 아무튼 이 길을 지금 내가 혼자 걷고 있다. 길을 밟는 것은 낙엽을 밟는 것이다. 혼자서 걷는 숲길이나 산길, 바닷길 또 낙엽 길은 더러 전율도 일게 한다.

지금 서 있는 이곳은 사람의 발길이 흔하게 닿을 것 같은 저수지는 아니었다. 처음 온 곳이라 사정을 내가 다 알 수는 없지만 얼핏 보기에 이곳은 우선 교통이 편하지 않았다. 그 점이 오히려 저수지와 계절에는 다행한 일인지도 모른다. 쌩쌩 차 달려 오고 팍팍 마음대로 차 댈 수 있다면 호수는 이미 거울 같은 호수는 아니었을 터. 낙엽도 저처럼 명상하는 낙엽이 아니었을 터. 앙상한 나무, 앙상한 가지의 낙엽 길을 걸으면서 낙엽과 도로 반사경 거울의 의미를 명상한다. 『의외로 가벼운 철학』이라는 책의 안내를 받아 거울에 대한 명상을 해본다. (프리트헬름 모저 지음, 신동환 옮김, 『의외로 가벼운 철학』, 분도출판사, 2003, 「자아 혹은 거울 속의 인간」, 11-22쪽 참조.)

먼저, 거울은 전율이다. 외딴 섬에 한 소년이 살고 있었다. 길을 잃고 헤매다가 우연히 성으로 들어가게 되었다. 성 안에서는 마침 잔치가 벌어지고 있었다. 그런데 소년이 무도회장에 들어서자 사람들이 소리를 지르며 달아났다. 소년은 주위를 둘러보다가 공포의 원흉 즉 소름 끼치는 괴물을 직접 목격했다. 다가가 괴물을 막으려고 손을 내밀었는데 소년의 손에 만져진 것은 매끈하면서도 차가운 거울의 표면이었다. 여기서 소년을 '나'에다가 대입시켜 보자. 거울은 나 자신을 적나라하게 비춘다. 그래서 가끔 거울을 볼 때 전율이 인다.

둘째, 거울은 악의이다. 나르시스는 샘물을 마시려고 몸을 숙이다가 물속에서 미소년을 보았다. 물은 숨겨진 거울이었다. 나르시스는 첫눈에 반했다. 하지만, 나르시스가 그 미소년을 잡으려고 손을 내밀 때마다 번번이 그의 모습은 일그러졌다. 한참 지나서 그는 진실을 깨달았다. 저 미소년이 바로 자기라는 것을. 나르시스는 마음에 상처를 입고 죽고 말았다. 그래서 거울은 그 속의 자기만을 사랑하도록 마비시키는 수은 중독이다.

셋째로 거울은 망각이다. 거울 안의 현실은 현실의 현실보다 더 아름답다. 거울 저 안으로 성큼 들어가는 망상에 더러 사로잡힌다. 거울은 현실로 하여금 현실성을 망각하게 한다. 거울 그 안으로 성큼 걸어 들어가, 거울 나라 정원에 내가 가서 서면 디딘 내 발은 아프지 않을 것인가. 거울 나라, 저 나라엔 미남 미녀 그리고 자기 사랑만 있을 것인가. 자기 사랑만 있다면 그건 사랑의 나라가 아닐 것.

넷째로 거울은 정지이다. 거울을 너무 쳐다보지 말라는 충고를 들으면서 우리는 자랐다. 거울을, 거울 속의 나를, 나의 눈동자를 너무 빤히 쳐다보면 안 되는 일이었다. 말하자면 금기. 그런데 미신 같은 이 말이 지금 생각하니 일리 있는 말이다. 거울을 통하여 당신 눈을 바라보

라. 탁 풀리는 맥을 경험하게 된다. 동공 가운데의 검은 부분이 세찬 흡인력을 발휘한다. 눈길을 돌려 흡인력에서 벗어나야지 그렇지 않으면 심연의 마력에 사로잡히고 만다. 자기최면이다. 거울 앞에서는 모든 것이 정지되고 만다. 물론 그렇다고 자동차가 반사경 거울 그 앞을 지나치지 않던가? 계절이 흐르지 않던가? 새벽달이 지지 않던가? 거울 그 안에서 자동차가 꾸부러져 지나가고, 계절이 가고 달이 진다고 해도 거울은 세월의 정거장일 수밖에 없다.

다섯째로 거울은 체면 구김이다. 거울 앞에서 기웃하는 사람은 우스워 보인다. 옷매무시를 가다듬느라 쇼윈도 앞에서 이리저리 몸을 움직이는 사람을 보라. 머쓱해하는 모습…. 나도 그럴 때가 있었다. 하지만, 그때마다 멋쩍었다. 이발소에서 이발할 때 마주보는 거울은 덤덤한 거울이지만 털고 일어나 바라보는 벽면의 거울은 멋쩍은 거울이다. 잠시 비춰 보고 도망치듯 문고리 잡고 나오는 목욕탕 지하실 이발관, 그 이발관 아저씨도 이제 나이가 들었다. 이발관 이름이 없다. 뭐라고 이름을 지어 줄까나. 희망이발관, 거울이발관? 거울은 결국 나였고 나는 나를 볼 때마다 본다는 것의 두려움을 확인했다.

겨울이 온다. 겨울이 오면 날은 쉬이 저문다. 마음도 주머니도 더욱 가벼워지는 11월, 11월은 낙엽이고 거울이라는 생각이 문득 들었다. 부산 달동네 좌천동 산복도로 그 골목에도, 서울 구로동의 구 종점 사거리 횡단보도 앞에도 그리고 어둔리 저수지 여기도 11월의 달력이 빛바래질 때쯤이면 바람은 더욱 세차게 불 터이다. 심하게 부는 바람은 그리운 사람의 얼굴조차도 삼켜버린다. 11월의 생긴 꼴은 아예 시린 발목 형상이다.

도로 반사경 거울을 통해서 겨울을 볼 수 있고 겨울은 또 계절의 참 모습을 보여주는 거울이 된다. 실직으로, 실연으로 시린 발목들이 겨울 길을 걷는다. 그 발목들을 또 도로 반사경 거울이 반사한다.

파랑새 나무, 월출산 무위사

거반도라는 이름의 복숭아가 주렁주렁 열린다. 국제 원예 종묘에서 묘목을 구매하여 심은 나무다. "서유기에 나오는 손오공이 불로장생을 위해 먹었다는 전설의 천상과 거반도!"라는 광고에 끌려서 샀다. 8월 중하순에 수확하며 열매의 당도가 매우 높고 뛰어난 향을 지녔다고 하는데 열매를 따기 시작한 작년 또 올해에도 그 당도를 제대로 맛보지는 못했다. 익기도 전에 병충해의 공격으로 만신창이 되고 말았기 때문이다. 원반 모양의 납작한 형태, 이것을 보는 사람마다 이런 복숭아도 다 있느냐고, 납작한 호박 같다고, 그 옛날의 납작한 '따발이 감' 같다고도 말하곤 한다. 그때마다 나는 약간 우쭐해진다. 특이한 복숭아나무를 키운다는 자부심과 함께.

처음에 두 그루를 심었다. 그런데 나무가 너무 쑥 커서 좁은 땅을 온통 점령하는 통에, 그리고 열매가 대책 없이 많이 달려서는 떨어지지도 않는 통에 나무도 열매도 감당하기 어려워 결국 한 그루는 베어내고 말았다. 게다가 다 익기도 전에 병충해의 공격으로 복숭아들이 무너져 내려앉는 것 아닌가. 아무튼, 제대로 익은 거반도를 아직 맛보지 못하고 있다.

엊그제 과일 농장을 크게 하는 면 소재지 사람이 와서 보고는 농약을 제때 뿌리지 않으니까 과일이 제대로 익어가겠느냐고 나무라고 갔다. 농약을 뿌리지 않고 그것도 제때 그렇게 하지 않고 농사지을 생각을 하지 말라고 힘주어 말하고 돌아갔다. 내년에는 농약을 제때 한 번 살포하여 8월 말까지 견디는, 그래서 빨갛게 물들어 익은 거반도를 꼭 보고야 말 참이다.

그런데 지금 거반도 복숭아나무는 다른 면에서 우리에게 즐거움을 준다. 새들의 모임 장소가 된 것이다. 복숭아에는 여러 종류의 벌레들이 우글우글 붙어 있다. 그래서 그럴까, 나무에 새들이 모여들기 시작하더니 지금은 여러 새의 놀이터로 변했다. 처음엔 파란 새 한 마리가 와서 놀더니 친구를 데리고 와 두 마리가 놀았다. 그리고 작은 몇 마리가 끼더니 요샌 산비둘기도 두서너 마리 합류했다. 그래서 복숭아나무는 '새 나무'가 되었다. 벌레를 잡아먹는 것 같기도 하고 거반도를 쪼아먹는 것 같기도 하다. 그 파란 새가 뭔가 알아보니 파랑새였다. 물론 파랑새일 거라고 짐작하고 찾아봤지만.

파랑새는 내게 월출산 강진의 무위사를 먼저 떠올리게 하는 새다. 10여 년 전 월출산 등반길에, 그 절에도 들러서 파랑새 전설을 확인하고 온다는 게 날이 저물어 왕인 박사 유적지만 답사하고 부산으로 돌아온 일이 늘 아쉬움으로 남아 있었는데, 얼마 전에 기어이 그 절을 방문함으로써 아쉬움을 풀었다. 말하자면 10년 묵은 체증을 내린 셈이다. 그 절의 파랑새 이야기는 이렇다.

사찰에 극락보전을 짓고 난 뒤 얼마 지나지 않았을 즈음, 주지 스님은 깊은 시름에 잠겼다. 마침 절을 찾아온 남루한 노 거사가 그 모습을 보고 물었다. "스님, 웬 한숨이오?" "극락보전은 다 지었는데 불화를 그릴 화공을 찾지 못해 그렇다오." "그래요? 제가 한번 그려 보리다. 대신 49

일 동안 문을 열어 보거나 들여다보면 절대 안 됩니다."

달리 뾰족한 수가 없던 주지 스님은 이를 허락한 후 약속대로 기다렸다. 주지 스님은 거지 차림의 노 거사가 법당 안에서 제대로 그림을 그리고 있는지 궁금했지만 참고 참았으나, 48일이 지나가면서 궁금증은 극에 달했다.

마지막 날 그러니까 49일째 되는 날, 손가락으로 창호지에 작은 구멍을 뚫고는 기어이 들여다보고 말았다. 그런데 이것 봐라, 법당에 있어야 할 노 거사는 없고, 파랑새 한 마리가 붓을 입에 물고 날아다니며 그림을 그리고 있지 않은가? 화들짝 놀란 주지 스님이 법당 문을 열고 들어서니 마지막으로 관음보살의 눈동자를 그리고 있던 파랑새가 놀라, 붓을 입에 문 채 날아가버리고 말았다. 그래서 지금도 극락보전의 아미타후불 벽화에는 관음보살의 눈동자가 없다고 한다.

물론 파랑새가 불화를 그렸다는 전설은 무위사의 이야기인 것만은 아니고 전북 내소사에도 전해진다고 한다. 그래도 나는 파랑새라는 말을 듣거나 읽으면 무위사의 파랑새 전설을 먼저 떠올리게 된다. 그만큼 그 이야기는 내 심중에 각인되어 있다는 의미이다.

무위사 파랑새 설화의 결말이 어떻게 되었든 간에 거반도 이 나무는 이제 내게 파랑새 나무다. 파랑새가 제일 자주 나무를 찾아오기 때문이다. 우리가 제대로 따 먹지 못하는 거반도 복숭아를 새들이라도 쪼아 먹으니 누가 먹어도 먹는 거 아니냐고 편이 거든다. 듣고 보니 그 말도 맞다. 어디 그뿐인가. 벌레들이 잔칫상이기도 한 것 아닌가.

레이첼 카슨은 『침묵의 봄』에서 살충제 문제를 심각하게 제기한다. 살충제는 해충뿐만 아니라 그 천적인 새들도 함께 죽인다. 그뿐만 아니라 살충제가 뿌려지고 얼마 후에는 벌레들이 다시 돌아오는데 그 벌레의 숫자를 조절해줄 새들이 이제 없다. 새들이 모두 사라져 버린 황폐한 세상이 되더라도 벌레 없는 세상을 만드는 일이 더 중요하다고 결정을 내린 사람은 도대체 누구냐고 레이첼 카슨은 묻는다. (레이첼 카슨 지음, 김은영 번역, 에코리브르, 2011, 『침묵의 봄』, 153-154, 「새는 더 이상 노래하지 않고」 참조.)

현실적인 고민은 여기에 있다. 농약을 전혀 사용하지 않는 것이 이상적이지만, 그렇다고 전혀 사용하지 않고 수확을 기대하기는 쉽지 않다. 그건 수익 작물 재배뿐 아니라 재배하여 내 입에 들어갈 작물을 가꾸는 일에도 그렇다.

거반도라는 이름의 복숭아, 유달리 벌레가 많이 달라붙는다. 내버려두다시피 버려두니 새들이 모여들어 좋다. 하지만 내년에는 저독성 살충제를 최소한 뿌려 제대로 익은 모습을 한번 보고 싶다. 새들도 쪼아먹지만 나도 따먹을 익은 과일, 그것이 저 나무, 파랑새 나무를 보며 상상하는 나의 내년 8월이다.

거반도 나무의 파랑새 노래는 지금의 즐거움이다. 그 즐거움을 다음해 이때에도 누릴 꿈을 꾼다.

삼포 길 착각, 고창 곰소만 상포만

노래 〈삼포로 가는 길〉과 영화 〈삼포 가는 길〉은 서로 다르다. 노래는 80년대 초반에 나왔고 영화는 70년대 중반에 나왔다. 그런데 이 노래는 나도 모르는 사이에 서서히 영화와 동일시되고 있었다. 또 원작 소설과 영화 〈삼포 가는 길〉의 삼포는 서해안의 어느 황폐해진 포구나 어촌일 것이라고 짐작하고 있었다. 착각이 내 안에서 이중으로 겹쳐 있었는데도 제법 오랫동안 그것을 깨닫지 못하고 있었다. 물론 첫 번째 착각은 그 지역에 답사차 다녀온 이후에 깨어졌으니까 이중으로 형성된 착각이 오래간 건 아니다.

80년대 중반에 나는 충남 아산의 도고 온천에서 학회 일정을 마치고 르망을 몰고 혼자서 서천군 장항읍의 장항항에 갔다. 르망은 나의 첫 번째 소유 차량이다. 장항항을 잠시 보고 서해안을 따라 내려와 진도로 갈 참이었다. 늦은 시각이어서 서둘렀다. 군산을 지난 어느 지점에서 김승옥 소설 『무진기행』의 무진이 꼭 이 근방일 것 같아 전화로 우리 대학 국문학 담당 교수에게 무진이 어디냐고, 아무리 찾아도 무진이 없다고 물어봤더니 그곳은 소설의 공간, 작가 상상의 지점이지 현실적 공간이 아니라고 하는 것 아닌가. 잠시 빠져든 허탈감을 곧 수습했다. 잘못 알고 있었던 것을 바로 알게 된 소득이 있었기 때문이다.

서둘러 아래로 내려오는데 이번에는 오른편의 이정표에 '삼포'라는 글이 보인다. 황석영의 삼포 가는 길이 생각났다. 초행길인 진도까지 내려 가려면 서둘러야 하지만 순간적으로 핸들을 우측으로 돌렸다. 원작 소설과 영화의 삼포 가는 길이 생각났기 때문이다. 또 노래 삼포로 가는 길도 대입시키니 그럴듯하게 들어맞는 굴곡진 길이었다.

제법 갔는데도 삼포가 나타나지 않는다. 좀 더 가니 길가에서 새참을 먹는 일군의 농부가 있었다. 물어봤다. 삼포가 아니라고 이리로 가면 상포가 나온다고 했다. 이정표를 잘못 본 것이다. 삼포가 아니라 상포였는데 말이다. 내가 착각했던 것이다. 착각이지만 아름다운 착각이라고 자위했다. 돌아와서 확인하니 그곳은 전북 고창군 부안면 상암리의 상포마을이었다. 곰소만의 곰소항 맞은편 작은 마을이었다.

소설이건 영화건 노래이건 간에 삼포 가는 길은 서해안의 어느 어촌길이라는 생각은 지금까지 내게 변함없이 머무는 생각이다. 사실 소설 『삼포 가는 길』에서 삼포는 가공의 지명이며 떠도는 자의 영원한 마음의 고향, 산업화로 인하여 잃어버린 고향에 대한 그리움의 상징이라고 한다. 아무튼, 그때 나는 갈 길이 먼지라 서둘러 핸들을 돌렸었다.

오늘 신문을 보니까 노래 삼포로 가는 길에 관한 기사가 떴다. 가수 강은철이 불러 많은 사람의 애창곡이 된 <삼포로 가는 길>은 경남 진해의 웅천동 삼포마을을 무대로 한 노래라는 것이었다. 노래의 무대가 된 삼포마을 입구 도로변 공터에서 노래비 제막식이 열렸다는 것이다. 이 자리에는 노래를 작사·작곡한 이혜민을 비롯해 노래를 부른 가수도 직접 참석해 행사가 끝난 뒤 그 노래를 열창해 진한 맛을 더했다고 한다. 한국적인 서정성과 아름다운 선율로 7080세대가 가장 선호하는 노래의 하나로 꼽힌다는 이 곡은 작사·작곡자가 고교 시절의 어느 여름,

진해 삼포에 머물면서 산길 귀퉁이 어촌마을 향기에 취해 만든 것이라고 한다.

내 안에서 머무는 생각 즉 내가 사실이라고 생각한 것이 진실 앞에서 무너짐을 신문 보면서 경험했다. 사실이라고 알고 있는 것들이 사실은 얼마나 사실과 다를 수 있는 것인지를 꼼짝없이 체험한 것이다. 이 순간은 그동안의 아름다운 착각이 황당한 착각으로 변하는 순간이기도 했다.

물론 '삼포로 가는 길'의 길이 삼포 방향으로 나 있는 것은 맞다. 하지만 노래를 들을 때 이제부터는 삼포에 대한 연상을 바꾸어야 했다. 황석영의 삼포, 서해안의 삼포가 아니라 진해 웅촌의 삼포로 말이다. 이미 형성된 연상인데 금방 바뀔는지는 모르겠다.

바꾸기 위해선 거기를 한번 다녀와야겠다. 창원을 지나갈 일은 자주 있으니 창원으로 가게 될 때 언제 한번 진해 웅촌의 삼포 가는 길로 들어가 봐야겠다.

깜짝 눈 두어 번, 고창 선운사

남원은 지리산을 병풍처럼 머리에 이고 있었다. 1999년 12월 31일, 그날은 한 해와 한 달과 한 천 년이 마무리되는 날이었다. 사람들은 이날을 긴장하고 설레면서 보냈다. 새해 아침의 떠오르는 해를 더욱 의미 있게 보내겠다고 사람들은 먼 산과 바다로 이주민처럼 서둘러 떠났다. 대개 동해안으로 산으로 가는 것 같았다. 물론 떠나지 않는 사람이 더 많았다. 우린 망설이다가 떠나기로 했다.

부산을 출발해서 도착한 곳은 남원. 남원에서 1999년 12월 31일 밤을 보내고 지리산 등뒤로 떠오르는 해를 본 다음, 선운사로 가자는 나의 제안에 아이들도 편도 다 동의했다. 나의 여행 계획에 가족들은 비교적 잘 동의해 주는 편이었다. 다만 걱정하는 것은, 하루에 먼 곳을 돌아오는 여행 방식에 대해서였다. 하지만 이번에는 1박 2일의 일정이었으니 내 가족 동반 여행 방식으로서는 비교적 느슨하게 잡은 편에 속한다. 남원은 평평한 곳이다. 손을 잡고 천천히 걷기에 좋은 곳이다. 광안루를 우리는 그렇게 걸어 다녔다.

그렇게 유유자적 걷다가 선운사로 갔다. 가는 천 년을 남원에서 보내고 오는 천 년을 선운사서 보낸 셈이다. 우린 그 후로 그렇게 말하고 웃곤 한다.

미당 서정주의 시비가 있는 곳에서 선운사 경내까지 좀 걷는다. 물론 대부분 절 길은 길다. 나는 그런 긴 길이 좋아 절을 찾기도 한다. 가파르면 가파른 대로 평평하면 평평한 대로 절 들어가는 길은 소슬한 운치가 있다. 경내로 들어가기 전의 소나무 평원을 지나칠 땐 '검은 자화상'을 생각해 냈다. 대낮인데도 어둑한 솔숲에 사람이 모여 뭔가를 하고 있기에 가까이 가서 보니 드라마를 촬영하고 있는 거였다. 그것이 하근찬의 소설 제목이라는 것을 안 것은 나중의 일이었다.

드라마 촬영하는 모습이 새삼스러운 것은 아니었지만, 2000년 그 이전의 어느 때 나는 혼자서 서해안 이곳저곳을 다니는 중이었고 그러다가 들른 절이 텅 비다시피 했는데, 한적한 절에서의 사람 웅성거림은 그것만으로도 시선을 끌 만했던 것이다. 아이들이 저만치 앞에 간 사이, 편에게 저기가 '검은 자화상'이라는 드라마 찍은 곳이라고 하니, "드라마 촬영하는 거 한 두어 번 봤소. 그게 그리 신기한 일이요. 아이들처럼 들뜨기는" 하고 약간 핀잔 어린 투로 말했다.

경내로 들어가니 절 처마가 슬픔인 듯 그러나 기쁨인지도 모를 눈(雪)물을 눈물처럼 흘리고 있었다. 큰아이와 둘째 아이는 눈 쌓인 절 지붕과 눈물 흐르는 처마를 사진 찍기에 바빴다. 지난해 여름 해인사, 비 내려 더욱 정기 서리던 해인사 절 지붕을 선운사 지붕과 비교하는 말을 가까이 와서는 몇 마디하고 도로 달려가 사진 찍곤 하였다. 막내는 또 무슨 생각하는지 혼자 눈길을 타박타박 앞서거니 뒤서거니 걷고 있었고.

고인돌 군락지를 돌아 부산까지 갈 길을 생각하면 서둘러야 할 시간이다. 경내를 빠져나왔다. 때가 때여서 걷는 사람이 앞뒤로 줄을 이었다. 미당 시비에 왔을 때 연인인 듯 보이는 한 쌍과 친구인 듯 보이는 젊은 여성 둘은 시비를 만지며 시를 담론하고 있었다. 그들은 서정주의 시를 말하기도 했고 최영미의 시를 말하기도 했다. 최영미의 시가 내 귀에 들렸다.

그렇다고 했다. 그들의 시 담론을 나는 함께 걷는 편에게 건넸다. 최영미 말마따나 꽃이 피는 것도 잠깐이더니, 지는 것은 더더욱 잠깐이더라고 말했다. 또한, 우리 만난 지가 엊그제 같은데, "그대가 처음 내 속에 피어" 난 때가 엊그제인데 벌써 아이들이 저만큼 컸다고도 말했다. 편은 그냥 웃기만 했다.

그랬다. 정말 그랬다. 꽃이 지는 건 잠깐이었다. 피는 꽃은 찬찬히 볼 여유를 우리에게 주지 않는다. 찬찬히, 골고루 돌아볼 틈을 다시 가지기도 전에 꽃은 늘 빨리 져버린다. 그건 선운사 동백꽃도 그럴 것이다. 세월도 그렇다. 기다리는 세월은 길어도 가는 세월은 깜짝 눈 두어 번 뜨고 감는 간격이다.

선운사로 갈 때는 1999년이더니 도착했을 땐 2000년이었고 그때를 회상하는 지금은 2021년이다. 눈 깜짝할 사이에 21년이 가버린 것이다. 그때 우리는 선운사를 출발, 고인돌 군락지에서 또 시간을 많이 보냈다. 부산 집에 도착하니 2000년 1월 2일 새벽 2시쯤이었다.

철쭉이 지나간 자리, 기장 철마산

마을에 도착하니 큰 돌이 하나 우뚝 서 있었다. '입석마을'이라고 새겨진 다른 돌은 그 앞을 지키고 서 있었고, 이정표가 가리키는 그 돌은 선돌이었다. 돌이 세워진 연대는 알 수 없으나 이 마을의 지형이 배 모양이었기로, 선여사(船餘寺)라는 이름을 가진 절의 돛대를 선돌로 세운 것이라고 한다.

우리나라의 선돌들은 고인돌보다는 극히 적은 숫자에 지나지 않지만 그 분포는 거의 반도 전역에 미치고 있다고 한다. 그러나 이렇듯 넓은 분포에도 구조가 단순하고 대부분 단독으로 세워져 있어 유적으로서의 취약성 때문에 이에 대한 학술적인 발굴조사는 거의 행해지지 않고 있다고 한다. 아쉬움!

그러나 하나 배웠다. 선돌 숫자가 적다는 거, 학술조사가 거의 행해지지 않고 있다는 것을. 선돌, 그러니까 이제부터 다니면서 입석을 이리저리 찾아볼까나. 찾아서는 이리저리 살펴볼까나.

길의 초입은 가파른 경사길이다. 그러니까 철마산 제1봉에 도달하기까지는 길의 경사가 가파르다. 땀이 많이 난다. 요새 새벽 산 오르는 기회를 많이 얻지 못했더니 다리는 그전보다 더 떨린다. 조금 오르니 전망이 확 트인다. 저기 보이는 저곳이 부산 금정구 구서동 부근이다. 경부선 고속도로가 닿는 곳이고, 범어사가 있는 곳, 고속버스 터미널이 있는 곳이다. 그리고 보이는 저 호수, 오륜호 저 맨 아래 지점, 산 너머의 호수가 끝나는 지점에 나의 일터가 있다.

모이기로 한 사람들이 모두 모였다. 우린 '파이팅'을 한 번 크게 외친 후 산으로 오르기 시작했다.

철마산은 부산 근교의 작은 산이다. 그 높이가 겨우 605m이다. 하지만 개방된 지 그리 오래되지 않아 비교적 때가 덜 묻었으며, 가을의 억새와 늦봄의 철쭉으로 뒤덮인 길의 매력 때문에 산을 좋아하는 사람들이 즐겨 찾는 산이라고 한다. 난 지난해 바로 이맘때에도 이 산에 올랐었다.

오늘 산행의 표어는 '철쭉 따라 봄길 따라'였다. 하지만 올라보니 오르는 산길 어디에도 철쭉은 없었다. 작년 이맘때 올랐을 때에는 철쭉이 분명 꽃으로 있었는데 말이다. 한 차례 후드득 스쳐 지나가 버렸다고 누군가가 말한다. 이 해 따라 빨리 온 봄 때문에 철쭉은 소낙비 스치듯이 그렇게 한 차례 스쳐 지나가 버렸다는 것이다. 봄조차 이 시대의 빠름의 물결에 휩쓸리는 것인가. 왜 그리 빨리 왔다가는 빨리 가버리는 것인지.

하지만 철쭉은 있었다. 꽃으로는 없었지만 가지로 잎으로, 그러니까 나무로는 있었다. 푸념하는 사람들에게 내 여기 이렇게 있지 않느냐고 애소하듯이 앉아 있었다.

한참 가다 보니 철쭉꽃 몇 송이가 가지에 매달려 있었다. 뜻밖이었다. 남들이 다 갈 때 따라가지 못한 이른바 게으른 철쭉이었다. 철쭉, 그나마 철쭉을 꽃으로 본 것이다. 뒤처진 저 몇 송이가 아니었으면 철쭉을 꽃으로 영영 보지 못한 채 이 봄을 보낼 뻔했다. 늦봄인 이 봄을. 게으름의 미학, 이른바 느림의 미학을 여기서 만났다. 철쭉의 게으름이 기쁨을 주었다.

그때 머리를 언뜻 스치는 게 있었다. 슬그머니 뒤로 처졌다. B 대의 P 교수가 뒤로 처져 뒤따르는 것을 잊고 있었던 것이다. 그 여교수는 몸집이 아주 크다. 나중에 들으니 등산화도 작았고. 함께 동행하던 말레이시아인 교수 둘이 일찌감치 낙오할 때, 과연 오를 수 있을는지 걱정하던 P 교수의 한숨 소리를 들었기 때문이다.

일부러 내가 뒤처진 것으로 보이면 그에게 마음의 부담을 줄 것 같아 나 혼자 바위 보고, 바람 맞고, 게으른 철쭉과 수작 거는 모양새를 취하면서 그와 앞서거니 뒤서거니 했다. 그런 나의 심중을 바위와 나무와 철쭉이 알아챘는지 빙그레 웃는다. 저만치서 바위 한 쌍이 껴안고 있다. 유달리 정다운 모습이어서 다시 보니 사랑하는 모습이었고, 또 다시 보니 이별하는 모습이었다. 사랑과 이별은 바위에게도 절실한 주제인 모양이다.

P 교수와 나는 일행보다 한 시간 정도 늦게 정상에 도착했다. 그는 뒤처진 자기를 의식하지 않으면서 나무나 풀에게 수작 걸면서 오르는 나를 고마워했다. 그런 나의 수작을 그가 모를 리 없었다. 그런 나의 배려가 참 편안하다고 했다. 칭찬을 들으니 기분이 좋다.

하지만 나의 그 동작은 게으른 철쭉에게서 방금 배운 것이다. 난 사실 어떤 면에서 동작이 아주 빠른 사람이다. 걸음도 빠르고 말의 속도도 빠르다. 걸음이 빠른 내가 뒤처지는 모양새를 취했으니 어찌 보면 그것은 속임수였다. 하지만 나는 그것을 속임수라 생각하지 않고 느림수라 생각했다. 먼저 올라 즐기는 산도 산이지만, 뒤따라 오르는 산의 바람도 시원하기 그지없다. 그래, 앞으로는 더러 느림수를 취해야지. 자동차 속도도 더 줄이고.

내려오는 길에 늪을 만났다. 질펀한 늪 여기저기에는 노란 꽃들이 피어 있었다. 다른 늪에서도 꽃들은 노란 꽃이었던 것으로 기억하는데, 그렇다면 늪과 노란 꽃은 무슨 밀접한 관련이 있는 것인지도 모르겠다. 신발이 젖을까 발목을 높이 들면서 천천히 걸으니 걷는 쾌감이 묘하다. 빠질까 조바심하는 걸음걸이가 원시인의 동작 같아서 절로 웃음이 나온다.

늪은 원형이다. 늪은 신화의 터이고 내면 무의식 그 물의 원천이다. 엔도 슈사쿠의 소설 『침묵』과 그리고 『깊은 강』에서의 '늪지대론'이 생각난다. 그에 의하면 늪은 무화의 장소이다. 늪은 한없이 흡수하며 수용한다. 모든 잡것을 수용해서 동화시키고 희석시킨다. 그래서 늪은 무의 세계이다. 이는 부드러움의 승리, 늪의 한없는 부드러움의 승리이다. 이 '무(無)'를 엔도는 한없는 부드러움과 자비의 구체화로서의 어머니로 형상화한다. 늪은 여성, 어머니인 것이다.

엔도는 자기 소설에서 궁극적 실재, 그러니까 신의 여성성과 어머니성, 늪지대성을 지속적으로 추구한다. 늪은 선악을 불문하고 모두 수용하는 유연성을 지니고 있다는 것이다. 늪은 사실 모든 것을 빨아들인다. 늪지대에서는 논리적인 것, 합리적인 것, 거대한 것, 그러니까 거대담론, 빳빳한 것들은 맥을 못 춘다. 아무튼 그는, 서양 종교의 남성적 신은 동양의 일본이라는 늪지대에 와서 무화되어 버렸다는 점을 말하려고 했다. 서양 종교의 부성적인 신은 동양 종교의 모성적인 신으로 변화해야 한다는 것이다.

사실 이 땅의 종교와 정치는 너무 남성화되어 있다. 그것이 학문이건 정치이건 컴퓨터공학이건 간에 바탕에 깔고 있는 기본 개념은 논리성이고 합리성이다. 일관성이고 체계성이다. 아니, 내가 지금 쓰고 있는 개념이라는 것도 바로 이런 것들을 추구하여 응축한 의미의 결집체가 아닌가. 한마디로 강함과 뻣뻣함을 이기는 유연함과 부드러움을, 늪을 지나면서 배운다. 배우고 간다.

철마산 그리고 연이어 있는 망월산을 돌아서 내려오니 약 다섯 시간이 걸렸다. 도중에 앉아 점심을 먹고, 담소 나눈 시간 등을 다 포함하여 그렇다. 평지로 내려와서 다시 돌아보니 철마산이 한 점 산으로 앉아 있었다. 산이라기엔 작고 오름이라기엔, 제주도의 산이 되지 못해 억울하게 퍼질러 앉은 오름보다는 크고. 예배당, 하얀 예배당이 선명히 눈에 들어온다.

5월의 하루는 이렇게 갔다. 어느 마을의 모란도 다 졌는지 하늘은 찬란히 푸르렀다. 오리나무 그 잎도 싸리나무도. 한 줄기 바람은 참 시원했다. 우린 내년 이맘때에도 철쭉 보러 오자고 약속했다. 와서는 '철쭉길 늦봄 길'을 함께 걷자고 했다. 난 또 그때에도 늪지대를 스쳐 오르자고 말했다.

산죽 같은 삶, 무주 덕유산 향적봉

생맥주 맛을 모르겠다. 생맥주 맛뿐 아니라 아예 술맛 자체를 잊어버린 지가 아주 오래되었다. 그래도 생맥주라는 말이 주는 비릿하고 싱싱한 어감은 내 정서 세계에서 살아 꿈틀거리고 있다. 한 되나 두 되가 담길 만한 큰 잔, 그 잔의 손잡이, 황금빛 액체, 거품…. 현실의 생맥주는 몰라도 상상의 생맥주는 그 맛이 좋다.

10월 마지막 날 토요일, 무주 리조트의 밤은 축제의 밤이었다. 타악기의 원시 음과 손에서 손으로 건네지는 생맥주의 잔들이 산골 만추의 밤을 흥청거리게 하고 있었다. 나는 한 발 뒤로 물러서서 축제를 즐겼다. 밤공기가 좀 싸늘했다.

덕유산 중턱의 백련사를 다녀올 생각으로 무주에 왔다. 오래전에 다녀온 백련사인데 계획이 변경되어 덕유산 정상에 오르기로 했다. 백련사는, 백련 선사가 숨어 살던 곳에 하얀 연꽃이 솟아 나왔다 하여 지은 암자 이름 백련암에서 유래한 이름이라고 한다. 구천동은, 전성기에 9,000여 명의 승려들이 도를 닦은 데서 유래한 이름이라고 하고. 아침 공기가 상쾌했다. 무주 리조트는, 지금은 별 느낌 없이 머물다 가지만 처음엔 이국적인 정취를 제법 풍겼었다. 깊은 골의 표상이던 무주 구천동이 이젠 손쉽게 올 수 있는 번화가 무주 구천동으로 변해 있다.

정상까지 곤돌라를 타고 올라왔다. 덕유산 주봉인 향적봉 1,614고지에 올라서서 보니 사방이 모두 산이다. 저 산맥들 중에 지리산이나 회문산 또는 삼봉산도 있겠다. 산에 올라왔다고 하지만 이건 등산이 아니다. 걸어서 등산할 준비를 해오지 않았고 또 시간이 없기도 해서 산에 오르는 가장 편한 방법을 택했다. 곤돌라를 타고 올라오면서 보니 아래위 할 것 없이 많이도 훼손되고 있었다.

환경론자들의 말을 들어보면 생태계 파괴의 대표적인 사례가 덕유산 국립공원의 무주리조트와 지리산 국립공원 한가운데를 관통하는 포장도로이다. 덕유산은 무주리조트 때문에 국내 최고의 구상나무와 주목의 군락지가 파괴되었고, 지리산은 관통 도로의 개설로 생태계가 두 동강이 나버렸다고 한다. 이것은 지금도 심각한 생태계 파괴를 낳고 있으며, 앞으로도 지리산을 영원히 허리 잘린 산으로 남게 할 것이라고 한다.

구상나무라. 죽어 해골로 서 있는 구상나무를 바라보는 일은 한없이 가슴 아픈 일이었다. 구상나무는 여기 덕유산 등에서만 볼 수 있는 원시적 나무라고 한다. 그런데 죽어 해골로서만 서 있는 게 아닌가. 구상나무를 디카에 담아오지 아니한 것을 후회한다. 왜 그때 내게 구상나무에 대한 별생각이 떠오르지 않았을까. 그냥 죽어서 서 있는 나무로만 생각했다.

한참을 걷다가 오른 편 아래 완만하게 경사진 곳에 일군의 산죽이 엎드려 있는 것을 보았다. 주변의 풀들은 다 말랐는데 산죽만이 푸르름을 잃지 않고 자신의 모습을 유지한 채 자리를 지키고 있었다.

싱싱한 산죽을 바라보는 일은 즐거운 일이다. 산죽은 소년 시절의 고향 집 과수원 울타리 안 소나무들 바닥에 쫙 깔려 있었으므로, 어느 산길에서라도 마주치게 되면 타지에서 초중학교 동창생 만난 것만큼 반가워지는 식물이다. 산마루에 올라섰을 때 맞이한 바람은 비록 늦가을이지만 맺힌 이마의 땀방울을 씻어주고 흔들리며 앉은 산죽들은 잎으로 부채질해 주었다.

그런데 나는 아직까지 우리 집의 그때 그 산죽 같은 산죽을 한 번도 보지 못했다. 조릿대라고 불리는 산죽은 키가 1m 내외로 비교적 큰 편인데 우리 산죽은 30㎝ 정도의 키밖에 되지 않아 땅에 바짝 붙어 자라는 산죽이었기 때문이다. 그러니까 그것이 조릿대 산죽은 아니었다는 얘기다. 아무튼 늦가을 산행길의 산죽은 더 큰 반가움의 대면이다.

산마루에서 산죽을 보면서, 그 옛날 우리 산의 땅딸이 산죽을 회상하면서 산죽 같은 삶을 생각한다. 산죽은 다른 종류의 대나무와 마찬가지로 뿌리의 번식력이 대단하다. 서로 얽혀 있기는 땅 위나 땅속이나 마찬가지다. 결속력이 그리 강할 수 없다. 끈끈한 유대감을 이루며 사는 삶을 산죽 같은 삶이라고 해도 되겠다. 또한 겨울에도 낙엽되지 않고 빽빽하게 무리 지어 자라는 산죽 잎은 자기 동일성 유지의 표본이라고 말해도 되겠다. 내 남은 생을 산죽 같이 살아야겠다는 다짐을 속으로 하면서 발길을 돌렸다.

그 어디를 바라보는 사람들의 서 있는 뒷모습은 아름답다는 생각을 늘 한다. 땀 흘려 올라온 산정에서의 모습이라면 더욱 그렇다. 나도 이쪽에 가서 서 보고 저쪽에 가서 서 보고 했다. 비록 산 아래에서부터 내 발로 걸어서 올라온 산정은 아니었지만. 산 이편에 서니 저편 산은 내게 자기에도 다녀가라 하는 것 같았다. 하지만 저편 산으로 건너갈 수 없다. 그런 생각으로 바라보니 저 산은 내게 그렇다면 내려가라고 하는 것 같았다. 바람조차 떠미는 듯 등 뒤에서 세차게 불었고.

내려오는 길, 맨 처음 서울 남산 케이블카를 탔을 때와 같은 전율은 아니었지만, 그래도 곤돌라를 타고 내려오는 기분은 신이 났다. 단풍이 붉게 타고 있었다. 타면 붉게 타는 거지 파랗게, 노랗게 타는 법은 없으니 당연한 얘기지만, 타는 단풍은 유달리 시선을 붙들었다.

우린 단풍 그늘에서 잠시 앉았다 가기로 했다. 한 송이 꽃이 몸을 낮추어 앉아 있었다. 애절히 몸 낮추어 반가움을 표시하는 강아지 같았다. 집에 가면 야생 꽃 도감을 펼쳐 저 이름을 찾아야 한다. 그때 단풍 산기슭은 나를 나직이 불렀다. 어서 앉으라고, 그늘이 좋으니 앉아서 땀을 좀 식히고 가라고.

해 늦은 만추 오늘, 나는 단풍 그늘에 몸을 앉힌다. 앉아 땀을 식히면서 몸에 단풍을 물들인다.

어느 섬이라도 그렇듯, 홍도와 흑산도

<소렌자라(Solenzara)>라, 노래 소렌자라는 알아도 지중해 어느 섬의 해변 소렌자라는 모른다. 노래를 보면 거기도 아름다울 것 같다. 그런데 거기가 노래의 소렌자라보다 더 아름다울까?

오늘 26일 일요일, 비가 와도 너무 왔다. 큰 비, 말하자면 대수(大水)였다. 참깨를 베어 낸 자리에 김장 배추와 무를 심기 위해 밭을 다듬어야 하는데 퍼붓는 비 때문에 삽을 들 수 없었다. 삽 대신 나팔을 들고 소렌자라를 불었다. 불면서 홍도를 생각했다. 태풍 솔릭 직전에 다녀온 홍도, 우리나라 어느 섬이라도 그렇듯 아름다운 섬이었다.

유달산에서 목포 사람에게 물으니 평소보다 많이 부는 바람이라고 한다. 태풍은 아직 가고시마 저 아래에 있다고 하는데 말이다. 70년대 말에 다녀간 후 처음인데 목포 시가지가 그리 많이 달라지지는 않은 듯. 목포에서 흑산도, 홍도로 오는 뱃길이 이리 험한 줄 미리 알았다면 나 그리고 우리는 배를 안 탔다. 태풍 솔릭 때문이라고 한다. 나 말고 많은 승객들이 거의 초주검이 되어 홍도에 내렸다.

내리고 난 후의 홍도, 내린 후 생기를 찾은 사람들의 활기 때문에 찾아오기 잘 했다는 생각을 들게 하는 섬이다. 월요일인지라 찾아 온 사람들의 수가 적어 여유롭게 섬의 정취에 잠긴다. 지금은 홍도의 밤이다.

새벽, 혼자 밖으로 나왔다. 마주치는 사람이 아무도 없다. 오전, 유람선을 타고 하는 섬 일주 대신에 깃대봉 산행을 택했다. 혼자 올라가는 산길이다. 산 정상은 해발 365m인데 150m 지점에서 발길을 돌렸다. 올라갈수록 숲이 짙어 멧돼지를 만날 것 같았기 때문이다. 물론 홍도에 멧돼지가 출몰한다는 안내판은 어디에도 없었지만.

유람선을 타고 싶었지만 일행 중 그 누구도 타려는 사람이 없어 나 또한 포기하지 않을 수 없었다. 그것보다는 혼자서 걷는 섬의 산길이 더 좋겠다는 판단도 섰고. 5시 반에 나와 아침밥 먹는 시간 빼고 지금까지 걸었으니 섬 기행 도보로는 긴 걸음을 한 셈이다. 물론 지난해 여름 울릉도에서도 많이 걷긴 걸었지만. 나 홀로 산행 이후 홍도의 아침은 태풍을 대비하라는 이장의 반복적 안내 방송을 반주 삼아 흑산도로 갈 배를 기다리면서 다 보내고 있다.

중국의 닭 우는 소리에 잠을 깬다는 홍도, 지도에서도 늘 제자리가 아닌 별도의 사각형에 표시되는 외딴 섬. 홍도 분교에서 출발하는 깃대봉 탐방로를 비롯한 바닷가 절벽에는 노란색 원추리가 군락을 이루고 있었다. 학명이 홍도큰원추리인 홍도 특산종으로 일반 원추리보다 꽃이 크고 색깔도 선명해 밤하늘의 별이 모두 홍도에 내려앉은 듯하다고 한다. 오르내리는 중에 좌우 여기저기 피어있는 원추리, 육지의 어느 곳에서 보게 되는 원추리와는 가만 보니 많이 달랐다. 바람 때문에 사진으로 포착하기 쉽지 않아 동영상으로 잡았다. 물론 사진으로도 몇 장 잡았고. 혼자 오르내렸는지라 충분히 바라보고 관찰할 수 있었다.

10시 반, 흑산도로 가는 배가 홍도에서 떴다. 40여 분 후, 흑산도 항에 도착했다. 내려서는 비를 맞으면서 일주 관광버스에 곧바로 탔다. 가이드를 겸하는 버스 기사가 우측을 보시라고, 좌측을 보시라고, 여기저기를 찍으시라고 거듭 안내했지만, 비와 안개 때문에 제대로 보이는 건 하나도 없었다. 안내하는 것은 대개 바위나 섬, 고목이었는데, 죄송한 말이지만 보라고 하는 거 그것들이 제대로 보였다고 해도 흥미를 끄는 것들이 아니었다. 어느 바닷가나 섬에서 볼 수 있는 것이어서 별로 볼만한 것들은 아니었다. 버스 기사는 성의 있게 흑산도 일주 투어를 이끌었다.

신유박해 때 천주교를 신봉했다는 죄목으로 체포되어 흑산도로 유배된 정약전(1758~1816)이 머물렀던 집이 복원되어 있는 신리마을 유배문화공원에는 들를 계획이 없다고 했다. 그 유적지가 안내 프로그램에 들어 있지 않은 것은 아쉬운 점이었다. 잠시 세워 달라고 부탁하여 내리긴 했지만, 100여 미터 그 지점까지 다녀올 시간은 주지 않아 비를 맞으며 서서 먼 모습을 사진 한 장 겨우 찍었다.

정약전과 관련된 유물과 기록을 전시하고 있는 자산문화도서관이 흑산도 여객선 터미널 뒤에 있었지만 시간이 없어 거긴 들여다보지 못했다. 원래 계획은 흑산도에서 하룻밤 머물면서 정약전 유적지를 탐방하는 거였는데, 코앞에 닥친 태풍 솔릭 때문에 그 계획을 취소할 수밖에 없었다.

흑산도, 약 6시간 머물다가 떠나게 되는 섬이다. 4시 반 배를 기다리며 대합실에 앉아 스마트폰 자판을 두들기다 보니 시간이 되었다. 배가 떴을 땐 내리던 비가 다 그쳤다.

목포 여객선 터미널에서 배를 타고 어느 섬을 향해 떠나봐야지 하는 생각을 아주 오래전부터 하고 있었는데 그 소원을 이제야 이뤘다. 목포에서 배를 타고 출발하여 홍도 흑산도를 다녀온 것이다. 다시 목포로 돌아와 배에서 내리니 '내 고향 섬마을 이야기' 조각상이 터미널 앞에서 나를 기다리고 있다가 환송해 준다. 밤길에 부산까지 잘 가라고, 왔을 땐 잘 왔다고, 배 타고 가서 섬 구경 잘 하라고 환영하더니.

그리고 2021년 6월 지금, 흑산도의 정약전 유배문화공원과 자산문화도서관을 들르지 못한 아쉬움을 풀 기회가 왔다. 영화 <자산어보>가 개봉된 것이다. '코로나 19'라는 전후무후한 펜데믹 사태 와중에 영화관에 가지 못하고 기다렸다가 집 TV 케이블로 봤다. 펜데믹, 세계보건기구(WHO)가 선포하는 감염병 최고등급, 지금 세계는 전 지구적으로 번진 코로나 19라는 감염병으로 신음하고 있다.

등대의 그늘과 빙빙 국수, 가고시마 당선협

후쿠오카 도착 당일, 다자이후 텐만구(天滿宮, 천만궁)을 돌아본 후 우리는 곧바로 환영 만찬회가 열리는 장소로 안내되었다. 숙소인 후쿠오카 ○○호텔이다. 정중한 환영을 받았다. 시선을 끈 것은 맥주병이었다. '열렬환영(熱烈歡迎)'이라는 말 아래 우리의 이름이 모두 적힌 라벨이 맥주병에 붙어 있었다. 두 번째 이름, 배채진 처장이 내 이름인데 나의 성 배(裵)가 배(裴)로 바뀌어 표기되어 있었다. 같은 '배'이긴 해도 꼭지가 있는 배와 없는 배는 엄연히 서로 다른 배인데.

이튿날, 호텔로 찾아온 방문 교 학장 및 학과장과 함께 호텔을 출발하여 후쿠오카 중앙역인 하카다(博多, 박다)역으로 갔다. 가게 될 일본 최남단 가고시마를 확인하는 중이다. 370여 ㎞가 된다고 했다. 먼 거리다. 목적지까지 JR 특급→신칸센→JR 보통→렌트카로 이동한다고 했다. 거기가 어디라도 끝 지점은 늘 내 주목을 받는다. 아주 끝은 아니지만 일본 열도의 끝 지점을 향해 잠시 후 출발하게 된다.

칠순을 넘긴 연세인데도 일본 학장은 활달했다. 유니폼을 입은 여자 승무원이 한 명 온다. 서 있는 그에게로 학장이 다가간다. 무슨 얘기를 나누었느냐고 물었더니 우리가 탈 열차의 승무원인가를 물었다고 했다. 어떤 대답을 들었느냐고 물었더니 그렇다고 하는 대답을 들었다고 했다. 출발할 시간을 기다리는 사이에도 여러 종류의 열차가 지나갔다.

승무원들은 자기가 탈 열차를 기다렸다가 탑승하는 것 같았다.

남국 가는 길

7시 7분, 우리가 탈 열차가 왔다. JR 특급이다. 'TSUBAME'호라는 이름이 붙어 있었다. '제비'라는 뜻이라던가. 지금부터 94분을 달리게 된다. 열차의 모양이나 색깔이 그리 보니 제비를 닮긴 닮았다. 열차는 쾌적했다. 인상 깊었던 점은 캔이나 휴지를 버리는 곳이 잘 분류되어 있었다는 점이다. 그리고 승객들이 그곳으로 가서 분류하여 잘 버리는 점이었다. 기차는 7시에 떠난다는 노래를 생각하기도 했다.

8시 41분, 신야츠시로(新八代, 신팔대)라는 이름의 역에 도착했다. 여기서 신칸센으로 갈아탄다. 내리니 바로 옆에 신칸센이 기다리고 있었다. 몇 걸음 걷지 않고 바로 갈아탔다. 실내가 화려했다. 의자는 크고 안락했다. 통로도 넓었다. 그리고 의자 등받이는 목재였다. 바로 앞 열차에서도 한국말 안내 방송을 하더니 이 열차 신칸센에서도 했다. 우리말 방송이 나오니 반가웠다.

빠르게 달리는 가고시마행 신칸센의 차창을 통해서는 바깥 풍경을 느긋하게 볼 틈이 없었다. 내내 터널을 통과했다고 말해도 과언이 아니다. 물론 우리 KTX도 부산을 출발하여 서울에 도착할 때까지 아주 여러 번 터널을 통과한다. 신칸센 이전의 열차 차창을 통해 바라본 바깥 풍경은 풍년의 가을 모습이었다. 마을은 고즈넉했고 산은 나즈막했다. 나락 단을 거꾸로 세워 말리고 있는 모습이 자주 눈에 띄었는데 그건 우리 농촌에서 볼 수 없는 모습이었다. 황금 들판이었다.

9시 19분, 가고시마(鹿兒島, 녹아도) 중앙역에 도착했다. 여기서는 JR 보통선으로 갈아탔다. 일본 열도 맨 아래다. 구슈(九州, 구주)의 끝 지점. 말하자면 남국에 온 것이다. 이전의 갈아타는 지점은 바로 옆이었는데 이번에는 승차 지점을 확인한 후 좀 걸어야 했다. 우리나라 전철처럼 생긴 이 열차의 탑승은 나의 일본 구슈 지방 여행이라는 그림에다 '정(情)'이라는 색을 붓칠한 거였다. 말하자면 서정! 내내 맨 앞에 서서 갔다.

9시 26분에 출발해서 마을 사이의 꼬불꼬불 길을 따라 52분 후 도착한 곳은 이부스키(指宿, 지숙) 역이었다. 렌터카를 기다리면서 둘러본 역 안은 온통 온천에 관한 그림, 조각들이었다. 노무현 대통령 때이던가, 우리나라 대통령과 일본 수상이 이곳에서 만나기로 했을 때 이 지역(가고시마)이 가지는 역사적 의미 때문에 한일 회담 장소로서의 적절성이 문제 된 지역이기도 했다. 가고시마만의 입구에 자리한 이곳 이부스키는 작고 조용한 도시로서 동양의 하와이라고 불리는 곳이라고 했다. 전 지역이 화산대에 속해 있어 모래찜질 온천으로 유명한 곳.

기다리는 사이에 우리를 태우고 남국 답사를 본격적으로 시켜 줄 차가 왔다. 우리가 역 구내에서 기다리는 사이에 일본 학과장이 렌트하여 온 차였다. 출발이다. 핸들은 일본 학과장이 잡았다. 오른편의 운전석이 영 익숙하지가 않다.

먼저 가는 곳은 야마가와쵸(山川町, 산천정)의 후시메(伏目, 복목) 해안, 소위 세계 유일 천연 모래찜질 온천이라는 곳이다. 중앙 분리선도 없는 농로를 이리저리 빠져나간다. 조금 후 눈앞에 나타나는 산은 영락없이 우리나라 마이산 풍경이다. 저 산 아래가 모래찜질 온천이라고 했다. 지금은 10시 40분인데 새벽 6시 20분에 후쿠오카에서 택시로 출발하여 세 종류의 열차를 번갈아 탄 후 마지막으로 타는 차였다. 이처럼 여러 종류의 운송 수단을 이용해 목적지에 도착해 본 경험이 이전에는 없었다. 7인승의 차였는데 쾌적했다.

등대의 그늘

모래찜질 온천의 모래밭을 떠나 이곳으로 왔다. 내리니 한자로 '무도옥구(霧島屋久, 기리시마야쿠) 국립공원 장기비(長崎鼻, 나가사키바나)'라고 새긴 돌이 기다리고 있었다. 탁 트인 바다인데 주는 느낌은 우리 동해와는 다르다. 이곳은 일본 최초의 국립공원이라고 하는 것 같았다. 사쓰마반도의 최남단인 이곳 나가사키바나는 온난한 기후의 혜택을 받아, 연중 내내 꽃이 피는 곳이라고 했다. 그래서 땅은 늘 형형색색이라고 했고. 문득 우리나라에서 연중 꽃이 가장 많이 피는 지역은 어디일까 하는 생각이 들었다. 우리나라에서도 남쪽의 어디일 텐데 잘 모르겠다. 설마 내가 사는 부산은 아닐 테고.

땀이 많이 난다. 한여름처럼 뻘뻘 땀이다. 8월 마지막 날이니 더위가 한풀 꺾일 때도 되었는데 그게 아니었다. 이곳의 더위는 다른 곳의 더위보다 힘이 더 센 것 같았다. 걸어 내려가니 등대가 기다리고 있었다. 정오가 가까워지는 시각, 등대 그늘의 자리는 크지 않았다. 그래서 더욱 그 자리는 오아시스였다. 등대 그늘로 들어갔다. 그늘, 등대의 그늘이라!

일본 규슈의 남쪽 끄트머리의 가고시마(鹿児島, 녹아도) 이 지역은 임진왜란이나 한반도를 점령하겠다는 소위 정한론, 메이지유신, 2차세계대전, 사무라이 등등의 주제와 관련 있는 곳이며 일본 내에서도 최초, 처음이라는 말을 유독 많이 듣는 곳이라고 했다. 일본에서 처음으로 총이 들어온 곳, 천주교와 사진술, 유리, 증기선, 방직 제조 등의 시발지, 태평양전쟁 당시 자살특공대인 가미카제의 출격지, 사무라이가 타 지역보다 서너 배 더 활개 치던 곳 등등. 그래서 풍경 좋은 이 지역에 와서 마냥 즐거울 수만은 없었던 이유가 이런 것들에 있었다.

바다 속의 토리이(鳥居, 조거)라고 부른다는 저거, 새들이 와서 앉도록 설치한데서 유래한다는 저 문만 아니었다면 여기가 남해안 동해안 어디인 줄 착각할 뻔했다. 원래는 새의 수컷을 신사에 봉납할 때의 홰, 새나 닭이 앉을 수 있도록 가로지른 나무 막대였단다. 두 개의 기둥 위에 두 개의 횡목이 달려 있는 모양새이다.

산이 보인다. 잘생긴 산이다. 가이몬(開聞岳, 개문악) 산이라고 했다. 해발 922m의 가이몬 산은, 사쓰마(薩摩, 살마) 지역의 후지산으로 부르기도 한단다. 이 지역 출신인 일본 학장은 지역의 상징인 가이몬 산에 대해 많은 말을 해주려고 애썼다. 둘러봐도 주위에 높은 산이 없었다. 홀로 봉우리다. 다니는 내내 어느 방면에서도 보였다. 등대의 자리는 보여주는 자리이기도 했다. 등대는 내게 먼저 산을 보여 주었다.

산을 먼저 보여 주었다는 말은 등대의 그늘에서 내가 순서적으로 산을 먼저 보고 바다를 나중에 보았다는 말은 아니다. 산이 돋보였다는 뜻이다. 그 지역에 산이 별로 없었다는 뜻이다. 지금 등대는 내게 바다의 등대가 아니라 산의 등대였다.

등대, 무리하게 말하면 '불의 집'이다. 불난 집은 아니다. 켠 불을 품고 있는 집, 불씨를 간직하는 집이다. 그런 뜻에서 나도 누군가에게 등대였으면 좋겠다는 생각을 해본다. 밝히는 등대, 비추는 등대는 등대의 숭고한 본질이다. 그 등대를 감히 내게 견줄 수는 없다. 그 역할은 등대에게 유보해 두어야 한다. 비추는 사람이 아니라 간직하는 사람으로 마저 살아가고 싶다. 정을, 그리움을, 고독을, 울림 즉 공명을 간직하고 싶다. 그런 등대, 등대의 자리, 등대의 그늘이 내 자리이고 내 그늘이었으면 좋겠다.

산이 보인다. 바다가 보인다. 배가 보인다. 섬은 보이지 않는다. 저쪽 저기에 부산이 있겠다고 생각했다. 끌려온 도공들이 많이 울었을 자리라는 생각이 든다.

빙빙 국수

빙빙 국수, 연세 많은 일본 학장은 우리를 토오센쿄오(唐船峽, 당선협)이라는 상호의 국수집으로 안내했다. '당선협'은 옛날 당나라 배가 들어왔다는 곳을 지칭하는 말이라고 하고. 이곳은 회전식 개수대 소면 발상지 일본 전국 제1호라는 곳이라고 한다. 소면이란 흐르는 찬물에서 건져 먹는 국수를 말한다고 하고. 일본에서 유명한 곳이라고 출발할 때부터 말하던 곳이었다. 규모가 엄청 컸다. 위에서 국수를 떠내려 보내면 물가에 앉은 사람들이 건져 먹는 거라고 했다. 떠내려오는 국수라니? 경주 포석정을 연상하게 했다. 위에서 술잔을 물에 띄우면 아래서 도랑을 따라 흘러 내려오는 술잔을 건져 마시던. 떠내려오는 국수를 건져 먹는다는 말인가?

일본의 국수집에 오니 그 옛날의 우리 집 국수가 떠오른다. 소쿠리, 국수를 삶아 헹군 후 담아 물기를 빼던 그 옛날 우리 집의 소쿠리는 오래되고 낡아 거무튀튀했다. 그래서 그랬을까? 거기 담긴 삶은 국수는 더욱 희게 보였다. 거기엔 대개 삶은 보리쌀이나 고구마가 주로 담겼고 국수는 드물게 담겼다. 그런데 지금 확인하니 소쿠리는 대소쿠리, 거름 소쿠리 등 두 가지가 있었다. 맞다. 거름 소쿠리, 짚으로 만든 거름 소쿠리도 많이 안고 다녔다. 감자를 심기 전에 왕겨를 섞은 재를 거기 담아 안고는 밭에 뿌리고 또 뿌렸다.

아무튼, 오늘 내 회상거리는 국수 담은 대소쿠리다. 거름 소쿠리 회상은 뒤로 미루기로 하자. 그때 국수는 지금처럼 흰 국수는 아니었다. 거무튀튀하고 투박한 국수였다. 소쿠리의 갓 헹궈낸 그 국수 집어 먹던 맛이란. 어머니가 생각난다.

국수, 국수는 간식도 아니고 그렇다고 주식도 아니다. 국수 먹은 배는 금방 불러오지만 금방 꺼진다. 국수라는 이름이 주는 이미지는 토속적도 아니고 그렇다고 유입된 개념의 이미지도 아니다. 밀가루는 서양인데 국수는 서양이 아니다. 쌀처럼 밀착된 주제도 아니면서 그렇다고 거리가 한참 떨어져 있는 것도 아니다. 국수, 가까우면서도 거리가 있고 먼 것 같으면서도 가깝다.

시인 백석의 국수, 시인 백석은 제목 말고는 국수라는 단어를 하나도 안 쓰고 국수 시를 썼다고 한다. 국수는 "집웅에 마당에 우물든덩에 함박눈이 푹푹 싸히는 여늬 하로밤 아베앞에 그어린 아들앞에 아베앞에는 왕사발에 아들앞에는 새끼사발에 그득히 살이워 오는 것이다" (최동호 외, 『백석 시 읽기의 즐거움』, 서정시학, 2006, 285-287쪽 참조.)

안내에 따라 자리에 앉으면서 보니 그 옛날 연탄불을 품은, 닭발 구워 막걸리 마시는 원탁처럼 생긴 동그란 자리였다. 바닥은 나무지만 그 아래는 물이다. 물 위에서 먹는 국수다. 둥근 탁자에 둥근 홈이 파여 있었는데 거기서 물이 빙빙 돌고 있었다. 흘러 내려가는 자연수라고 했다. 여기에 국수를 누군가가 띄우면 둘러앉은 사람들이 건져 먹는 방식이었다.

빙빙 국수라, 흐르는 국수를 건져 먹는 체험은 색다른 체험이었다. 연신 국수를 띄우고 연신 국수를 건져 먹었다. 국수는 내내 빙빙 돌고 있었다. 물과 함께 도는 국수는 어지러운 국수였다. 나의 대소쿠리 국수도, 백석의 고향의 국수도 가난한 국수였는데 여기 가고시마의 이케다 호수(池田湖, 지전호), 네시가 나온다는 호수 부근의 당선협 국수는 가난한 국수가 아니었다. 값도 비싸고 규모도 큰 국수였다.

잘 먹고 일어나서 이케다 호수로 간다. 거기에 가서 네시가 있는지 없는지, 네시가 호수 가운데서 모습을 드러내는지 안 드러내는지 볼 참이다. 올라오니 채송화가 기다리고 있었다. 내가 본 채송화 중에 제일 큰 채송화였다.

당항포 희망, 고성 당항만

당항포에 왔다. 올 때마다 바다는 잔잔하다. 당항포로 들어서면 바다가 넓게 열린다. 마치 큰 만이 형성돼 있는 것처럼 보인다. 하지만 실은 입구가 하나뿐인 막혀 있는 바다다. 경남 고성군에 들어 있으면서 입구는 마산만 쪽으로 한 곳만 열려 있다. 좁은 바다 여울이 병목처럼 좁게 열려 있으면서 그나마 S자로 굽은 묘한 지형이다.

이처럼 사방이 꽉 막힌 것처럼 보이지만 한쪽이 열려 있는 형태의 바다 여기서 나는 희망을 본다. 봄은 길가에 바짝 붙은 바다에도 왔고, 봄은 그 바다 속삭임 같은 파도 위에서도 너울대고 있다. 너울대는 파도가 희망의 바람을 싣고 온다. 함께 간 가족과 함께 바다를 향해 있는 잔디에 앉았다. 앉아서 맞아도 바닷바람은 시원하다. 바다가 멀리까지 넓다. 사실은 좁은 바다가 말이다. 옆에는 아이와 함께 젊은 엄마도 앉아 있다.

많은 사람이 준비 없이 일자리를 떠나고 있다. 벌써 오래전부터의 얘기다. A도 떠났다. 대기업 임원으로 있다가 물러났다. 그 회사에 머물만큼 머물렀고 재산도 모았으며 자녀도 장성했다. 그래서 크게 걱정거리도 없고 또 그리 억울해할 이유도 없어 보였다. 그래도 그는 기가 꺾여 슬프고 괴로운 표정에서 벗어나지 못한다. 신경질도 늘었고 몸도 야

위어 간단다. B는 은행원이었다. 나이로 볼 때 갑작스러운 퇴직은 본인이나 가족에게 충격이었다. 장래가 어두웠다. 그런데 그는 곧 정신을 되찾았다. 정작 하고 싶었던 일을 할 기회라고 생각했다. 평소 대인관계는 자신 있다고 생각했기 때문에 그쪽에서 일거리를 만들겠다고 의욕을 보였다. 그의 표정은 만나는 사람을 괴롭게 하지 않았다.

A는 희망의 소질이 없는 사람이고 B는 희망의 소질이 있는 사람으로 보인다. 그런데 희망을 소질의 관점에서 볼 수 있을까. 그렇게 본다면 결정론적 사고방식에 빠지는 게 된다. 그래도 일단 희망을 소질로서 보기로 하자.

위에서 말한 아이의 눈으로 보면 사람은 다 희망의 소질을 가지고 태어나는 것 같다. 기본적으로는 말이다. 희망의 소질을 발휘하는 사람은 이것저것에 흥미를 느끼고 기웃거릴 것이다. 이렇게 보면 B는 희망의 소질을 많이 계발하고 있는 사람이라고 볼 수 있겠다. 그렇다면 A는 희망의 소질을 아예 덮어두고 있는 사람이 된다. 희망의 소질을 발휘하지 못하는 사람이 된다.

희망이란 어둠의 심연에서 앞을 보여주는 불빛일 것이다. 그래서 가능성을 보여주고 용기를 되살리는 활력소일 것이다. 그런데 심연에서 그 불빛은 누구에게나 보이도록 드러나 있다. 보려고만 하면 눈앞에 있는 그 불빛을 보지 못하는, 그래서 그 불빛의 안내를 받지 못하는 사람들도 많다. 희망의 소질을 계발해야 할 것 같다. 아이들에게서 우리는 희망의 소질 가능성을 본다. 어른이 되면서 그 소질이 개발되거나 가려지거나 한다.

블로흐(E. Bloch)는 희망을 원리로 보았다. 그는 『희망의 원리』에서 유토피아적 이성은 인간의 본성이라고 한다. 유토피아는 인간 의식의 본질적 구성 부분이라는 것이다. 인간은 자신을 미래에 투사하지 않고는 살 수 없다. 즉 인간은 자신이 '아직' 실현되지 않았다는 것을, 자신이 아직 자신의 진정한 형태에 이르지 않았다는 것을 예감하지 않고는 살 수 없다.

그에 의하면 그리스도교에서 마르크스주의에 이르는 위대한 역사적 기획안에서 인간으로 하여금 불의에 반항하고 구원을 희망하고 더 나은 세상으로의 진보를 모색하도록 부추긴 것은 이런 '미래 속으로의 자신의 투사'라는 희망의 원리였다. 그리고 이런 희망의 원리는 베이컨에서 마르크스주의자들에 이르기까지 유토피아를 구상했던 모든 사람의 마음을 지배하는 원리였다.

블로흐에 의하면 원초적 감정, 결핍을 느끼고 인식하는 원초적인 감정이 인간의 의식 세계에 작용하여 꿈을 꾸게 하고, 그 꿈을 통하여 더욱 나은 세계를 향해 나아가게 한다. 더욱 나은 세계를 향한 갈망, 그것은 모든 인간의 시도들 속에 깊이 내재한 의식의 방향이다. 블로흐는 궁극적으로 '인간이 최상의 존엄한 가치인 세상'이 역사 과정의 목표라고 보면서 이러한 표상들은 동화와 테크노피아를 꿈꾸는 과학, 그리고 완전한 세계를 바라는 종교의 내면에서 샘솟고 있다고 이해하였다. 하지만 그에 의하면 역사는 과정적이다. 왜냐하면, 역사를 결정론적으로 이해하면 존재하는 모든 것들이 그 자체로서의 의미를 얻지 못하기 때문이다.

인간의 역사만이 과정에 있는 것이 아니라 존재하는 모든 것들이 과정에 있다. 이 과정을 충동하는 희망 의식의 표출은 무의 위협을 받고 있어서 역사적 과정이란 단순히 일직선으로 전개되는 진보 과정으로 이해될 수 없다고 그는 믿었다. 역사란 무의 위협을 받음에도 그 위협을 이겨내고 역사를 진전시킬 수 있는 충동을 필요로 한다고 보았다. 충동 그것은 바로 희망을 말한다.

이런 희망의 원리는 나중에 요나스(H. Jonas)의 『책임의 원리』에 의해 비판받기는 한다. 책임의 원리는 블로흐가 인간의 본성이라고 생각한 유토피아적 이성에 대한 비판으로서 나온 원리라고 할 수 있다.

당항포 바닷길은 걸어도 피곤하지 않다. 바닷길이 아름답다. 바다도 호수 같고. 좁지만 너른 이 바다에서 희망을 구경한다. 블로흐의 희망의 원리가 저기 잔잔한 파도 위에서 출렁대고 있는 것 같다. 결핍을 느끼고 인식하는 원초적 감정이 지금 어려움에 처한 이들의 의식 세계에 작용하여 희망이라는 꿈을 꾸게 하고, 그 꿈을 통하여 더욱 나은 처지로 올라서게 되었으면 한다. 이런 나의 희망이 바로 내가 지금 꾸고 있는 '당항포 희망'이다.

봉분과 시간, 거창 삼봉산 내당마을

4월 하순 오후 4시, 도착하기로 약속한 시간이다. 난 사과나무 동네에 오후 3시에서 4시 사이에 도착하겠다고 약속했다. '내당'을 표시하는 표지판이 왼편으로 보인다. 그래도 난 스쳐 지나갔다. 잘못 본 것이다. 요다음 지점이 내당마을이라고 생각했던 것이다. 고개를 넘으니 바로 전라북도임을 알리는, 무주가 시작됨을 알리는 이정표가 기다리고 있었다.

차를 바로 돌렸다. 내당마을의 표지판이 장승들과 함께 그대로 서 있다. 지금까지 국도를 따라 올라 온 길도 한참 오르막이었는데 지금 마을로 오르는 길은 더 가파른 고갯길이다. 올라서 모랭이를 도니 마을이 기다리고 있었다. 나중에 알아보니 전부 열 가구의, 해발 600m 지점의 동네였다. 이렇게 도착했다. 거창군 고제면 봉계리 내당마을의, 삼봉산 아래서의 나의 하룻밤 하루 낮이 시작되었다.

차에서 내리니 춥다. 이건 4월의 쌀쌀한 날씨 정도가 아니라 겨울의 추운 날씨였다. 부산서 출발할 때 난 반소매 옷을 달라고 했고 편은 긴 소매여야 한다고 했다. 반소매 입고 왔더라면 덜덜 떨면서 밤을 샐 뻔했다. 나중에 누가 그랬다. 노인의 힘과 4~5월의 기온은 믿을 게 못 된다고. 삼봉산 아래 골짜기의 기온이 이리 낮은 줄 예전엔 미처 몰랐었다.

마을의 입구에는 그네를 단 큰 나무가 서 있었다. 플라타너스였다. 플라타너스, 초등학교 운동장 한구석에 떡 버티고 서서는, 초동이던 우리를, 그 아래서 우리가 무슨 짓을 하든 다 받아주고 품어주던 나무였던 플라타너스! 이 나무도 그때 그 나무처럼 다 받아주고 들어주는 나무로 보였다. 다만, 그 아래에서 노는 아이들 숫자가 아주 적을 뿐.

매달린 그네를 보니 이 동네 아이들이 저 산 너머를 많이 그리워하고 있다는 생각이 들었다. 이 동네 아이들이 많이 동경하고 또 설레고 있다는 생각이 들었다. 다 합쳐야 열 손가락으로 헤아려지는 집을 가진 마을이니 아이들이 많아야 몇이겠는가. 그 몇 명의 아이들이 그리움을 키우는 꿈의 언덕, 말하자면 느티나무 있는 언덕이라는 생각이 들었다. 그네가 있는 언덕, 플라타너스 언덕, 나중에 들으니 부모의 이혼 등으로 말미암아 이곳으로 오게 된 아이들도 있다고 했다. 그 아이들은 더욱 그네를 타겠다고 생각했다.

그네, 민속촌 같은 데 세워진 그네 말고, 그네는 그리움과 설렘의 표상이었다. 민속촌 등의 그네에서 설렘이나 동경이 읽히지는 않는다. 동네 어귀의, 매달려 바람에 흔들거리는 그네는 그리움과 설렘 또 동경으로 읽혔다.

우리 내외를 초대한 사과 농장 주인은 우리를 먼저 집 뒤 두충나무 숲으로 안내했다. 숲으로 가는 길, 길은 이끼 낀 돌담을 이루고 있었다. 길이라고 했지만 길이 따로 없었다. 밟을 사람이 많지 않으니 길이 날 리도 없다. 일부러 쌓은 돌담이 아니다. 아무렇게나 저렇게 쌓여 있는 돌담이 아닌 것 같았다. 물론 처음엔 누군가가 저렇게 놓긴 했겠지만.

돌은 보는 나로 하여금 늘 숙연케 한다. 물론 내 눈에 못생긴 돌도 있고, 나의 발을 귀찮게 하는 돌도 있다. 하지만, 돌은 나에게 다가와서는 늘 의미의 중심에 선다. 세월이 이렇게 이끼로 낀 돌이야 의미부여를 따로 할 필요가 없다. 그것도 깊은 산골, 높은 중턱, 전율의 두충나무 숲으로 가는 길의 돌담인데 말이다. 외로운 무덤도 하나 그 곁에 있다. 돌은 앉은 자리가 제자리다. 말하자면 돌은 늘 그 자리에 있다. 물론 나무도 늘 그 자리에 있고. 그런데 나는 어디에 있는 것일까? 있어야 할 그 자리에 늘 서 있는 것일까?

두충나무는 직선으로 쭉쭉 뻗은 나무다. 그러니 그 나무 그림자들도 시계 바늘인 듯 바닥에서 거의 직선으로 뻗어 있었다. 숲에서 시간이 나를 만나 보려고 기다리고 있는 격이었다. 시간은 시계 속에만 있는 것은 아니었다. 4월 그때 시간은 연초록으로 얼굴을 내밀었고 또 그림자로도 얼굴을 내밀었다. 연초록 그것은 시간이었고 그림자 저것은 시곗바늘이기도 했다. 나무는 그림자로 긴 다리, 짧은 다리를 만들어 시간을 자기 숲속에 그만큼만 머물게 했다.

숲속의 시간은 쭉쭉 직선이지만 더러는 또 등 굽은 곡선으로 휘기도 했다. 시간은 풀이다. 풀처럼 부드럽다. 마침 숲의 바닥에는 부드러운 풀들이 빽빽히 자라고 있다. 시간은 나무, 나무의 몸, 곧추세운 나무의 몸이다. 나무는 길다. 시간도 길다. 숲의 시간은 저렇게 또 가로질러 머무는 엇박자이기도 했다.

두충나무 숲에서 숲의 의미를 몸으로 받아들인다. 숲길로 들어선다는 것은 인위적 삶을 벗어던지고 자연의 삶으로 들어간다는 것을 뜻한다. 그러므로 숲으로 들어간다고 하지 말고 숲으로 돌아간다고 말해야 옳다고 한다. 그 말이 그 말인 것 같지만 돌아간다는 말이 더 시원(始原)의 의미를 내포하는 것 같다.

잠시 앉아 쉬면서 바람을 맞는다. 운수납자가 아니어도 산 위에서 부는 바람은 시원하다. 그 바람은 좋은 바람이고 고마운 바람이다. 마음의 바람도 그런 바람이다. 묵은 것 날려 보내고는 새로운 것으로 채우는 통풍의 바람이다.

우리나라의 숲은 대부분 산에 있다. 숲을 이루는 평지를 걸어본 적이 별로 없는 것 같다. 숲은 나무와 꽃과 물과 깃들어 사는 새들의 보금자리를 품어 준다. 나도 품어 준다. 지친 내 혼에 활력을 준다. 그래서 숲은 쉼터다. 또 어머니의 품이고 아내의 품이기도 하다. 숲은 이렇게 심리적 평안을 준다.

숲은 또 문화의 터전이다. 숲은 신화, 설화, 문학, 음악, 미술의 자리이다. 그래서 우리는 숲을 자연적 안목으로 보아야 하지만 또 문화적 안목으로도 보아야 한다. 그렇다면 숲은 둘러볼, 다녀오기나 할 그런 곳이 아니라 돌아가야 할 문화적 고향이 된다. 어디 그뿐인가? 숲의 또 다른 의미는 생태적 기능 수행에 있다. 숲의 담수, 맑은 물 공급, 산소 공급, 먼지 흡수를 통한 대기 정화 능력 등은 뛰어나다. 지금 나는 거창 삼봉산 기슭의 작은 두충나무 숲속에 있다.

숲의 가장자리 큰 나무에는 닳고 찌그러진 남비 두 개가 한 줄에 묶여 걸려 있었다. 시간의 숲에서 매달린 남비를 보니 밥이 생각난다. 사실 시계, 구식 시계는 밥을 먹여야 움직인다. 그러니까 시간은 밥을 먹어야 간다. 숲속의 시간 그러니까 두충나무 시계바늘도 햇빛을 받아야 시간을 가리킨다. 두충나무 숲 시계는 그래서 디지털시계가 아니라 아날로그 시계다. 햇빛이라는 밥을 먹어야만 가는.

밥은 우리로 하여금 새벽잠 쫓고 일어나게 한다. 밥벌이, 내 밥줄이 달린 일에 투신하게 한다. 나 또한 밥값이나 제대로 하는 인생 살아보려고 애쓰는 데까지 썼다. 밥은 결국 삶의 공통분모이다. 밥은 삶을 포괄하는 포괄자이다. 밥벌이를 하지 못해, 밥줄이 없어, 밥값을 하지 못해 아픈 인생은 또 얼마나 많은가.

두충나무 숲의 윗자락에는 무엇을 심기 위해 잘 갈무리한 황토밭 가운데 둥근 봉분이 하나 있었다. 봉분은 솟아올라 둥글었지만 봉분을 경계짓는 둑은 평면으로 둥글었다. 솟은 봉분 그것은 경계 둑이라고 하는 쟁반에 담긴 고봉 쌀밥 그릇이다. 마침 밭 주위에는 무성히 자란 쇠뜨기가 쫙 깔려 있다.

"저게 뭐더라? 저거 이름이 뭐더라?" 저것들의 이름이 무엇이든지 간에 우리는 자랄 때 저것을 '쌀밥' 또는 '소 쌀밥'이라 불렀다. 소 쌀밥 저것의 정확한 이름이 쇠뜨기인 것을 확인한 것은 집에 돌아와서였다. 고상(高上)으로 담은 밥그릇 형상의 붕분을 먼 발치에서 둘러싸고 있는 쌀밥 쇠뜨기들….

밥그릇, 모든 밥에는 임자가 있다. 무덤에는, 말하자면 모든 죽음에는 또한 확실히 임자가 있다. 죽음은 나의 죽음이고 너의 죽음이지 우리의 죽음은 아니다는 뜻이다. 죽음의 자리는 누구로부터도 침범당할 수 없는 나의 자리이고 너의 자리이며 그래서 확실한 자리이다.

두충나무 숲에는 밥을 먹어야 가는 시간이 있었고 고봉으로 담은 쌀밥 그릇의 무덤 밭 둘레에는 쌀밥이라고 불렀던 쇠뜨기가 무성히 자라고 있었다.

다음 해 8월, 다시 삼봉산 기슭 사과 농장에 갔다. 이번에는 거창 수송대에서 펼쳐지는 거창 국제 연극제를 보기 위해 서울에서 내려온 아이들과 함께였다.

마산 부근에서 구마고속도로로 들어섰다. 현풍에서 88고속도로로 진입하여 거창으로 간다. 거창 휴게소에서 잠시 쉬었다. 어디로 소풍 가는 아이들이 길게 한 줄로 앉아 뭔가를 먹고 있다. 점심은 아닐 것이고 아침인 것 같다. 서울에서 아이 둘은 시외버스로 거창으로 오고 막내와 편은 내가 모는 차를 타고 가는 중이다.

서울에서 내려오는 아이들과 만나기로 한 장소에 먼저 도착한 우리는 거창 터미널 앞 강가의 길옆에 차를 세우고 내려 기다렸다. 강은 한적했다. 나름대로 유유히 흘렀다. 버스가 도착했다. 서울에서 출발한 버스다. 아이 둘이 내렸다. 고제리 삼봉산 곁의 마을로 향했다. 길을 두 번이나 잘못 들어 헤맸다. 작년 처음 왔을 때 헤매지 않았기로 두 번째인 이번에도 잘 찾아갈 줄 알았는데….

부산에서 출발할 때는 비가 아니었는데 거창의 지금 길은 빗길이다. 삼봉산은 안개와 구름의 산이었고. 사과 밭 주인 내외는 우리를 사과밭으로 안내했다. 트럭 짐칸에 우리 식구는 모두 올랐다. 짐칸에 서서 바람을 맞으며 과수원으로 씽씽 달리는 이 기분, 긴장도 되고 스릴도 있다. 트럭 적재함에 타고 사과밭으로 가는 체험을 하게 될 줄은 농장 집에 도착하기 전까지 짐작도 못 했다.

사과나무는 나로부터는 늘 멀리 있었다. 사과는 대구 근방의 경산에만 있었고 밀양 얼음골에만 있었다. 내가 사는 부산, 살았던 진주 또 사천 근방에는 사과밭이 없었다. 매달린 사과나무 아래, 이리 큰 밭의 많은 나무 아래, 주렁주렁 매달린 사과 아래 서 보기는 처음이다. 사과, 저리 진홍으로 투명하게 붉어도 되는 건지 모르겠다. 편도 자기 손으로 사과를 따보기는 처음이라고 했다. 나도 처음이었고. 우리는 사과를 땄다. 스피노자는, 내일 지구가 망해도 오늘 사과나무를 심겠다고 했다는데 우린 심기는커녕 따기만 한다. 그것도 한 개가 아닌 여러 개….

태풍이 온다고 했던가. 구름은 금방이라도 폭우로 변해 땅으로 내리 쏟아질 듯 등등한 기세였지만 우산을 준비해 가지 않은 후회를 웃음거리로 만들려고 생각한 듯, 쏟아지지는 않았다. 2㎞ 정도 떨어진 사과밭에서 돌아오는 트럭 적재함의 바람도 또한 상쾌하고 시원했다. 우린 또 더더욱 신바람으로 흥겨워했고.

두충나무 숲이 기다리고 있었다. 두충나무숲으로 다시 갔다. 5월의 숲과 8월의 숲은 어떻게 다를는지. 8월의 숲은 또 어떤 전율을 내게 줄는지…. 다시 걸어도 숲은 전율이었다. 봄에 걸었던 두충나무 그 숲이다. 5월에 이 숲을 혼자 들어와 머물며 걸었던 숲이다. 여름, 8월에 다시 와서 걷는다. 솔숲, 대숲, 두충나무숲, 이 여름에 내가 와서 서고 걷고 앉았던 숲이다. 옆의 갈대숲도. 걷는 발 아래서 오는 독특한 이 느낌을 어찌 표현해야 할는지. 두충나무 가지가 밟히면서 내는 딱딱 부서지는 소리, 부드러우면서도 딱딱 소리를 내며 부러지는 이 부러짐의 느낌.

소리를 듣는다. 가만 들으면 소리가 들린다고 했다. 물 흐르는 소리, 그러니까 수액이 위로 오르는 소리가 '꿀꺽꿀꺽' 들린다고 했다. 나무에 귀를 대었다. 가만 대어도 들리지 않는다. 이번엔 편이 대었다. 들리지 않는다고 했다. 옆에서 사과나무 농장 안주인이 마음을 비우고 가만 대어 들어보라고 한다. 편이 이번엔 들린다고 했다. 우리 둘이 귀를 동시에 대었다. 돌아와 보여주는 큰아이의 디카엔 우리 둘이 귀 대어 듣는 모습이 그림으로 담겨 있었다.

어디를 다녀오고 나서 담아온 풍경을 펼치면 마음, 마음의 눈은 늘 아련해진다. 사람이 그렇고 돌멩이가 그렇다. 나뭇가지도 들깻잎도 그 잎에 맺힌 빗방울들도 또 숲의 까치집도 그렇다. 비도 그렇고 구름도 그렇고 안개도 그렇다. 거창군 고제면 삼봉산 아래의 사과나무 농장의 사람과 풍경은 더욱 그렇다.

푸른 사과 아오리는 다 따고 없었다. 푸른 사과 아오리가 구석에 한 그루 숨어 있었다. 아오리가 여러 개 달렸다. 풋사과처럼 푸르렀다.

사과나무 밭 그 옆에는 아름드리나무가 여러 그루 서 있었다. 호두나무였다. 처음 본다. 나무도 처음 보고 호두 열매도 처음 본다. 물론 매달린 호두도 처음. 호두나무가 이리 크다니. 호두의 실체는 뭘까. 평소에 이런 생각을 해보지 않았다. 그러니까 살구씨나 복숭아씨처럼 과육 속의 씨가 호두일 것이라는 생각을 구체적으로 하지는 않았어도 그럴 것이라는 짐작은 하고 있었다는 말이 되겠다. 나무에 달린 과육을 으깨면 이른바 호두가 나오는데, 이 으깨는 일이 얼마나 힘든 일인 줄 이번에 처음 알게 되었다.

어둡기 전에 국제 연극제의 장소인 수승대로가, 연극을 함께 하고 곁의 고가마을 기와집 한 채를 빌려 자고는 다음 날 부산의 집으로 돌아왔다.

떠나면서 돌아보니 멀고 먼 고향,
사천 철봉골 화전마을

삼천포의 도예가이신 달묵 선생과 작별 인사를 나누고는 아침햇살이 아직 다 가시기도 전인 이른 아침에 금암요를 나왔다. 나오니 도요 주변에서도 3월은 서성이고 있었다. 바로 앞의 남일대 해수욕장이나 아니면 저 먼 삼천포 포구에서 불어오는 바람인 것 같은데, 봄바람이라고 하기엔 아니었고 봄바람이 아니라고 하기에는 봄바람이었다. 선생의 시 「바람의 뒷모습이 궁금하다」의 일부다. "창밖 어둠 속은 의지가 빠져나간 지난 시간, 이제는 해진 채 남루한 세월의 흔적을 바람이 쓸고 있다. 바람의 뒷모습이 궁금하다. 용기 있게 담을 넘어가는 바람의 뒷모습은 때론 휘날리는 매화 꽃잎이었을 뿐."

도요 주변에는 마늘들도 밭을 이루어 싱싱히 초록을 머금고 있었고 광대나물꽃들은 자기들이 자운영인 듯 붉은 양탄자로 넓게 누워 있었다. 황토는 길로 붉어 있었다. 난 오랫동안 광대나물과 아장카리를 구분하지 못했다. 아장카리의 표준어는 갈퀴덩굴인데 이 또한 이제야 확인한다. 도요 주변의 황토 밭 붉은 꽃 장판은 아장카리가 아니고 광대풀꽃들이었다.

살구꽃, 살구꽃 그늘에서 나물을 캐는 사람이 있다. '나물 캐는 처녀'는 아니더라도 새댁이기를 바랐다. 새댁은 아니더라도 중년 댁이기를 바랐다. 헌 댁이라도 좋으니 연지 대신 루즈 바른 아낙이기를 바랐다. 할머니였다. 연세 많은 할머니였다. 나물 캐는 할머니에게 고개 숙여 큰 소리로 인사했다. 꽃그늘 아래의 나물 캐는 모습이 꽃 그림이더라고 말해 드렸다. 할머니, 아름다우시다고 말했다, 진심으로. 황토 길, 나는 금암요에 오면 꼭 이 황토 길에 섰다가 간다. 사천시 사남면 화전이라는 이름을 가진 마을을 찾아 이제 길 출발한다. 금암요를 떠나서 말이다.

진주-사천-삼천포를 잇는 국도를 벗어나 마을로 들어서는 길 양편으로는 들판이 넓게 펼쳐져 있었다. 파릇파릇한 보리들 사이로 흙이 보이고 흙과 보리 사이엔 또 파릇한 풀들이 얼굴을 내밀고 있었다. 작은 풀들이 옹기종기 봄볕을 쬐는 모양이 정답고 아름답다.

큰길에서 벗어나 화전마을로 들어가는 직선 길도 좁지 않았다. 마을 초입에 큰 느티나무가 서 있었다. 동네로 들어가니 가운데 상점이 있었고. 육십 대로 보이는 남자 서너 명이 '슈퍼'라고 불리는 상점 안에서 큰 소리로 얘기하고 있었다. 옛날식으로 말하면 '점방'인데 굳이 '슈퍼'라고 부른다. 꼭 그렇게 부르겠다면 '마켓'이라고 부르거나 '슈퍼마켓'이라고 해야 하는데, 상점이라는 뜻의 '마켓'은 생략하고 '크다'는 뜻의 '슈퍼'를 이름으로 부르고 있다. 웃기는 이름이다.

아무튼, 남자들에게 철봉골이 어디냐고 물으니 두 사람이 일어서서 진지하게 묻는다. 부담스러울 정도로, "왜 묻느냐, 어디서 왔느냐?"하고 말이다. 이런저런 이유로 거기 가보고 싶다고 했더니 그래도 계속 묻는다. 내가 약간 언짢아하는 표정을 짓자, 이번엔 그 골짜기가 물이 많고 유명한 곳인데 '전설의 고향'에서 나올 만한 얘기를 가진 곳이라고 묘한 웃음으로 대답한다. '철봉골'이라는 이름에서 대충 저들의 묘한 웃음을 짐작할 수 있었다. "이리 가서 저리 돌아가면" 거기에 도착하게 된단다.

시키는 대로 이리저리 돌아가니 마을을 벗어난다. 들판 멀리서 두 색시가 나물을 캐고 있다. 봄나물을 캐고 있으니 봄 색시다. 사진도 찍고 싶고 가까이서 얼굴도 보고 싶고 또 철봉골 위치를 묻고도 싶었지만 거리가 좀 멀다. 가질 않고 큰소리로 물었다. 내 목소리는 무지하게 크다. 봄 색시들이 '저기'라고 대답한다. '저기'라고 하는 그곳으로 갔다. 가까이 가니 큰 내가 그 앞으로 흐르는, 아담하고 포근한 동산이었다. 둥근 모양의, 움푹 파인 둔덕이었다. 내를 건너가지는 않았다.

"아자씨, 안 바쁘면 좀 앉았다 가소." 철봉골을 벗어나고 노란 저 나무를 지나 배추꽃 사진 찍고 돌아 나오는 데 붙드는 목소리가 길가 언덕 아래서 들려온다. 길 위에서 할머니를 내려보며 앉았다. 권하는 맛에 안 바쁜 척하고 주저앉았다. 할머니가 나보고, "선상님, 아자씨"를 번갈아 부르며 자꾸 말하고 싶어 한다. 성함이 어떻게 되시느냐고 묻는 나의 물음에 "나요? 김가라요. 이름? 이름은 머할라꼬? ○자, 김○자라요."라고 대답하신다. 내 늙었으니까 바른말 해도 되지 않겠느냐며 철봉골의 다른 이름을 "○○골"이라고 직설적으로 말한다. 움푹 파인 저기서 물이 많이 나오며 그래서 그 아래 내의 물은 더욱 깊다고 했다. '철봉골'과 반대 이미지의 "○○골"을 표현하면서 할머니는 "내 늙었기로 바로 말하는 것"이라는 어법을 썼던 것이다.

할머니는 나를 붙들고 자꾸 말하고 싶어 하셨다. 이야기가 끊어지지 않았다. 이런 이야기였다. "화전리 이곳으로 시집온 지 50년이 되었다. 아들이 있다. 철봉골 저 아래 하천 부지를 정부로부터 샀다. 그런데 분쟁이 생겼다. 소송 중인데, 아자씨, 선상님이 그 근방을 왔다갔다 사진 찍는 걸 보니 조사하러 나온 사람으로 보였다. 그래서 이렇게 붙들고 물어본다."

살아온 인생 이야기였지만 한탄은 아니었다. 푸념도 아니었고, "선상님은 보통 사람하고 달라 보인다(부자 티가 난다는 뜻?). 아자씨, 돈 많이 벌었는가베? 옷도 다르게 입었소(잘 입었다는 뜻? 나이에 어울리지 않게 희한하게 입었다는 뜻?). 각시는 왜 안 데리고 왔소?" 일어서기가 미안했다. 사진을 찍어도 되느냐고 했더니 찍으라고 하신다. 인사를 두 번, 세 번 하고는 일어났다. 할머니는 등을 보이고 가는 나를 계속 보고 계셨다.

아까 그 두 색시, 봄 할머니가 계속 나물을 캐고 있었다. "철봉골 다녀온다"라고 말하고서 사진 한 장 찍겠다고 했더니 한 분이 전혀 고개를 들지 않는다. "고개 좀 들어라. 사진 찍자"라고 한 분이 말하니, "사진 찍어 뭐하고 이름은 알아서 머할라요?"하고는 그래도 응해 주신다. 아까와는 다른 방향에서 다시 마을로 들어서니 온통 이끼 낀 돌담이다. 내 고향은 아니지만 길은 고향의 정취를 한껏 풍기는 돌담길이다. 돌담 너머로는 화사한 복사꽃….

마을을 돌아 아주 빠져나오면서 보니 고향, 고향 풍경이다. 나무, 노란 꽃의 생강나무 저 나무는 영락없는 고향나무다. 실개천은 아니지만 큰 내가 흐르고, 풀은 또 가지런한 세 줄로 채소처럼 싱싱히 자라고 있고, 마늘은 물기를 머금고 있고 배추는 꽃을 피우고 있다. 과수는 깨어나려 기지개 켜고 정오가 가까운 시간의 햇살은 유난하다. 돌아 보인다.

그래, 그 누구네 할배가 생전에 일구었을 땅, 그 누구네 아배가 걸었을 논길, 필 닐리리 보리피리, 또 필 닐리리 버드나무 호드기, 보리피리 호드기 불며 걸었을 소몰이 냇둑…. 우뚝한 저 산정으로 구름은 넘어갈 것이고 구름 되어 그 누구네 할배도 아배도 또 갈 것이고, 탱자나무 울타리 저 너머로는 열다섯 순이의 손으로 삶은 감자가 건네졌을 것이고….

마을을 빠져나오니 들어갈 때의 그 느티나무가 나를 기다리고 있었다. 나무의 자리가 언덕은 아니었지만 그래도 내 눈엔 느티나무 언덕으로 보였다. <느티나무 있는 언덕>은 내 소년 시절의 영화다. 박노식, 노경희, 박은정, 이민, 황정순이 나온다. 어머니가 집을 나가버린 용문은 느티나무가 있는 언덕에 올라 어머니 생각에 빠진다. 어머니가 있는 다른 아이들은 중학교 진학 준비에 바쁘고 그나마 용문을 사랑해 주시던 선생님마저 서울로 전근을 가시면서 용문은 외톨이가 된다. 하지만 서울로 전근 가시는 선생님이 용문을 데리고 가시기로 하면서 용문에게도 희망이 생긴다.

마을을 완전히 벗어났다. 돌아본다. 떠나면서 돌아보니 화전마을은 멀고 먼 고향이었다. 다시 보니 이번엔 없다. 자동차 백미러 속에도 화전은 없었다. 의령의 자굴산으로 갈 것인지 곧장 부산으로 돌아갈 것인지 결정하지 못한 채 큰길로 나왔다.

둘, 배낭을 벗으니

어, 누구?
호텔 방 확대경
우리들의 30년
사진 속의 그 사진 밖의 나
감꽃 사이 연기
박상꽃 와이셔츠
배낭을 벗으니
어제 먹은 점심
공터 아주까리
까마중 먹땡깔
빈 들

배낭(교수직)을 벗으니 지게가 기다리고 있다.
그래도 어제처럼 그런 오늘, 오늘처럼 또 그럴 내일!

어, 누구?

5시 반경에 아침을 먹는다. 어디 갈 때 아무리 이른 새벽이라도 따뜻한 밥을 먹지 않고 집을 나선 경우가 없다. 난 찬밥에는 숟가락을 거의 대지 않는다. 오늘 국은 콩나물국, 뜨겁다. 국 없이 밥 먹어본 적이 몇 번이나 될까. 국이 없다고 밥을 먹지 못하는 건 아니지만 집에서는 반드시 밥과 국이다. 그러니까 뜨거워야 한다는 것, 국물이 반드시 있어야 한다는 거. 그런 내 입맛을, 편은 뜨거움과 국밥으로 늘 맞추어 준다.

배낭을 챙겼다. 소프라노 색소폰을 가져갈까 말까 망설이다가 "에라, 모르겠다. 가져가자" 하면서 배낭에 넣었다. 편은 말렸다. 손가락에 중상을 입고 있는 상태에서 하동 악양의 지리산 기슭 우리 밭에 가는 것을 말렸을 뿐 아니라, 악기 지참하는 것은 더욱 못하게 했기 때문이다. 꼭 가겠다면 차를 몰고 가서 좀 쉬고 오라고 했는데 그 말을 하나도 들어주지 않은 셈이 되었다. 악기만으로 한 배낭이다. 그러니까 비록 작은 악기이긴 하지만 그것을 넣을 만큼 배낭이 크다는 말이 되겠다. 손전화기는 큰방 충전기에 꽂혀 있다.

배낭을 메었다. 시외버스 타고 가는 하동 행은 이번 겨울 들어 처음이다. 무엇을 싣고 가거나 싣고 와야 할 경우에는 차를 가지고 간다. 가을엔 거의 매번 차를 가지고 가게 된다. 수확물을 싣고 올 일이 매번 있기 때문이다.

6시, 집을 나선다. 부산 날씨치고는 제법 춥다. 하지만 끄떡없다. 아랫도리 내의도 입었고 모자 달린 두툼한 등산 파카도 입었다. 10여 분 기다리니 169번 버스가 온다. 타는 사람 나 하나, 타고 보니 승객 또한 나 혼자였다. 기사가 "어서 오십시오" 할 때 난 큰 소리로 "반갑습니다" 하고 응대한다. 시내버스 탈 때 느낀 무응답의 아쉬움 때문에 더욱 그리한다. 기사들은 승객이 탈 때마다 큰 소리로 환영 인사를 하던데, 답례하는 승객을 별로 보지 못했기 때문이다.

버스 안이 따뜻하다. 기분이 좋다. 아무리 직업 수행의 일환이라지만 인사를 먼저 하는데도 대꾸 없이 지나가면 기사가 참 피곤하겠다는 생각이 들곤 했다. 집 앞 정류소에서 출발 후 40여 분 후에 서부시외버스 터미널에 도착했다.

그 사이 100원이 올랐다. 하동까지 9,900원인데 10,000원을 다 받는다. 표에 그렇게 적혀 있었다. 출발 15분 전이다. 타니 또한 훈훈하다. 히터가 작동되고 있었다. 지난 겨울에는 이렇지 않았다. 7시 첫차의 경우, 차 문이 열려 있지도 않았고 출발한 후에야 히터에서 온기가 나왔다. 책을 꺼냈다. 르 끌레지오가 지은 『황금 물고기』다. 말하자면 이번 겨울 '하동 행 버스 독서 그 첫 책'이다. 페이지가 잘 넘어간다. 15분이지만 제법 몇 장이 넘겨졌다.

출발 약 5분 전이다. 표를 손에 쥐었다. 기사가 표 챙길 시간이다. 이 버스는 하동을 거쳐 구례나 화엄사까지 가는데, 출발하기 전에 하동 승객의 표는 미리 받는다. 표를 손에 쥐고 눈은 책에다 붙이고 있었다. 중간에 앉은 나는 그래도 시선의 반쯤은 앞을 향하고 있었다. 기사가 뒤로 오면 책을 덮으려고.

누가 한 명 탄다. 반쯤은 책에 나머지 반쯤은 앞에다 보내는 등, 양다리 걸치고 있는 나의 시선에 어렴풋이 익숙한 모습의 여자다. 그런데 걸음이 빠르다. 성큼성큼 들어오더니 내 앞에 딱 선다. 어, 누구? 아는 여잔데 누구? 약 1, 2초 사이의 내 의식의 흐름을 붙잡아 보니 이렇게 흘렀다.

세상에! 내 편이다. 편 아닌가. 이 새벽에 어인 일로? 불과 몇 분 전에 집에서 "잘 갔다 오소" 하면서 헤어졌는데 전화도 없이. 여기가 어디? 순간, 노모가 머리를 스친다. 큰일? 말은 하지 않고 손을 내민다. 받아보니 전화기다. 주고는 내려 가버린다. 씩 웃고는 말없이, 진짜 말없이 내려버린다. 마침 기사는 표를 거두기 시작했다.

얼떨떨하다. 편을 버스 안에서 출발 직전에 이렇게 예고 없이 만나는 경험을 하게 될 줄 꿈에도 생각 못 했다. 이제야 사태가 파악되었다. 충전기에 꽂힌 전화기를 두고 나온 것이다. 평소 출발하기 전에 내가 가져갈 물건 챙기는 것 하나는 편에게 신임을 얻고 있기 때문에 전화기를 두고 갔으리라고는 편도 생각하지 못한 것이다. 그런데 차도 가져가지 않는 데다가 산기슭에서의 손전화기 중요성을 익히 알고 있는 편이 전화기를 발견하고는 총알같이 들고 뛴 것이다. 다른 때는 터미널에 도착하면 편에게 반드시 도착했다고 전화했는데, 이날 따라 난 출발 후 전화하겠다고 생각하고는 책만 보고 있은 터여서 전화기 두고 온 줄을 깨닫지 못하고 있었다.

버스가 출발한 후 편에게 전화했더니, 충전기에 꽂혀있는 손전화기를 발견하고는 그걸 들고 총알같이 뛰쳐나와, 집에서 약간 떨어진 정류소로 와서는, 택시와 노선버스 중, 먼저 오는 놈을 탈 참인데, 버스가 먼저 왔다고 했다. 그래도 조마조마, 택시를 탈 걸 하고 후회도 되고. 집에서 터미널까지 정류소가 27개인데, 설 때마다 안달이었다고 했다. 난 그것도 모르고 일정 간격 앞에서 편안히 명상하며 터미널을 향해 가고 있었던 셈이다. 즉 나는 손전화기를 지참하지 않은 것을 모른 채 유유자적한 자세로 앞선 시내버스에 앉아 있었고, 편은 내 손전화기를 들고 안절부절못하면서 뒤의 시내버스에 앉아 있었던 것. 그 두 대 버스 상황을 동시에 조망할 수 있어 우리 아이들이 봤다면 한참 웃었을 것이고 전율도 있었겠다고 생각했다.

도착, 어둠이 내렸다. 난로에 불을 붙였다. 바짝 마른 소나무 장작이어서 불이 붙기도 잘하고 타기도 잘 탄다. 형제봉에 어둠이 완전히 내릴 즈음, 전화했다. 새벽의 그 만남, 색다른 체험이라고 내가 말했더니, 식겁 잔치, 혼달림 한번 크게 했다고 편은 답했다.

호텔 방 확대경

해운대의 전망 좋은 방을 잡아 느슨하게 쉬는 게 어떻겠느냐는 큰 아이의 의견 개진에 대해, 처음에 나는 욕지도나 섬진강 물길 여정을 갖는 게 어떻겠느냐는 제안을 했다. 며칠 후 전화에서, 그렇게 하면 옴마가 또 짐 챙기는 등의 일로 쉬지 못하게 되니 해운대가 좋겠다는 말을 했다. 아이들 입장에서 보면 서울에서 내려오는 부산이니 먼 길 오는 셈이 된다.

듣고 보니 충분히 동의가 되는 제안이었다. 옴마 아부지, 먼 나라 긴 길 여행 좀 다녀오시라는 여러 번의 제안을 매번 뿌리친 우리 둘인지라, 사는 곳 부산에서 우리 방 말고 딴 방에서 자본 적이 거의 없는지라 해운대서 하룻밤을 보내는 것도 호기심 자극하는 이벤트였다.

해운대 호텔에 왔다. 방으로 올라갔다. 8층이었다. 우리 둘 한 방, 셋 아이 한 방 등 두 방을 잡았다. 아이들이 잡은 방이었다. 아이들 셋 우리 둘 등 다섯이 모처럼 모여 함께하는 날 또 밤이었다. 전망이 좋다. 그 사이 봉우리로 둘러싸인 악양 들판의 트인 전망만 보고 살았는데 바다 전망을 보니 기분이 또 다르다.

부산 살면서 자주 간 해운대는 아니지만 그렇다고 영 안 가본 해운대는 아니었다. 말하자면 모르는 해운대가 아니라 아는 해운대였다. 그런데 이번에 와 보니 모르는 곳 해운대, 처음 오는 해운대였다. 백사장에 바짝 붙은 보행 길이 완전히 달라져 있었다. 내가 걸어본 이전의 길이 아니라 처음 걸어보는 새로운 길이었다. 데크라고 부르는, 나무판자로 덧씌워진 길이었다. 이리 달라질 때까지 와서 걷지 않았던 것이다. 지나치기만 했던 것이다.

처음 작정대로 느슨하게 움직였다. 그건 편이나 아이들이 나에게 한 신신당부이기도 하다. 움직이지 않는, 늘어지는 아빠 또 당신을 이번엔 보고 싶다는 편과 아이들의 소원을 이번엔 꼭 들어주기로 했다. 그런 취지로 오후 내내 노천탕 물에서 놀았다. 뜨거운 물속에서 잠이 올 때까지 놀았다.

방으로 올라왔다. 편과 아이들이 교대로 샤워를 한다. 그러는 중에 한 아이가 지 옴마 보고, "이 거울 함 봐라"라고 키득거리면서 말한다. 이어 나는 편의 소리, "이 뭐꼬, 징그럽다." 다시 보라고 그러는 것 같다. "안 볼란다"라는 소리가 크게 들렸다.

호기심, 좀 후에 내가 들어가 봤다. 노천탕에서 난 이미 샤워를 하고 올라왔기 때문에 방의 욕실에 들어가지 않고 있었던 것이다. 거울 앞에 섰다. 놀랄 모습이 비치지 않는다. 옆을 보니 동그란, 작은 거울이 있었다. 거기 얼굴을 디밀었다. 엇, 괴물이 보인다. 확대경이었던 것이다.

방을 아주 나설 때까지 간격을 두고 여러 번 확대경 앞에 섰었다. 내가 보는 '또 다른 나'였다. 그 속엔 '살아온 나'도 있었고 앞으로 '살아갈 나'도 비치는 것 같았다. 확대경은 '살아온 나, 살아갈 나'를 뚫어지게 대면하게 해 주었다. 내게 있어 오늘은 날이 날이니 만치, 확대경을 통한 나와의 정면 대면 기회가 예사롭게 여겨지지 않았다.

방을 나와 우리는 송정을 지나 바닷길을 제법 올라갔다. 간절곶까지 가려고 하다가 차를 돌려 기장에 내려와 점심을 먹었다. 큰 아이가 아빠, 즐거우셨느냐고 묻는다. 물론 다른 두 아이와 편도 이구동성으로. 즐거웠다고 기꺼이 대답했다.

전반전, 중반전, 종반전…, 이제 내 삶은 종반전으로 접어 들었다. 세 매듭 중 남은 한 매듭. 이제 그 매듭 시작이다. 확대경의 충격이 신선하게 여운으로 남는다. 아이들이 챙겨준 나의 육순 기념일 하룻밤은 이렇게 갔다.

우리들의 30년

국제원예 종묘에서 주문한 꽃 댕강 묘목이 왔다. 지난번에 주문한 채진목(Juneberry) 중 한 그루가 부실했기로 연락을 했더니 정중하게 사과하면서 튼튼한 묘목을 대신 보내주겠다고 했다. 채진목 묘목을 받는 김에 꽃 댕강을 주문, 함께 받기로 했다. 62그루를 주문했는데 심으면서 헤아려보니 68그루였다. 비록 아주 어린 것이긴 하지만 몇 그루를 더 얹어 보내준 것이다. 이번엔 택배를 부산 집에서 받았다.

14일 토요일, 편과 함께 내려갔다. 봄놀이를 겸한 나들이였다. 섬진강 이쪽저쪽 다 온통 매화의 눈 색이다. 우리 매화 40그루도 거의 꽃을 다 피웠다. 지난해엔 몇 송이만 피었고 본격적으로 피는 것은 처음이다. 만발한 꽃은 아니었다. 바람이 많이 불었다. 바람에 날려, 녹차 거름 포대 하나가 마치 깃발인 듯, 앞쪽의 염소 영감님 매화나무 가지에 걸려 공중에 떠 있었다. 춘삼월 봄바람 맞고 그도 바람난 듯했다. 3년째 내리 나무를 많이 심었다.

심은 나무들의 5년 후를 생각해 본다. 그 아래서 내가 과실을 줍거나 따고 있을 것이다. 10년 후에도 어쩌면 그렇게 하고 있게 될 것이다. 자리 깔고 그늘에 앉아 여름을 보내고 있을 가능성도 있다. 30년 후에는? 나무들이 하나같이 솟아올라 우뚝우뚝 하나같이 자리매김하고 있을 것이다. 나는? '나무들 30년'은 짐작이 되지만 나무들과 이루게 될 앞으로의 '우리들 30년'에 대한 짐작은 망설여진다. 우리의 혼인 성사 30주년에 '30'년이 들어가는 주제 몇을 살펴 봤다.

먼저, 노사연의 노래 〈외길 30년〉이다. 가사는 이렇다.

"지나간 그 세월 때로는 고난과 역경 속에서 지울 수 없는 외로움도 참아야 했던 외길 30년. 지나간 그 세월 젊음을 불태워 살아온 날들 지울 수 없는 추억들이 너무도 많은 외길 30년."(하지영 작사 이범희 작곡) 외길 30년을 들으면서 나는 살아온 우리의 30년을 반추한다.

오래전에 불의의 교통사고로 서른여섯의 나이에 세상을 떠난 구본주는 리얼리즘 조각의 차세대 주자로 촉망받던 조각가였다고 한다. 그는 생전에 가진 세 차례의 개인전에서 샐러리맨으로 대표되는 소시민의 고달픈 삶, 추락한 가장의 권위와 비애 등을 해학적으로 표현했다고 한다. 그중에서도 직장 생활의 눈칫밥 인생을 사시안인 두상으로 형상화한 '눈칫밥 30년'이 눈길을 끈다. 구본주의 '눈칫밥 30년'은 볼수록 가슴이 아프다.

30년 전 철거민 문제를 다룬 조세희의 『난장이가 쏘아올린 작은 공』이 다시 주목받고 있다고 한다. 조세희의 난쏘공은 현재까지 가장 널리 읽히는 철거민 문학인데, 어느 독자는, '고등학교 다닐 때 난쟁이가 쏘아 올린 공이 정확히 뭘 이야기하는지 가슴으로 도저히 와닿지가 않았다, 그런데 이번에 용산참사를 보면서 난쟁이가 쏘아 올린 공이 이야기하는 것을 가슴으로 이해하게 되었다, 30년이 지난 지금 난쟁이가 쏘는 공이 다시 주목받는다는 것은 우리나라의 비극'이라고 했다. 조세희의 난쏘공, '철거민 30년'도 가슴을 많이 쓰리게 한다.

외길 30년과 눈칫밥 30년 그리고 철거민 30년이 그대로 나의 30년에 적용되는 건 아니다. 하지만 이런 30년은 나에게 많은 생각을 하게 한다.

막내가 먼저 전화를 했다. "아빠, 3월 11일 잊지 않았제? 기억하고 있제?" 했다. 그땐 3월 11일보다 한 닷새 전이었다. 기억 못 하고 있었다. 잊고 있었다. 그래도 대답은, "기억하고 있고말고"였다. 하루 전에 편보고 "내일이 무슨 날인데 알고 있었나?" 했다. "무슨 날? 기억력 한번 좋다"는 말을 들었다. 당일 오전, 연구실에선가 아니면 출근길에서 막내의 전화를 또 받았다. "아빠, 아침에 기념 잘 했나?"라는 말을 했다. 아차, 잊었다. 둘 다 잊고 있었다. 그래도 대답은 "하고말고. 마주 앉아 커피 한잔 놓고 기념식 했다"였다.

마주 앉아 커피는 했다. 이어 둘째와 맏이도 축하와 확인을 겸하는 문자와 전화를 연이어서 했다. 그리고 셋이서 만든 기념품을 각각 쓴 축하 카드와 더불어 빠른우편으로 보내 주었다.

3월 11일 그날, 편은 밤늦게까지 밖에서 봐야 할 일이 있었기로 나는 다른 날보다 일찍 집에 들어갔다. 그래도 해 넘어간 후. 연로하신 노모께서는 편이 차려놓고 간 저녁을 이미 다 자신 후였다. 편이 빨리 온다고 왔지만, 시각은 10시, 옷 갈아입고 손발 얼굴 씻고, 닦은 후 자리에 앉으니 10시 반쯤 된다. "자 지금부터 기념식이다." 아이들이 말한 '오붓한 차 한 잔'을 염두에 두고 한 말이었다. "밤도 늦은데 차는 무슨 차, 단술(식혜) 한잔으로 때우기!" 하며 동의를 구한다. "좋다"라고 했더니 식혜가 온다. 마주 보고 한 잔 마시고는 불 끄려 일어섰다. 돌아보니 30년이었다.

'우리들의 결혼 30년'은 이렇게 갔다. 앞으로도 "이렇게 삽시다. 사는 대로 삽시다. 살아온 대로 삽시다"라고 했다. 나도 그럴 생각이었다.

사진 속의 그 사진 밖의 나

급한 전갈이 왔다. 오래 못 갈 것 같으니 의식이 아직 있을 때 병실을 다녀가라는 것이었다. 76세, 많이 사신 것도 그렇다고 적게 산 나이도 아니다. 더 산다고 생각하면 안타까운 나이이고 일찍 가신 분들에 비견하면 오래 사신 나이다. 늦게 찾은 병실이었다. 이틀 후면 부음의 주인공이 될 분이 반갑게 맞아주고는 병실 밖까지 따라 나와 배웅해주었다. 목련 그늘이 좋다. 그러니 꽃이 지기 전에 놀러 와라. 어느 봄날에 낮은 목소리로 전화하던 그에게 나는 끝내 놀러 가지 못했다는 내용의 시를 생각해냈다. 이제 목련은 거의 다 졌다.

연구실에 도착했다. PC를 켰다. 습관적으로 켜는 PC이다. 물이 끓었다. 커피를 탄다. 집에서 마시고 출발했는데도 또 타는 커피이다. 커피잔을 들고 PC 앞에 앉았다. 오늘은 첫 시간에 강의실로 들어갈 일이 있는 날이다. 줄 전화의 벨이 울린다. 잘 안 오는 시간대인데 웬 전화? 편이었다. 그분이 가셨다고 했다. 내가 암울할 때, 전망이 아직 열리지 않았을 때 큰 나무가 되어준 분이었는데…. 여러 생각이 스쳐 지나간다. 강의실로 들어갔다. 커피는 서둘러 마셔 버리고. 어느 나무에는 아직 지지 못하고 달린 목련도 있을 것 같다.

조문을 갔다. 사진을 본다. 영정이라는 이름의 사진, 놓인 자리 때문이겠지만 중앙에, 좀 높이 안치된 사진은 설령 그 사진의 주인공이 웃고 있어도 보는 이를 마주 미소 짓지 못하게 한다. 물론 조금 후에는 웃거나 큰 소리로 고인과 관련된 몇 마디를 하게 되지만. 잠시 이 생각 저 생각을 많이 하게 된다.

사진 속의 그, 평온한 모습이나 영면하기 전에는 삶을 붙들려고 애를 많이 썼다는 말을 들었다. 물론 병실을 찾았을 때에는 다 받아들인 평온한 모습을 나에게 보여주었다. 사진 밖의 나, 살아생전에 너무 뜸하게 찾아뵌 것이 미안해 일어나 너무 늦게 놀러 온 이들끼리 술잔 기울이는 자리 곁으로 가서 앉는다. 사진 밖의 나도 슬프다. 자목련이 피었을까? 자목련은 목련보다 늦게 피는 것 같던데.

세상에는 늘 일이 있다. 죽는 일은 큰일이다. 큰일이 난 소리 즉 '죽음 소리' 즉 부음을 들으면 파문이 인다. 파문, 수면에 이는 물결. 그 소리를 들은 후면, 그 일을 겪고 나면 예전으로, 마치 아무 일도 없던 것처럼 돌아갈 수는 없을 것이라는 생각이 든다. 그런데 그것도 잠시, 곧 아무 일 없었던 것처럼 예전으로 돌아가고 만다. 꽃도 변함없이 피고 지고, 새도 여전히 난다. 어제처럼 그런 오늘, 오늘처럼 그럴 내일!

못에 돌을 던지며 놀던 아이 적이 생각난다. 클 때에는 돌을 자주 던졌다. 별 놀이가 없을 그때 물에 돌 던지는 놀이는 우리가 주로 하던 놀이가 아니던가. 별 놀이가 없던 그때 말이다. 던진 돌들이 생각난다. 물 위에 일던 파문도 기억난다. 이내 그 파문을 사그라트리고 금방 고요를 회복하던 수면도 생각난다. 또 생각난다. 어느 가지에 달려 있을 아직 지지 못한 목련. 또 생각난다. 사진 속의 그, 사진 밖의 나.

오늘, 삼 일째, 성금요일이다. 그분을 땅에 묻는 날이다. 강의실에서 나와 서둘러 마산 진동 그곳으로 출발했지만, 고속도로 진입까지의 길을 차들이 막고 있었다. 도착했을 땐 흙은 이미 덮여 있었고, 흙 덮던

삽들은 꽂혀 쉬고 있었다. 나오면서, 죽어 묻혀 있는 이들의 땅으로 오가는 길은 화사한 꽃길이라는 생각을 새삼 다시 확인했다. 바람도 꽃바람인 것을 춤추며 흩어지는 꽃잎 보고 인지했다. 나무의 꽃잎들이 우수수 떨어지고 있었다. 흰 꽃이, 노란 꽃이 많이 피어 있었다. 돌아오는 길, 샛길로 빠졌다.

김해 진례의 클레이 아크에 와서 섰다. 혼자 왔다. 흰 꽃이 수북이 피어 있었다. 노란 꽃은 피기 시작하고 있었다. 바람이 확 하고 가슴을 밀었다. 구름도 바람에 밀리고 있었다.

감꽃 사이 연기

감꽃이 피어도 올콩을 심지 않았다. 심을 생각은 희미하게 있었지만 심어야겠다고 또렷하게 떠올리지 못했다. 어머니가 하늘나라로 길 떠날 준비하시는 그 곁에 나의 5월 말미를 온통 놓아두어야 했기 때문이다.

가시는 어머니를 보내 드리고 내려오니 감꽃이 달린 채로 말라가고 있었다. 어머니 저 위 나라에서 갈아입으실 옷을 태워드렸다. 태우기 전에 소각장에도 옷에도 성수를 뿌렸다.

연기가 곧게 위로 올라간다. 바람이 불지 않아서 그랬을 것이다. 그래도 기분은 뭉클했다. 옷이 어머니에게로 곧장 올라가는 것으로 보였기 때문이다. 연기는 피어 있는 감꽃 사이를 비집고 들어가 하늘로 올라갔다.

감꽃은 유년 시절의 우리 집을 표상한다. 거기엔 모 심는 날 감나무 잎에 못밥 반찬 갈치 구워 놓던 젊은 어머니의 모습이 있다. 지금 올라가는 흰 연기가 그려내는 감나무 가지 사이의 어머니 모습은 소진할 대로 소진한 노쇠한 어머니 모습이다.

하늘나라로 올려 보내드린 지금 세월 흘러 이제 백발인 나는 유년의 감나무 그늘로 간다.

"결국 모든 아픔은 멀어지는 뒷모습 때문…." 멀어지는 뒷모습, 멀어진 뒷모습을 지켜보는 것은, 지켜본 것은 분명 아픔이었다. 멀어졌다. 사라졌다. 남은 건 이제 흔적뿐, 현실의 공간과 시간의 공간에 남은 흔적은 이제 내게 그분의 혼적(魂迹)이 된다. 어머니를 산에 묻고 돌아온 첫 밤을 비몽사몽, 선몽 악몽으로 지내고 맞은 새벽, 머문 자리 현실의 공간과 떠난 자리 시간의 공간 언저리를 배회하다가 떠올린 건 역, 그래서 김승기의 『역』을 찾았다. 전자책으로 샀다.

어머니는 "사는 동안 내내 어쩔 수 없을 그 무수한 것들"을 참 많이도 가지고 싶어 하셨다. 그 대부분을 가져보지 못하고 가셨다. 안 아픈 다리, 팽팽 걸음으로 보는 풍경, 좋은 옷, 울긋불긋 색종이, 청실홍실 구정 불란사 수실, 번갈아 찾아와서 부르는 아들들의 '어머니' 소리, 반질반질한 과자 그릇 통 그리고 여러 나라 묵주들 또 자기 손으로 엮어내는 묵주 자료 알들…. "기적이 운다. 꿈속까지 따라와 서성댄다. 세상은 다시 모두 역일 뿐이다."

어머니를 땅에 묻은 후 보낸 날이 여러 날, 벌써 3주째다. 살아생전에 밥을 담아 드렸던 밥그릇을 곱게 깨어 고이 묻었다. 흐르는 물가에 묻었다. 큰 그릇은 '대발'이라 하지 않고 그냥 '사발'이라 하는데 중간 크기의 것은 '중발'이라 부른다. 작은 그릇을 '소발'이라 부른 기억은 없다.

중발이지만 그리 작지 않은 밥그릇에 밥을 담아 드리면 별세 거의 직전까지 잇몸으로 꼭꼭 씹어 다 드셨다. 중발은 이제 내게 '어머니 밥그릇'이다. 트럼펫을 산 것도 가신 어머니 인연이다. 조문 온 지인 W와 대화 중에 트럼펫 얘기가 나왔고 그에게 부탁하여 입수하게 되었다.

연주법을 익힌 후 먼저 할 일은 나란히 있으신 아버지 어머니 무덤 앞에 서서 이 곡을 부는 일이다. 그건 아마 한 1년 후의 일일 터. <감꽃 사이 연기>라는 곡을 내가 만일 조금이라도 소질이 있으면 작곡해보겠는데 유감스럽게도 그런 소질이 내겐 하나도 없다.

박상꽃 와이셔츠

연하더니 진해졌다. 바위 밭의 복숭아꽃 얘기다. 그 색이 연분홍에서 진분홍으로 옮겨가는 것을 이번에 처음 보았다. 일주일 상관이다. 함께 심었어도 언덕 밭의 나무는 꽃을 서너 개만 달았는데 바위 밭의 나무는 잔뜩 달았다. 연했는데 왜 진해졌을까? 복숭아꽃은 본래 그렇게 변해가는 것일까? 연분홍에서 진분홍으로 그리될 사연이라도 품은 것일까? 그리 보니 그리 보인다.

여드름 산맥을 안면에 달고 다니던 고교 때, 진주 남강 뒤벼리 저 건너의 도동 모래벌 복숭아밭 꽃들의 그 봄들은 가슴에 그리움이라는 불을 많이도 질러댔다. 사연은 없다. 그냥 그랬다. 지금도 복사꽃은 어느 봄꽃 그보다 뭉클하게 슬픔을 불러내 준다.

지난해 두 그루 그 위에다 이 봄에 한 그루 더 구해 심었다. 복숭아나무를 심었으니 복사꽃 피고, 핀 꽃 지고 나면 복숭아가 달려 내 머무는 여기가 도원이 되었으면 좋겠다. 무릉도원이라면 더 좋겠다. '꽃 사연'이 따로 없어도 그랬으면 좋겠다. 굳이 이름을 붙인다면 길뫼도원!

나무를 더 심었다. 비타민 나무 네 그루, 자두나무를 두 그루, 무화과나무를 한 그루, 노각나무를 두 그루 그리고 복숭아나무 한 그루. 돼지감자도 심었다. 바위 밭의 복숭아꽃, 그래, 진한 색의 큰 그림을 그려 넣은 손수건도 있었지! 그렇다면 복숭아 이 꽃도 큰 그림 손수건!

이거 조팝나무꽃 아닌가. 꽃 핀 모양이 튀긴 좁쌀을 붙인 것처럼 보이기 때문에 붙은 이름이라는 조팝나무꽃, 조팝 대신에 튀밥이나 박상이라고 부르면 어떨까? 그럴 수 있다면 조팝나무꽃은 튀밥 나무꽃 또 박상나무꽃이 된다. 튀밥도 좋고 박상도 좋다. 5월 이렇게 좋은 날, 길뫼재 저 구석 양지 녘에 조팝나무꽃이 화사하게 피었다.

튀밥, 쌀을 뻥 튀긴 거, 쌀을 튀긴 거 이것을 우리는 표준어인 뻥튀기라기보다, 또 하나의 사투리인 튀밥이라기보다는 '박상'이라고 불렀다. 쌀로 튀기면 쌀 박상이고 보리로 튀긴 건 보리 박상이였다. 밀로 튀겨 밀 박상이라고 부른 기억은 희미하다. 밀 또한 튀겨먹지 않지는 않았을 텐데. 박상, 알아보니 뻥튀기의 경상도 사투리다. 그것도 경상도의 남해안 지방에서 많이 사용되던 말.

쌀, 쌀밥, 쌀뜨물, 쌀 박상, 이 모두는 그 빛깔이 흰색이지만, 그중에도 쌀 박상은 포근하게 희었다. 그 색을 요즘 말로는 아이보리색이라고 하는 것 같다. 쌀 박상을 움켜쥘 때 그 감촉이란…. 조팝나무꽃보다 박상꽃이 좋다. 그것도 쌀 박상꽃.

"양복은 검정에 가까운 곤색(감색)으로, 넥타이는 연한 복숭아색 그 위에 반짝이는 점이 있는 화려한 것으로, 구두는 빤짝 윤이 나는 광택 구두로!" 그리고 셔츠는 "눈부시게 흰 와이셔츠로!" 백화점의 양복집 준수하게 잘생긴 소장은 발끝에서 머리 끝까지 코디해주었다. 오케이 사인은 편이 해주고.

새 옷 입고 오시라고 부쳐준 둘째 아이의 돈으로 그렇게 했다. 적지 않은 이 돈으로 둘의 옷 사자고, 우리 둘이 새 옷을 사서 서울에 갈 때 입고 가자고, 입어 둘째 덕으로 광 한번 내자고 그리 말하면서 시시덕 신나게 백화점에 갔지만, 사다 보니 그 돈으로 내 것만 사고 말았다.

와이셔츠, 과연 희었다. 희었지만 그냥 백색은 아니었다. 박상 같은 백색, 입으면서 나는 박상꽃 그 색깔을 생각해 냈다. 박상은 쌀 박상! 서울 가려 산 내 셔츠, 가서 우리 아이 손 잡을 때 입으려 산 셔츠, 와이셔츠는 박상꽃 셔츠다.

꽃은 끊임없이 피고 진다. 봄철 꽃은 더욱더 그렇다. 지기도 전에 피고, 피어도 지지 않는다. 그래도 졌다. 매화는 졌고 앵두꽃도 다 져간다.

산돌배, 돌배꽃이 이제 피었다. 꽃 사연이라는 노랫말처럼 "싱그런 꽃향기 마시며 살자던 긴 머리 아이의 그리움"으로 피었다. 편, 내게 시집올 때 긴 머리 자르고 왔다.

화창한 봄날 우리 둘째 혼배 미사 손 잡아 주러 서울 가는 길, 피는 나무꽃들이 밀양, 청도, 경산, 김천, 영동을 지날 때마다 조금씩 달랐다. 청도, 경산을 지날 때는 복사꽃의 연분홍, 진분홍을 차창이 스쳤지만, 영동을 지날 때는 시선을 그만 잃고 말았다. 시인 박두진이 "잠자는 시혼, 멀리 나들이 간 시혼, 복사꽃 피는 마을을 찾아 혼자 나들이 간 시혼을 어서 불러야" 하겠다던 '그 마을'의 영동을 지날 때는 정작 복사꽃 도원을 놓쳐버린 것이다.

이렇게 서울에 가서 나는 둘째 아이의 손을 잡아주고 내려왔다. 내가 잡아 준 둘째의 그 손은 이제 내가 아닌 제 짝이 잡아야 하고 또 제 짝을 잡아야 하는 손인지라 꽉 잡지는 않았다. 우리 아이에게 오는 머슴아넘은 나를 쳐다보지도 않고 낚아채듯 손을 나로부터 건네받아 자기네 자리에 나란히 앉아 버렸다. 부산 집으로 돌아와서는 박상꽃색 와이셔츠를 벗어서 걸었다.

배낭을 벗으니

배낭을 벗었다. 벗어 내려놓았다. 배낭 속에는 몇 개의 짐이 들어 있었다. 일터에서 받은 짐이다. 내가 지고 있던 짐은 교양 교육 책임자라는 짐, 인문학연구소 소장이라는 짐, 인문고전대학 학장이라는 짐, 희망대학 학장이라는 짐이었다. 여러 해 동안 이런 짐이 든 배낭을 나는 지고 있었다. 이제 벗었다. 홀가분하고 자유로운 것은 인지상정. 그 역할들을 제대로 수행했는지를 생각해보면 겸손해질 수밖에 없다. 하노라고 했지만, 과연 제대로 했을까?

입은 옷, 신은 양말은 밤마다 벗는다. 지치게 하는 8월 된더위 지금은 집에서 아예 바지를 입지 않고 있다. 물론 속옷까지 벗어던지진 않았다. 벗는 홀가분함은 벗어봐서 안다.

하지만, 벗어던지면 홀가분하다고 해서 우리 아이들 아비 역할과 내 편의 편 역할까지 벗어던질 수는 없다. 나중에 저세상 갈 때에나 벗게 될 그건 또 다른 나! 한 학기 후에 교수라는 직업의 짐을 벗게 되면 그 때에는 아비 또 남편의 짐도 더불어 줄어들어, 나는 나랑 더욱 가까이 놀 수 있게 될 것인가?

그런 그림을 그려본다. 편도 거들어준다. 가장의 짐이 얼마나 무거웠느냐고, 정말 자기 하고 싶은 것 하면서 가볍게 사시라고 진심 담아 말해준다. 고맙다.

이제 나도 가끔 앉을 그루터기가 필요한 나이로 접어든다. 내 다리는 아직 튼튼하고 내 걸음은 빠르다. 그래도 자연이 내게 주는 나이테의 의미는 받아들여야 한다. 그것이 순리 아니겠는가. 그래서 난 그늘의 그루터기에 가끔은 앉으려고 한다. 내 삶을 다 벗어 놓을 순 없고 그리움, 사랑, 서러움, 미움을 다 벗어던질 순 없지만, 그래도 그것들을 내려놓고 여름 나무 그늘, 봄꽃 그늘, 가을 단풍 그늘, 겨울 눈 그늘의 그루터기에 앉으려 한다. 어느 틈에 나도 나무, 아낌없이 주는 나무, 그루터기의 고마움을 눈치를 채가는 나이이다.

배낭을 내려놓았다는 말은 건너갈 준비를 하고 있다는 의미이기도 하다. 다리 건너 강 저쪽으로. 강 건너 저쪽은 연구실을 비워주고 들어서는 정년퇴직 이후의 들판을 말한다. 그래서 남은 한 학기는 건너갈 다리이다. 아직은 이쪽에 있지만, 다리에 올라서니 저쪽도 보인다. 이쪽은 연구실이고 저쪽은 길뫼재의 글 작업실이다. 두고 나올 책과 길뫼재 서실로 옮길 책을 연구실에서 지금 가르고 있다.

배낭을 벗으니 지게가 기다리고 있다. 물론 지게의 짐은 배낭을 벗기 전기 전에도 졌다. 예취기로 깎은 잔디는 매번 양이 많다. 퇴비장의 높이를 제법 높인다. 그래도 깎은 잔디 지게 짐은 가벼워서 등이 무겁지 않다. 정년 퇴임 1년 전이다.

12월 3일 오늘, 강의를 전부 마쳤다. 긴 세월 동안 해온 강의를 공식적으로는 마무리한 날이었다. 마치니 5시였다. 정년 퇴임 2개월 전이다.

해를 넘겨 2013년 2월 22일, 함께 동고동락했던 인성교양부 후배 교수들이 품위있게 마련해 준 퇴임식·미사에서 난 이렇게 말했다.

감사합니다. 동고동락한 우리 인성교양부 교수님들, 이 자리를 마련하는 데 들인 노고가 큽니다. 고맙습니다. 연구실을 나란히 가지고 있다가 같은 날 비우게 된 김○○ 교수님, 점심 먹고 나갈 때도 같이 나갑시다.

강의실에서 함께한 학생들이 생각납니다. 저의 강의를 통하여 학생들의 사고력과 표현력이 얼마나 증대되었는지, 지식으로서나 품행으로서의 교양이 얼마나 제고되었는지 생각하면 움츠러듭니다. 하지만 함께한 교양 교과 담당 교수님들의 사명감은 컸고 열의는 뜨거웠으니 저의 모자랐던 점이 거기에 묻힙니다. 그들이 모두 우뚝우뚝 자리매김했으면 좋겠습니다.

교수님들, 훌륭하신 교수님들과 함께해서 저도 더불어 부산가톨릭대학교 교수일 수 있었습니다. 직원 선생님들, 유능한 직원 선생님들의 헌신적인 학사 행정 뒷받침이 있어서 교수 노릇 잘할 수 있었습니다. 음으로나 양으로, 공적인 일이나 사적인 일에서 베풀어주신 교수님들과 직원 선생님들의 후의를 가슴에 빚으로 담아 갑니다.

미사를 집전해주시고 과분한 찬사의 말씀을 해주신 총장님, 감사합니다. 저의 퇴임식장 모습을 두 눈 뜨고 보겠다고 기꺼이 들러주신 붕우(朋友)들, 고맙네요. 정겹네요. 인문학연구소 교수님들, 고맙습니다.

하느님은 가족을 통해 은총을 제게 풍성히 주셨습니다. 내 삶의 도반인 숙자 씨, 사랑과 희생으로 자녀들을 보살펴 아이들은 일찍이 홀로 섰고 나는 명예롭게 이 자리에 섰습니다. 헌신을 내게 늘 꽃다발로 만들어 안겨 주었습니다만 난 손에 쥐여준 게 없습니다. 딸 사위들이 준 꽃다발을 영원한 내 도반 숙자 씨, 최숙자 씨 손에 잡힙니다.

오륜골 이곳에서 머문 시간이 30여 년입니다. 들어올 때 캠퍼스 정문은 작고 좁았는데 나가는 지금은 크다 못해 아예 없습니다. 발전한 부산가톨릭대학교의 모습입니다. 들어올 때의 정문 그 자리를 더듬어 밟고 나가 보렵니다.

2월은 2월이 놓친 두 날, 29일과 30일을 통해 삶에서 놓치고 있는 귀한 것을 찾아보게 하는 달이라고 저는 해석합니다. 나가서, 사노라고 살았지만 정작 살면서 놓친 저의 삶을 한번 찾아보렵니다. 이제 갈랍니다. 안녕히 계십시오.

드디어 교수라는 배낭을 완전히 벗었다. 배낭을 벗으니 지게(농부 직)가 기다리고 있다. 연구실과 강의실의 교수가 아니라 악양 지리산 기슭의 길뫼재 밭에서 지게 지는 농부다.

어제 먹은 점심

2016년 12월 30일 아침, 침대에서 잠시 눈을 붙이고 있는데 편이 황급히 들어와 "팔이 부러졌다"라고 한다. 벌떡 일어나 급히 챙겨 동네 정형외과 의원으로 갔다. X-ray를 찍더니 '왼 손목 요골 골절 및 척골 경상 돌기 골절'이라고 하면서 도수치료를 했다. 그러고 나서 다시 촬영하니 이골이 더 심해졌다고, 큰 병원으로 가셔서 수술 치료를 받으라고 한다. 부민병원으로 달려가 하룻밤을 보낸 후 수술치료 하였다. 그래서 편은 연말과 연시를 입원실에서 보냈다. 나 또한 거기서 송구와 영신을 했고.

내려왔던 사위 둘은 자기들의 삶의 터전인 서울로 먼저 올라갔다. 원래는 31일 밤에 '유의미한 밥'을 함께 먹으려 했는데, 입원실 왕래 때문에 그 자리를 마련하지 못한 채 '그냥 밥'을 몇 끼 먹고 올라갔다. 입원실에서 네 밤을 보낸 후 2일에 퇴원했다. 주치의가 통원치료하면 된다고 해서.

3일, 센텀시티 파크 하얏트 31층의 밥집에서 '유의미한 밥'을 먹었다. 아이들이 사주는 밥이다. 밥을 먹는 중에 전화를 받았다. 먼저 자기들 터전인 서울로 올라간 사위들의 전화였다. 깁스 팔걸이를 한 편은 불편했을 터이지만 함께 했고, 쪽도 팔리고 통증도 있을 터이지만 커피 마실 때까지, 그러니까 끝까지 미소를 보여 주었다. 유의미한 그 밥 즉 나의 칠순 점심을 먹고 돌아온 후 밤낮을 지나면서 이런저런 생각이 들었다. 생각 중에 찾아 읽은 '일흔 살'에 관한 몇 줄 글들이다.

어느 트위터리언 : 일흔 살 넘으면 피선거권 박탈하는 법안을 만들어야 합니다. 조금 있으면 기저귀 찰 것들이 젊은이들의 미래를 결정하게 놓아두어서는 안 되는 일.

영화 나라야마 부시코 : 나라야마는 산 이름이고, 부시코는 노래라는 뜻이라고 한다. 식량 부족으로 70세가 된 노인은 나라야마 산에 산 채로 버리는 풍습이 있는 산골 마을, 다츠헤이 집안을 중심으로 이야기가 전개된다. 69세가 된 다츠헤이의 어머니 오린은 모든 것을 하늘의 뜻으로 순응하며 나라야마산에 갈 준비를 한다. 그해 가을, 오린은 아들을 채근하여 나라야마 산으로 향한다. 집에 돌아온 다츠헤이에게 아들의 노랫소리가 들린다. "할머니는 운이 좋아. 눈이 오는 날 나라야마에 갔다네." 그의 가족들은 이미 오린의 옷을 나눠 입고 있었다.

민속 화가 그랜마 모지스(Grandma Moses) : 이제라도 그림을 그려서 얼마나 다행인지 모릅니다. 나의 경우에 일흔 살이 넘어 선택한 새로운 삶이 그후 30년간의 삶을 풍요롭게 만들어줬습니다.

농민 백남기 : 농민 백남기 씨(69)는 박근혜 정부로부터 사과 한마디 듣지 못한 채 생을 마감했다. 아무도 책임지지 않았고 처벌받지도 않았다. 백남기 씨는 박근혜 대통령에게 쌀 수매가 인상 공약 이행을 촉구하기 위해 지난해 11월에 열린 서울 광화문 민중총궐기 대회에 참가했다. 그는 이날 시위대가 경찰 차벽에 연결해 놓은 밧줄을 잡아당기던 도중 경찰이 쏜 직사 물대포를 맞고 쓰러졌다. 그리고 25일 사망하기까지 317일이 흘렀다. 이날은 백씨가 칠순이 되는 생일날이었다.

호세 카레라스 : 올해 일흔 살이 되면서 제가 평생 노래할 수는 없다는 사실을 생각하지 않을 수 없었어요. 마무리를 앞두고 멋진 공연과 환상적인 관객으로 제 기억 속에 남아 있는 도시들을 다시 한번 가보기로 했죠. 사람들이 저를 도덕적으로 철저한 삶을 살았던 사람으로, 언제나 모든 것을 바쳐 최선을 다해 노래하고, 이를 위해 태어난 사람으로 기억해 줬으면 좋겠어요.

국회 앞 최장기 농성 김영곤·김동애 씨 부부 : 국회의사당 정문에서 100m가량 떨어진 건물 담장 앞에 오래된 텐트가 하나 세워져 있다. 텐트 옆에는 '한국대학교육협의회는 강사 교원 신분 회복한 강사법 즉각 인정하라'는 문구가 적힌 팻말이 놓여 있다. 이곳은 대학 시간강사 출신인 김영곤(67) · 김동애(69) 씨 부부의 농성장이다. 부부는 이곳에서 숙식하며 시간강사 교원 신분 회복을 촉구하는 노숙 투쟁을 벌이고 있다. 2007년 9월 7일 농성을 시작한 이후 벌써 10년째다. 국회 앞 최장기 농성장이다. 지난달 26일 아침, 부부는 천막 농성장 작은 밥상에 마주 앉았다. 밥상 위에는 조그만 케이크가 하나 놓였다. 남편 김 씨가 초에 불을 붙이며 부인의 '칠순' 생일을 축하해 주었다. 길바닥에서 생일을 맞은 것이 한두 번이 아니지만, 칠순까지 맞을 줄은 생각도 못 했다. 부부는 촛불을 끄며 서로를 위로했다. 이들 부부의 기나긴 싸움이 언제 끝날지는 아무도 모른다.

배우 윤여정 : 배우 윤여정(69)은 이재용 감독의 저예산 영화 <죽여주는 여자>에서 노인을 상대로 성매매를 하는 속칭 '박카스 할머니' 소영을 연기했다. 어느덧 일흔인 나이에 내가 모르는 일이 어디 있을까 싶었는데 이런 세상이 또 있구나, 내가 연기하는 자체도 이리 힘든데 이걸로 생계를 유지해야 하는 사람들을 생각하니 가슴이 아프다가도 짜증

이 나고 우울해졌다고 윤여정은 말했다. 윤여정은 지금 생애 최고 전성기를 일흔이 넘은 나이에 보내고 있다. 2021년 4월, 제93회 아카데미 시상식에서 영화 〈미나리〉로 여우 조연상을 받았다.

아주 오래전에 아이들이 어릴 때 나는 가족을 데리고 하와이를 다녀왔었다. 그런데 이번에는 아이들 자기들이 주도권을 쥐고 부모인 우리를 모시고 다시 하와이를 다녀오려는 의논을 하고 있다. 격세지감을 느낀다. 이젠 자녀들의 말에 더 따라야 하는 나이에 내가 들어서 있는 것이다. 굳이 그렇게 하려면 로마 공항에 내리는 게 좋겠다는 생각을 넌지시 전하긴 했지만.

일찍 돌아가신 아버지가 생각난다. 아버지는 칠순은커녕 지명(知命)에 귀천하셨다. 아버지는 어렸을 때 나를 자전거에 태워 등교도 시키고, 트럭을 대절하여 적재함에 태우고는 진주 시내를 관통하여 고향 장재실을 구경시켜 주시기도 하셨는데. 그런데 나는 아버지께 바람을 쐬어드리기는커녕 사이다 한 병을 사드리지도 못했다.

여러 해 전에 나이 연하장이라는 게 관심을 끈 적이 있다. 그 연하장에서 69세는 "상을 받을 때 고개를 숙이지 않아도 되는 나이"이고, 70세는 "대통령 이름을 그냥 불러도 건방짐이 없는 나이"였다. 내가 이제 이 지점에 섰다. 지금 나는 카펜터스의 〈잠발라야(jambalaya)〉를 듣고 있다. "나는 배를 저으러 가는 거예요. 멋진 이본느와 함께 후미 위에서 유쾌하게 노는 겁니다. 잠발라야와 가재 파이, 지느러미 고기 수프, 기타와 과일까지 있거든요." 원곡은 루이지애나 지방의 민요인 〈아름다운 텍사스 처녀〉라고 하며, 잠발라야란 쌀과 고기로 만든 요리의 일종이라고 한다. 잠발라야가 요리 이름인 걸 이제 알았다. 서울에 가는 길 있으면 아이들에게, 잠발라야 파는 레스트랑 있으면 거기 한번 데려가 달라고 부탁해야겠다.

이렇게 보낸 나의 칠순일, 생각이 여러 갈래로 뻗쳤던 며칠이었다.

공터 아주까리

아카시 송이 꽃들이 지고 있을까? 해바라기는 고개를 숙였고? 참깨꽃이 나팔처럼 입을 벌렸겠다는 생각을 하고 갔으면서도 아주까리가 서 있겠다는 생각을 하고 가지는 않았다. 쑥이 웃자랐겠다는 생각을 할 때조차도 그 생각은 안 났다. 그래도 아주까리는 버려진 땅, 쓰레기도 버려지고 플라스틱 조각도 널려 있는 황량한 땅에 뿌리내리고 있었다. 그것들은 앉지 않고 서 있었다. 그 큰 덩치에도 없는 듯이 구석에 서 있는 아주까리.

늦여름이면 어떤 풀은 시들기 시작한다. 말라붙은 풀의 대궁 사이에서 그때부터 아주까리는 그나마 돋보인다. 봐주는 눈도 별로 없는데 치장하고 서 있다. 몸매가 붉다. 치장한 몸 탐내는 놈 있을까 봐 무장하고 서 있다. 수류탄을 아예 주렁주렁 달고 있다. 아니 저건 별사탕인가. 도깨비 놀이 구슬인가.

시골 누구네 외숙모는 흙 만지던 손을 헹구고 땀에 전 얼굴을 물수건으로 훔치고 분칠하고 연지를 발라도 모양 안 나던데, 아주까리의 분칠하고 연지 바른 몸매는 쭉쭉 뻗었다. 장삼이사 그 누구네 외숙모 집의 삶은 고구마는 늘 맛있다. 정은 속마음 깊은 곳에 묻혀 있었다. 아주까리의 정도 외모에 있는 것은 아니었다.

가난한 시절이 있었다. "마당보다도 더 가난하고 마당 가의 울타리보다도 더 가난하던" 시절이 있었다. 그런 때가 있었다. 그때 아주까리는 많은 것을 주었다. 아니 전부 다 주었다. 그 시절, 아주까리는 버릴 것이 없었다. 나물로 기름으로 또 땔감으로 말이다. 먹었고 밝혔고 데웠고 낫게 했다. 아주까리로 말이다. 그것은 가난한 시절의 그나마 부유한 풀 나무였다.

가을이다. 좀 있으면 수류탄, 별사탕, 도깨비 놀이 구슬 같은 저 아주까리 열매를 까게 될 것이다. 까면 빤짝빤짝 윤이 나는 알맹이가 정교한 도안의 까만 란제리를 환상처럼 걸친 알몸으로 그 안에 있을 것이다. 못생긴 식물의 잘생긴 열매 그게 아주까리 열매다.

그랬다. 그 시절 "가난은 참으로 부지런"했다. 마당은 늘 비어있기 마련이었지만 어쩌다 채워진 마당도 금방 비워지기 마련이었다. 가난은 늘 마당을 빨리 비웠다. 보리도 나락도 풀도 다 마를 때까지 기다릴 수 없었다. 어서 빨리 솥으로 아궁이로 가야 했다.

그건 마당 구석 자리도 마찬가지. 다 자라고 익을 때까지 느긋하게 기다릴 수 없었다. 그때에도 아주까리는 늦은 철까지 자리를 지킬 수 있었다. 비록 잎은 빼앗겼어도 열매까지 빼앗기지는 않았다. 못생긴 저 열매는 사람에게 기다림을 익히게 했다. 안 익은 열매는 미리 따도 쓸모없지 않은가. 먹을 게 아니었으니. 참, 새삼 헤아려 보니 아주까리를 읊는 시 하나 없고, 아주까리를 기타로 치는 변변한 노래가 하나 없네. 하나 있기는 있다. '아주까리 동백꽃이 제아무리 고와도'라고 하는 노래.

지금, 아주까리 아니라도 나물거리는 많고 여자들 머릿기름도 많다. 배 아플 때 먹는 약은 또 오죽 많은가. 아니 지금은 아픈 배도 별로 없다. 그때는 왜 그리 배가 자주 아프던지. 아주까리가 별 쓸모가 없다.

그래도 반갑다. 그 시절 그때보다 더 반갑다. 떠나는 시골을 지켜주는 파수꾼이다. 아주까리는 어려울 때 더 빛난다. 시골의 논밭을 배경으로 섰을 때 더 어울리는 외숙모 풍채다.

관심 끊지 못하는 땅, 아주까리의 그 땅에 봉숭아도 있었다. 봉숭아물 들이는 손을 아주까리 잎으로 감쌌다고 했다. 할머니를 보낸 손녀는 아주까리와 봉숭아를 그렇게 회상하고 있었다.

아주까리 또 봉숭아는 공터 그 자리에서 먼지를 너울처럼 뒤집어쓰고 있었다. 비가 오면 그 먼지도 씻길 것이다. 그러면 꽃도 질 것이다. 열매는 딸 것이고 그 비는 가을비, 늦가을의 비일 것이다. 그러면 그때는 만추. (위 큰따옴표 인용문은 장석남의 「빈 마당을 볼 때마다」 일부.)

까마중 먹땡깔

그 들판 들녘에는 찔레가 열매를 공중으로 치솟아 올리며 서 있었다. 계절을 보내며 지친 잎의 찔레가 붉은 열매를 달고 들녘에 서 있었다. 바다로 난 길을 함께 걸어가던 편이 그 열매를 딴다. "까치밥을 탱자와 설탕과 버무리어 쟁여 두었다가 차로 달여 마시면 몸에 좋은데, 좋아도 한참 좋은데, 안 좋은 데가 도대체 없다는데!" 하며 부지런히 딴다.

맞다. 찔레 열매를 까치밥이라고도 불렀다. 찔레 열매, '영실(營實)이라고 하는 또 까치밥이라고도 불리는 찔레나무 열매가 붉은 망울로 들녘을 지키며 서 있었다.

들판 구석 밭으로 간 편이 자꾸 부르면서 손짓한다. 난 디카를 손에 들고서는 들길의 끝머리 바닷가에서 배회하는 중이었다. 물이 가득 들어와 그렇게 푸른 바다라고 생각하지 않았던 이 바다가 하도 푸르러서 감탄하는 중이었다.

편은 까치밥을 따고서는 밭으로 가서 대파를 뽑은 후 배추를 뽑는 중에 보니 밭이랑 앞에서 먹땡깔이 기다리고 있더란다. 그래서 한 주먹 따서는 자기 입에 털어 넣지 않고 "이녁 주려고 이렇게 기다리고 또 기다리고 있는데 빨랑 오지 않고 뭘 그리 꾸물대고 있느냐"라고 핀잔 또 핀잔이다.

먹땡깔을 건네받아 한입에 날름 털어 넣었다. 먹땡깔을 털어 넣은 우물거리는 입은 영락없이 철이 덜 든 소년의 입이다. 그래서 추억을 먹은 셈이었다. 먹땡깔의 정확한 말은 까마중이라는데 우리는 그것을 까마중이라 부른 기억은 없다. 동자승 머리처럼 반질반질 윤이 나기로 그렇게 부르는 거라고 한다.

어린 시절 우리 밭의 사래도 제법 길었다. 고구마를 주로 생산했고, 감자, 양파, 콩, 깨, 고추도 심었다. 논을 더 귀하게 여길 때 우리 집엔 밭이 더 많았다. 아침 햇살이 눈부시고 이슬은 아직 잠을 덜 깬 아침에 고구마밭으로 가, 보리순 파란 이랑의 고구마 순 들어주는 일은, 그리고 사이사이의 풀을 뽑아 주는 일은, 더러는 재미있었지만, 대부분 힘든 일이었다.

고구마 순을 들어 풀을 뽑으면서 저만치 가면 더러 먹땡깔이 풋열매를 주렁주렁 달고 기다리고 서 있기도 했다. 먹땡깔 풀 나무는 늘 풍요로웠다. 도드라지게 컸고, 잎이나 열매의 색깔이 진했고 무성했다.

먹땡깔은 고구마밭이나 고추밭, 감자밭의 전리품이었다. 한주먹 따서 한입에 털어 넣어 깨물 때 터지는 열매들의 느낌이란 그리고 그 덜 익은 맛이란. 그 액즙의 달콤함이란 또 거무튀튀한 입술의 해학스러움이란.

저 들녘 밭둑, 먹땡갈의 가을은 들판을 비우고 있었다. 저 들녘의 밭둑길은 나에게 까마중이라 부르는 먹땡깔의 추억을 선물로 돌려주었다. 까마중 먹땡깔은 유년의 열매로 내게 온 것이다. 비어가는 들녘의 먹땡깔 까마중….

빈 들

나도 모르는 사이에 들판이 이렇게 비어 버렸다. 와서 보니 들은 텅 비어 있다. 빈 들 가운데 서니 마음이 채워지기도 하고 비워지기도 한다. 허허롭기도 하고 풍요롭기도 하다. 빈 들이 주는 상징성이 크다. 그 상징성의 크기가 초록으로 채워진 들 못지않다.

들이 이렇게 비워지기까지 나는 뭘 하고 있었는가? 까맣게 모르고 있었으니. 허수아비 축제의 평사리 들판 한가운데를 가로질러 걸을 땐, 추수가 곧 이루어질 것을 황금색 벼 이삭을 보고 느끼긴 했지만, 정작 추수철엔 시골 근방에 얼씬도 못 했다. 시월이여, 넌 어찌 혼자 떠나지 못하고 들의 허리 가슴을 부여안고 떠났는가.

빈 들을 보고 섰노라니 빈 들에 미안해졌다. 내 손 하나 제공하지 못한 채 이루어진 추수들. 그전엔 '농촌 일손 돕기' 어쩌고저쩌고하며 매스컴에서 더러 언급하더니, 요샌 그런 의례적인 언급조차 사라지고 없다. 들판 저 들판은 우리네 가난한 어머니 아버지네들을 한숨짓게 하기도 하고, 웃음 짓게 하기도 한 애환 어린 삶의 장소다. 들판 가운데로 난 길로 꽃상여 나가기도 하고 들판 옆으로 난 길로는 시집오는 하이야 들어오기도 하던, 길을 품에 안고 있는 들판은 그래서 삶과 죽음의 현장이기도 하다. '하이야'라, 어린 시절 대절 택시를 하이야라고 했다. 일본 말 잔재인지 영어의 '대절'이라는 뜻인 hire인지 그건 잘 모르겠고.

빈 들, 얼마 전까지만 해도 채워져 있던 곳이다. 물로 초록으로 황금색 알곡으로 가득 채워져 있었고 참새나 다른 새들 또 메뚜기나 여치 등으로 채워져 있었다. 그러던 곳이 이제 공허로 채워져 있다. 그러니 계절과 맞물려 쓸쓸하고 허무하게 보일 수밖에. 하지만 다시 보니 풍요로운 모습이다. 많은 것을 생산하여 사람들에게 아낌없이 다 주고 만족하게 쉬고 있는 모습이다.

들판의 공허를 보고 있노라니 그 욕심 없음에 고개 숙여진다. 품고 있던 것을 다 내어 주고서도 공을 내세우거나 자기 것이라고 주장하지 않는 무욕 앞에서 부끄러워진다. 난 나를 내세웠고 내 공을 자랑했고 내 것을 챙겼다. 다 주고서도 묵묵히 그대로 있는 들판은 말 그대로 대지의 어머니이다. 사랑과 너그러움 이 말은 빈 들판에 해당하는 말인 것 같다.

그러나 빈 들을 바라보고 있노라면 안타깝기도 하다. 사람은 들판이 내어 주는 자연물에 만족하지 않고 갈아엎어 공장을 짓고 아스팔트로 덮어 버린다. 내가 서 있는 이 들녘도 곧 골프장 건설 중장비들이 와서 갈아엎어 버릴 곳이라고 한다. 폐수가 스며들 것이고 자동차 매연으로 더는 자연스러움을 유지할 수 없게 될 것이다. 여름에 저장되는 들판의 물은 홍수 조절 기능을 수행할 뿐만 아니라 산소를 공급하여 공기를 정화하는 역할도 수행한다고 한다. 이런 들판들이 많이 훼손되고 있다. 그 넓던 김해평야도 거의 다 잠식되어 간다.

빈 들판에 서니 내가 너무 메말랐음을 보게 된다. 들판은 비었어도 습기와 생명을 흙 속에 촉촉이 품고 있는데 나는 지금 가진 것이 덜하다고 마음마저 메말라 있다. 그래서 나는 빈 들판에 와서 희망을 선물로 받는다. 봄이나 여름에 돌아오면 언제나 변함없이 풍성한 사랑을 열매로 줄 것이라는 약속이 거기에 있기 때문이다. 빈 들은 돌아오는 자에게는 언제나 너그러우며 그 기대보다 더 풍성한 기쁨을 안겨 준다. 결국 빈 들판 가운데 서서 나는 사랑을 본다.

빈 들의 논둑을 길 삼아 걷는다. 시간이 흐른다. 나도 흐른다. 내가 가는 논둑길은 당연히 공간적인 길이다. 하지만 시간적인 길이기도 하다. 그렇다면 그것은 오늘의 길이지만 내일의 길이기도 하다. 빈 논 가운데로 와서 내가 섰다. 질펀한 논 가운데로 난 길이다. 초록색으로 가득 찬 논은 눈을 채워 주는데 빈 논은 생각을 채워 준다. 빈 논도 또한 늘 사색의 주제이다.

빈 논에 길이 나 있다. 벼들이 줄지어 섰던 길, 그리고 수확을 위해 농기구가 다닌 길이다. 그렇다면 벼들의 길인가? 아니면 농기구들의 길인가? 지금 물이 다니니 물의 길인가? 물의 길인 것 같다. 아무튼, 사람의 길은 아니다. 아니다. 결국, 사람이 이끌었으니까 저 길도 사람의 길이다. 길의 유래를 추적해 보니, 길은 처음에 짐승의 길이었다고 한다. 그리고 전쟁의 길이었다고 한다. 하지만 이제 길은 사람의 길인 것 같다. 도대체 사람이 손대지 않는 영역이 어디며, 손댈 수 없는 영역이 어디란 말인가!

초록이 사라진 논바닥은 또 다른 그림이다. 빈 논이 만드는 그림을 렌즈 속에 담는다. 그런데 논의 그림에는 없던 또 다른 그림이 나온다. 선과 원이 조화를 이룬다. 소가 쟁기를 끌던 자리가 아니고 벼 수확 트랙터가 회전하기 위해 그린 동그라미이지만 그 속에 물이 고이니 기계의 흔적조차 자연스러워 보인다.

초겨울의 얼듯 말 듯한 트랙터 길의 고인 물은 나를 비춰주기도 한다.

논이 반사하는 그림자는 또 다른 나다. 그래서 초겨울 논에 와서 나는 또 다른 나를 만나게 된다.

그런데 다행이다. 내면이 아니라 외면을 반사해 주어서 말이다. 저 논이 나의 내면 즉 마음을 비쳤다면 어떤 모습으로 나타났을까. 복잡하게 헝클어지고 얽히고설킨 갈(葛)과 등(藤)이었을까. 칡넝쿨과 등 넝쿨이 얽히면 풀어낼 대책이 없다고 한다. 논의 반사가 조심스러워서도 마음의 갈등은 만들지 말아야겠다.

셋,
와룡산 수채화

달리아 그거 내겐 따리아
외또리 양철집
황토 마당 포구 총
타작마당 기양 감나무
토끼풀과 아일랜드
지게 자리 그곳, 이제는 아련한 영마루
와룡산, 블루 수채화
금오산, 동경 담채화
지리산 천왕봉, 성장 백색화
두량 못 삘기
그 섬 신수도

내 유년의 못 둑 거기에 서면 안개 너머
와룡산은 블루 수채화!

달리아 그거 내겐 따리아

화살나무를 비롯하여 2차로 주문해서 택배로 받은 나무들을 한 뼘 정원에 심었다. 화살나무에 곁들여 주문한 묘목들은 체리, 남천, 무궁화, 올리브 나무 등이다. 무궁화와 화살나무는 유년 시절의 우리 집 나무여서 샀다. 올리브 나무 묘목은, 이탈리아 아씨시(Assisi)의 성녀 클라라 성당에서 성 다미아노 성당으로 내려가는 길옆의 올리브 나무들 형상이 하도 기묘해서, 그걸 생각하면서 한 그루 주문했다. 이 나무 올리브는 열매 맺는 데 한 10년 걸린다는데, 겨울에 너무 추우면 안 된다는데 산기슭 여기서 잘 키울 수 있을는지 모르겠다.

지금 나는 길뫼재 앞뜰에 아주 작은 정원을 만들고 있다. 만들고 있는 정원 이름을 나는 쟈르뎅 덩펑스(Jardin 'enfancee)라고 붙였다. 그 의미는 '유소년의 뜰'이다. 난 이 개념을 통영 앞바다 욕지도에 있는 '김성우의 돌아가는 배 문학관'에서 획득했다. 한국일보 대기자 출신 문필가인 김성우는 그의 자전적 수필집『돌아가는 배』의 저자이기도 하다. 폐교한 터에 세워진 그의 문학관 마당에 사방으로 둘린 생나무 울타리의 흰색 목재 출입문에 'Jardin 'enfancee'라는 글이 새겨진 얇은 금속판이 붙어 있었는데 난 이 정원 명패를 그때 유심히 봤었다. 이 개념은 또한 조향사(調香士)인 영국의 밀러 해리스가 자신의 어린 시절 추억을 담아 만들었다는 향수의 브랜드명이기도 하다.

유소년의 뜰, 나는 지금 악양 지리산 기슭의 내 별서(別墅)인 길뫼재 마당에 아주 작은 정원을 만들면서 그 옛날 내 유소년의 고향 집으로 돌아간다.

나는 경남 진주시 장재실에서 태어났다. 내가 태어난 후 조금 후에 우리 집은 진주시 칠암동으로 이사를 했다가 세 살 때 경남 사천시 축동면 길평리 하동으로 이주했다고 한다. 6·25 발발 한 달 전에. 그래서 장재리 그곳에 대해서는 고향 의식은 있어도 실제로 풍토의 영향은 받지 않았다. 진주시 장재동 763번지, 이것은 성장 과정에서 자주 제출하던 서류 양식의 본적란을 메우면서 외운 번지다.

유아 때 떠났기로 그 후 다시 어른이 되어 그 번지에 찾아갔을 때, 저 집이 내가 태어났고 유아 때 죽을 뻔했다는 집임을 말로 들어 확인할 뿐, 우리 집이었다는 실감이 나지 않았다. 그래도 내 뇌리에 한자리 턱하니 차지하고 있는 최초의 번지이다. 나의 '나 의식' 형성의 기초가 되는 번지이다.

유소년시절을 보낸 사천시 축동면 길평리 하동 146-1번지는 '나'의 정체성 형성에 끼친 영향이 크다. 나는 이곳 풍토의 영향을 크게 받았다. 그곳에서 중학교 졸업 후 2년간 지게를 지고 일한 후 진학하기 위해 나는 집을 떠났다. 그리고 우리 집과 우리 동네 하동은 사천 공군부대 군사보호 시설로 지정되고, 비행장 확장공사 및 체력단련장이라는 골프장을 위해 우리 과수원과 마을을 1990년경에 비워주어야 했다. 90년대 이때 나는 40대 초반이었다. 그리고 인근 원동마을은 2005년에 이주를 시작했다. 그러니까 우리 집을 중심으로 양쪽 두 마을이 대략 1990년부터 2005년 사이에 황폐해져 버린 것이다.

악양 이곳 저기 평촌마을 길갓집의 담벼락 밖에 겹삼잎국화가 전봇대에 매여 있다. 꽃송이 묶음의 노란색이 마음마저 환하게 비춘다. 담벼락 안에는 달리아도 또 묶여 있고. 홀로 서지 못하고 묶여 서 있는 촌스러운 꽃 겹삼잎국화 노란 꽃은 그 옛날의 유소년시절의 내 여름을 지금의 내게로 끌고 온다. 아련히 떠오르는 그 시절의 우리 집, 찌부러진 양철집과 키다리 물국화와 또 따리아 그리고 모기의 여름밤, 모깃불 연기…. 따리아의 표준말은 달리아이고 키다리 물국화는 겹삼잎 국화다. 하지만 내겐 지금도 '따리아'이고 또 '키다리 물국화'다.

그때 우리 집 한구석 꽃밭엔 키다리 물국화가 많았다. 그 옆엔 따리아 그리고 가을 국화와 다른 꽃들이 자리하고 있었다. 마당 앞에 꽃밭이, 정원이 아니라 꽃밭이 따로 만들어져 있었다. 누구의 노력으로 그 꽃밭이 만들어졌는지 기억에 없다. 아버지? 어머니? 형들? 누나? 기억이 나지 않는다. 나나 동생들은 물론 아니다. 아니면 진주에서 시골 그 외진 집으로 이사 내려왔을 때 처음부터 만들어져 있었다? 돌볼 손이 없었으니 그 속의 화초들이 자기들 나냥대로 즉 마음대로 이리저리 서 있었지만, 화초의 가지 수는 많았다. 봄부터 무서리 늦가을까지 내내 꽃들이 있었다. 그중에 키다리 물국화와 따리아, 하나는 촌스러운 분위기고 다른 하나는 도회지다운 분위기여서 이질적이었지만 이 둘은 같이 붙어 있었다. 당국화라 부르는 과꽃과 맨드라미 그리고 나팔꽃도 또 무성했고.

유달리 큰 키의 노란 꽃, 키다리 물국화가 진파란색의 화병에 꽂힐 때는 꽃대가 대부분 잘려 나간 후였다. 그때는 꽃병을 화병(花甁)이라고 불렀다. 꽃병이 화병보다 더 세련된 이름일까. 요새는 화병이라는 말을 듣지 못한다. 꽃병이라고 부르는 것 같다. 수반이 있지만 그건 꽃병과는 다른 거고.

그 화병이 생각난다. 손잡이가 양쪽으로 두 개가 있었고 주둥이는 벌어진 꽃 모양으로 컸으며 몸체에는 유리 장식이 잔뜩 붙었던 그 화병은 그래서 화려한 몸치장의 화병이었다. 그 화병 사진 자료를 며칠째 찾고 있지만, 아직 못 찾았다. 성당의 미사 제대에 놓인 것을 기억한다. 꽂힌 장미와 백합과 더불어 기억난다. 달리아와 키다리 노란 꽃도 꽂혔던 것 같다.

우리 집엔 도회적인 그 화병이 없었다. 대신 됫병 소주병은 있었다. 그때 대형 소주병 소주를 '애소주'라 불렀다. 일제 강점기에, 집에서 술 담그는 것을 금지한 후 상품으로 만들어져 나온 소주가 '왜소주'라는데 그 왜소주는 발음에서 애소주로 변했다고 한다.

키다리 물국화가 묶인 전봇대의 태극기는 〈미사의 노래〉라는 노래도 뜬금없이 생각나게 한다. 이 노래를 부른 이는 이 인권이라는 분인데, 전쟁 중에 부인과 함께 국군장병 위문 공연 무대에서 떨어진 포탄을 맞았다고 한다. 부인은 그 자리에서 숨지고 자기는 살아남았는데, 그렇게 숨진 아내를 잊지 못해 방황하다가 피난살이 살던 집 옆의 대구 계산 성당 종소리를 들으며 지었다는 노래가 미사의 노래라는 것. 죽은 아내에게 바치는 가사를 지어 곡을 붙이고 자기가 불러 추모했다는 노래, 이 노래가 키다리 물국화와 따리아에 맞는 노래라는 생각이 문득 들었다. "당신이 주신 선물 가슴에 안고서 (…) 두 손목 마주 잡고 헤어지던 앞뜰엔 지금도 피었구나 향기로운 따리아."

하동 읍내 장에 갔다. 다니다가 발길이 뜸한 외진 곳의 꽃모종 난전에 왔다. 달리아 모종 있느냐고 물었더니 손가락으로 가리킨다. 가리키는 화분을 보니 맞긴 맞는 것 같은데 너무 작다. 그래서 이것 말고 큰 거, 그 옛날 시골 담벼락 안에 심겨 있는 키 큰 달리아, 키가 커서 쓰러지니까 막대기를 세워 묶어두었던 그 달리아를 원한다고 했다. 그랬더니 요샌 품종개량이 되어 키가 작은 것뿐이라고 한다. 난전의 꽃 상점 주인은 "키가 큰 달리아 그거 있다고 해도 키우기 어려워 못 키운다"라고 하면서 작은 것을 권한다. 그래서 권하는 맛에 원하는 건 아니지만 가져와 심었다.

진파란색 그 화병을 구할 수 있을까. 구하게 되면 키다리 물국화와 따리아를 꽂고 싶다. 됫병 소주병, 갈색 병 그 병이라도 좋겠다. 돈을 주고 사서 술은 부어 버리고, 평촌 마을 저 집에 가 통사정하여 꽃 몇 송이 얻어서는 길뫼재 컨테이너 내 서재 책상에 놓는 상상을 해본다.

가을이다. 평촌 마을의 그 키다리 물국화와 따리아가 시들고 있다. 세련된 서양 꽃으로 보이던 달리아 그 따리아가 쇠잔한 노파처럼 시들고 있었다. 물국화 키다리 노란 그 꽃묶음은 세찬 바람에 시달리다 못해 쓰러지고 있었고.

외또리 양철집

외또리

당시 우리 집을 동네 사람들은 외또리 '과수원집' 또는 '양철집'이라고 불렀다. 감나무 밤나무 등 과일나무가 많아서 과수원집이었고, 양철로 되어 있어서 양철집이었다. 바로 집 뒤에는 타작마당이 있었고 바로 그 아래엔 고목 감나무가 있었다. 타작마당과 그 감나무를 중심으로 한 3,000여 평의 과수원에는 밤나무와 감나무가 주종이었고 나중에 심은 풍계 나무들은 동쪽에 자리했다. 식용 죽순 왕대밭은 서쪽에, 소나무들은 북쪽이 그들 자리였다.

우리 집은 외또리였지만 그래도 진주와 사천을 오가는 기차는 동네의 집들에서보다 더 잘 보이고, 기차 소리 또한 더 잘 들렸다. 씨익씩 기차, 칙칙폭폭의 그 기차는 조석으로 오갔는데, 아침 기차 시간이 7시였는지 8시였는지 그건 모르겠다. 그리스 카테리니행 기차는 8시였다는데.

외또리, 이 말은 그때 참 듣기 싫은 말이었다. 외또리는 나를 성격적으로도 현실적으로도 고립시켰다. 외또리 의식을 새삼 일깨워준 계기가 둘 있었다. 그 하나는 앞 밭 아이, 며느리 사위 다 봤다는 앞 밭 아이로부터 '외또리 너거 집'이라는 말을 전화로 들었을 때였고, 다른 하나는 카페라고 불렀던 다음(Daum) 블로그 초기에 어떤 블로거 지인과 나눈 대화였다.

블로그 지인 그를 S라고 부르기로 하자. 그의 블로그의 자전적 회상기에서 '외딴집 소년' 이야기를 매개로 하여 우리의 대화는 잠시 이어졌다. 말하자면 필화(筆話)였다.

나는 이렇게 말했다. "내 어릴 적 우리 집은 아까시나무들로 울타리 쳐진 과수원이었습니다. 과수원 가운데는 감나무 한 그루가 우뚝 대장처럼 버티고 서서 그늘과 열매를 아낌없이 주었으며 그 위에는 두 뼘 타작마당이 있었습니다. 늦여름이면 타작마당에다 고추도 널었고, 우리는 또한 거기서 자치기도 하였습니다. 그 과수원 이제 사라지고 없습니다. 사라진 그 과수원 그 나무 그 마당을 잊을 수 없습니다."

자치기라는 내 말에 S는 관심을 보였다. "어제 손님이 오셔서 식당에 갔답니다. 호롱이 장식품이 되어 우아하게 있었답니다. 나보다도 더 나이가 많은 그분은 그것이 우리들의 실생활에서 쓰였던 것이라는 이야기를 신기해하였습니다. 말끝에 자치기가 등장하였고 다행스럽게도 그것은 알고 있었습니다. 한참 동안 이야기꽃을 피웠네요. 말이 없던 그 소년! 아직도 그의 얼굴을 또렷이 기억합니다. 어린아이의 얼굴로 말입니다. 그러나 열 살 이후로 그를 본 적이 없네요. 어디서 살고 있는지…."

나는 신이 났다. "내가 살았던 그 과수원 앞으로 옆으로 밭들이 있었습니다. 앞 밭은 먼 동네 사람이 부치는 밭이었는데 그 밭 주인의 딸이 초등학교 우리 반이었습니다. 우리는 1학년 때부터 6학년까지 한 번도 바뀌지 않았습니다. 이 사실을 작년에 처음으로 간 초등학교 동기들의 모임에서 비로소 알았습니다. 그가 자기 집 밭에 밭일하러 내내 왔으니까 학교 밖에서 가장 자주 보게 되는 사이였는데도 6년 동안 우리는 변변히 말 한마디 주고받아 보지 못했습니다. 그런데 처음 나간 초등학교 동기회에서 그 애 소식을 알게 되었습니다. 그 애는 오지 않았지만, 주소록에서 전화번호를 알 수 있었습니다. 전화하고 이름을 들먹였더니 그는 나를 알아보았습니다. 그는 "반갑다. 외또리 너거 집 앞에 우리 밭이 있었지"라고 말하면서 자기는 대전에 산다고 했습니다. 난 부산에 산다고 말했고. 전화에서 확인한 사실은, 초등학교 6년 동안 교실에서나 밭에서 얼굴을 자주 마주쳤으면서도 말 한마디 서로 나누지 않았다는 사실이었습니다."

S도 이야기를 술술 풀어냈다. "정말 그 아이는 왜 그리 말을 하지 않았는지 모르겠어요. 외따로 사니 외로워서 그런가 보다, 라고 생각은 했지만요. 그 사람들은 애당초 우리 마을에 살던 이들이 아니었어요. 보통은 아는 이들끼리 옹기종기 사는 게 예전의 마을 개념인데 그들에게는 그 마을이 낯선 곳이었고 타향이었어요. 그리고 그들이 살던 곳도 구릉지를 개간해서 살았어요. 어른들이 그들이 매우 부지런하다고 칭찬을 하셨어요. 법 없어도 살 사람들이라는 게 마을 어른들의 평이었답니다. 하여튼 어린 저에게 그 집은 신비한 집이었습니다. 뭔가 비밀이 많을 것 같은 집이었고, 나와는 다른 사람들일 것 같았어요. 다들 그렇게 생각을 했던지 아이들도 그 남자아이와는 잘 어울리지 않았고, 그 아이도 말이 없었어요. 저도 말 없기로 치면 순번에 들어갈 겁니다. 좋은 친구 만난 것을 축하드립니다. 살아온 많은 날들의 이야기들 나누시고, 이젠 같이 나이 들어가는 입장이고 그만큼 생에 대해 관조할 여유도 생긴 시기인 만큼 친구로 인하여 삶이 조금은 더 풍성했으면 좋겠습니다. 그런데 그 남자아이는 저를 알지 못할 것 같아요. 왜냐하면 열 살 때 이사를 나왔고 그 이후로 본 적이 없으니 말입니다."

우리들의 자판기 대화는 여기서 끝났다. 나는 '외딴 우리 집, 그 집 앞의 밭 동창생'을 회상한 거고 그녀는 '외딴집의 그 소년'을 회상한 거였지만, '외딴집'이라는 공통분모로 인해 그때 그 필화는 내게 아름다운 대화로 남아있다.

외또리, 이제 이 말은 나에게 생생히 살아 있는 말이다. 이제 이 상태는 내가 지향하는 상태다. 그리 싫던 외또리가 이제 내 지향점이 된다. 혼자 있어도 함께 한다는 '함께 의식'은 나를 고립으로부터 지켜 준다. 함께 있어도 이탈하려는 '외또리 의식'은 나를 '나'이게 하는 존립의 그루터기다. 악양 지리산 기슭의 내 별서인 길뫼재도 외또리다.

양철집

유년의 우리 집 지붕은 양철이었다. 그래서 양철집이라고 불렸는데 양철집이라도 보통 양철집이 아니라 너덜너덜한 양철집이었다. 비 내리는 소리도 여름 한낮의 열도 여과 없이 통과시키던, 통과시키는 정도가 아니라 크게 증폭시키는 양철지붕이었다. 그래서 양철집 생활은 고통이기도 했고 부끄러움이기도 했다. 더위와 추위 앞에선 속수무책인 집이었는데 그래서 그때 그 집안에서의 추위와 더위는 지금 생각해도 치가 떨린다. 전쟁이 막 끝난 후인 그 시절, 덥지 않은 집 없었고 춥지 않았던 집이 없었지만, 그래도 흙으로 지어진 초가집은 사정이 좀 나았을 거라는 생각이 지금 든다.

'뜨거운 양철지붕 위의 고양이', 연극 제목인지 영화 제목인지 몰랐지만, 좌우간 이 제목을 들었을 때 '발 델 텐데, 여름 한낮에 양철 지붕에 올라가면 고양이 발바닥 익고 말 텐데!'라는 걱정이 앞섰었다. 중학생 생각이었을 것이다. '양철 북' 소리를 듣고는, '양철 북도 다 있는가?'라고 생각하고는 피식 웃었다. 무식하면 용감한 법, 대학생 내 머리는 그때 이 정도 수준이었다. 이것들을 연극으로도 영화로도 책으로도 못 봤다. 다이제스트로는 봤다. 그래서 대충은 안다. 그러면서 들먹이는 것은 각인된 '양철'을 말하고 싶어서다.

양철집 그 집과 지난날은 어디론가 멀리 갔다. 어머니 아버지 싸우시던 소리, 부석에서 질러대던 어머니의 신세한탄 소리가 지금도 귀에 쟁쟁하다. 그때 난 아이였다. 전쟁의 의미를 모를 때였다. 전쟁의 윤곽을 어렴풋이 잡을 때였다. 진주에서 이사 온 지 한 달 만에 터졌다는 6·25를 양철집, 헌 집, 낡은 집 그 집에서 고스란히 겪었다. 우리 과수원에다 인민군, 미군이 번갈아 가며 진을 쳤었다는 데 그래도 그 집은 불타지 않았었다. 중학교를 졸업하고서 나는 양철집을 떠났다. 고등학교에 가려고 집을 떠났기 때문이다. 양철집을 뜯고 나중엔 큰형님께서 근대식 집을 다시 지었다.

3월 중순 금요일 오늘, 어제 늦은 밤 또 오늘 새벽부터 내린 비가 온종일 내렸다. 내리는 빗속에서는 밭일할 수 없으니 컨테이너 하우스의 작업실에서 온종일 앉아서 보냈다. 비가 지붕을 두들기는 소리가 간간이 들린다. 산기슭 여기는 어쩌다 들리는 경운기 움직이는 소리 말고는 기계 소음이 거의 없다. 새소리가 점점 시끄러워지지만 그건 소음이 아니다. 봄의 초입에 봄을 부르는 빗소리는 오늘따라 더욱 선명하다.

그러니 때리는 굵은 비에 두들겨 맞은 양철 지붕이 내는 소리는, 떨어지는 빗소리는 얼마나 컸었겠는가? 양철, 서양에서 건너온 철이라고 해서 귀하게 취급받던 물건이었던 양철, 서양 철의 줄임말이라는 양철은 이제 쓰임새가 그다지 없는 추억의 사물이다. 그래서 양철 지붕 빗소리는 더더욱 아련한 소리이다.

다시 또 얼마 전 3월 중순, 우리의 혼배성사 42년 되는 날, 코로나 난세이긴 하지만 그냥 밭일하며 보내기는 뭣해서 경남 고성의 학동 마을에 가서 옛 담장 길을 걷다 오기로 했다. 고성군 하이면의 부포 사거리에서 우회전, 달막 동산 못 미친 곳에 잠들어 계신 아버지 어머니 산소에 먼저 들렀다. 제비꽃, "울 아버지 산소에 제비꽃이 피었다. 들국화도 수줍어 샛노랗게 피었다"라는 나훈아 〈테스 형〉의 노랫말처럼 제비꽃이 피어 기다리고 있었다. 들국화는 아니지만 노란 꽃도 피어 있었고. 인사를 드리고 달막 동산 고개를 내려가 학동 마을로 갔었다.

가니 돌담길 마을 가운데 큰 양철집이 있었다. 녹이 잔뜩 슬어 누추한 외양이라야 더욱 운치가 있어 보이는 집이 양철집이다. 창고인지 방앗간인지 식별하지 못했지만, 이 집도 녹이 슬어있어 보는 내 눈을 편하게 했다. 너덜거리는 조각이 없어 단정한 외양은 약간 기대에 못 미쳤지만.

비가 내리는 지금, 컨테이너 지붕 빗소리 운치에 덤으로 얹힌 그 옛날 찌그러진 양철집 우리 집의 빗소리가 아련히 회상된다. 고통의 그 집 그 옛날 우리 집인 양철집 그 집은 이제 아련히 그리워지는 집이다. 그래서 길을 가다가 어쩌다 보게 되는 양철 지붕의 집, 두어 번 돌아보고 지나치게 된다.

그래서 양철집은 내게 유년의 너울, 그 너울에 디자인된 아련한 그림이다.

황토 마당 포구 총

비가 내리는 날 어느 포구 방파제, 난 그때 비가 내리는 바다를 바라보고 있었다. 그때 한 손엔 대나무로 만든 물총을 들고 다른 손으로는 아이의 손을 잡은 어촌 노인이 내가 서 있는 갯가로 왔다. 노인이 밧줄에 매여 있는 배의 물을 퍼내는 동안 아이는 대나무 물총에 물을 채워 이리저리 몇 번 쏘아 대더니, 지루했는지 그냥 바닥에 내팽개쳐 버린다. 물총 놀이는 혼자서 할 놀이가 아닌데 혼자서 하다 보니 금방 싫증나버린 것 같다. 새도 모션밖에 못 쓰게 되니 그랬을 것이다. 물을 다 퍼낸 노인이 닻을 푼다. 아이와 노인을 태운 배는 물 가운데로 들어갔다. 쳐놓은 망 걷으러 가는 길인 모양이다.

버려진 대나무 물총, 주워오고 싶었지만 참았다. 물론 그건 그 아이의 것이니까 내가 들고 와서도 안 된다. 아무튼, 그 자리에 그것을 그대로 두었기에 내 유년의 놀이터 기억은 마감되지 않고 유보되었다는 생각을 지금 하고 있다. 유소년의 기억은 마감시킬 기억이 아니다. 잇고 살려내야 할 기억이다.

그때 우리 땅은 온통 황토였다. 마당이 특히 더 그랬다. 마당의 황토는 비가 내리면 그지없이 질었다. 비 오는 날엔 축담도 신발도 사람도 옷도 온통 황토 칠갑이었다. 옷, 씻어봤자 황토색이 바탕색으로 늘 남아 있었다. 그런데 그것이 축복인 줄은 나중에 알았다. 그 땅에서 자란 우리 형제자매들은 지금껏 큰 병치레를 하지 않으면서 살고 있는데 그건 나도 그렇다. 황토 덕이 크다는 것을 이제 알아가고 있다.

누구네 집에서건 마당에서 이루어지는 일은 수도 없이 많다. 그건 우리 집 마당도 마찬가지다. 그런데 황토 마당 그때 우리 집 마당을 생각하면 뜬금없이 세 가지가 생각난다. 그건 대나무로 만든 물총 및 포구총 놀이와 통시 가는 길에 미자발이 빠진 상태에서 눈 속에 빠져 오도가도 못했던 일, 그리고 고등학교 다니시던 큰 형님의 정구공 놀이다.

유소년 시절, 황토 우리 마당과 타작마당에서 대나무 물총과 포구 총을 쏘아댄 기억이 편린으로 남아 있는데 장면이 선명하게 구성되지는 않는다. 동네 친구들이 마을과 떨어진 우리 집에 물총을 들고 놀러 왔을 것 같지도 않고, 내가 유소년일 때인데 나보다 더 어린 동생들과 그 놀이를 한 것 같지도 않다. 그렇다면 손재주가 있던 둘째 형이 만들어 준 대나무 물총을 혼자서 쏘아댄 것인지도 모른다. 비가 올 때 내리는 비에 옷을 적시면서 또 물총에 맞아서 옷을 적시기도 했다는 생각이 드는 걸 보면 물총 놀이를 서너 명이 함께 한 것 같기는 하다. 나중에 권총처럼 생긴 고무 물총으로는 동네에서나 초등학교 운동장에서 쏘아댄 기억이 있다.

대나무 총으로는 물총 말고도 포구 총이 있었다. 포구 총, 포구 열매로 쏘아대는 총을 말한다. 물론 포구가 열리는 철이 아닐 땐 신문지 같은 종이를 씹어 총알 삼기도 했다. 우리 과수원의 대는 왕대였는데 아무튼 대가 있어서 그랬는지 물총과 포구 총은 우리들 유소년의 빼놓을 수 없는 사물이다.

포구 나무의 원래 이름은 팽나무라는 걸 이번에 알았다. 그전엔 대충 알았지만 이번에 확실히 알게 되었다. 내가 다닌 초등학교는 면 소재지에 있었다. 앞에서 바라보았을 때 중앙에 면사무소가 있었고 그 왼편에 초등학교, 그 오른쪽에 지서가 있었다. 그런데 초등학교 정문 앞은 급커브 길이어서 차가 별로 없던 그 시절에도 자동차 사고가 자주 났다. 그리 위험한 길이었는데도 막무가내로 달음박질치면 금방 포구 나무 아래로 가게 된다.

고목 포구 나무가 여러 그루 서 있는 물의 강은 이름이 길호강이었다. 나중에는 중선포천으로 이름이 바뀌었지만. 지금 그 물을 다시 보면 작은 물이지만 그때 우리들에겐 큰물이었다.

포구 나무 위로 올라가 내려 보던 물 이미지가 지금 선하다. 제철에 그 나무에서 딴 열매가 포구인데 이건 우리들 포구 총의 총알 공급원이었다. 포구 열매가 입으로도 들어가지만 총 안으로도 들어간 것이다. 입으로 들어간 포구는 텁텁한 맛으로 변했고 총으로 들어간 포구는 총알로 변했다. 콱 눌러 발사시킬 때 소리도 그런대로 '팍' 하고 났던 것 같다. 둔탁한 소리였지만 이제 와 생각하니 포구 총 그 소리는 풍금 소리, 하모니카 소리처럼 다시 듣고 싶은 소리다. 텁텁한 맛이었지만 이제 와 생각하니 포구 그 맛은 유년 길 초입으로 안내하는 푸른 맛이다. 얼마 전에 꺾어 먹은 찔레 순 맛도 그렇다.

팽나무란 이름은 열매로 인해 붙여진 이름이라고 한다. 가을에 익는 작은 구슬 같은 열매는 노란색으로 익기 시작하여, 붉은색, 갈색 등으로 성숙하여 보기 좋다. 그 열매를 대나무 총에 하나하나 넣어 발사하면 총알처럼 "팽"하고 튀어 나가므로 대나무 총을 팽 총이라고 불렀다고도 하고, 나무 이름이 팽나무가 되었다고 한다. 하지만 바닷가에 접한 남쪽 오래된 동네에 가면 팽나무란 이름보다는 포구 나무로 더욱 알려져 있다. 우리도 포구 나무라고 불렀다.

대나무 물총과 포구 총을 들고 빠방 놀이를 하게 했던, 미자발이 빠진 어린 나를 폭설에 가두었던, 요즈음의 딱딱한 테니스공이 아니라 말랑말랑한 정구공을 튀게 했던 우리 집 황토 마당, 그 마당이 새삼 눈에 선하다.

타작마당 기양 감나무

나의 유소년 시절 과수원 과일나무 주종은 감나무, 밤나무다. 감나무, 또 '기양 감'이라고 불렀던 과수원 속 타작마당의 늙은 감나무는 내 마음의 지주, 내 마음의 쉼터다. '기양 감'은 고욤나무 열매를 말하는 사투리다. 지역에 따라서는 '기앙 감'으로 불리기도 한다. 기양 감, 이 말을 알아들을 사람이 지금 몇이나 될까?

자랄 때 우리가 뒷간을 지칭한 말은 '통시'였다. 그러다가 또 변소라는 말이 일반화되었다. 더러 토일렛이라고 부르기도 했는데 나중엔 화장실이라는 용어로 통일되다시피 했다. 요샌 화장실이라고 부르지 변소라거나 뒷간, 통시라고 하는 사람은 없는 것 같다. 그 옛날의 통시, 무서웠고 냄새났고 더러웠지만 지금 생각하면 그것 또한 내 유소년을 이루는 주요 부분일 뿐 아니라 아련한 지평에 가물가물 떠오르는 풍경이기도 하다.

그 통시 옆에는 가죽나무가 있었고 그 뒤편 좀 높은 곳엔 타작마당이 있었는데 타작마당 바로 아래에는 '기양 감'이라고 부른 감나무 노목이 있었다. 타작마당 감나무로 올라가는 경사면은 겨울에 눈이 쌓이면 미끄러져 내리는 스키장이 되기도 했다.

아주 오래전 가을, 부산에서 출발해서 산청군 단성면의 문익점 목화

시배지를 거쳐 하동으로 갈 때, 시배지 동네의 타작마당에서 이루어지는 콩 타작 장면을 보고는 그 옛날 우리 집 타작마당을 떠올린 적이 있었다. 목화밭 뒤쪽에서 탁탁 소리가 들렸는데 그 소리는 나를 부르는 소리였다. 둔탁하지만 귀를 즐겁게 하는 소리 그 소리에 이끌려 거기로 가니 그 소리는 도리깨와 누운 콩대가 합작으로 만들어 내는 소리였다. 말하자면 도리깨질 소리.

도리깨, 도리깨질, 콩 타작, 오래간만에 만나는 주제들이다. 10월 초순 그때, 한낮의 햇살은 눈부셨고 땅 위로 반사되는 햇빛은 빛났다. 다가가서 말을 건네니 아주머니가 정답게 대답해 준다. 사진을 찍어도 좋단다. 아저씨는 "도리깨질하는 거, 이런 거 요새 보기 어렵지요?" 하고 편안하게 말도 붙여 준다. 떨어져 앉아 있던 아주머니는 사진 찍기 좋게 다가와 앉아서는 자연스럽게 포즈도 취해준다.

도리깨는 옛날 그때 보리타작에 주로 쓰인 원시적인 추수 도구였다. 때려서 곡식을 거두는 것은 타작이고 훑어서 곡식을 거두는 것은 탈곡이다. 벼는 도리깨로 때려 알곡을 거두는 게 아니고 '홀태'라고 하는 기구, 마치 이발기를 위로 엎어 놓은 듯한 기구에다 나락을 끼워 훑어 내었다. 곧이어 발로 밟는 탈곡기로 발전되었고 이것은 나아가 벨트 발동기에 이어져 탈곡기를 돌리는 것으로까지 발전했다. 하지만 지금은 논에서 바로 수확하면서 탈곡이 이루어지고 짚은 썰려서는 논에 바로 뿌려진다.

그때 우리 집 타작마당에서 도리깨질로 보리타작하던 거, 비록 횟수로는 안마당에서 이루어진 타작보다 적었지만 그래도 그 마당 이름은 타작마당이었기에, 프리챌(Freechal)이라는 이름의 포털 사이트에 내 커뮤니티를 처음 개설했을 때 나는 그 이름을 '과수원 속 타작마당'이라고 지었었다.

"아마도 매달린 저거 똘감!" 악양 평사리길의 가로수, 똘감나무의 똘감은 감이 작아서 두드러진다. 악양으로 들어서면 전후좌우 어느 쪽으로 봐도 지금 감 천지인데, 그것도 큰 대봉감 세상인데 똘감 이 감의 존재감이 하도 돋보여, 어저께 구례 장에 다녀오는 길에 차를 세웠다.

우리 밭머리 타작마당의 기양 감은 평사리길의, 이 똘감보다 더 못생긴 감이었다. 내 유년의 나무 그 기양 감나무 얘기를 그저께도 편에게 했는데 그다음 날 마주친 평사리길 똘감…! 나는 내 유년의 타작마당 감나무를 불쑥불쑥 회상한다.

유년 시절의 우리 산 밤나무에 대한 나의 이미지는 추레한 가지와 무성한 쐐기들 또 갉아 먹는 벌레들로 그려져 있다. 밤나무 그 아래에 덕석이 깔려 있었지만, 쐐기나 말벌 등의 벌레에 대한 염려 때문에 긴장을 늦추고 앉아 있을 수는 없었다. 그러니까 밤나무 그늘은 편한 그늘이 아니었다. 요새 공중 살포를 통한 방제가 잘 되어 벌레 염려는 하지 않아도 된다고 했다. 그런 면에서 보면 요즈음의 밤나무 숲은 마음 놓고 앉아 있을 수 있는 좋은 숲이다. 하지만, 다른 면에서 보면 건강한 숲이 아니다. 내가 불편해져도 벌레가 왕성히 깃드는 숲이 건강한 숲 아니겠는가.

밤이 귀하던 시절에 반질반질 윤이 나는 잘 익은 밤은 누구나 줍고 싶은 것이었다. 그러나 그때 나는 지켜야 했다. 공격수가 아니라 수비수의 위치가 그때 내 입장이었다. 밤이 익을 때면 몰려오는 너희의 침입을 막으려고 보초 서던 얘기며, 지키느라 지켰지만 너희의 틈입을 막지 못하여 아버지 앞에서 벌섰던 얘기를, 과수원집 아이로서의 겪었던 애환을 나는 그때 초등학교 동창생들을 만났을 때 신나게 떠들었다. 그리고 우리는 웃었다. 모처럼 나누는 정담이었다. 그들의 유소년시절 추억 마당에 우리 집 나무들이 함께 서 있다는 사실에 나의 가슴은 뿌듯해지기도 했다.

떨어진 알밤을 졸린 눈 비비며 새벽이슬을 밟고 달려가 주워 본 적이 있는가? 젖은 알밤을 줍는 감촉을 회상해 낼 수 있는가? 젖게 한 것은 이슬, 새벽이슬이다. 세상의 어떤 보물이 그때 그보다 더 소중했을까. 그런 기억이 있다면 그때는 알밤이 보석이더라는 내 말에 당신은 동의할 수 있겠다. 지금에 와서는 기양 감도 알밤처럼 내게는 보석이다.

토끼풀과 아일랜드

에바 캐시디(Eva Cassidy)의 〈대니 보이〉를 듣는다. 듣다가 그녀가 아일랜드 사람일 것 같은 생각이 들었다. 물론 요절한 그녀는 미국 사람이다. 그녀의 프로필을 찾느라고 시간을 많이 보냈다. 지금 내가 아일랜드 생각하고 있을 때가 아닌데 오후 내내 아일랜드에 붙들려 있다. 왜 이러는지 나도 모르겠다. 그녀의 대니 보이를 들은 후 다른 이들이 부른 대니 보이는 거의 듣지 않다시피 한다. 찾아보니 그녀는 아일랜드 사람이 아니었다.

토끼풀이 꽃으로 피었다. 토끼풀은 논물이 거울처럼 맑을 때 핀다. 토끼풀 논두 밭두 위의 하늘 또한 논물처럼 맑다. 토끼풀, 클로버가 아일랜드 국화라고 한다. 아일랜드 사람 그 누군가가 하늘 푸른 5월에 우리나라 어느 논에 와서 토끼풀을 몰래 캐간 모양이다. 그렇게 해서 우리 토끼풀 꽃을 자기네 나라꽃이라고 정해버린 모양이다. 그렇지 않다면 우리 풀인 토끼풀이 저렇게 먼 나라 아일랜드의 국화가 되었겠는가. 이름이 클로버이니 토종식물이 아님을 짐작 못 하는 바 아니지만, 워낙 유년시절부터 친숙한 풀이어서 이런 억지를 부려본다.

꽃반지의 토끼풀, 토끼풀꽃으로 꽃반지를 만들어 봤다. 반주깨미하며 놀던 아득한 유소년 얘기다. 노래 〈꽃반지 끼고〉는 참 애잔하다. 비가 내리기 시작한다. 적막한 산기슭의 밤비다. 책을 덮고 피시도 끈다. 스위치를 내리고 잠을 청한다. 내일은 부산 집에 가야지.

유소년 시절, 클로버 그것은 꽃반지였고 팔찌였고 머리띠였다. 노래였고 시였고 책갈피였다. 서구화된 이름이었고 발음이었다. 그러면서 우리네 시골 집마다 붙박이 가구처럼 붙어 있던 토끼장 그 안의 순하기만 한 토끼들의 쌀밥이었다. 네 잎 클로버는 또한 나폴레옹이기도 했다. 그래서 클로버는 담대함이었고 행운이었고, 담대함을 겸비한 유연함이었다.

땅 냄새 맡은 모가 연두색으로 서서히 물들어가는 6월 초여름, 클로버 그들이 논둑을 객석으로 줄지어 앉았다. 물 대인 논은 자연교향악 연주회장이다. 토끼풀 클로버가 객석의 귀빈들이다. 하늘을 보니 논이 없다. 논에는 하늘이 있다. 논에 비친 하늘에서는 구름이 흘러가고 있다. 바람도 온 모양이다. 바람과 하늘과 또 물이 클로버라 부르는 토끼풀들을 객석으로 모셔 앉혔다. 그들이 베푸는 교향악 향연이다. 가다가 멈추고 나도 앉는다. 토끼풀과 더불어 나 또한 관객이다.

네 잎을 찾는다. 찾아도 잘 찾아지지 않던 그것이다. 네 잎 클로버, 포기할 때쯤 불쑥 나타나던 네 잎 클로버, 그것은 농촌 아이 우리에겐 4H라는 또 다른 이름이었다. 두뇌(Head: 知), 마음(Heart: 德), 손(Hand: 勞), 건강(Health: 體)을 뜻한다는 네 개의 H! 토끼풀이 이렇게 '지덕노체(知德勞體) H'라는 건장한 신체로 되어 우리를 이끌기도 했다.

토끼풀 사이에 앉아 있으니 토끼가 생각난다. 그 옛날 우리 집의 굶다시피 하며 살다가 죽어간 토끼의 눈망울이 떠오른다. 얼굴도, 귀도, 움직임도 생각난다. 노느라고 바빠서 또 게을러서, 무엇보다 너무 어렸기에 뭘 몰라서 난 그들에게 풀을 제때 뜯어주지 못했다. 토끼풀은커녕 마른 풀도 제때 주지 못했다. 토끼들은 아까시 잎을 주면 더욱 맛나게 먹었는데 따주지 못했다.

아니, 놀았다고 했지만 제대로 놀지도 못했다. 풀 캐고 나무하고, 물을 여다 나르고, 괭이로 이랑 쳐야 했기로 놀 시간을 제대로 가져 보지 못했다. 그것들은 그때 내게 하나같이 힘에 부치는 일들이었다. 그 사이 사이에 뜯어야 하는 토끼 먹이 풀들, 그건 틈새 일이 아니라 본격적인 일의 하나였다. 무거울 수밖에.

하지만 쪼개 붙인 대나무 틈 토끼집 그 안에서 작은 입을 오물거리며, 긴 수염을 쭈뼛거리면서 말똥말똥 눈 굴리면서 풀 넣어 주는 사람 손만 무력하게 기다리던 토끼들, 제때 얻어먹지 못해 다리가 마비되어 죽은 토끼에 대한 죄의식은 지금까지 상흔으로 내 마음에 남아 있다.

토끼풀 풀밭에 앉아 있으니 우리 집 그 토끼장이 더욱 생각난다. 토끼가 생각나고 꽃반지가 생각난다. 꽃반지는 아련히 생각나고 토끼는 아프게 생각난다. 회상은 이렇게 아프게 또 아련하게 되는 것 같다.

하지만 토끼는 없다. 지금 있으면 양껏 먹여줄 수 있지만, 토끼장을 길뫼재 여기에 들여놓을 수도 없다. 그러니 할 수 있는 일은 사죄하는 일뿐이다. "토끼여, 미안하다. 토끼여 사죄한다. 빈다. 무릎 꿇고 빈다"는 이 말밖에 할 수 없다. 또 생각난다. 그때 밥을 잘 얻어먹지 못한 우리 집 개, 그 개에게도 고개 숙여 한다.

지게 자리 그곳, 이제는 아련한 영마루

밀 익은 5월의 보리 내음새라, 밀이 익는 5월을 보름여 앞둔 지난 4월에 드디어 나무 지게 등받이와 멜빵을 완성했다. 이제부터 나는 알루미늄 지게 대신에 나무 지게를 등에 질 수 있게 된다. 자기 집안에서 선대부터 80여 년 동안 땀과 손때가 묻은 지게를 내게 건네준 칠서기 형이 서비 형이랑 함께 와서 마무리해 주었다. 춘삼월 중순에 와서 해준 첫 번째 마무리 일이 미흡했던지 진달래 향기의 4월 초순에 다시 혼자 와서 멜빵을 또 손질해준 것이다. 이렇게 해서 악양 지리산 이곳 산기슭 생활 10여 년 내내 가지고 싶어 했던 나무 지게를 가지게 되었다.

지게, 지게를 지고 산에 나무하러 다닌 이야기는 우리 '가무작살' 모임의 단골 담론 소재다. 한 동네에서 유소년 시절을 보냈지만, 살길을 찾아 흩어졌다가 거의 60여 년 만에 다시 만난 우리는 다시 유년 시절의 어깨동무로 돌아가, 마음과 어깨를 더불어 맞댄다. 이렇게 모인 우리는 만날 때마다 유소년 시절의 즐거웠거나 아팠던 추억들로 얘기꽃을 피운다.

이번 만남에서도 지게 지고 산에 나무하러 다닌 이야기 즉 나무하다가 산주에게 쫓긴 일, 명당 지게 자리 잡는 일, 자칫하면 나무 한 짐을 통째로 잃고 마는 지게 치기 놀이 등의 이야기로 시간 가는 줄 몰랐다. 우리는 질세라 밀릴세라 침 튀기며 나뭇짐 지게의 추억을 앞서거니 뒤서거니 서로 풀어냈다.

칠서기 얘기다. 보리밥 한 양대(양푼)를 씨락국(시래깃국)에 말아먹고, 어제 신다가 처박아둔 나이론 다비(양말)를 마루 구석에서 찾아 다시 신는다. 빵꾸가 났는지라 발꾸락을 감싸주지 못한다. 그래도 어쩌랴, 지게 지고 다리를 끌며 집을 나선다. 시린 손을 입김으로 호호 불다가 바아작데이(지게막대기)를 몇 번 차면 지피장(집회장, 마을회관) 앞 매떵(묏등)에 도착한다. 주위의 보리밭엔 갈까마귀가 떼를 지어 날고 나무하러 안 가는 아이들은 벌써 저기 앞의 못에서 스께또(굵은 철사를 나무판자에 대어 만든 스케이트)를 타고 있다. 어기적거리며 산길로 접어들면 자연스레 대오가 형성된다. 큰 나무의 동다리(죽은 나무가지)를 꺼룰 때(잘라낼 때) 손등과 얼굴을 꽤 긁혔다. 그 빗금 자국은 이제 생각하니 나무꾼 계급장이다. 그것이 계급장이라면 여기서 나만큼 계급장 높은 사람 나와봐라, 내가 대장이다.

서비 얘기다. 긁을 나무가 많아 보이는 곳에 지게를 세워야 한다. 지게 자리 잘 잡는 일은 고수를 가늠하는 기준이 된다. 소나무 갈비(마른 소나무 잎)나 낙엽은 갈퀴로 금어 모아(긁어 모아) 떳장처럼 납작하게 단으로 만들어 바지게에 얹어야 하는데, 그 단을 흩트리지 않고 바지게에 쌓기 위해서는 어느 정도 공간이 확보된 지게 자리는 필수적이다. 이건 갈비 한 동을 통째로 지기 위해서도 그렇다. 또 지게 짐을 지고 돌아올 때 도중에 쉬는 자리도 지게 자리인데, 여럿이 내려올 때 지게 자리 잘못 잡으면 제대로 쉬지도 못한다. 그러니까 나무를 할 때나 지고 돌아오는 길에 쉴 때 잡게 되는 지게 자리를 보면 고수 여부가 판가름 난다는 말이 되겠다. 갈비나 낙엽을 '동'으로 만들어서 질 때는 지게 발을 나뭇동 하부에 잘 찔러, 졌을 때 움직이지 않게 해야 한다. 지고 일어설 때 뒤에서 누가 밀어주면 쉽지만, 대개 자기 짐 때문에 밀어줄 손이 없다. 그래서 바아작대이를 땅에 고정해 한쪽 손으로 잡고 최대한 무릎에 힘을 주고 일어서는데 잘못하면 나뭇짐이 앞으로 쏠려 나뒹굴기도 했다.

구기 얘기다. 나무가 없는 날은 매뗑의 거부지기라도 베어야 한다. 여름에는 소 꼴 한다고 베어가고 겨울에는 이렇게 땔감으로 긁어내다 보니 매뗑에 긴 풀이 붙어 있을 시간이 없었다. '밀 낫'을 아는가? 모양은 보통 낫과 같으나 날이 보통 낫의 반대편에 있는 낫, 자루가 길게 생겨 풀을 밀어서 깎는 데 쓰는 낫을 말한다. 지금은 밀 낫을 보기 어렵다. 그때에는 매뗑의 잔디를 밀 낫으로 밀어 아예 벗겨 가는 일도 허다했다. 나무를 한 짐 지고 집으로 돌아올 때, 산주에게 들키지 않으려고 오르내리다 보면 쎄가(혀가) 만발이나 빠져 헉헉대던 일, 기억나는가? 또 세찬 바람에 밀려 나뭇짐을 진 채 꼬랑(도랑)에 처박힌 일은? 이제 생각하니 아련하다. 그때 기른 그 버티는 힘이 오늘의 나를 지탱시키는 동력원이 된 것 같다.

수야 얘기다. 나무가 없는 날은 생솔이라도 베어와야 할 때가 있는데 동네 들어설 때는 아주 조심해야 한다. 생나무를 지고 오다가 산림감시원에게 들키면 잡혀가야 한다. 아, 그 시절의 밀주 단속도 생각난다. 단속반이 뜨면 술 숨긴다고 난리였다. 거름 속에 파묻기도 하고, 급하면 변소에 부어 버리기도 했는데 주로 독을 땅에 묻었다. 여자들은 나무동을 따바리(똬리)로 받쳐 머리에 이고, 남자들은 등에 지고는 줄줄이 내려오다가 쉬던 해 질 무렵의 영(嶺), 영마루 풍경, 눈에 선하다. 배고팠고 등줄이 땡겼고(당겼고), 헐벗었고 어깨 아팠지만 아름다운 시절이었다.

나, 지니 얘기다. 나무하고 풀 캐고 물을 머리로 여다(머리에 이고) 나르는 것, 이 일들은 그때 학교를 지각하거나 결석했으면 했지 안 하면 안 되는 필수 수행 과제였다. 나는 물지게도 졌지만, 우리 집 저 아래 신작로 건너 새미에서 물을 많이 여다 날랐다. 지금도 물동이를 머리에 이고 걸어갈 때 물 안 흐르게 걸음을 뗄 자신이 있다. 요즈음 여자라고 누가 물을 여다 나르겠는가만 여자들하고 시합해도 안 질 자신이 있다. 물이 풍부한 그 새미 때문에 우리 집은 가뭄을 몰랐다. 또 우리 형제들이 지금까지 병원 신세를 별로 지지 않고 사는 것은 그 물의 수질 때문이라고 생각하고 있다.

우리 집은 동네에서 떨어진 소규모의 과수원이었기 때문에 과일나무를 비롯한 소나무나 오리 목 나무 등 잡목이 울타리 안에 있었다. 특히 울타리의 큰 부분을 차지하던 아까시는 주된 화목이었다. 그래서 나무하는 동네 아이들과 나뭇짐 지고 어울린 횟수는 많지 않다. 그래도 회상의 크기는 그들의 것보다 작지 않다.

아무튼, 외또리 우리 집을 이탈하여 동네로 올라가 '때기 치기'에 넋을 빼앗겨 '나무하기'나 '풀 캐기' 또 '물 여다 놓기' 일들을 놓치면 그날의 저녁밥은 어머니의 불호령 눈칫밥이기 일수였다. 밥, 없거나 모자랄 때의 비율이 있을 때와 비슷하던 그때의 우리 집의 밥, 비록 밥이 아니고 밀제비(수제비)나 국시(국수), 강냉이 가루 죽이더라도, 심지어 눈칫밥이었더라도 없어서 못 먹던 그때 그 밥들이 생각난다.

없는 살림에 대식구 밥 준비할 때, 양석(양식)없고 땔감 없어 정지라고도 한 부석(부엌) 아궁이 앞에서 부지깽이 들고 통곡을 자주 하시던 어머니의 한탄도 생각난다. 그 한탄, 그 통곡은 오랫동안 내 심중에 딱지로 붙어 있던 트라우마였다.

초등학교 다닐 때, 책 보따리를 청에 던지면 기다리고 있는 건 지게였다. 하지만 내가 나무를 제대로 한 적은 별로 없다. 얍 산을 나무 지게 지고 함께 오르내린 초동, 초군들의 지게 나뭇단은 늘 고봉이었고 다림질한 것처럼 산뜻하게 가지런했다. '얍 산'은 주변의 산이어서 얍 산이었고 나지막해서 또한 얍 산이었다.

초군(樵軍), 여기 악양 동매리 내 처소 마을의 박 씨 할아버지에게서 들어 회복한 말이다. 그때 나무라는 말은 또 땔감을 뜻하기도 했다. 얍 산 나무하러 다니기는 중학교 졸업할 때까지 이어졌다. 초등학교 입학하기 전에도 까꾸리질 즉 갈퀴질하는 것은 자연적으로 이어지는 촌놈 되기, 초동 되기 필수코스였다.

이날 얘기의 마무리는 '나무를 많이 했거나 풀을 많이 캔 손의 식별법'이었다. 어린 시절에 나무를 많이 했거나 풀을 많이 캔 사람의 둘째 즉 집게손가락이나 셋째 즉 가운뎃손가락을 보면 알 수 있다는 거였다. 그 손가락에 반달 모양의 낫 자국이 있으면 촌놈 출신이라는 거. 물론 어린 시절에 농촌 일을 많이 했어도 손가락에 낫 자국 안 남긴 아이들도 없지 않지만, 대개는 그렇지 않았다. 맞다, 왼손잡이인 나의 경우도 가운뎃손가락에 반월형의 낫 자국이 선명히 살아 있다.

지게, 알루미늄이 아니라 나무로 만든 지게, 5월이 되면 그 지게를 질 일이 슬슬 생기게 된다. 아래 숙진암 큰 바위 밭에 퇴비 포대와 거름 포대를 져 날라야 하기 때문이다. 나무 지게 그 지게를 져보니 등에 찰싹 달라붙는다. 지게가 만들어준 유소년 시절의 풍경, 그것은 이제 아지랑이가 이는 아련한 그림이다. 지게 담론 끝에 내게로 오게 된 80여 년 연륜의 나무 지게, 이것은 이제부터 만들어 낼 내 지게 이야기의 소중한 동반자 도구이다.

맞다. 그 시절, 여자들은 나무 동을 따바리로 받쳐 머리에 이고 내려왔고 남자들은 나뭇짐을 등에 지고 내려왔다. 그렇게 줄줄이 내려오다가 쉬던, 해 질 무렵의 영마루 풍경, 눈에 선하다.

와룡산, 블루 수채화

우리 과수원 앞에는 제법 큰 못이 하나 있었다. 그 이름은 원동 못인데 우리는 그냥 못이라고 불렀다. 그 못에는 철새들이 겨울에 많이 날아와 놀다 가곤 했다. 밤에는 공포의 대상이었다. 물이 주는 두려움이 그때는 아주 컸었다. 또 그 앞으로 좀 멀리 공동묘지도 있었다. 시를 한 수 읊는다. 「수채화 속으로」라는 시다.

> 구도 잡고 앉으면 무릎을 덮는 연갈색 땅 내음 / 정적의 숲속에선 늘 뭔지 모를 부스럭 소리 / 먼 확성기의 바람 따라 오가는 흘러간 노래들 / 풍경화에 색칠로 덮어 둔 추억은 물이 마르지 않고 / 앉았던 자리에 붓과 함께 잃어버리고 온 수많은 세월들 / 상처 깊은 사연은 그림 밑에 묻어도 가슴에 고이나 보다
>
> (송승호, 『수채화로 그린 시 시로 쓴 수채화』, 좋은 땅, 2016 10쪽, 「수채화 속으로」 일부.)

그렇다. 와룡산을 회상하는 글의 구도를 잡기 위해 자리에 앉으면 못 둑과 양철 지붕 우리 집의 앞 마루와, 읍으로 가는 길의 무서운 모랭이와, 기적소리 기차의 칙칙폭폭 수증기가 머릿속에서 아련한 그림으로 그려진다. 그려지는 그림 속의 저 사물들 뒤에는 와룡산이 있다.

와룡산은 사천읍 쪽에 있다. 유소년 시절 우리 집에서 와룡산은 가

까운 산이 아니었다. 사천읍을 기준으로 볼 때 우리 집은 2㎞여 거리의 진주 쪽에 있었고 와룡산은 사천읍에서 10㎞여 떨어진 삼천포 쪽에 있으니 멀리서 바라보는 산이지 오를 수 있는 산은 아니었다. 하기야 설령 그 산기슭에 산다고 해도 어린 나이 때에 누가 그 산꼭대기까지 오르겠는가만.

와룡산 기슭에 집이 있던 중학교 때 친구도 자기 어릴 적 와룡산 기억은 땔감용 나무하러 다닌 기억밖에 없다고 했다. 오로지 산주의 눈을 피해 나무 한 짐 해가는 것이 그 친구가 회상하는 와룡산이었다. 당시 와룡산은 이 땅의 여느 산들처럼 민둥산이었다. 한국전쟁을 겪으며 방화와 폭격으로 산은 파헤쳐졌고 땔감용으로 나무는 베어져 나갔다. 그때 나는 산 높이도 몰랐고 알 필요도 없었다.

와룡산은 우리 집에서 잘 보였다. 그랬어도 그때 산을 유심히 보고 다닌 건 아니었다. 인제 와서 생각하니 그 산은 내 유소년의 산이었다는 자각 때문에 뒤늦게 애정을 쏟게 된 산이다.

못 둑

우리 과수원 아까시 울타리 바깥 길 건너 편에 있는 못은, 물이 귀하고 놀이터가 귀한 지역인지라 자기가 감당할 수 있는 그 이상의 역할을 담당했다. 못은 아이든 어른이든 간에 사람을 불러 모으는 장소였다. 그뿐인가. 잠자리나 철새 즉 청둥오리도 이 못으로 날아들었다. 참새와 제비는 또 어떻고.

심지어 물에 놀다가 죽은 사람도 있었지만, 세상살이가 어려워 스스로 빠져 죽는 사람도 이 못으로 찾아들었으니. 길 가다 배고프고 지친 사람들이 앉았다 가는 곳이기도 했다. 원래 깊거나 너른 물은 겁을 주는 것이긴 하지만 이래저래 이 못은 우리를 겁나게도 했다.

하지만 못은 유년 시절의 우리를 헤엄치게 했고, 낚싯줄 드리우게 했고, 얼음 지치게도 해 주었다. 나아가 못은 못 둑을 잠자리로 내어 주기도 했고 공작 시간을 위한 찰진 진흙도 주었다. 진흙을 그때 우리는 '지독'이라고 했다. 지금 사투리 사전을 찾아보니 진흙을 일컫는 사투리는 경남 지역에서 압도적으로 많다.

못 둑은 동네서 떨어져 사는 내게 그 위에서 놀게도 했고, 뒹굴게도 했고, 하늘을 보게도 했고, 구름을 보게도 했다. 못 둑은 우리에게 삐삐도 주었고 쑥도 주었다. 유년 시절의 쑥은 대부분 여기서 캐었다. 토끼에게 먹일 풀도 주었고, 염소나 소도 매게 했다. 동네 아이들이 소를 몰고 와서 매어 놓고는 놀기도 했다. 나는 그 못 둑길로 지게를 참 많이 지고 다녔다. 이 못 둑으로는 논이 가까이 있었기에 나락을 많이 지고 다녔다.

겨울에 불장난도 못 둑에서 했다. 불장난은 위험하다. 하지만, 불장난은 재미있다. 지금은 농촌 아이들도 들판으로 나갈 일이 별로 없으니 불장난할 일도 없지만. 우린 봄, 여름, 가을, 겨울 할 것 없이 들이나 산으로 나가서 해야 하는 일들을 등에 붙이고 살았다. 그리고 못 둑 태우는 일과 논두렁 태우는 일, 즉 불놀이를 여러 번 반복하면서 겨울 한철을 보냈다. 타는 불도 불이지만 붙이려고 그어대는 성냥불의 그 묘미, 긴장은 지금도 생각하면 짜릿하다. 물론 못 둑 태우다가 곁들여 태워버린 유년 시절의 설 옷 충격이 불장난 회상에는 늘 오버랩 된다.

나의 설빔 와기 화재 사건, 그때는 남자아이의 겉옷 상의를 와기라고 했다. 그 시절 1950~60년대는 일본 말의 잔재가 많이 남아 있던 때다. '우와기'가 '와기'로 바뀐 거라는데 이는 일본식 복식 용어라는 것이다. 그런데 우아기는 순우리말이라는 견해도 있었다.

아무튼 어머니가 사준 새 와기를 집 앞 못 둑에서 불장난하다 어깨 부분을 태웠는데 그걸 누나의 도움으로 고리짝에 감추고는 발각될까 봐 그 겨울이 끝나고 한참 후까지 마음을 졸였다. 식구 많은 집의 살림 꾸리느라고 어머니는 끝까지 나의 새 옷 없어진 것을 눈치채지 못하셨지만, 그 사건은 내게 그 후로도 오랫동안 내 마음에서 트라우마의 하나로 남아 있었다.

못 둑을 걸어서 지나치고 먼 거리의 가파른 좁은 길 고개 너머 운계들판의 우리 논에 갈 때 또 다른 작은 못 옆의 밭둑에는 뽕나무들이 있었다. 그 나무에서 따 먹은 진한 먹빛 오들개(오디)도 생각난다. 그때 뽕나무엔 쐐기가 유달리 많았다. 쐐기에 대한 두려움을 동반한 오들개의 그 단맛! 유년 시절 맛의 추억, 장난의 추억, 들길의 추억은 귀한 추억이다.

그리고 못 둑에서 놀다가 고개를 들면, 사천읍으로 고개를 돌리면 우뚝한 와룡산이 그 자리에 있었다. 우리가 고개를 들어 와룡산을 봤다고 해도 와룡산에 관해 이야기를 나눈 것은 아니었다. 그러니까 와룡산의 존재를 의식했다는 건 아니란 의미다. 사방에 높은 산이 거의 없는 지역에서 유달리 우뚝한 와룡산을 눈을 뜨면 보지 않을 수 없었다는 말이 된다.

물안개가 수북이 피어오르던 원동 못, 거기서 피어 올린 것은 안개가 아니라 우리들의 꿈이었다. 못에서 솟아오른 물안개, 새벽안개가 번질 때에는 못 둑도 앞산 공동묘지도 다 삼켜 버렸다. 밤나무와 아까시 숲의 짙은 어둠뿐이었다.

못 둑은 너른 품이었다. 내 유소년 시절의 대부분은 이 '못 둑'을 빼고는 얘기가 안 된다. 물론 학교라는 공간, 집이라는 공간, 길이라는 공간, 성당이라는 공간 등도 유년 시절과 관련이 있다. 하지만 이 모두를 다 합쳐도 못 둑이라는 공간만큼 중요성을 가지지 못하는 것 같다. 그 못 둑의 안개 너머 와룡산 모습은 이제 와 생각하니 물안개 수채화다.

앞 마루

낡은 양철집 우리 집에도 마루는 있었다. 마루가 두 개 있었는데 안방 앞의 마루는 여닫는 문이 있어 비를 맞지 않았고, 옆방 앞의 앞 마루는 비가 오면 비를 맞아 노상 젖었다. 걸레질을 제대로 받지 못하던 퇴색한 마루였지만 거기에 앉거나 서서 신작로 버스나 와룡산을 보곤 했다.

여름이었을 것이다. 내가 기억하는 걸 보면 너덧 살 때였을 것이다. 우리는 마당에 덕석을 펴 저녁상을 물리고 모캣불(모깃불) 연기의 너울 아래 앉거나 누워 있으면 아버지는 앞 마루 위에 앉아 계실 때도 더러 있었다. 그럴 때 와룡산에서 연기가 솟아오르면 아버지는 "저거, 빨치산이 놓은 불"이라고 어김없이 말씀하시곤 했다. 지금에 와서 자료를 찾아보니 과연 그랬을 것 같다.

그동안 지리산 빨치산에 대한 이야기는 다양한 기록과 영화 등으로 소개됐으나, 와룡산 빨치산(야산대)과 토벌대(경찰특공대) 등에 대한 기록은 찾아보기 어려웠다. 한국전쟁 당시 와룡산을 중심으로 용현면부터 삼천포지역까지 야산대가 활동했다고 한다. 야산대란 공동의 목적을 수행하기 위하여 산에 모여 행동을 취하는 무리라고 하고. 당시 사천군은 1950년 7월 31일부터 9월 24일까지 56일 동안 인민군 점령하에 있었다고 한다. 사천을 점령한 인민군은 먼저 후퇴하지 못한 군경을 색출하고, 신고 및 강제수색을 통하여 우익인사를 구금·체포하였다. 또한 토지를 '무상몰수 무상분배'의 원칙으로 리 단위로 재분배하였으며, 의용군 및 부역 동원을 위해 젊은이들을 강제 징집하였다고 한다. (사천시사 편찬위원회, 『사천시사(四川市史) 상(上)』, 2003, 782쪽 / 곤양향토사 편찬위원회, 『곤양 향토사』, 2004, 167쪽.)

빨치산이 놓은 불 이미지는 와룡산에 대한 나의 첫 이미지다. 그래서 툇마루 와룡산은 두렵고 무서운 블루 수채화였다. 블루(blue), 우울한 블루, 코로나 19가 기약 없이 장기화하면서 '코로나 블루(corona blue)라는 말이 생길 정도로 정신건강 문제가 불거지고 있다. 블루, 우울하거나 어두운 또는 슬픈 의미의 색 블루!

기적 소리

먼 유년 시절의 기차 소리를 지금 회상한다. 과수원 우리 집에서 먼저기 동치 마을 건너편에 진삼선 기찻길이 있었고, 기차는 아침저녁 두 번 진주 사천 삼천포를 왕복한 것으로 기억된다. 기차가 "우~우" 하고 쉰 목소리로 자기의 지나감을 알리면 우리들 아이들은 하던 거 멈추고 그쪽으로 고개를 돌렸다. 그러면 그 뒤엔 와룡산이 있었다.

석탄을 때며 가는 기차, 지나가는 기차 불통에 기관사가 삽으로 석탄을 펴 넣으며 가는 기차를 그때 외에는 보지 못했다. 진삼선, 지금 진삼선 철길은 흔적만 군데군데 남아있다. 개양에서 사천 공군 부대까지는 철로가 남았고 사천읍에서 삼천포까지 구간은 직선도로로 변했다.

자갈이 깔린 길에 노선버스조차 드문드문하던 그 시절에 기찻길 진삼선은 사천과 삼천포 학생들에겐 진주의 학교로 가는 통학로였고, 진주 사람들에겐 여름이면 이 지역 유일한 해수욕장인 남일대로 가게 하는 바캉스로였다. 그 시절에 바캉스라는 말이 있었는지 모르겠다. 없었다면 '피서'로 바꿔 불러야 할 것 같다.

진삼선 철길에는 역과 역 사이 산지사방의 초가집 삽짝, 즉 사립문을 나서 철길을 타고 역을 향해 뛰던 아이들이 달려오는 기차를 향해 손을 흔들면, 궁량 깊은 기관사 아저씨가 '끼익' 그 육중한 것을 세워 아이들을 담아 실었다는 전설 같은 이야기가 녹아있고, 칠성이 형의 철까시 침목에 납작 엎드려 자기 몸 위로 기차를 지나가게 했다는 믿기 어려운, 모골 송연하게 하는 오싹한 이야기도 담겨있다. 하지만 바라볼 수만 있었을 뿐 거의 타보지는 못한 내게는 드무 고개 그 기찻길이 칙칙폭폭 내뿜던 증기와 기적소리로 형성되어 있다.

그래서 바라볼 때 기차 너머에 우뚝 자리하고 있어 볼 수밖에 없었던 와룡산은 그 무엇보다도 기적소리 수채화다.

와룡산, 섣달그믐날 밤이면 한을 풀지 못해 섧게 운다는 전설을 가진 산, 조선의 산맥체계를 도표로 정리해 편찬한 산경표에 누락된 게 섭섭해서, 아흔아홉골로 한 골짜기가 모자라 백 개의 골이 못 된 게 아쉬워서, 또 일제 강점기 때 이 고장의 정기를 말살하기 위해 일본인들에 의해 정상인 민재봉이 깎아 내려진 게 분해서 그렇게 운다는 비운의 산이 와룡산이다. 자랄 때 와룡산에 대한 밝은 이야기를 들어본 적이 없다. 하지만 정작 와룡산은 묵묵히 그 자리에서 그대로 변함없이 앉아 있다.

돌아감에 대한 얘기다. 책 『아낌없이 주는 나무』에서 결국 소년이 노년 되어 돌아간 곳은 그 아낌없이 준 나무의 밑동 혹은 그루터기였다. 영화 '흐르는 강물처럼'에서 주인공 노만이 돌아간 곳은 유년, 소년 시절의 강둑이었다.

> 나는 자주 / 내가 그린 수채화 속으로 걸어 들어간다 / 누군가와 손잡고 걸은 듯한 눈 덮인 강가로 / 석양에 바쁜 해변의 그림자가 앞서가는 올레길로 / 낙엽 소리에 속아 자꾸 뒤돌아보는 산사길로 / 구도 잡고 앉으면 무릎을 덮는 연갈색 땅 내음 / 정적의 숲속에선 늘 뭔지 모를 부스럭 소리 / 먼 확성기의 바람 따라 오가는 흘러간 노래들 / 풍경화에 색칠로 덮어 둔 추억은 물이 마르지 않고 / 앉았던 자리에 붓과 함께 잃어버리고 온 수많은 세월들 / 상처 깊은 사연은 그림 밑에 묻어도 가슴에 고이나 보다 / 온 동네 내력을 다 기억하는 가로등을 적시며 / 빈대떡 냄새 흐르는 골목에 부슬비가 내리는 저녁 / 긴 세월 변함없는 그림 한쪽의 싸인 / 그 젊고 젊던 이름 하나 여기 앉아 있다(송승호, 위의 책, 10쪽.)

내 돌아감을 생각할 때가 아직은 아니다. 그리고 내 삶의 화두인 '로드 필로 로드 소피'가 돌아감을 지향하는 것도 아니다. 또한 내가 확연한 '길 철학'을 정립하고 있는 것도 아니지만, 구태여 말한다면 내가 지향하는 길은 '돌아는 길'이 아니라 앞으로 '나아가는 길'이다. 주행하고 비행하고 싶지만, 비행하고 주행하면서도 보행을 더 생각하고, 보행 시선을 측면에 더 두는 내게 '돌아감'은 아직 나의 화두가 아니다.

그래도 돌아감을 말해 본다면 내가 돌아가야 할 곳은 유소년의 그 못 둑, 와룡산이 보이는 그 못 둑인 것 같다. 하지만 그 못 둑은 지금 거기에 있어도 내가 마음대로 들어갈 수 없다.

금오산, 동경 담채화

내가 처음 본 바다, 보면서 자란 바다는 사천 공군부대 활주로 서쪽 끝의 사천만 중선포 바다다. 보면서 자란 바다라고 했지만 중선포 바다는 가까운 바다가 아니었다. 집 울타리 밖의 '윤 생'이라고 부른 윤 씨네 할아버지 밭둑에 서서 봐야 가물가물 아른거리던 먼 바다였다. 지금은 모두 매립이 되어 비행장 활주로로 변해 버렸다.

할아버지 그분 윤 생이 생각난다. 초등학교 시절의 우리 앞 밭 주인 할아버지셨으니 그때 이미 연세가 높으신 분이었다. 수염도 꼭 염소수염만큼 기르고 계셨던 분, 그분 이미지는 나에게 개똥망태기였다. 밭을 오가는 길에 길가의 소똥이나 개똥을 꼭 줍고 다니셨다. 거름이 귀하던 시절 이야기다.

비료 구하기는 더 어렵던 시절, 그때 사람들은 개똥도 약에 쓰려면 없다고 하던 시절이었다. 어느덧 세월이 흘러 내 나이가 이미 그 할아버지 연세를 넘어섰고, 개똥망태를 어깨에 메지는 않았지만 범이와 호비가 배설한 개똥줍기와 그리고 지금 강아지인 테루의 길뫼재 잔디 마당 개똥을 줍는 세월을 합치면 15년도 더 된다.

그건 그렇고, 집 밖으로 나와 윤 생 할아버지 밭 언덕에 서면 저기 먼 하동군 진교면의 금오산과 그 아래 사천만 중선포 바다가 눈앞에 펼쳐졌다. 봄이 되면 윤 생 할아버지 밭이나 초등학교 길 주변의 모든 밭이

키가 다 자란 보리밭으로 변했다. 학교 가는 길은 '허뺀디'라 부른 외진 곳을 거쳐야 하는 길인지라, 내 키 만큼 자란 거기 보리밭을 지나갈 땐 낮이라도 머리칼이 주뼛해지곤 했다. 동네 아이들이야 함께 다니지만 외또리 나는 혼자서 다녀야 했기 때문이다. 보리가 패는 늦봄 초여름엔 초등학교 아이들을 공포의 도가니로 몰아넣었던, 이른바 '문둥이' 얘기와 '백여시' 즉 흰 여우 얘기의 일이 실제로 일어날 것 같은 곳이었다. 허뺀디는 '허 씨들의 산소 언덕'이라는 뜻이다.

하지만 보리밭에서 보리 문둥이를 만난 적은 한 번도 없었다. 보리 문둥이 얘기 땜에 겁먹고 걸었었지만, 그래도 보리밭 그 위로 종달새가 울면서 날아갈 때는 신나게 하늘을 바라보았고, 그렇게 바라본 하늘은 참 파랬었다.

보리밭이랑은, 보리 문둥이 얘기를 포함하여 많은 것을 품고 있던 너른 품이었다. 그 속에 숨기 위해 기어든 적이 가만 헤아려 보니, 한 두어 번이 아니다. 보리밭, 보리 문둥이 그것들은 이제 그리운, 한참 그리운 주제들이지만 그때 보리밭은 이런 이유로 참 싫었었다.

게다가 보리는 건방졌었다. 바람이 불면 키다리 맥주보리는 보기 좋게 흐느적거리기라도 했다. 죽 먹어 다리에 맥 빠진 키 큰 사람이 흐느적거리듯 흐느적거리긴 했지만 말이다. 보리는, 토종보리는 바람이 불 때 흐느적거리지도 않았다. 고개를 빳빳이 들고 흔들거려도 빳빳이 흔들거렸다. 쥐뿔, 잘생긴 구석도 없고 맛도 별로 없는 게 말이다.

또한 보리는 벨 때나 져 나를 때 살갗을 참 괴롭혔었다. 보리 수염이 옷 속으로 들어오면 끝장이었다. 그것이 옷 속으로 들어오면 피부는 온통 쑥대밭으로 되었었다. 참 껄끄러웠다. 보리 수염, 보리 그것들 참 짓궂게 굴었었다. 밀보다도, 나락보다도 수수보다도 말이다.

이런저런 이유로 보리밥도 싫었었다. 보리밥의 거무튀튀한 그 색깔 때문에 더욱 그랬다. 유소년시절 그때에는 고구마 밥이나 보리밥을, 찬밥 식은 밥을 가릴 처지가 못 되는 때였지만, 내 손으로 밥 벌어 삼시 세끼 밥 먹을 수 있게 되었을 때 그때부터는 보리밥에 정이 가지 않게 되었다는 말이다.

나의 삶, 나의 나무에도 세월의 켜가 쌓였다. 내 그동안 보리를, 보리 사랑을 알아보지 못했다. 알아보지 못한 보리의 깊은 사랑을 내 이제는 조금 들여다볼 눈을 가지게 되었다. 들어내지 않는 보리의 속내를 내 이제 깊이 엿보게 되었다. 아니 오래전부터 그랬다. 보리 사랑을 이제 고백할 따름이다. 까슬까슬하고 빳빳한 저 수염 속으로 깊이 감추고 있는 정을 일찍이 느끼고 있었는데 이제 말할 따름이다. 일이 싫었었지 보리가 싫은 것이 아니었다고 말이다.

보리여, 보리밭이여 내 너를 사랑한다. 보리여, 미안하다. 보리밥이여 이제 내 너를 내게 주어지는 대로 먹겠다. 맘이야 쌀밥보다 너를 더 먹겠다고 말하고 싶다만. 보리타작이여, 내 어느 봄날에, 길 가다가 도리깨 들고 이루어지는 보리타작 마당 만나면, 차 엔진 끄고 키를 뽑은 후 끝날 때까지 참여하겠다. 도리깨 들고 이루어지는 타작마당은 만나기 어려울 테고, 통통통 경운기 엔진 돌리며 이루어지는 타작마당 만나도 멈추어 서겠다.

보리밥, 보리밭, 보리타작이 그립다. 거무튀튀한 보리밥 색깔이 흰 쌀밥 색깔보다 더 다정하게 다가온다. 보리밭 저 속에는 많은 것들이 있은 줄을 내 잊고 있었다. 숨을 수도 있었고, 달래나 망태쟁이, 잘 기지도 못하는 들쥐 새끼, 종달새 새끼를 주울 수도 있었고, 아장카리를 캘 수도 있었는데 말이다.

집에서 초등학교에 갈 때 하동 동네를 거치는 보리밭 사잇길 말고 또 다른 길은 가무작살 원동 동네로 둘러서 가는 자실고개 길이 있었다. 이 길은 달구지가 다니는 제법 넓은 길이다. 부역하는 길은 아니어도 차가 가끔 겨우 지나가기도 하는 길이었다. 주로 보리밭 길 논길을 따라 학교에 다녔지만 가끔 이 길을 통해 집으로 오기도 했다. 자실 고갯길로 말이다.

자실 고개는 우리 가족의 생명을 지켜준 고갯길이기도 하다. 6·25 때 우리 과수원이 격전지였는데, 한번은 UN군이, 또 한 번은 인민군이 진을 쳤다고 한다. 나중에 양 진영이 우리 과수원을 사이에 두고 격전을 하게 되었을 때, 동네 소개령이 내려졌는데, 외딴집인지라 그 연락을 받지 못한 상태에서 우리 집을 사이에 두고 교전이 벌어져, 울 아버지는 엉겁결에 온 식구를 데리고 자실 고개 못 미친 곳 논으로 가서는 모가 자라고 있는, 거머리가 우글거리는 논에 전부 눕게 하셨다고 했다. 우리는 아버지의 지혜 때문에 모두 살 수가 있었다. 그러니 자실 고개는 비록 우리가 그때 드러누웠던 그 논과는 거리가 제법 멀지만 그래도 나는 우리를 지켜준 고개라고 생각하고 있다. 6·25 그때 내 아래엔 젖먹이 동생이 하나 있었다.

학교 가는 길에 자실고개 위에 서면 중선포 바다와 금오산이 시야에 들어왔다. 겨울에는 중선포 바다가 하얗게 얼어붙어 있었다. 자실 고개를 넘어가면 오른쪽 옆의 외진 곳에 상엿집이 있어 낮에도 지나칠 때면 으스스 소름이 끼쳤다. 그래서 혼자서는 잘 넘지 않는 길이었다.

2020년 6월 28일의 신문 기사 제목이다. '60년대 스타 박형준, 시애틀서 22일 별세'. 기사 내용은 이렇다. "1960년대 <첫사랑의 언덕>으로 팬들을 몰고 다녔던 가수 박형준이 미국에서 세상을 떠났다. 향년 82세. 한국외대 스페인어과에 재학 중 미 8군에서 음악 활동을 시작했으며 1969년 길옥윤 작곡의 '첫사랑의 언덕'은 당시 여성 팬들에게 폭발적인 호응을 얻었다. 1983년 자녀 교육을 위해 미국 시애틀에 이민했다. 그는 고국에서 수목장을 원했다."

그때로 돌아가 본다. 한국의 '걸어 다니는 발음 사전'으로 통했다는 이규항 아나운서가 <네 잎 클로버>를 부른 1968년은 내가 입대한 해이고, 당시 미 8군에서 냇 킹 콜의 노래를 주로 부르던 가수가 박형준인데, 내한 공연한 냇 킹 콜이 자기 노래를 잘 부른다는 말을 듣고 그를 찾았을 때 놀라서 도망가버렸다는 가수 박형준이 <첫사랑의 언덕>을 부른 해는 1969년이다. 이때 나는 최전방 포병부대에서 빡빡한 졸병 생활을 하고 있을 때다. 나는 이 두 노래를 부른 가수가 이규항이건 박형준이건 상관없이 동일인인 줄 알았다. 이번에 확실히 구별하게 되었다.

박형준의 사망 기사를 읽은 후 그의 노래 첫사랑의 언덕을 우쿨렐레용과 하모니카용 등 두 개의 악보로 그렸다. 그리고 지금까지도 흥얼거리고 있다. 그 노래, 그 시절의 내 춥고 배고프던 청춘이 생각나서 그랬다. 내게 첫사랑의 언덕이 있어서 그랬던 건 아니었다. 내가 생각하기에 네 잎 클로버는 격조가 있어 부르고 싶었고 첫사랑의 언덕은 그리움을 일으키기에 더욱더 아련한 노래였다. 서툰 청춘 젊은 시절 '클로버 노래 렌즈'로 네 잎을 찾아보기도 했고, '언덕 노래 프리즘'으로 있지도 않은 첫사랑을 언덕에 세워 채색해 보기도 했다.

그때 시골 우리 과수원 외또리 집은 서쪽 방면이 확 트인 언덕 위쪽에 있었다. 외또리 집이니까 뚜렷이 갈 데가 없을 땐 그 언덕으로 갔다. 탱자나무 울타리를 나와 언덕에 서면 공군부대 활주로 끝 지점인 중선포 바다가 보이고 그 바다 끝자락의 백일홍 군락지 강지 섬도 보였다. 공항 활주로 확장으로 없어진 그 섬은 내 유소년의 섬이다. 그리고 그 너머에는 남해로 가는 길목인 하동군 진교면의 금오산이 멀리서 아주 우뚝 솟아 있었다. 그래서 탱자나무 울타리 밖 윤 샌 영감님 밭 그 언덕은 유소년-청소년-청년기를 거치는 동안 나에게 전망을 열어준 언덕이었다.

제대 후 내 삶의 암흑기를 거치는 동안 어쩌다 첫사랑의 언덕과 네 잎 클로버를 흥얼거리게 될 때는 중선포 바다가 보이는 그 언덕을 떠올렸다. 그 언덕에 서서 첫사랑의 언덕을 흥얼거린 때도 있었을 것이다. 허리를 숙여 네 잎 클로버를 찾기도 했을 것이고.

'언덕'이라는 주제로 지금까지 내가 쓴 글을 찾아보니 저 산 너머 저 언덕, 폭풍의 언덕, 화진포 그 언덕, 쪽빛 언덕, 차나무 언덕 등 다섯 개다. 여기에 하나 더 보탠다. '첫사랑 언덕'을.

2009년에 유엔은 호모 헌드레드 즉 백세시대 도래를 공식화했다고 한다. 그리고 2015년엔 '백세시대 생애별 주기 연령'을 다음과 같이 발표했다고 한다. 그에 따르면 1~17세까지는 미성년, 17~65세까지는 청년, 65~79세까지는 중년, 79~99세까지는 노년, 100세 이상은 장수 노인이라고 한다.

하지만 유엔에서 65~79세를 중년기라고 부르건 말건 나는 지금 노년기에 진입했다. 지금이 좋다. 노년의 언덕에 서서 청년의 방황하던 중선포 강지 섬 금오산이 보이는 외또리 우리 집 그 언덕, 지금은 골프장에 편입되어 없어진 그 언덕을 '첫사랑의 언덕'으로 반 눈을 감고 회상한다. 아련하다. 인제 와서 생각하니 그때 바라보던 먼 산 금오산은 나에게 동경 담채화다.

우리 마을이나 그 마을 너머에 있는 초등학교로 가려면 탱자나무 울타리 틈새로 드나들어야 했다. 탱자나무 울타리 밖으로 나오면 바로 금오산이 보였다. 그 옛날 우리 집 과수원의 아까시나무 탱자나무 등 가시나무 울타리가 생각난다.

지리산 천왕봉, 성장 백색화

나는 지금 삼천포 광포만의 쪽빛 언덕에 서서 저기 멀리 있는 사천대교 위의 북쪽을 보고 있다. 겹쳐진 작은 산들 뒤에 큰 산봉우리가 아슴아슴하게 보인다. 지리산 천왕봉이다. 지금 보고 있는 먼발치 천왕봉, 갑자기 '큰 바위 얼굴'로 변한다. 심리작용이다. 그러고 보니 내 심중의 천왕봉은 늘 겨울의 흰머리 산이었다. 보고 있는 지금은 푸르다. 물론 여름이어서 그렇다. 그런데 이젠 내가 희다. 까만 머리 유소년이 검은 머리 청년을 거쳐, 희끗희끗 장년을 다 보내고 흰머리 노년으로 서서 바라보고 있다. 희던 지리산 천왕봉은 푸르고 검던 내 머리는 희다. 지리산 천왕봉, '내 마음의 큰 산'이었음을 '큰 바위 얼굴'이었음을 흰머리 되어 깨닫는다. '쪽빛 언덕 깨달음'이다.

광포만 언덕에 서서 저기 먼 산 천왕봉을 바라보니 유소년 시절의 이 생각 저 생각이 가슴을 뭉클거리게 하면서 떠오른다.

신작로, 우리 집 앞의 도로는 나의 성장 과정에서 빼놓을 수 없는 길이다. 이 길을 따라서 즉 이 치돗가를 걸어서 초등학교 입학 전부터 사천 읍내 성당에 매일 새벽 보미사하러 다녔고 중학교 3년을 다녔기 때문이다. 그리고 읍내 장날엔 팔러 가시는 어머니의 농산물을 지게 지고 걸었고, 퇴비나 거름이 절대적으로 부족하던 그때 리어카를 한 대 산

후 공군부대 화장실 인분을 실은 작은 형이 끄는 리어카를 뒤에서 밀며 걸었다.

우리 집에서 진주까지는 약 12㎞, 사천읍까지는 3㎞ 그리고 삼천포까지는 약 20㎞ 정도의 이 길은 당연히 비포장도로였다. 지금 도로라고 내가 말했지만, 그때는 신작로나 치돗가 또는 치도길이라는 말로 도로를 더 지칭할 때였다. 이 길은 1910년 2월에 경남에서 최초로 신작로라고 불리면서 개통된 진주 사천 삼천포를 잇는 도로다. 1910년은 경술국치로 인해 나라가 사라진 치욕적인 해다. 그해 8월 29일 일제에 의해 우리나라의 국권이 상실되었기 때문이다. 그래서 이때 개통된 도로이니만치 당연히 수탈과 관련 있다. 일제 강점기 시절 그때 진주는 경남도청 소재지였는데 육로교통의 오지여서 바닷길을 통해 물자를 수송하기 위한 관문 역할의 항구가 절실했기에, 진주 삼천포 사이의 도로를 확장해서 개통했다고 한다.

아무튼, 이 도로가 바로 우리 과수원집 앞을 지나갔기에 입은 혜택은 크다. 물론 피해도 봤고. 하지만 피해라야 비포장도로의 풀풀 날리는 먼지가 집을 덮거나 걸을 때 먼지를 뒤집어쓰는 정도고, 혜택은 그 길을 따라 사천읍의 성당이나 중학교를 비교적 수월하게 다닐 수 있었던 거, 그때는 버스가 손만 들면 세워 주던 때라 바로 집 앞에서 진주나 삼천포 가는 버스를 타고 내릴 수 있었던 거였다.

지금 나는 유소년 시절 내 성장의 길로서의 이 길을 회상하고 있다. 그렇다면 그건 버스 길보다는 보행 길과 관련이 있다. 10리(4㎞)는 채 안되고 5리(2㎞)는 넉넉히 넘던 읍에 가는 길, 걸어서 다니기엔 가깝지 않았고 밤이나 어두운 새벽엔 혼자서 다니기 무서운 길이었다. 하지만 지금에 와서는 머릿속에서 아련하게 그림 그려지는 도로다. 우리 집에서 읍에 이르기까지 몇 군데 지점을 구분하여 그려 본다.

모랭이길, 집을 나서서 읍으로 갈 때 처음 만나는 지점이 커브가 심한 모랭이길이다. 오른편 얍 산의 나무들 잎은 무성할 땐 짙었고 그래서 더 어두웠다. 게다가 부역이라는 이름으로 사람들이 동원되어 흙을 파낸 곳이기 때문에 홈이 크게 나 있는 곳이었고 흙을 파서 던진다는 여우 목격담이 사실 여부와 관계없이 입에 회자하는 곳이었다. 하지만 그 모랭이길를 돌면 읍이 보이고 비행장도 보이면서 밝아졌다. 숲을 벗어나 들판이 나타나기도 했고 또 멀리서나마 읍내의 전깃불이 간접으로 어둠을 밝혔기 때문이다.

반대로 읍에서 집으로 돌아올 때는 이 모랭이길만 돌면 무서워졌다. 중학교 다닐 때인지 졸업 후 진학 못 하고 놀 때인지는 몰라도 겨울, 어슴푸레 달밤에 성당에 갔다가 이 모랭이길를 돌아 집에 가까이 왔을 때, 저기 멀리 앞에서 흰옷을 입은 사람이 가까이 왔는데 머리가 주뼛해진 나는 상호 교차할 때 서버렸다. 그런데 그도 서는 게 아닌가. 얼어붙은 발걸음을 겨우 떼어 돌아보니 그는 없었다. 이른바 할머니 귀신을 내가 만난 거였다. 그 공포로 며칠 밤을 밖에 나오지 못했다. 누가 뭐래도 이 지점에서 한 나의 할머니 귀신 체험은 지금도 기억에 생생하다.

아무튼 읍으로 갈 때 그 모랭이길을 막 돌면 집이 두서너 채 나타나고 그중에는 성냥간도 있었다.

성냥간, 그때 우리가 성냥간이라 부른 대장간은 어릴 때 자주 출입하던 곳이었다. 시골에서 대개 어른들이 성냥간을 드나들었지만, 우리 집에서는 내가 자주 드나드는 심부름을 한 편이었다. 물론 아이들이 성냥간을 드나든 집이 우리 집 말고도 다른 집들도 있다.

성냥간은 말 그대로 낫이나 호미, 칼, 괭이를 벼리는 곳이다. 대장간과 성냥간의 어원이 궁금했어도 찾아보지 않았는데 이번엔 기어이 찾아봤다. 일단 대장간은 '철(鐵)'과 관계되는 표현이고 성냥간은 철의 우리 말인 '쇠'와 관계되는 말임을 먼저 내세운다. 대장간은 중국에서 철장간(鐵匠間)인데 철장은 철의 장인이라는 뜻이라고 한다. 철의 중국식 발음이 '티에'인데, 철을 다루는 장인을 이 땅에서 '티에 장이'라고 부르다가 티에가 나중에 '대'로 바뀌어 대장장이, 대장간으로 되었다고 한다.

그럼 성냥간, 성냥장이는? 우리 말 사전에 '성냥하다'의 풀이가 나오는데 그건 "무딘 쇠 연장을 불에 불리어 재생하거나 연장을 만드는 일"이다. '성녕'을 옛말 사전에서 찾아보면 "수공업, 공작, 제작, 작업"을 뜻하는 말이라고 하고. 한마디로 옛 장인들이 물건을 만들어 내는 행위가 다 성녕 행위라는 것이다.

그 성냥간에 가면 벌겋게 달구어진 쇠를 둘이서 다루었던 것 같다. 한 사람은 큰 망치를, 달구어진 쇠를 잡은 사람은 작은 망치를 들었는데 작은 망치를 든 사람이 주인이며 말 그대로 철장 즉 대장이었다. 그 분은 키가 작았었고 머리는 짧게 깎았던 것 같다. 그분의 자녀도 많았던 것 같은데 한 명도 기억나지 않는다.

물론 그 성냥간도 부근의 우리 집 등 마을들과 함께 부대 용지로 흡수되었다. 지금 농촌 마을에 성냥간이 그 어디에도 없다. 지금은 농사 짓는 방식이 이전과 확연히 달라졌기로 호미나 괭이를 벼를 일이 거의 없어졌기 때문이다. 물론 구례시장 안에는 성냥간이 두 군데나 있다. 그 두 곳을 일부러 유심히 몇 번 봤는데 쇠를 달구어 두들기면서 연장 만드는 모습은 한 번도 보지 못했다. 진열된 농기구들은 직접 만든 게 아니라 거의 공산품으로 보였다.

그 성냥간이 생각난다. 오가는 길에 쳐다보면 쇠를 달구는 아궁이가 벌겋던, 두들기는 망치 소리가 리드미컬하게 나던 그 성냥간….

강가 축동사거리, 치돗가 서너 채 집 중의 하나인 그 성냥간을 지나가면 곧바로 강과 연이은 축동사거리가 나온다. 여기서 직진하면 사천읍이고 왼편으로 가면 동치라는 마을에, 또 오른 편으로 가면 내가 다닌 초등학교와 아버지가 근무하신 면사무소와 그리고 지서가 있는 길평리에 닿게 된다.

이 사거리 또한 무서운 괴담과 사연을 전설처럼 가지고 있는 곳이었다. 비가 내리는 새벽이나 해거름 때에 이곳을 혼자 지나가다가, 반은 여우이고 반은 사람인 귀신을 만나게 된다는 밑도 끝도 없는 괴담은 어린 나의 새벽이나 밤의 홀로 성당 길을 참 두렵게 했다. 그래도 꿋꿋이 이 지점을 새벽 성당길에 잘도 지나갔다. 주머니에 손을 넣어 잡고 있는 묵주가 무서움을 이기는 데 큰 힘이 되었고. 무서운 사연은 실화다. 길호강 물이 커브를 트는 지점 즉 물이 가장 깊은 그 사거리 지점에 기와집 상점이 있었는데 그 집 주인은 여자였고 그분이 바로 자기 집 아래 물에 걸어 들어가 머리를 풀고 세상을 하직한 것.

길호강, 그 사거리에서 조금 나아가면 이제 오른 편에는 길호강이 흐르고 길 양편에는 너른 들판이 펼쳐졌다. 오른편의 공군부대 비행장 들판은 훨씬 더 넓었다. 그 비행장 끝 지점이 사천만 중선포라는 바다 지점이고 바로 그 위에는 하동군 진교 금오산이 홀로 우뚝 솟아 있었다. 그래서 읍으로 갈 때 보게 되는 산은 와룡산과 금오산이고 집으로 올

때 보게 되는 산, 겨울에 보게 되는 산은 지리산 천왕봉이었다.

길호강은 세월이 흐를수록, 내가 나이를 먹어갈수록 더욱 그리워지고 마음에서 살아나는 강이다. 강은 사천읍 두량리의 두량 못에서 발원하여 지금의 사천 공항 입구 가까운 지점에서 'U'자로 빙 돌아서는 내가 졸업한 초등학교 앞으로 흘러 사천만 중선포로 빠지는 강이다. 지금은 이름이 '중선포 천'으로 바뀌어 버린 내 마음의 강인 강, 멱도 감고 잠수하여 떡조개도 캐내던 강, 사천읍 초입까지 흐르고 있어서 성당과 중학교가 있는 사천읍에 오갈 때 따라 흐르던 강이 길호강이었다.

이 강과 저기 바다는 안개로 들판을 늘 가득 채울 때가 많았다. 서해안 바닷가처럼 안개를 늘 끼고 산 것은 아니었지만, 새벽은 늘 이렇게 안개였다. 새벽에 우물에 물 길러 오갈 때, 고구마 줄기 걷으러 밭에 갈 때 늘 안개였다. 특히 집 앞에 있는 못은 안개를 많이 피워 올렸다. 우물도 따뜻한 김을 모락모락 피워 올리는 것을 내 늘 보았고.

여무 다리, 정확한 이름은 열물 다리 즉 십수 교가 맞지만, 일상언어로 그 강의 이름은 여무 다리였다. 열물 때에는 저기 중선포 바다에서 물건을 실은 배가 강을 따라 이 지점까지 들락거려서 붙게 되었다는 이름 여무 다리는, 이 다리를 걸어서 건너다닌 지역 아이들에게나, 흩어져 살다가 60여 년 만에 해후한 우리에게 자주 입에 올려지는 다리다.

여무 다리, 초등학교 입학 전부터 새벽 미사 복사하러 혼자 건넌 이 다리는 내 신앙적 자아와 담력 형성에 기여한 점 적지 않다. 성당 거기엔 풍금이 있고 니스 칠한 마룻바닥이 있고, 전깃불이 있어 가면 좋았다. 우리 집에 없는 것들이 거기엔 있었다. 새벽 미사는 다섯 시 반이나 혹은 여섯 시에 시작되었다. 겨울의 새벽은 여섯 시라도 어두웠고 길은 5리 길이었다. 시계도 없었고, 불도 없었다. 읍내에는 전깃불이 있으니 좀 밝았지만, 초등학교 저학년 나이에 혼자 다니는 새벽길은 무서웠고 추웠다. 그래도 나는 다녔다. 시계가 없으니 새벽 달밤이나 칠흑의 어두운 밤에 다섯 시 반쯤에 도착하리라고 짐작하고 떠난 길이 새벽 두세 시 전후에 도착한 적이 한두 번이 아니었다.

성당 마당의 대문이 잠겨 있으니 그 앞에서 기다린 적이 한두 번이 아니었다. 당시 미사는 라틴어로 진행되었으므로 미사와 관련한 라틴어 미사 통상문을 외어야 제단 안으로 복사하러 들어갈 수가 있었다. 당시에는 복사를 '보미사'라 불렀다. 그래서 우리는 경쟁적으로 라틴어 경문을 암송했고 그중에 난 비교적 잘 암송하는 축에 들었다. 초등학생 전후에 뜻은 비록 모르지만 제법 많은 분량의 라틴어를 줄줄 암송한 것은 훗날 나의 길에도 영향 미쳤다. 그때 외운 라틴어가 훗날 정식으로 라틴어를 배우는 계기가 되었다.

미사 후 집으로 돌아오는 길, 겨울에 다리 아래로 내려가서 한판 벌어진 굿판 끝에 남은 1,000환짜리 지폐 몇 장이나 과일 또 아직 꺼지지 않은 양초 등을 거두어 집으로 가져가곤 했다. 낮에 여럿이 물가로 내려가도 긴장하게 되는데 혼자 새벽에 굿판이 벌어진 물가로 내려서는 행위는 담력 없이 할 수 있는 건 아니었다. 투박한 사투리로 표현하자면 어릴 때 나는 '썩 간'이 좀 컸던 것 같다. 그러니까 간덩이가 좀 부었다는 표현과도 닿아 있는 이 말은 말하자면 담력이 좀 컸다는 것을 이르는 말이다. 이 다리와 저기 읍내 쪽 드무 고개에서 얼어 죽은 또는 빠져 죽은 사람을 덮은 거적때기를 내 눈으로도 서너 번 봤다. 춥고 배고프던 시절 얘기다. 아무튼, 나는 새벽 미사 다니면서 담력도 기르고 다리 힘도 길렀다.

지금 강은 물길도 바뀌었고 이름도 달라졌다. 강 이름은 중선포 천으로 바뀌었고 다리는 없어졌다. 다리가 있던 자리, 지금의 사천공항 출입구 부근에는 그 어떤 흔적도 남아 있지 않다.

드무 고개, 읍으로 가려면 그 초입의 드무 고개를 지나야 했다. 그리 높은 고개는 아니었지만, 특히 중학교 3년의 다반사 지각 등굣길은 높기만 하던 고개였다. 겨울에 얼어 죽은 주검 위의 거무튀튀한 거적 위로 내린 서리가 그날따라 희게만 보이던 것도 집으로 돌아가던 길의 이 고개 아래서였다.

하지만 하굣길의 이 고개에는 희망도 기다리고 있었다. 어쩌다 생긴 푼돈으로 건빵이나 박하사탕, 눈깔사탕도 입에 넣을 수 있다는 희망. 그것들을 담은 유리 항아리의 색이, 비록 먼지가 뿌옇게 끼었어도 '끝없는 투명에 가까운 블루'로 보이게 하던 점방이 고갯길 아래 푹 꺼진 곳에 코를 박고 있던 곳이 드무 고개였다. 오면서 가면서 들여다봤어도 사는 경우는 드물었다. 어쩌다 산 건빵, 쥐고 또 쥐었고, 주머니 안에서 손가락 꼬무락거리면서 만지고 또 만지며 내려가던 고개였다.

고개를 내려와 여무다리 가까이 오면 사방이 확 트이면서 가까운 산 또 먼 산이 눈에 들어온다. 먼 산은 지리산이다. 먼 산 지리산 그 천왕봉은 겨울에 뚜렷이 우뚝했다. 눈을 이고 있어서 그랬다. 내 기억에 그 길의 봄 여름 가을의 천왕봉은 없다. 그 길에서의 천왕봉은 내게 겨울의 천왕봉만 있다.

겨울엔 활주로에서 불어오는 서북풍이 매서웠다. 여무 다리를 건널 땐 더욱 살을 에었다. 저 멀리 보이는 설산, 지리산 때문에 더욱 그렇게 생각되었다. 쌩쌩 눈바람을 천왕봉이 보낸다고 생각하기도 했다. 천왕봉은 읍내를 오갈 때 반드시 보게 되는 먼 봉우리였다.

그래서 천왕봉은 내 눈에 백색화(白色畵)로 보였다. 이제 생각하니 먼 산 지리산 천왕봉은 내게 성장 백색화다. 천왕봉은 내가 그를 보지 않을 때도 나를 보면서 지켜주는 산이었다. 혼자 걸을 때는 더욱더 그랬고 그건 밤길에서도 마찬가지였을 것이다. 천왕봉을 보면서 자란 사람이 어디 나뿐이겠는가마는, 천왕봉이 보이지 않는 지역이 지리산과 닿아 있는 경상도 전라도 지역치고 어디 있겠는가만, 겨울이면 신작로 치돗가에서 보게 되던 우뚝 흰 봉우리 천왕봉은 분명히 내게 크나큰 마음의 산이었다.

빨리 집으로 돌아와야 집 앞의 새미에서 물을 여다가 나를 수 있다. 물지게를 지기도 했지만, 여다가 나르는 경우가 더 많았다. 겨울엔 나무도 해야 했고 여름엔 풀도 캐야 했다. 그러니까 초등학교, 중학교 등교하기 전에 수행해야 하는 일이, 미사, 물, 나무, 풀 등이었다는 말이 되겠다. 매번 그렇게 한 것도 아니고 차례대로 다 수행한 것도 아니지만, 대개는 그렇게 했다.

주로 하굣길, 모랭이길을 돌아 저기 멀리 마을이 보일락말락 하는 지점에 가까이 오면 우리 악동들은 자갈을 주워 가로수 버드나무를 때리기도 했고, 논에 가까운 밭둑의 나무 전신주 애자를 향해 던지기도 했다. 정확히 맞춰 애자를 깬 아이도 있었지만 난 애자를 맞춘 적이 없었던 것 같다. 하루나 이틀 후의 하굣길, 그 돌을 주워내는 논밭 주인의 화난 소리에 겁을 먹고는 "우리가 안 그랬는데예, 모르겠는데예"라고 시치미 떼고는 걸음을 재촉했던 그때가 생각난다.

먼지 풀풀 날리던 버드나무 신작로 길의 겨울 천왕봉, 그 하얗던 봉우리는 '내 마음의 큰 산'이었음을 '큰 바위 얼굴'이었음을 이제 내 머리가 흰머리 된 지금 깨닫는다. 지리산 천왕봉을 '신작로 길의 성장 백색화'로 내 마음에 그린다.

두량 못 삘기

바이칼 호수가 얼마나 클까? 아마 아주 클 것이다. 세계에서 제일 큰 호수라니까. 두량 못도 컸다. 두량 못도 바이칼 호수 못지않게 큰 호수였다. 유년 시절의 내게는 말이다. 그보다 더 큰 못이 있다는 것을 안 것은 성장하고 난 이후였다. 나중에 보니 진주 진양호가 더 크고 대청호가 더 컸다. 그러고 보니 더 큰 못이 많기도 많다. 춘천호도 더 크고 소양호도 더 크고. 그래도 내겐 아직도 두량 못이 더 크다. 유년 시절의 크기를 자 대어 측정할 일은 아닌 것 같다.

두량 못은 내가 다닌 초등학교에서 약 6㎞ 거리였다. 그 초등학교는 자리를 사천 공군부대에 내주고 지금은 자리를 옮겨 다른 곳에 앉아 있다. 언제 한번 찾아가서 초등학교 내 6년 기록을 새삼 확인해야지. 언제부터 언제까지 배가 아파 결석했는지. 언제, 소풍은 또 어디로 갔는지. 소풍이라 적어두고 있는지 원족이라 적어 두고 있는지도.

초등학교 때 다녀온 소풍지를 다 기억하지 못하고 있다. 다 기억해 낸 후 그곳을 한곳 한곳 다시 밟아볼 예정이다. 아무튼 기억나는 곳은, 가산 오광대로 유명한 가산의 어느 큰 무덤 언덕, 화당산 언덕이다. 그리고 이순신 장군의 흔적 및 벚꽃으로 유명한 사천시 사남면 선진리 공원 그리고 이곳 두량 못이다. 두량 못의 위치는 경남 사천시 사천읍 북쪽, 남해 고속도로 사천 요금소에서 자동차 보통 속도로 약 15분 거리다.

잠시 그때로 돌아간다. 배 아팠던 기억이 먼저 떠오른다. 내가 청년이 되고 난 이후로는 배가 아팠던 기억이 없다. 더 정확히 말하면 고등학생이 되고 난 이후로는 배가 아팠던 기억이 없다. 그러나 초등학교 중학교의 기억은 배 아팠던 기억이 늘 앞자리를 차지한다. 중학교 다닐 때도 배는 많이 그리고 자주 아팠다. 지금은 안 아프다. 씻은 듯이 사라졌다. 밥 잘 먹고 소화 잘 시키고. 아픈 내 배는 어디서 지금 배 아파하고 있는지.

머리가 나빠서일까? 초등학교 몇 학년 때 그랬는지를 지금 알지 못하겠다. 아무튼 배가 아파서 약 반년 정도 혹은 그 이상을 학교에 가지 못했다. 그 길로 학교는 끝인 줄 알았다. 반년 이상을 놀고 나니 가기도 싫었고. 다시 가서 졸업하기는 했다. 초등학교를 방문하여 나의 기록을 다 확인할 예정인데 아직 가지 못했다.

그러는 중의 먼 길 소풍, 그 당시 말로 원족은 기억에 생생하다. 두량 못에 오면 사람이 많았다. 큰 나무에 꽃이 피어 있었다. 이름하여 벚꽃, 그때는 벚꽃이라고 부르기보다는 사꾸라꽃이라고 불렀다. 그리고 양철 동이에 물을 담고는 거기에 사카린을 넣어 달게 하고, 색소를 넣어 보기 좋게 하고, 사과를 썰어 둥둥 띄워서는 먹음직스럽게 만든 물, 그런 물을 파는 물장수도 있었다. 사이다도 있었는데 칠성 사이다였던 것 같다. 칠성 사이다가 출시된 때가 1950년 5월이라고 하니 내 기억이 맞는 것 같다.

그때 두량 못의 둑은 어린 나의 눈에는 어찌나 높고 길던지, 그래서 오르기도 아득하고 걷기도 아득하던지, 못 둑에 올라 바라보는 물의 면적은 또 어찌 그리 넓고 끝이 멀던지…. 지금 장년이 되어 찾아와 둑 위에 서니 저 끝에는 통영으로 가는 고속도로 교각이 보인다. 통영-진주-

대전으로 이어지는 저 고속도로의 통영 구간, 그러니까 저 끝 저 도로로 차가 다닐 수 있게 되면 서울에서 통영까지 쌩쌩 달려 금방 오게 될 것이다. 세월 참 좋다. 좋은 세월을 우리는 지금 살아가고 있다. 경제가 어렵고도 어려운 지금 배부른 돼지 같은 낙관론을 펼치고 있는 게 아니다. 삶의 편이성이 너무 확장되어 있음을 이런 식으로 말해 볼 따름이다.

그 얼굴을 그려 볼 수는 없지만, 소풍 왔을 그때 엿장수 할아버지, 길고도 푸른 이 못 둑을 엿판 걸머지고 걸었을 것 같다. 허기진 배 움켜쥐고 아픈 다리에 휴식을 좀 주려 엿판 내려놓고 이 못 둑에 쓰러질 듯 앉았을 것 같다. 앉아서는 하늘을 봤을 것 같다. 앉아서도 자기 걸머진 엿판의 엿은 하나도 손대지 못했을 것 같다.

그 못 둑 저 위로 낚싯대가 걸어간다. 낚싯대를 메고 걷는 사람이 분명 있는데 내 눈에는 지금 낚싯대가 휘청휘청 춤추며 걸어간다. 엿장수만 걸었을까? 살지 못해 야밤중에 처자식 이끌고 도망가는 김삼만 씨는 저 길 따라 떠나지 않았을까? 떠나는 야밤 중 깊은 밤은 달로 별로 인해 밝기도 했겠지만, 나풀대는 삐삐 저 꽃으로 인해, 순백의 박으로 인해, 뿌린 소금인 듯 흩뿌려져 있는 메밀의 꽃들로 인해 더 밝지는 않았을까? 둘러보니 삐삐는 꽃으로 나풀거리고 있어도 박은, 메밀은 아무데도 없었다. 있을 법한데.

둑 아래 소풍 놀이 그 자리에 젊은 부부가 아이들과 함께 논다. 그래, 저런 놀이 줄넘기를 우리도 했던 기억이 있다. 내 부모가 우리들 뛰어넘도록 줄 돌려준 적은 없다. 그러고 보니 나도 내 아이들 어릴 때 넘도록 줄을 잡아 준 적 없는 것 같네. 아이들을 다시 어려지라 할 수도 없고. 소년이던 우리들은 우리끼리 줄 잡은 손에 힘 빡빡 넣으며 아귀 차게 돌렸던 것 같고, 뛰어넘을 때는 또 이 다물고 힘 다하여 높이 그리고 빨리 뛰었던 것 같다. 세월이여….

언덕, 푸른 언덕에 삐삐가 꽃으로 눈부시다. 언덕이 온통 푸르고 희다. 삐삐의 표준말은 삘기 혹은 삐비다. 하지만 우리는 이를 삐삐라 불렀다. 삐삐는 꽃 아닌 꽃으로 되어 하늘을 위로하는 것 같다. 하늘이 위로받을 일 있을까? 혼은 하얗게 날아오르지 빨갛게 날아오르지는 않을 것 같다. 하늘 가는 밝은 길….

둘러보니 쑥부쟁이가 지천으로 깔렸다. 들판을 걷다 보면 쑥도 지천이고 개망초도 지천이다. 쑥부쟁이도 그렇고. 촌스럽고도 정다운 우리의 이웃, 야생초들이다. 두량못 못 둑에 삐삐와 개망초가 꽃으로 널브러져 있다.

두량못의 긴 못 둑을 걷고 걸어 돌아 나오니 한구석에 접시꽃이 피어 있다. 누구를 기다리는가? 길게 뺀 목에 접시를 달고 있다. 그것도 외로이. 그도 기다리는 모양이다. 그 누구를 목을 빼고 기다리는 모양이다. 달이 뜨면 접시꽃은 그 누구를 더욱 기다리겠지.

그 섬 신수도

신수도는 먼 섬이었다. 지난 9월 4일에 드디어 그 섬으로 향하는 삼천포의 출발 지점인 신수도 도선 여객 터미널에서 편과 함께 신수 호를 탔다. 1957년에 처음 다녀온 후 실로 60년 만이다. 그러니 신수도는 내게 가까운 섬이 아니었다. 삼천포 노산공원에서 보면 엎어지면 코 닿을 듯한 바로 눈앞의 지점인데, 한번 다녀와야지 하는 생각을 실행에 옮기는 데 이리 오래 걸린 것이다.

조타실, 신수호 선장이 앉은 조타실의 선장 자리 그 옆엔 또 하나의 좌석이 나란히 있었다. 그 자리에 여자 한 분이 앉는다. 그 장면을 처음 봤을 때 짐작이 되었는데, 짐작한 대로 그분은 선장의 배우자였다. 선주? 아무튼, 섬을 향하여 배가 출발하자마자 그분은 조타실 밖으로 나와 우리 사이를 다니면서 뱃삯을 거두었다.

배를 타기 전 선착장에 도착했을 때 표를 사려고 매표소에 갔었는데, 창구 앞에서 한참 기다려도 매표원이 나타나지 않아서 기다리다 못해 표를 사지 못하고 배를 탔었다. 배가 출발한 후 뱃삯을 거두는 걸 보고 왜 매표소에서 표를 팔지 않았는지 이해가 되었다.

뭍에서 섬으로 가는 도선은 선미가 넓다. 선착장에서 입을 크게 벌리고 기다리고 있다. 그 입으로 사람도 들어가고 차도 기어 배 안으로 들어간다. 선미 그곳, 자동차와 짐을 싣는 칸 옆으로 벤치도 놓여 있었다.

앉아 있는 사람에게 물어봤더니 이 배는 출발 후에 뱃삯을 거둔다고 해, 안심하고 갑판으로 올라갔다.

그런데 물어본 말에 대답해준 사람 중 한 분은 계속 횡설수설한다. 유심히 봤더니 술에 취해 있었다. 말이 시비조로 이어지는 것 같아 서둘러 갑판 위로 올라갔다. 배와 낮술, 바다와 아침 술, 뭔가 그럴듯하게 보이는 조합이다. 나중에 신수도에 내려서 보니 술 취한 그분은 그 섬의 주민인 것 같았다. 섬 주민 몇 명이 "또 술, 아침부터 또 술"이냐고 나무라는, 그러면서 피하는 몸짓에서 그걸 짐작할 수 있었다.

선장은 배가 출발하기 전에도, 운행 중에도 또 신수도 그 섬에 도착한 이후에도 내가 물어보는 여러 가지 말에 대답을 잘해주었다. 함께 사진을 찍고 싶다고 했더니 기꺼이 응해 주었고, 자세를 이리저리 취해 달라는 즉석 사진사인 내 아내의 요구에 순순히 따라 주기도 했다. 선장을 통해서 신수도 그 섬의 1960년대 이후 달라진 지형을 파악할 수 있었다. 파악했다는 말보다는 그때 배를 대었던 곳을 어렴풋이나마 짐작했다는 말이 더 맞다.

배에서 내려 선장이 알려준 지형을 머릿속에 그리면서 내 유년의 첫 섬 발자국을 더듬어 신수도 걸음을 떼었다. 배에서 내릴 때 "나중에 또 봐요" 하던 음성, 조타실에서 배를 운항하는 선장 옆에 앉아 운항을 거들기라도 하는 듯이 보였던 선장 배우자 그분의 음성은 포근한 여운으로 섬의 길에 깔렸다. 걷는 길은 여기 신수항에서 저기 대구항으로 가는 길, 시멘트를 부어 만든, 그전에는 없던 길이었다.

배에서 내려 조금 걸어 올라가니 초등학교 운동장이 훤히 보인다. 풍금 소리를 기대했지만, 그 소리는 들리지 않았다. 나무가 서 있었다. 플라타너스, 수평적으로는 두어 아름드리는 족히 되어 보였지만, 수직적으로는 그리 높지 않았다. 잘린 것이다.

우리를 내려놓은 배가 다시 섬을 출발하기 직전, 그 나무 아래에서 삼천포로 나가는 배를 타기 위해 할머니와 손잡고 걸어 나오는 노인을 만났다. 마을의 길이 학교 담벼락 안으로 나 있었다. 나무를 보고 있는 나에게 그분은 먼저 말을 걸어 주었다. 고맙게도. 자기는 여기 이 신수도 초등학교 1회 입학생이며 플라타너스 여러 나무를 고사리 자기들 손으로 심었다고 했다. 섬을 떠나지 않고 여든이 다 된 지금까지 살고 있는데, 여러 해 전 어느 날 지나가다 보니 그 큰 나무들을 다 베어 눕히고 있더란다. 호통을 쳐 그나마 겨우 이 한 그루만 지킬 수 있었다고 했다. 그것도 상단부가 다 잘려 나간 상태에서.

섬 소년 아니 섬 노인은 그러면서 자기 이름과 전화번호를 내게 가르쳐 주었다. 핸드폰 카메라 렌즈 앞에 포즈도 취해 두고. 부산 백병원에 할망구 검진 가는 길이라면서…. 그 섬 신수도 교정의 어린 나무는 거목이 되어 그 아래에 서는 나에게 그늘을 주고, 그 나무를 심고 지킨 소년은 노인이 되어 섬 이야기를 들려주었다. 섬, 섬은 그대로였지만 그대로가 아니었다. 내 소년의 흔적을 이리저리 찾았지만 다 찾지 못했다.

그때는 뿌라다나스라고 불렀던 플라타너스, 우리의 초등학교에도 있었다. 내가 입학했을 때 이미 저 나무만큼 덩치가 컸었다. 그 나무는 놀이기구였고 그 그늘은 우리에게 놀이터였다. 감나무, 배나무, 밤나무 하는 촌스러운(?) 한국식 이름보다 서양말 이름이어서 더 세련되어 보이던 나무, 우윳빛 나무 색깔 또 날렵한 잎, 색다른 열매…. 플라타너스와 함께 한 유소년시절이 아득하고 아련할 수밖에 없는 지점에 내가 섰고 그 골목을 내가 걷고 있다.

소년이던 그때 이 섬 신수도에 우리 일곱 명이 성당 사람들과 더불어 왔었다. 우리 일곱은 긴 라틴어 미사 경문을 통째로 외어 성당 제대에서 미사 집전을 거들던 복사단의 일원으로 인연을 맺었다. 그런 제대 봉사 소년을 성당에서는 복사(服事)라고 부른다. 우리 일곱은 그때 복사단이었다. 우리 일곱 명, 사는 게 다 그렇듯이 남아서 동네를 지킨 한 명 말고는 다 흩어져 살았다. 그리고 60여 년 후 우리는 인연의 끈을 연결했다. 간헐적으로 몇몇은 서로 만난 적이 있지만 가장 멀리 떠난 ○이 형과는 온전히 60년 만의 재회였다. 사진작가인 ○이 형은 인터넷 포털 사이트 검색창에 '여무 다리'를 넣어 엔터를 치니 여무 다리에 관한 나의 글이 떴고 그 글 아래에 그가 댓글을 단 것이 계기가 되어 우리들은 만나게 되었다.

일곱 명 중 셋은 하늘나라로 벌써 갔고 넷은 지구에 아직 머물고 있다. 남은 우리 넷, 언제 날 잡아 이 섬에 다시 와, 60여 년 전에 넘었던 섬 언덕을 다시 거닐고, 손으로 잡았던 낙지의 그 해안에서 물장구치면서 그때의 소년으로 돌아가자면서 웃었지만, 아직 날을 잡지 못하고 있었다. 그러는 중에 내가 먼저 신수도에 오게 되니 먼저 간 그 친구들의 소년 모습이 아련히 생각난다.

계속 걸으니 대구마을 대구항 방파제가 눈앞에 나타난다. 마을은 군데군데 폐가다. 황량하기까지 하다. 마을 앞의 방파제 초입에는 죽은 나무가 한 그루 서 있다. 그게 유난히 눈에 들어온다. 먼저 간 친구들에 대한 상념 때문이었을까? 아니면 섬의 살아 있는 나무숲의 초록이 아닌, 죽은 나무의 잿빛 때문에 그랬을까? 아무튼, 벼랑에서 바다로 쓰러질 듯 서 있는 죽은 소나무가 나로 하여금 시선을 떼지 못하게 한다.

마을로 들어서니 어디서 부스럭거리는 소리가 난다. 폐가인 줄 알았는데 사람이 머물고 있었다. 그분은 자기 집에서 무엇을 하는 모양인데 내 눈에는 안에서 몸을 숨기고 밖의 나를 살피는 동작으로 보였다. 인사를 하고 말을 건넸다. 죽어서 서 있는 저 소나무는 대구마을 이곳의 토속신앙의 상징물이었다고 한다. 말하자면 당목, 수호목이었다. 바위 틈의 저 나무가 시름시름 말라 죽어가는 데도 손을 쓸 수 없었다고 한다. 베어내지 않고 그대로 두고 있다고 했다, 그냥. 나무, 소나무는 죽었지만 그대로 서서 이 마을의 쇠락을 저렇게 대변하고 있는 것으로 보였다. 서서 죽은, 죽어서 서 있는 나무는 신수도 이 섬에 함께 왔다가 먼저 간 친구들을 떠올리게 한다. 그래서 다시 보니 나무는 비목이다.

이제 저 언덕으로 올라가면 공동묘지를 돌아 본동마을로 가게 된다고 그는 일러 주었다. 인사를 하고 공동묘지 쪽으로 발길을 돌렸다. 공동묘지 저 아래 해변이 60여 년 전 첫 섬 나들이 그곳인 줄은 섬을 떠나와서 알았다. 그 언덕을 지나칠 때는 까마득히 몰랐다.

신수도 그 섬을 빠져나와 삼천포항 거의 다 닿은 뱃머리에서 보니 이번에는 풍차를 품은 언덕이 기다리고 있었다. 신수도 그 섬으로 들어갈 때는 예배당의 언덕이 기다리고 있었는데. 하얀 벽의 빨간 지붕 예배당, 어느 예배당보다 더 멋진 예배당을 품은 언덕이었다. 풍차 언덕 저 언덕도 예배당 언덕 못지않게 이야기를 많이 가지고 있을 것 같았다. 낡은 풍차 건물이 아닌지라 오래된 얘기가 아닌, 새로운 얘기 그러니까 수십 년 전의 사연이 아닌 젊은이들의 사연이 말이다. 신수도 예배당 그 언덕에는 이런저런 사연들이 켜켜이 쌓였을 것 같고.

나무를 지킨 사람도 있고 사람을 지킨 나무도 있다. 있을 법한 얘기다. 천리포수목원 이사이면서 나무 칼럼니스트인 고규홍 님이 나무 강연에서 "나무가 우리에게 도대체 어떤 의미인가?"를 물으면서 든 예이다. 후자는 전남 고흥군 국립 소록도 병원 내의 반월형 솔송나무의 사연이라고 한다. 그곳 한센인들에게 그 나무는 '내가 살아있는 걸 느끼게 해주는 유일한 생명체'였다는 것이다. 그래서 한센인들은 매일 나무 앞을 지날 때마다 자기들이 생각하는 세상에서 가장 아름다운 모습으로 잘라주며 위안을 받았다고 한다.

이 일화에서 나는 나무와 더불어 살아가는 사람들의 마음씨를, 절망의 늪에서도 망가진 손으로 빚어내는 희망과 구원의 형상을 본다. 지난해 늦가을의 비 내리는 소록도 탐방 때에, 이 나무를 보았으면서도 정작 그 나무의 사연은 보지 못했다. 청맹과니! 그 섬의 그곳 사물들, 그것이 나무건 건물이건 간에 사연이 절절히 얽혀 있지 않은 것이 하나라도 있겠는가만, 반월형 솔송나무에 얽힌 사연은 사람을 살린 나무인지라 사연이 가슴을 적신다.

신수도 그 섬의 두 나무, 살아 잎이 푸른 교정의 플라타너스와 죽어 앙상한 방파제의 소나무가 이 정도의 의미를 가진 나무는 아닐 것이다. 그래도 내겐 눈에 띈 두 나무인지라 오랫동안 잔영으로 심중에 남아 있다.

가까운 섬 신수도, 삼천포항에서 배를 타면 20분이 채 걸리지 않으니 뭍에서 아주 가까운 섬이다. 또 울릉도나 백령도처럼 먼바다의 섬도 아니다. 하지만, 다시 와서 발 디디는 데 60년이 걸렸으니 가까운 섬은 아니다. 아무튼, 왔다. 왔다가 돌아간다. 내가 찾는 지점은 섬을 떠나온 후 어디인지 확인되었다. 그곳은 공동묘지 아래 '모시바꿈'과 '질풀여 섬' 사이의 해변이었다. 그래서 다시 와서 공동묘지 길을 따라 아래로 내려가 봐야 한다.

신수도에 다시 왔다. 다녀간 지 1년 만이다. 이번엔 내 유년의 그 해변으로 기어이 내려갔다. 모시바꿈이라는 이름의 외진 그곳은 급경사 공동묘지 희미한 비탈길을 미끄러지듯 내려가야 도착할 수 있는 곳이었다. 철 지난 바닷가, 아니 제 철이어도 찾아올 발걸음 있을 것 같지 않은 외진 바닷가 이곳은 유년 시절 그때 우리의 첫 섬 나들이 장소여서, 손으로 낙지를 잡았던 곳이어서 함께 온 우리들의 감회는 새롭지 않을 수가 없었다. 60년 전에 함께 와 사진 찍었던 일곱 중 아직 지구에 머무는 우리 넷과 역시 유소년 시절의 이곳 발걸음을 잊지 않고 기억하는 다른 하나의 내외 등 내외 열 명이 날 잡아 찾아온 신수도, 다섯은 위 길가에 남고 다섯은 내려와 유소년 그때로 돌아갔다.

유소년의 바닷가 모시바꿈 거기서 ○성이는 그것을 잡으면 그 어떤 도사보다도 더 도사답게 보일 바닷물에 전 지팡이 같은 나무를 주웠고, ○섭이는 잔돌들을 집어 물방개를 쳤고, ○국이는 바위에 붙은 조개를 땄고, ○수는 조용히 걸었고, 나는 바위 웅덩이에서 낙지를 찾다가 웅덩이 그 물 위에 비치는 나의 그림자를 희롱했다. 그림자 거기엔 내 유소년, 청소년, 청장년, 장노년이 언뜻언뜻 어른거렸다. 그중에도 유소년의 그림자가 당연히 젤 아련했다

그런데 ○성이 형이 주운 그 지팡이를 내게 넘겼다. "염색하지 않아서 백발이고, 산기슭 그것도 지리산 기슭에 머물며 전설 같은 바위, 큰 바위와 또 평상 바위와 묵언 나누며 사는 배 교수가 이 나무를 지팡이로 다듬어 손에 잡는 게 가장 어울릴 것 같다"라고 하면서 건네주었다. 우리들의 유소년 바닷가 그곳에 숨어 있다가 다른 사람에게 발견되지 않고 우리에게 발견된 지팡이 나무, 바닷물에 긴 세월 씻겨 닳고 다듬어진 그 나무, 누군가 봤다면 들고 가지 않았을 리가 없는 그 나무가 우리

에게 발견된 것이 신기하고 반가웠다.

지팡이를 건네받으면서 '아낌없이 주는 나무'의 의미가 문득 떠올랐다. 아낌없이 주는 나무에서의 나무는 노년이 되어 찾아온 소년에게 앉을 자리, 그루터기를 내어 주는데 이 나무는 내게 짚고 설 지팡이로 자기를 내게 주는 것으로 해석했다. 그렇다면 모시바꿈 해변 이 언덕 어디에서 60년 그보다 더 긴 세월을 서 있다가 이제는 나보고 서 있으라고, 서 있을 수 있는 데까지는 자기를 짚고 서 있으라고, 서서 버틸 수 있는 데까지 버텨 보라고 자기를 내어주는 나무? 그렇다면 이 나무는 내게 자기를 아낌없이 준 나무다.

돌아와서 나는 성호경을 긋고 그 나무에 Aqua Benedicta(성수, 聖水)를 뿌려 정화했다. 가져온 막대기 나무를 지팡이로 다듬는다. 하루이틀에 다 다듬는 것이 아니라 긴 시간을 두고 다듬을 터이다.

넷,
두 개의 바위틈

인문과 희망이라, 밀려나 주변부에서 재기를 다지는 그들 앞에서
무슨 말을 해야 하나, 무슨 말을 할 수 있나?

무슨 말을 해야 하나, 무슨 말을 할 수 있나

지금 내가 직장에서 맡은 직책 그 위에다가 인문학연구소 소장 직과 희망대학 학장 직을 더 얹어 맡았다. 이제 거의 다 되어 가는 나의 직장 생활에서 내가 할 수 있는 마지막 봉사이고 직무수행이다. 몇 학기 남지 않은 강의실 출입, 요새 난 들어가면 온 힘을 더욱 다한다. 나와서 연구실에 앉으면 그때부터 파김치다.

내일 희망대학 입학식이 있는 날, 부산의 구청 다섯 군데서 모일 입학생이 100여 명, 그들 앞에서 난 학장으로서 입학식사를 하게 된다. 밀려나 주변부에서 재기를 다지는 그 학생들 앞에서 무슨 말을 해야 하나? 또 할 수 있나? 모니터를 켜고 할 말을 워드 치고 있는데 편이 "아무리 바빠도 빨리 와 양복 입고 손수레 끄는 저 사람 좀 보소" 하고 재촉한다.

가서 보니 '세상에 이런 일이'이다. 거의 보지 못하는 프로그램이어서 그럴까? 면접 보러 오라는 통보가 오면 단숨에 달려가기 위해 양복을 단정히 입고 폐지를 수집하는 남자 이야기와 십자수 놓는 하반신 장애 여성의 수놓는 손 땀 이야기에 가슴이 뭉클해진다. 폐지 수집상의 '단정한 몸가짐' 또 '기다림' 의식과 중증 장애 여성의 '십자수 색깔' 의식. 밀려나고 좌절하여 마음의 멍에를 가지고 있을 입학생들 앞에서 희망을 진심으로 또 순수하게 말해야 하겠다는 동기를 여기서 얻었다.

희망대학 입학식 날, 예상과는 달리 150여 명이 왔다. 예상 인원은 100여 명이었다. 희망대학에 입학한 학생들이 희망대학에 희망을 준 셈이었다. 희망대학 학장으로서 나는 그들에게 맨 먼저 몇 마디 말을 해야 한다. 하지만, 말속에 희망의 메시지를 어떻게 담아 그들 가슴을 희망으로 적셔줄 수 있는지를 한참 고민해야 했다. 그런데 그들이 오히려 내게 희망을 준 것이다.

입학식 날 나는 이렇게 말했다.

> 부산 희망대학 제3기 입학생 여러분, 반갑습니다. 먼 길 오셨습니다. 잘 오셨습니다. 진심으로 환영합니다. 저는 이 대학의 교수이면서 부산 희망대학 학장으로 이 자리에 선 배채진입니다. 격려해주시기 위해 오신 다섯 분의 자활센터장님들과 강의를 말아 주실 교수님들, 감사합니다. 그리고 와주셔서 고맙습니다.
>
> 읽고 감동받은 이야기를 하나 소개하고 싶습니다. 지그 지글러(Zig Ziglar) 박사가 쓴 내용입니다. 그는 적극적 사고 훈련가입니다. 그가 하루는 뉴욕의 지하도로 내려가는데 어떤 사람이 돈 받는 통을 앞에 놓고 연필을 들고 서 있었습니다. 지글러 박사도 다른 사람들처럼 1달러를 통에 놓고는 연필을 받지 않았습니다. 그런데 지나쳐 저만치 가다가 다시 되돌아와서 그에게 아까 준 1달러의 대가로 연필을 달라고 했습니다. 연필을 주자 지글러 박사는 받아 들고는 이렇게 말했다고 합니다. “당신도 나와 같은 사업가요. 당신은 더 이상 연필 들고 구걸하는 사람이 아닙니다.”
>
> 지글러 박사의 이 말 한마디에 그는 “그래, 나는 구걸하고 있는 게 아니야. 길거리에서 돈 1달러를 받고 연필 한 자루씩 파는 사업가야!” 하고 생각했다고

합니다. 그 순간부터 그의 자화상은 달라졌을 뿐 아니라 새로운 힘과 용기를 얻을 수 있었다고 합니다.

그는 자신의 운명과 환경을 바꾸는 말을 되새기듯이 자주 언급했다고 합니다. 이렇게 생각의 큰 변화를 겪은 그는 훗날 정말로 큰 사업가가 되었다고 합니다. 그리고 지글러 박사를 찾아와 다음과 같이 말했다고 합니다. "당신의 말 한마디가 나를 변화시켰습니다. 다른 사람들은 연필도 안 받은 채 돈 1달러만 주고 가기 때문에 나는 늘 구걸하는 자화상을 가지고 있었지요. 그러나 당신은 연필을 받아 가면서 '당신도 나와 똑같은 사업가'라고 말해주어서 내 인생이 이렇게 바뀔 수 있었습니다. 그때부터 나는 사업가 자화상을 그렸습니다. 그리고 이렇게 정말 사업가가 된 것입니다."

부산 희망대학의 강의는 지금까지 수강생들로부터 큰 호응을 받았습니다. 수차례의 설문 평가 조사 분석과 소감문 발표를 통해 확인한 것은 뜨거운 호응과 인문학적 마인드, 자긍심 고취, 자존감과 자활 의지의 표현이었습니다. 그런 호응을 이번에도 받게 되기를 기대해 봅니다.

그렇게 되기 위해 교수님들은 혼신을 다해 강의를 베풀 것입니다. 베풀어지는 강의가 모두, 위의 연필 파는 사람의 '당신의 말 한마디가 나를 변화시켰습니다!'라는 말과 같은 평가를 여러분들로부터 듣게 되기를 기대합니다.

봄이 왔다고는 하지만 아직 완전히 온 것 같지는 않습니다. 봄이긴 하지만 아직 봄 같지 않은 쌀쌀한 날씨가 계속되고 있습니다. 이럴 때일수록 더욱 건강을 보살펴야 할 것 같습니다.

아무쪼록 학생 여러분이나 교수님 모두, 기다려지는 강의, 시간 가는 줄 모르는 강의 또 희망대학이 되기를 진심으로 기원합니다. 감사합니다.

입학식은 지난 3월 25일에 마쳤고 지금은 〈문학으로 읽는 삶의 변화〉,

<최근 소설을 통해 세상과 사람 읽기>, <성찰과 수양의 길>, <논리로 풀어가는 삶 이야기>, <어린 왕자로 자아와 세상 보기> 등의 강의를 베풀고 있다. 강의는 내가 소장으로 있는 인문학연구소 교수들이 나누어 맡았다.

지금 나는 노래를 듣고 있다. 라트비아의 '마라가 준 인생'이라는 곡이다. 라트비아는 유럽 북동부 발트해의 동해안에 있는 나라이다. "어렸을 적 내가 시달릴 때면 어머니가 가까이 와서 나를 위로해 주었지. 그럴 때 어머니는 미소를 띄워 속삭여주었다네. 시간은 흘러 이제 어머니는 없네. 지금은 혼자서 살아가야 하지. 그래서 외로움에 몰리면 어머니를 떠올려 어머니와 똑같이 중얼거리는 한 사람 바로 내가 있다네." 마라는 라트비아의 성모(聖母)라고 한다. 고난 중에 어머니를 떠올리듯 희망대학 학생들이 희망을 그렇게 떠올리고 또 만들어냈으면 좋겠다.

수료식 날 나는 또 이렇게 축사했다.

제일 무서웠던 때가 언제였습니까? 초등학교 3학년 아이에게 물었더니 "다섯 살 때 집 앞에서 길을 잃어버리고 혼자 걸을 때"라고 말했습니다. 맞습니다. 이 경험은 제게도 있습니다.

길을 잃은 아이에겐 그저 길이 있는 곳을 향해서 앞으로 걷는 것 이외에는 달리 방도가 없습니다. 가기는 가지만 가면서도 엄마를 만날 수 있는 길이 아닐 수도 있다는 것을 막연하게나마 알면서 걷는 걸음이기에 불안과 공포는 더 컸을 겁니다.

그런데 이런 풍습을 가진 마을이 있다고 합니다. 어두운 밤에 길가는 도중에 마주 오는 사람을 만났을 때 상대에게, "방금 전에 당신 앞서 이 길을 지나간 사람이 있었습니다. 빨리 쫓아가면 만날 수 있을 겁니다"라고 말해주는 풍습을 가진 시골 마을이 말입니다.

따뜻한 풍습입니다. 마음에 와닿습니다. 이런 풍습이 마음에 와닿는 것은 사람은 누구나 어려움을 만나며 또 만났을 땐 잡아주는 손이나 해주는 위로의 말을 기다리는 우리의 속마음 때문일 겁니다.

우린 어차피 진행을 멈출 수 없는 삶의 도상에 있고, 삶의 길이란 어차피 넘어지기도 하고 잃어버리기도 하는 길이기 때문입니다. 그런 길을 지금 나 또한 우리가 가고 있기 때문입니다.

희망대학 수료생 여러분, 축하드립니다. 명예롭습니다. 희망대학의 강의를 맡아주신 교수님들이, 또 그 강의에서 만난 철학자들이 여러분에게 바로 그 사람 역할이 되었으면 좋겠습니다. "방금 전에 당신 앞서 이 길을 지나간 사람이 있었습니다. 빨리 쫓아가면 만날 수 있을 겁니다"라고 말해주는 그 사람의 역할 말입니다.

그 역할은 또한 우리 모두 내가 수행해야 할 역할이기도 합니다. 희망대학은 인문학적 분위기로 그런 지적인 길잡이 풍습을 만들려는 곳입니다.

수료생 여러분, 수고하셨습니다. 거듭 축하합니다. 교수님들도 수고하셨습니다. 감사합니다.

거의 막바지에 이른 나의 교수 생활에서 내가 수행하는 마지막 봉사인 희망대학장 직 수행, 나로서는 성의를 다했다.

오랜만에 참 오랜만에

사람은 저마다 고유한 삶을 살아내고 의미를 추구한다. 사람은 사는 만큼의 사연으로 엮인 한 권의 책이다. 인문학은 결국 인간이 무엇이며 왜 그리고 어떻게 살아왔는지를(人) 다양하고 중요한 문헌을 통해(文) 배우고 가르치는 학문적인 행위(學)이다.

'한 권의 책'으로서의 사람과 '사람의 우물'로서의 고전이 만난다면, 그 만남의 장은 "푸릇한 시냇가의 물결이 흐르는 조용한 목장 길"(가톨릭 성가 453번, 「푸르른 시냇가의」 가사 일부)이겠다는 생각을 인문 고전대학 학장으로서 개강식 날 몇 마디 건넬 덕담을 준비하면서 해봤다.

개강식은 어제 열렸다. 이번 학기에 읽을 철학자는 니체와 달마와 프루스트이다. 내가 소장으로 있는 인문학연구소 교수들이 나누어 맡았다. 그분들은 다 인문학이 좋아 인문학의 바다에 빠져 옷을 적신 분들, 그 옷을 자기 옷으로 운명처럼 입고 사는 분들이다. 이번에도 예상 밖으로 많이 왔다. 수강 신청자가 50여 명에 이른다. 지난해보다 배로 늘어난 숫자라고 한다. 학장으로서 내가 축사라는 형식으로 건네 덕담은, 사느라고 바빠 미처 챙겨보지 못한 삶이 어디서 나를 기다리고 있는지 고전을 길잡이 삼아 찾아 나서 보자고 하는 제안이었다. 나는 개강식 때 이렇게 축하의 말을 했다.

오신 여러분 반갑습니다. 환영합니다. 공동으로 주최해주신 국제신문과 부산평화방송에 깊은 감사를 드립니다. 장소를 제공해주시고 격려사까지 해주실 김○완 부산평화방송 사장 신부님에게 더욱 감사드립니다. 강의를 맡아주실 부산가톨릭대 인문학 연구소 교수님들께도 고마움 표합니다.

국제신문이나 부산평화방송의 고전 인문대학 홍보 기사를 보거나 듣고, 인문학 강의를 나도 한번 들어볼까 하고 생각했지만 선뜻 인문학과 첫인사를 트기가 쉽지 않았을 것입니다. "시간 낭비가 아닐까, 교실과 담쌓은 세월이 얼만데 어색하진 않을까?" 하는 생각도 들었을 것입니다.

하지만 잘 오셨습니다. 탁월한 선택입니다. 걱정과 어색함은 이 순간부터 바로 접으십시오. 오늘부터 강의 담당 교수님들은, 화요일에는 <니체의 비극의 탄생>이라는 바다에서, 수요일에는 <달마의 관심론>의 바다에서 또 목요일에는 <프루스트의 스완의 사랑의 날>이라는 물가에서 여러분을 물장구치며 노닐게 만들어 드릴 것입니다.

그래서 끝나고 쫑파티 하는 날, "잊고 있던 학구열에 불붙은 기분이다." "강의 듣다가 너무 편해 졸다가 코 골 뻔했다." "나한테 질문할까 봐 살 떨렸다." "먹고사니즘을 잠시 내려놓고 손에 들은 한 권의 고전이 사노라고 잊고 있던 삶을 다시 생각하게 했다"라고 비밀을 숨긴 소년 소녀처럼 들뜬 모습으로 말하게 될 것입니다. 또 "어, 집안에 이런 문제가 있어서 고민 중이었는데 해법이 마음속에 떠오르네!"라고 하게 될지도 모릅니다.

나와 관계없어 보이는 인문 고전을 읽었는데 갑자기 내 문제를 푸는 열쇠 구멍이 보이는 겁니다. 이게 인문학의 힘입니다. 자신의 환경, 처지와 관계없이 마음을 가다듬는 데 도움이 되는 겁니다. 감사합니다.

개강식을 마치고 오랜만에 국제시장 골목으로 들어가 늦은 저녁을 먹었다. 국제시장, "이내 몸은 국제 시장"의 그 국제 시장, 부산의 소리와 냄새가 가장 진할 국제시장도 그전과는 많이 달랐다. 건너편 보수동 헌 책방 거리는 어둠에 잠겨 있었다. 오랜만에, 참 오랜만에 쐰 국제시장의 먼 자갈치 바람과 생각해낸 홍남부두 노래, 이 모두가 인문 고전대학 개강식 덕분이었다.

그리고 몇 달이 지났다. 수료식 날 나는 이렇게 축사했다.

취미가 '제품 매뉴얼 읽기'인 한 남자가 있었습니다. 그가 핸드폰이나 자동차를 바꾸는 진짜 목적이 새로운 매뉴얼을 읽기 위한 게 아닌가 싶을 만큼 유별났다고 합니다. 당연히 그의 제품 사용 패턴은 정교하고 다양했습니다. 사람들이 잘 모르는 핸드폰, 자동차, 오디오 등의 숨겨진 기능을 요모조모 알뜰하게 사용합니다. 하지만 그도 조금 시간이 지나면 결국 기본 기능 위주로 사용한다고 합니다. 기본 기능, 그게 그 제품들의 본질이니까 그런 거죠.

읽을거리가 엄청 많고 다양합니다. 새 책이 참 많이 쏟아져 나옵니다. 이런 읽을거리를 통하여 우리는 많이 알고 많이 보게 되었습니다. 이런 읽을거리, 볼거리를 통하여 실제로 예전에는 알 수 없었던 것들을 더 많이 알게 되었습니다. 하지만 그 결과 나의 내면이 더 풍요로워졌다거나 사는 게 그만큼 더 행복해 졌다고 말하긴 어렵습니다.

인문 고전은 제품의 기본 기능과 같습니다. 기본기능은 그 제품의 본질입니다. 부가 기능이 아니라는 거죠. 고전은 기본기능이고 본질입니다. "노느니 염불한다." "떡 본 김에 제사 지낸다." "노느니 장독 깬다"라는 말은 우리의 삶을 관통하는 선조의 해학적 통찰입니다. 하지만 이 통찰에는 실용주의와 강박관념도 묻어 있습니다. 과도한 실용주의 이념과 '해야 한다,' '하면 된다'라는 강박

관념에 너나 없이 내몰리는 게 오늘의 현실입니다. 느림의 미학까지는 아니라고 하더라도 떡이 생기면 그냥 맛나게 먹고 할 게 없으면 가만히 그 심심함을 즐길 수도 있는 거, 그게 어쩌면 인문 고전 읽기 정신이 아닌가 합니다. 그래야 사람이나 삶, 현상의 본질에 접근할 수 있는 게 아닌가 생각합니다.

오늘 수료증을 받으시는 분들 인문 고전을 잘 읽으셨습니다. 삶의 본질에 한 걸음 더 다가서셨습니다. 앞으로도 계속 읽으실 거죠? 읽어도 그냥 읽으실 거죠? 감사합니다.

인문 고전대학 학장 노릇과 희망대학 학장 노릇은 내가 공직의 끝자락에 와서 하게 되는 마지막 지적인 사회봉사일 것 같다. 하는 역할은 미미하지만, 보람은 크다. 집으로 돌아오는 늦은 지하철, 걸친 한잔 때문에 고개를 가누지 못하는 사람들 사이에서 이런 생각을 했다. 물론 해야 하는 일(사회봉사)에는 정년이 있을 수 없다. 섰다가 앉게 된 자리도 취객의 틈이었다. 풍기는 술 냄새, 진한 사람 냄새, 삶의 무늬(人文)라고 여기니 맡을 만했다.

우산

"힘들고 지친 서민에게 조금이라도 힘이 되고 싶었는데.... 동료들에게도 너무 감사해요. 동료 여러분, 비바람 불거나 눈보라 치는 날 어려운 이웃들의 우산이 되어 주세요. 여보, 혜○아, 혜○아 미안해, 사랑해. 부디 건강하세요."

지난 21일 부산 사하구 공무원 740여 명은 커다란 우산을 하나씩 받았다. 손잡이에 '건강하세요'라는 문구가 적힌 우산을 갑작스레 받은 공무원들은 어리둥절했다. 하지만 이내 누가 보낸 것인지 알고는 눈물이 앞을 가려 말을 잇지 못했다.

우산은 부산 사하구 구평동 사무소에 근무하다 지난 12일 직장암으로 세상을 떠난 하○례 씨가 동료들에게 보낸 마지막 선물이었다. 우산은 남편인 김○창 씨가 구청을 직접 찾아가 전했다.

하 씨는 세상을 떠나기 전 남편에게 "가족, 동료, 친구들을 남겨두고 먼저 생을 마감해야 할 것 같다. 이렇게 가려니 너무 아쉽다. 나라의 일꾼인 공무원으로서 힘들고 지친 서민들에게 힘이 돼 줘야 하는데…. 먼저 떠나는 저 대신 세상의 우산이 되어 달라"는 사연과 함께 선물을 부탁했다.

하 씨는 15년여 공무원 생활을 하면서 누구보다도 성실했고 일 처리가 깔끔해 동료들 사이에서도 칭찬이 자자했다. 2000년에는 주민등록

증 카드 전산화 작업 공로로 행정자치부 장관상을 받기도 했다. 26일 집 인근 절에서 아내의 49재를 지내고 온 남편 김 씨는 "아내는 그동안 도움을 주신 분들께 최소한의 답례를 해야 한다고 했는데 아마 하늘에서 기뻐하고 있을 것"이라고 했다.

12월 중순 토요일, 편과 함께 서울 인사동에 갔다. 큰 아이가 이끄는 대로 쌈지에 들어갔더니 우산이 많았다. 우산이 공중에 줄줄이 걸려 있었다. 쌈지의 우산을 보고 있을 때 우산이 생각났다.

생각이 난 우산은 하○례의 '서민의 우산'이었다. 그 우산은 남편 김○창의 '아내의 우산'이기도 했다.

A/S 센터에서 수리 일을 하는 남자는 자신이 사는 아파트 바로 위층에 이사 온 한 여자 때문에 신경이 바짝 곤두서 있다. 여자는 시도 때도 없이 큰 소리로 노래를 불러대지 않나, 낮에는 무얼 하는지 계속 집에만 붙어있고 밤에만 나가지 않나. 남자 생각엔 여자가 술집 여자로 보였다.

여자는 미국에서 성악을 전공한 재원이었다. 성악으로 승부를 걸기에는 힘에 부대껴 부모형제를 미국에 두고 혼자 한국으로 와 낡은 아파트에서 라이브카페 가수로 새 생활을 막 시작한 여자였다.

유복한 환경의 여자에게는 힘든 하루하루가 이어지고 있는데 아래층 남자까지 시비를 걸어오니 자기 생활을 더욱 비참하게 느낀다.

그러던 어느 날 남자는 여자가 같은 반 애였다는 것을 알게 된다. 여자는 그때 부잣집 딸로서 공부도 잘하고 노래도 잘해, 남자애들에게는 눈길 한번 주지 않던 도도한 애였다. 남자의 첫사랑 소녀도 같은 반에 있었다. 여자도 역시 남자가 자신과 같은 반이었던 애였다는 것을 알게 되고 그래서 자신을 숨기려 하지만 그런 사실을 결국 서로 알게 되고 만다.

모든 것을 알게 된 남자와 여자는 포장마차에서 술잔을 기울이며 옛날에 대해 허심탄회하게 이야기를 나눈다. 남자는 술잔을 기울이며 신세 한탄을 하는 여자의 얼굴에 첫사랑 여자애의 얼굴이 겹쳐진다. 첫사랑 그 애의 이미지가 산산조각이 나면서 동시에 지난 몇 달간 티격태격 싸우던 여자에게 쌓인 미운 정을 깨닫고는 마음이 착잡해진다.

술병을 비우던 여자는 남자를 남겨두고 먼저 포장마차에서 떠나려는데 때마침 하늘에선 소나기가 내리고, 우산도 없이 집을 향해 터벅터벅 여자의 뒤를 남자가 뒤따라 나가 우산을 씌워주며 같이 집으로 돌아간다. 따라가면서 남자는 첫사랑 애에게 품었던 감정을 떠올린다.

"예전에 나는 니가 갑자기 사고를 당해 몸을 못 쓰게 되기라도 했으면, 그래서 다른 사람들도 너를 버리고 심지어는 니 가족들까지 너를 버리고 너를 혼자 남겨두고 미국으로 떠나버렸으면, 하고 생각했어. 그리고 혼자 남겨진 너에게 내가 찾아가 나만이 끝까지 너를 돌보게 되기를 진심으로 바랬어."

우순실의 <잃어버린 우산>이 배경음악으로 깔린다." mbc에서 2002년에 방영한 단막극 '잃어버린 우산' 얘기다. 나는 이 시나리오를 읽고 제목을 '포장마차 우산'이라고 생각했다.

수요일 오전이다. 편이 볼일이 있어 밖에 나갔다. 물건을 들고 오는 편을 마중하기 위해 나서는 길, 나서기 전에 전날 들은 일기 예보를 생각하고 베란다로 나가 하늘을 봤다. 구름이 잔뜩 끼어 있었다. 우산을 챙겼다. 요새 흔해 빠진 게 또 우산, 하지만 단 하나의 우산만 챙겼다. 우산이 커서 그랬긴 하지만. 밖으로 나가니 비가 주룩주룩 내리고 있었다. 베란다에서 하늘만 보고 땅은 보지 않았던 것이다.

편을 만나 단 하나의 우산을 함께 쓰고 돌아올 때에도 비는 계속 내리고 있었다.

두 개의 바위틈

시인 박인환은 버버리 코트를 입고 머플러를 할 수 있어서 겨울을 좋아했다고 한다. 그의 시는 김수영의 시에 비해 지나치게 저평가돼 왔다고 말하는 평론가도 있었다. 잘생긴 외모와 도시적 낭만성, 대중가요 선율에 실린 두 편의 시 등이 오히려 그에게 덫이었다는 것이다. 나도 박인환의 시 「지금 그 사람 이름은 잊었지만」과 「목마와 숙녀」를 선율을 통해 먼저 만났다. 그리고 박인환의 시에 대해, 그의 시세계에 대해 잘 알지도 못하면서 저평가했다.

박광정, 주로 감초 같은 조연을 하면서도 그것 때문에 주연 급으로 알려진 배우, 50도 되지 않은 사십 대 후반의 나이에 폐암이라는 바윗돌에 부딪혀 2008년 겨울에 세상을 떠난 그에게, 인생은 외롭지도 않고 그저 낡은 잡지의 표지처럼 통속하거늘 한탄할 그 무엇이 무서워서 그리 빨리 떠났느냐고 물을 수는 없다.

배우이면서 연극인인 박광정의 웃고 있는 영정 사진은 나를 숙연케 한다. 그의 연극을 본 게 하나도 없고 그건 영화 또한 마찬가지다. 그렇다면 그가 나온 티브이 극은? 그것 또한 제대로 본 것이 한편도 없다. 다만 우연히 보게 된 한 장면, 사표를 내면서 사표를 '死表'라고 써서 내던 그 장면 때문에 그의 이미지는 강렬하게 내게 남아 있었다. 주연보다 더 강렬하게 인상 남기는 조연이 그의 역이었다고 한다. 웃고 있는 검은 띠 영정의 박광정 얼굴이 티브이 화면에서 부각될 때 나의 머리에는 '목마와 숙녀'가 뜬금없이 머리에 떠올랐다.

"모든 것이 떠나든 죽든 그저 가슴에 남은 희미한 의식을 붙잡고 우리는 버지니아 울프의 서러운 이야기를 들어야 한다. 두 개의 바위 틈을 지나 청춘을 다시 찾은 뱀과 같이 눈을 뜨고 한 잔의 술을 마셔야 한다."(박세형 편집, 『박인환 시집 목마와 숙녀』, 근성서적, 1977, 「목마와 숙녀」, 8-10쪽.)

그리고 그로부터 3년여 후에 그의 동료였던 배우가 납골당을 방문해 영정 사진을 보고는, "그가 그렇게 아픈 줄을 모르고 있었다. 그의 사망 직전에야 그가 폐암 말기에 있다는 것을 알았다. 그렇게 떠나는 모습을 보며 삶이 참 덧없다는 생각을 하게 됐다. 살아 있는 동안은 그 친구를 위해서 열심히 살아, 친구가 못 이룬 꿈을 꼭 이뤄주고 싶다"는 취지로 말하는 걸 티브이에서 봤다. 그의 말이 내게는, 남아 있는 자들은 "모든 것이 떠나든 죽든 그저 가슴에 남은 희미한 의식을 붙잡고 우리는 버지니아 울프의 서러운 이야기"를 하거나 들으면서 "두 개의 바위틈을 지나 청춘을 찾은 뱀과 같이" 두 눈을 뜨고 어두운 밤을 통과해야 한다고 말하는 것으로 들렸다. 좀 억지 대입이기는 하지만.

그런데 '버지니아 울프'와 '두 개의 바위 틈'과 '청춘을 다시 찾은 뱀'이라, 이게 뭘까? 버지니아 울프는 사람 이름이니까 그렇다치고 나머지 두 개는 뭘 상징하는 걸까? 그래서 자료를 찾아 봤더니 이것들을 성적(性的)으로 풀이하는 글들이 많았다. 두 개의 바위를 나는 딜레마 상황으로 봤는데 그런 내 생각은 너무 단순한 시선이었던 것 같다. 그렇다고 성적으로 보는 시선에 동의되는 것도 아니어서 자료를 더 찾았다. 그러는 중에 한 칫과 의사가 쓴 박인환의 목마와 숙녀에 대한 책이 있다는 것을 알게 되었다. 그리고 주문해서 그 책을 받았다. 책의 이름은 『목마와 숙녀, 그리고 박인환』이고 저자 김다언은 이 책을 보고사라는 출판사에서 2017년에 출판했다. 그 책을 읽은 후 두 개의 바위틈에 대한 그의 풀이에 공감하게 되었다.

치과 의사인 저자가 어느 날 밤, 목마와 숙녀 박인희 낭송을 유투브로 듣던 중 그 시를 해설해 달라고 하는 아내의 요청에 장광설을 널어놓다가, 말문이 막혀 다음에 다시 해주겠다고 하고는 말을 끝냈다고 한다. 그리고 7년 후에 목마와 숙녀에 관한 연구 결과물을 책으로 출간했다. 저자는 지금까지의 목마와 숙녀 해설들이 전쟁 후의 비애와 허무감에 대해서만 다루고 있어 답답했고, 분명 서정시인데 깊이 들어가면 뭔가 생각하게 하고, 쉬운 것 같았는데 들어갈수록 어렵더라는 것, 그런데도 남녀노소 다양한 계층이 좋아하는 이유가 뭔지 궁금했다고 한다. 그래서 그는 목마, 숙녀, 버지니아 울프, 등대, 뱀, 술 등 주요 시어를 중심으로 박인환의 생애와 시대적 상황, 그가 탐독했던 서적과, 그가 써낸 시들, 주변 동료 시인들의 증언록을 바탕으로, 정신분석 기법을 따라 박인환 시들을 탐구했다고 한다.(김다언 지음, 『목마와 숙녀, 그리고 박인환』, 보고사, 2017. 129쪽. 이하 겹따옴표 인용문은 이 책에서 인용.)

저자는, 6·25 전쟁의 상처가 아물기도 전에 발표된 「목마와 숙녀」에서는 버지니아 울프와 그의 생애가 반복적으로 나오는데, 이는 전쟁이 주는 참혹함 외에도 시인의 반전 의지, 억압의 시대를 저항하는 신념을 자신과 버지니아 울프와의 동일시를 통해 드러내 보이는 것이라고 설명했다.

또 다분히 성적으로 풀이되는 '두 개의 바위틈을 지나 청춘을 찾은 뱀과 같이 눈을 뜨고 한 잔의 술을 마셔야 한다'에 대해서도 저자는 성적인 부분으로만 설명하면서도 전후 맥락을 잡지 못한다고 하면서, "뱀은 탈피 동물로, 허물을 벗는 동안 허물이 눈을 가리거나 잘 벗어내지 못하고 버둥거리다 위험에 처하기도 한다. 하지만 두 개의 바위틈을 지나는 뱀의 모습을 상상해 보라, 얼마나 효과적으로 허물을 벗어버리는지. 그런 뱀은 현명한 뱀이다. 그 현명한 눈으로 현실을 직시하면서 술을 마시라고 주문하는 것"이라고 해석했다. 술을 마시지 않으면 견딜 수 없는 참혹한 세상에서 눈을 뜨고 현명하게 직시하라는 의미라는 것이다. 그리고 이어 저자는, 뱀을 성적인 의미보다 두 개의 벽을 통과하는 즉, 두 이념의 충돌로 전쟁이 일어나고 두 개의 거대한 벽 사이에서 사람들이 고통받는 시대적 상황과 연관지어 이해한다는 자기 친구의 해석을 소개한다. 내게 이 해석이 내가 생각했던 딜레마 상황과 유사한 것으로 보였다.

강원도 인제에 가게 되면 인제읍에 있는 박인환문학관에 들러서 그의 전모를 꼼꼼이 살펴봐야야겠다. 왜냐하면 나는 그 동안 시인 박인환의 삶에 대해서나 작품에 대해 잘 알지도 못하면서 그의 시를 별스럽지 않게 여기고 있었기 때문이다.

나는 내 서툰 청춘 그때 김수영 시인의 책을 먼저 샀다. 산문집 『시여 침을 뱉어라』를 1976년 1월에, 『퓨리턴의 초상』을 같은 해 9월에 구입 했다. 그리고 곧 이어 1년 뒤에, 그해에 출판된 박인환의 『목마와 숙녀』를 구입했다. 이걸 보면 내가 그때 김수영 시인에 못지 않게 박인환 시인에 대해서도 크게 관심을 가졌던 것 같다. 그때 산 목마와 숙녀는 세로로 인쇄된 책인데 참고로 이 책은 시인의 장남인 박세형이 편집한 것으로,

편집인은 아버지 사후 20년인 1976년에 후손들이 자료를 수집 정리하여 펴낸다고 편집 후기에서 말하고 있었다.

나는 위의 세 권 책은 모두 종로서적에서 구입했다. 거듭 말하지만 내가 박인환 시인의 시를 낮추어 본 것은 그에 대해 아는 게 별로 없으면서도 그랬다. 구태여 말한다면 당시 내가 빠져있던 김수영 시인의 글을 먼저 읽은 후부터서이다. 군 복무를 마친 후 복학한 후 내가 들고 다닌 책은 민음사에서 낸 김수영의 시집과 산문집이었다. 김수영의 시는 감성으로 받아들여지지 않았는데도 읽으려고 억지로 애썼고, 박인환의 시는 감성으로 받아들여지는데도 억지로 배척했다.

김수영 시인의 박인환에 대한 경멸 태도가 낳은 결과는 플라톤이 소피스트에 대해 보인 경멸 태도가 낳은 결과와 비슷한 데가 있다. 플라톤의 말 한마디 때문에 소피스트는 후대 사람들에게 궤변론자로 낙인 찍히고 말았다. 소피스트는 그 후로 궤변론자라는 고유명사로 되고 말았다. 하지만 철학사에서 소피스트의 위치는 궤변론자라는 부정적 정의를 넘어 선다. 그건 인간을 중심으로 사고하였다는 점에서, 인간 사유의 한계를 지적했다는 점에서, 설득의 도구로서 언어의 중요성을 간파했다는 점에서 그렇다.

두 개의 바위틈이라, 두 개의 바위 이것을 버지니아 울프와 박광정에 대입하니 그것은 내게, 그들 앞에 닥친 '설상가상' 또는 '딜레마(dilemma)'를 표상하는 상징어로 된다. 두 개의 바위틈에 대한 김다언 저자의 시각을 받아 들이니 내 눈엔 박인환도 김수영과 같은 시인의 반열에 오른다. 이제 김수영은 김수영 대로 좋고 박인환은 박인환 대로 좋다.

책, 읽기와 읽지 않기

나는 목소리가 크다. 아이들은 자기 아빠인 나와 이야기할 때 늘 말씀 좀 살살하시라고 타이른다. 그때 내 목소리는 살살 나오다가 금방 또 커져 버린다. 특히 통화 중의 내 음성은 고래고래 지르는 고함 수준이라고 한다. 그건 내가 생각해도 그렇다. 동의할 수밖에 없다. 나랑 함께 사는 내 편의 음성도 어느 틈에 큰 소리로 바뀌어 버렸다. 요샌 편에게 목소리 좀 낮추라고 내가 부탁할 정도다. 우리 아이들의 음성도 그리 작지는 않은 것 같다.

초등학교 시절, 같은 반 아이 중에 글을 읽지 못하는 아이들도 있었던 것으로 기억된다. 누가 글을 읽지 못했는지 그 얼굴이 생각나지는 않지만, 아무튼 글을 읽지 못하는 아이들이 있었다는 생각은 뚜렷이 든다.

나는 글을 제때에 익혔다. 그 제때가 언제인지는 모르지만, 초등학교 들어가기 전에는 글을 읽을 줄 몰랐고 초등학교 들어가서는, 몇 학년 몇 학기부터 한글이 등장하는 책장을 넘기기 시작했는지 모르지만, 한글이 등장하는 책장에서 바로 한글을 선생님의 가르침 따라 익힌 것 같다.

한국 사람이 한국말을 자기 나라 학교에서 배워 익힌 게 무슨 대수라고 이제 와 새삼 이런 식으로 언급하느냐고 힐난할 사람도 있을 수 있겠다. 힐난하면 힐난받겠다. 하지만 말이 새삼 좋다는 생각이 들고, 그 말이 글로 바뀌는 게 신기하고 그 글을 말로 하면 또 글 이전의 말과 똑같이 된다는 것이 신기해서 이런 말을 해 보는 것이다.

조금 전, 나는 큰 음성을 가진 사람이라고 말했다. 그리고 비교적 글도 잘 읽는 편에 든다는 것을 은근히 암시했다. 말하자면 나의 입에서 음성으로 나오는 글이 비교적 생생히 살아난다는 것을 말했다. 한마디로 낭송하는 음성이 비교적 괜찮다는 말을 하고 싶었다. 그리고 또 읽을 수 있는 글이 있다는 것이 얼마나 살맛 나는 일인가 하는 점을 말하고 싶었다. 고맙다 글, 읽혀주는 글이여! 고맙다 책, 글의 집인 책이여! 또 고맙다 눈, 읽어주는 눈이여! 그리고 음성, 글에 생명을 불어넣는 음성이여!

'바람과 함께 사라지다'를 책으로도 봤고 영화로도 봤다. 영화가 주는 재미도 컸지만, 책이 주는 재미와 독파 행위에 대한 성취감이 더 컸다. 작가 마가렛 미첼이 그 소설을 친구에게 이야기로 한다고 치자. 얼마만큼 할 수 있으며 설령 처음부터 끝까지 다 했다고 하더라도 몇 사람에게 할 수 있었을까. 그리고 그 이야기를 들은 사람은 또 얼마만큼 기억하며 그것을 다른 사람에게 전해 줄 수 있을까.

책이 아니었으면 마가렛 미첼의 이야기는 내게 전해지지 못했다. 책은 내가 그것을 펼쳐주기 전에는 숨을 죽이고 있다. 그러나 내가 펼치면 책은 숨을 쉰다. 숨을 쉬면서 저자의 연구와 지혜의 소산을 살려낸다. 보아주는 내 눈길이 살려내고 또 펼치는 손길이 살려낸다.

사실 책 속의 이야기 즉 지식이나 사상은 저자가 그 이야기를 자기의 가장 가까운 벗에게도 들려주지 않은 것이다. 아니 들려주려고 해도 들려줄 수도 없었을 것이다. 그런데 저자 또 책은 세기를 뛰어넘어 누구인지도 모르는 나에게 명료한 언어로 들려주고 있다. 책이 아니었으면 들을 수도 없는 그의 이야기를. 이 얼마나 고마운 일인가. 저자도 고맙지만, 책도 고맙다. 지금 나는 책에 대한 고마움을 더 강조하고 있다.

해 질 무렵 못 둑이나 강둑에서 아니면 소 마구간에서, 비스듬히 누운 소가 눈을 지긋하게 감은 채 해대는 되새김질은 목가적 풍경이고 풍요로운 모습이었다. 그런 모습을 지금 볼 기회가 없다. 우리는 지금 지긋이 누운 소가 아니라 쌩쌩 달리는 자동차를 늘상 보면서 살아가고 있다. 목가적인 풍경을 보고 들으며 자라지 않는데 느림의 미학을 이해할 수 있겠는가. 전원주택이라는 말의 전원은 참 목가적인 느낌을 주지만 정작 전원주택 단지에 가보면 비 전원적임을 더러 보게 된다.

아무튼 소의 반추 행위는 참 전원적이고 목가적인 풍경이다. 사람도 또한 반추적 동물이라고 로크는 말한다. 많은 책을 머릿속에 집어넣는 것만으로 책을 읽은 게 아니라는 의미이다. 읽은 것을 잘 새김질하여 소화하지 않으면 책은 사람에게 종이 이상의 의미가 아니라는 말이 되겠다.

『책 죽이기』라는 소설이 나왔다. 조란 지브코비치라는, 우리나라에 처음 소개되는 유고슬라비아의 소설가 작품인데, 지브코비치는 유럽에서 많은 독자를 가지고 있는 작가라고 한다. 지구 위에서 가장 지적인 존재이면서도 제대로 된 대접 한 번 받아보지 못하고 생을 마감해야 하는 책의 일생을 유머러스하면서도 시니컬하게 그리고 있다. 책을 남성 중심 사회에서 상대적으로 약자인 여성으로 의인화해 책이 겪은 온갖 수

모를 보여준다.

이 소설의 주인공은 책이다. 이 소설의 주인공인 책은 "책 노릇을 한다는 건 결코 쉬운 일이 아니다"라는 푸념으로 시작한다. 책의 하소연을 한번 들어 보기로 하자. "나는 지구 위에서 가장 지적인 존재이다. 그러나 인간에게 제대로 된 대접은커녕 폭행과 멸시를 받거나 장식품으로 쓰이는 등 온갖 수모를 겪다가 사라진다." 이 소설에서 책은 자신의 처지를 이처럼 고백한다. 한탄과 하소연으로 얼룩진 일생에 비분강개하며 인간의 위선과 행태를 신랄하게 꼬집는다. 주인공인 책은 여성으로서 남성 중심 사회에서 철저하게 당하기만 하는 약자이다.

책 죽이기는 책의 일생을 착상, 임신, 진통, 출산, 수난, 죽음 등 여자의 일생에 비유하며 그리고 있다. 이 과정에서 남성들이 여성을 대하는 갖가지 비열한 행위를 아슬아슬하게 묘사한다. 예컨대 '잠자리에서 책을 읽다 졸리면 아무렇게나 두는 행동은 무뚝뚝한 남편이 얼른 제 욕심만 채우고 마누라를 이내 싹 잊어버리는 꼴과 같다'는 글귀가 대표적이다. 책은 태어나 살아가면서 낙서, 찢기, 침 묻히기, 오리기, 접기 등으로도 괴롭다. 늙어서는 헐값에 팔리는 골칫거리 신세가 되거나, 책들의 양로원인 헌책방에서 마지막 순간을 기다린다. 소설 속 책이 "인간사회에서 책 노릇하기 정말 힘이 든다"고 할 법하다.

작가는 끝에서 "신사 숙녀 여러분! 이제, 책은 죽었습니다! 시디롬이여! 영원하기를!"이라고 외치지만 정작 그의 본심은 '책사랑'에 놓여 있음을 보여준다. 물론 "사람들이 우리 없이 살 수 있을까? 천만의 말씀, 어림 반 푼어치도 없다"라는 주인공 책의 자부심은 크다. 책은 인간의 역사를 대신 기억해 왔고, 인간을 더욱 지적인 존재로 돋보이게 했다. 책은 인간을 위한 지적인 도구가 아니라 하나의 '지적 생명체'이다.

“이 세상을 찬란하게 빛내온, 단 두 종의 지적 생명체인 책과 사람 중 하나가 멸종 위기에 직면해 있다면, 그것이야말로 진화상의 대재앙이 아니고 무엇이겠는가”라는 소설 속 책의 탄식은 지구 전체가 부지불식간에 동참하고 있는 책 죽이기 음모에 대한 섬뜩한 경종이다.

책을 좀 더 정독해야겠다는 생각이 슬그머니 든다. 많은 것을 해보지는 않았지만 재미있다는 거 이것저것 해보니 그래도 책 읽는 재미가 제일 괜찮은 재미였다. 마침 편이 돈을 좀 많이 주고 이른바 ‘선비 상’이라는 앉은뱅이책상을 사주었다. 서각을 하는 분이 혼신으로 만든 작품인데, 작품전에 출품한 것으로서 그 서각가가 자기의 대표작으로 여기는 것이었다. 기꺼이 사준 편이 새삼 고맙다. 읽은 책에 대해 독서일기를 쓰겠다고 결심했다.

하지만 쇼펜하우어는, 책을 읽어야 하지만 ‘읽지 않는 것’도 배워야 한다고 말한다. 아니, 읽는 것을 강조해도 읽지 않는 사람들이 더 많은데 읽지 말 것을 강조하면 아무도 책 안 읽을 것 아닌가? 쇼펜하우어의 말은, 대중에게 인기가 있는 책, 평판이 자자한 책은 읽지 말라는 것이다. 그의 독설은 계속된다. 어리석은 사람을 대상으로 하는 저자가 가장 많은 독자를 확보하는 법이라고 한다. 글쎄.

어리석은 사람은 고금의 양서는 읽을 줄 모르고 그저 그 시대의 새로운 작품만 읽기에 바쁘며, 또한 오늘날의 지식인들은 언제나 우물 안의 개구리처럼 같은 주제만 우려먹으며, 같은 주장만 되풀이하고 있다는 것이다. 그로 인해 입게 되는 해악은 크다는 것이다. 그렇다면 쇼펜하우어의 관점에서 보면 금서목록 작성 행위가 정당성을 가질 수도 있다는 말인가?

책이 참 많이 나온다. 그리고 잘 나온다. 과거 언제보다 잘생긴 책들이 시선을 끈다. 사람도 그렇다. 과거 어느 시대보다 키도 크고 얼굴도 준수하며 옷도 잘 입는다. 그러면서 책 죽이기 주인공의 푸념처럼, "책 노릇 하기가 어느 시대보다도 더 어려운 시대"를 또한 책은 살아내야 하는 것 같다. 이는 사람에게도 마찬가지다. 이 세상을 찬란하게 빛내온, 단 두 종의 지적 생명체인 책과 사람이 어느 때보다도 쉽게 버려지는 시대를 책과 사람은 살아가고 있는 것 같다.

나는 '읽기와 읽지 않기' 중 '읽기'를 택하려고 한다. 선비 상도 사고 어제는 등받이 의자도 샀는데 사준 사람의 성의에 보답하기 위해서라도 그렇게 할 참이다. 나는 집에 오면 쭈그리고 앉아서, 베개 위에 책 놓고 보는 버릇이 있는데, 편이 "책 보는 사람이 그 폼이 뭐요. 베개가 책상이요?" 하곤 했다. 그래서 이번에는 작은 화분대에 책을 얹고 봤는데, "그건 또 무슨 폼이요?" 하고 핀잔했다.

그런 며칠 후 김해 생림의 서각가 전시실인 '공간'에 갔을 때 선비 상이라는 이름의 상을 보고는 나한테 물어보지도 않고 덜컹 사버리는 것이었다.

그렇게 해서 내 앞에 놓인 선비 상, 그 상 앞에 앉아 선비 흉내내 보려고 상 위에 부채를 놓아보기도 했다.

한 사실 두 해석

사실은 중요하다. 그러나 사실이 아무리 중요하다 해도 사실만으로는 불충분하다. 특히 삶의 문제에서는 그렇다. 그래서 사실이 삶의 철학의 유일한 기초라고는 할 수 없다. 우리가 삶 가운데 만나는 사실들을 어떻게 해석하는지, 그 사실 속에서 어떤 의미를 발견하는지의 문제가 더 중요한 것이다. 똑같은 사실에 대해서 상반된 두 해석이 나오며 이에 따라 대응하는 법도 다르다는 것은 상식적인 문제이다. 책에서 읽은 다음의 이야기가 생각난다.

2차 세계대전이 끝난 후 독일인들에게 그때 왜 유태계 독일인들을 돕지 않았느냐고 물었을 때 많은 독일인은 "그때 우리가 무엇을 할 수 있었단 말입니까?" 하고 대답했다고 한다. 하지만 목숨을 걸고 유태계 사람들을 도운 사람들에게 왜 그들을 도왔느냐고 물었더니 "그때 그 일 외에 우리가 그들을 위해 무엇을 할 수 있었단 말입니까?" 하고 대답했다고 한다. 한 사실에 대해 대응하는 길이 이렇게 달랐다.

또 다른 이야기도 있다. 어느 구두회사에서 시장성 파악을 위해 아프리카로 두 직원을 보냈는데 한 명은, "이곳 사람들은 아무도 구두를 신지 않으므로 시장성 없음. 상황은 절망적임" 하는 보고서를 보내왔고, 또 다른 한 명은 "이곳 사람들은 아무도 구두를 신지 않으므로 시장성 있음. 경쟁자는 하나도 없음. 상황은 희망적임" 하는 보고서를 보내왔다고 한다.

어려움을 만났을 때 그 사실을 어떻게 해석하고 어떻게 대응하느냐에 따라 그 이후의 삶이 달라진다. 고통이나 어려움 때문에 더 비참하게 된 사람들을 주위에서 많이 볼 수 있다. 하지만 고통이나 어려움으로 인해서 더 훌륭해진 사람들도 많이 볼 수 있다.

늘 어려웠지만, 지금은 더 어려운 때인 것 같다. 이 나라 경제 사정이 언제나 호전될는지. 훗날 누군가가 물었을 때 "그때 내가 가족을 위해서 이 일말고 할 수 있었던 일이 무엇이 있었단 말입니까?"라고 떳떳이 말할 수 있도록, 이런저런 사정으로 일자리를 떠난 분들이 그전에 하던 일보다 훨씬 못한 일이라도 빨리 착수하는 이 겨울이기를 기대한다.

한국인이라면 그 집 정원에

고암 선생이 내게 만나자는 전화를 했다. 차나 한잔하자고. 그는 구증구포 일념으로 차를 덖는 분이다. 고암 선생은 조기 퇴직도 귀농도 지금처럼 흔치 않던 1995년에 남보다 서둘러 퇴직하고 지리산 산골로 들어가 차 농사를 짓기 시작했다. 그는 20여 년의 산골 살이를 엮어 생애 처음으로 책을 내놓았다. 출판사에서는 그를 이렇게 소개 한다.

그 사람은 진도의 울돌목을 건넌 호랑이도 그 물소리에 놀라 감히 범접하지 못했다는 전설의 바다 진댓골에 자리한 조도에서 태어나 60년대 중반에 혈혈단신으로 부산에 입성하였다. 만 원짜리 한 장으로 월세방을 얻고 청과물을 떼어 길거리 행상으로 시작해 영주동, 수정동 산비탈 빈민가를 누비며 파리·모기·빈대 약 치기를 했다. 진양 고무와 동양고무 공장에서 운동화 밑창 돌리기도 했고, 건축공사장에서 주춧돌 구덩이 파기, 벽돌 져 나르기 등 하루살이 떠돌이로 3년을 허우적대었다. 조직 내의 불의를 눈 뜨고 보지 못하던 그는 몸담은 경찰을 쉰이 되던 해에 연금 수급의 자격을 갖추자마자 당시 흔하지 않던 명예퇴직을 신청하여 경남 하동군 적량면 공월길 끝자락의 마을에 자리 잡고 악전고투 끝에 밭을 일구어 차나무를 가꾸고 있다.

아무튼 고암 선생은 『차나무 키우며 나이 드는 법을 배운다』라는 책을 이번에 출판했다.

전화를 받고 고암재를 찾아갔다. 1,000여 평의 차나무 정원엔 차나무 말고도 그가 정성 들여 가꾸는 나무들이 여러 종류 있었다. 그중에 그분이 가장 애지중지 키우며, 키우는 것에 대해 자부심이 대단한 나무는 미선나무다. 나는 거기서 직접 보기 전에는 한번도 미선나무를 본 적이 없었다. 미선나무, 내 눈에는 볼품없이 생긴 나무였는데 그분의 설명으로는 대단한 나무였다.

자기 정원에 미선나무 한 그루는 꼭 있어야겠다는 일념에서 충북 괴산으로 가, 아주 작은 자연생 묘목을 금값 버금가게 치르고 구해와서 애지중지 가꾸고 있다고 했다. 고암 선생은 "한국인이라면 그 집 정원에 순 토종 미선나무 한 그루는 심겨 있어야 하지 않겠느냐?"라고 내게 강조했다.

그래서 나는 그런 의미를 지닌 나무라면 나도 키우겠으니 꺾꽂이용 가지를 하나 달라고 했더니, 꺾꽂이로는 안 되고 가지를 나무에 달린 그대로 흙에 묻어 뿌리를 내리게 하는 것이 적절한 번식 방법이라고 하면서, 뿌리를 묻어둘 테니 한 2년 후에 보자고 했다.

미선나무, 자료를 찾아보니 세계 1속 1종인 미선나무는 1917년에 충북 진천군에서 처음 발견되었다. 열매의 모양이 부채를 닮아 '미선(尾扇)'으로 이름 지어졌으며 잎보다 꽃이 먼저 피고 척박한 땅에서 잘 자라는 게 특징이다. 흰색의 꽃이 3~4월에 피고 지난해에 만들어진 가지에 총상꽃차례를 이루어 피며, 열매는 시과로 9~10월에 익는데 넓적하고 동그란 부채처럼 생겼다. 양지바르고 물은 잘 빠지나 어느 정도 물기가 있는 곳에서 잘 자란다. 생김새는 개나리와 비슷하며 향기가 난다고 한다. 관련 자료에서는 추위에도 잘 견디며 꺾꽂이로도 쉽게 번식이 된다고 하는데 나무 주인이 그렇게 말하니 나로서는 기다릴 수밖에 없는 셈.

우리나라의 다른 나무들은 지리적으로 가까운 중국과 일본에서도 같이 자라지만, 미선나무만은 오직 우리나라에서만 자란다고 한다. 충북 괴산과 영동, 전북 부안 등의 집단 서식지 중에서 네 곳이 천연기념물로 지정되어 보호되고 있다는 걸 이번에 알았다.

그런데 '총상꽃차례'란 무엇이고 '시과'란 또 무엇? 총상꽃차례란 무한꽃차례의 하나로, 꽃 전체가 하나의 꽃송이처럼 보인다고 해서 붙여진 이름이라고 한다. 긴 꽃대에 꽃자루가 있는 꽃이 밑에서부터 끝까지 많이 달리는데 싸리나무, 아카시아, 등나무꽃 등이 이에 해당한다는 것.

시과(翅果)란 열매껍질이 날개처럼 되어서 바람을 타고 멀리 날아 흩어지는 열매를 말한다고 한다. 사실 식물용어나 농업용어도 다른 어떤 분야의 용어보다 더 어려웠으면 어려웠지, 절대 쉽지 않다는 것을 농사 공부 몇 해 동안 배운 경험이다. 농업용어의 어려움은 경험으로 짓는 농사의 한계를 극복하기 위해 관련 글을 찾아 읽을 때마다 부딪친 벽의 하나다.

이듬해 늦가을, 미선나무 가지에 뿌리가 잘 내리고 있는지 물을 겸 안부 전화를 드렸더니, 죽지 않고 자라고 있다고, 아직은 옮겨 심을 때가 아니라고 하면서 모과가 잘 익었다고, 지난밤의 세찬 바람에 후두두 떨어졌으나 그래도 높은 가지에는 여럿 달려 있으니 따러 오라고, 와서 차나 한잔하자고 제안한다. 고암재 앞뜰에는 큰 모과나무가 한 그루 있는데 그 집 뜰의 다른 나무들은 적당한 키로 손질되어 있었지만, 모과나무만큼은 자라는 대로 내버려두어 키가 큰 것을 내가 보고 온 터였다. 그래서 찾아갔다.

가서 보니 곁가지는 여럿 잘랐지만 높은 원줄기는 그대로 두어 큰 키는 여전했다. 나무 아래 모과가 이리저리 널브러져 있었다. 색감도 향기도 뜰은 온통 모과의 뜰, 모과의 정원이었다. 따거나 골라 주운 모과가 한 광주리였다. 두어 시각 다담을 나눈 후 해 질 무렵에 미선나무 화분 대신 모과 광주리를 가지고 길뫼재로 돌아왔다.

또 그 이듬해 봄, 이번에는 구중구포차 덖는 일을 끝낸 고암 선생이 내게 먼저 전화했다. 뿌리를 온전히 내린 것 같으니 미선나무 화분을 가져가라는 거였다. 땅에 가까운 가지 중간 부분을 화분에 묻어 3년을 기다렸다가 내게 넘겨주는 묘목이다. 땅에 옮긴 후 새 줄기가 올라와서 잎을 피우면 비로소 생존을 보장받을 수 있을 거라고 했다.

미선나무 화분을 길뫼재로 가지고 와서 자작나무 옆의 차나무 사이에 조심스럽게 옮겨 심었다. 아무쪼록 새 줄기가 올라와야 할 텐데. 그러려면 봄을 두어 번 더 보내야 할 것 같다. 줄기가 땅에서 솟아올라 잎을 피우고 자라게 되면 그때 비로소 나는 "내 정원에 미선나무 한 그루" 키운다는 한국인으로서의 자부심을 가질 수 있게 된다.

요롱과 워낭

우리는 그것을 요롱이라 불렀고 그 소리를 요롱 소리라고 했다. 소의 목에 매달린 작은 종, 요롱이 내는 소리는 차분했고 맑았다. 동네 가운데 살지 않고 외또리 집에서 소년 시절을 보낸 나의 동네 이미지 둘은 요롱 소리와 통시 냄새다. 소리와 냄새, 이미지가 아닌데 이미지로 남아 있다.

동네로 들어가면 누구네 집 할 것 없이 집들은 어김없이 통시(뒷간) 냄새를 진하게 풍겼다. 또 마구간의 되새김하는 소가 파리를 쫓느라고 머리를 흔들 때 내는 요롱 소리가 있었다. 찬찬히 들리는 소리였다. 냄새는 발을 빨리 움직이게 했고 소리는 급한 마음을 이완시켜 주었던 것 같다. 지금 생각하니 그렇다.

하지만 사람들은 바빠 허겁지겁 서두는 사람을 보고 '○알에 요롱 소리 나도록 뛰고 있다'고 했다. 완만한 소리를 허겁지겁 서두르는 상태에다 대입시킨 것이다. 이때의 요롱은 아마 소의 목에 걸린 요롱이 아니고 불경을 바칠 때 흔드는 요롱(요령)이나 굿을 할 때 무당이 흔드는 요롱일 것이다. 아무튼 우리는 소의 목에 걸린 작은 종은 워낭이 아니라 요롱이었다.

방울, 쇠 방울이라고도 했다. 쇠 방울은 소의 목에만 걸린 것이 아니라 사립문에도 걸려 소리를 내었다. 우리 집에는 가느다란 대나무로 사립짝을 엮어 만든 문에 세워진 적이 있었는데 그리고 여닫을 때마다 소리를 내는 도구가 달려 있었는데, 그게 쇠 방울이었는지 빈 깡통이었는지 그걸 모르겠다. 소를 키운 적이 없었다는 점에서 보면 빈 깡통이었을 테고, 청량한 소리가 여운으로 남아 있는 걸 보면 구해서 걸었을 쇠 방울이다.

산청의 내원사를 가는 길에 있는 산천재, 천왕봉이 보이는 지리산 자락에 터 잡은 남명 조식 선생의 거처다. 산천재 옆의 남명 기념관, 들어서는 문에 성성문(惺惺門)이라는 현판이 붙어 있다. 평소 옷고름에 매달고 다니는 호두 크기의 두 개 쇠 방울이 내는 소리를 들으며 스스로를 경계했다고 하는 성성자(惺惺子)에서 따온 말이라고 한다. 남명 조식 선생은 성성자라고 부른 쇠 방울을 차고 다니며 정신을 일깨웠다. 성성은 혼미하지 않고 깨우쳐 있다는 말인데, 여기서는 방울 소리가 사람의 마음을 깨우쳐 준다는 뜻이라고 한다. 쇠 방울 소리는 소의 위치를 알려주는 소리일 뿐 아니라 혼미한 정신을 깨워주는 소리로도 작용을 했다.

다큐 영화인 '워낭소리'를 봤다. 모처럼, 정말 오랜만에 본 영화관 영화다. 처음엔 '원앙 소리'인 줄 알았다. 알고 보니 '워낭'이었다. 편을 불러내었다. 편은 노모에게 둘러대고 나왔다고 했다. 그냥 코믹하게 둘러댔다고 했다. 표를 사고 나니 시간이 좀 남는다. 비빔밥을 두 그릇 사서 한 그릇씩 나누어 먹었다.

나이 든 사람과 늙은 소의 동고(同苦), 또 발 저는 노인과 걸음을 제대로 떼지 못하는 늙은 소의 동행(同行)은, 힘들고 지쳐도 동락(同樂)이었다는 생각을 영화가 끝나고 밝은 불이 들어올 때 했다. 노인과 소의 동행 걸음을 교차시켜 보여 주는 장면은 단 한 컷이었는데, 그 장면이 일어설 때까지 여운으로 남았다.

이 영화 영어 제목, 'old partner'를 그 장면에서 나는 느꼈다. "자식 키우기 위해 온 몸을 바친 이 땅의 아버지와 소들에게 바치는 영화"라는 자막이 마지막에 나왔다. 공감했다. 그러면서 열여섯 살에 시집와 변변히 바깥나들이 못해보고 평생을 영감과 소와 더불어 동고동락하는 할머니에게도 바쳐진 영화라는 생각을 했다.

그리고 그 옛날 우리 집 밤나무 밭 끄트머리에서 짐 실은 구루마 끌고 가다가 지쳐 그 자리에서 죽은 소도 생각했다. 소가 죽는 것을, 헐떡이다 죽은 소를 본 것은 그때가 처음이자 마지막이었다. 워낭소리는 우리에게 소는 고기로서의 소가 아니라 일하는 소였다는 것을 보여 주었다. 그리고 여러 자연의 소리를 인위적으로서가 아니라 자연적으로 들려주었다. 동매리 밭 끄트머리에서 밤을 샐 때 듣는 봄, 여름, 가을의 소리들이었다.

요롱 그리고 쇠 방울을 워낭이라고도 부른다는 것을 이 영화 아니었으면 모르고 넘어갈 뻔했다.

유행과 미련

유행은 풍습이나 관습에 대하여 일정 기간 상당수의 사람이 어떤 행동양식을 자유로이 선택·채용·폐기함으로써 생기는 광범위한 사회적 동조 행동 현상이다. 유행은 아이디어나 기술혁신 보급과정의 한 영역이다.

일반적으로는 사소한 것으로부터 생겨나며, 그것은 일시적이며 덧없는 것이지만 사람들의 눈에는 무시할 수 없는 변화로 느껴진다. 이를 채택하거나 폐기하는 것은 개인의 자유의사에 맡겨지나 관습이나 규범과는 달리, 사회적인 통제나 제재가 따르지 않는다. 심리적인 압력으로 통제되고, 개인을 초월한 압력으로 인간에게 다가온다.

유행은 주로 타인의 눈을 의식하는 데서 성립하며, 가치의 변화를 포함하고 있으므로, 사회적 영향이 강화되면 문화변동을 촉진하는 요인이 되기도 하고, 관습이나 규범의 테두리를 넘어서게 되는 일도 있다. 자본주의 사회에서 유행은 기업화·상품화되고, 자본의 이윤추구에 이용되는 것이 결점이다.

사실 유행의 운명은 제철이 지나면 바뀌는 데 있다. 유행은 곧 사라진다. 유행은 짧은 기억과도 같다. 왜냐하면, 생각의 영역에서 생각은 항시 흐르기 때문이다. 유행은 재빨리 먼 곳까지 퍼져 간다. 그리고 활짝 펼쳐진다. 하지만 뿌리내릴 겨를도 없이 시들고 만다. 그래서 유행은 권

태로운 호기심의 대명사라고 할 수 있다.

유행은 철 따라 변하기도 하고 또한 제철을 만들기도 한다. 유행은 머리 모양, 입는 옷, 장신구, 오락이나 취미 등에 주로 적용되지만, 문학이나 예술 과학이나 철학의 영역에 적용되기도 한다. 오늘이 금방 어제로 바뀌고 이해가 또 금방 지난해로 바뀌듯이 그렇게 표나게 바뀌는 것은 아니라고 하더라도, 공들여 정립한 이론이 어느 틈에 시대에 뒤떨어진 낡은 유물로 무시되기도 한다.

지금 나는 유행에 둔감하다. 우선 내 머리 모양에 유행이 머물다 갈 여지가 없다. 나는 내 머리를, 잠깐 찾지 아니한 경우를 제외하고는 수십 년 동안 같은 이발소의 맘씨 좋은 아저씨의 손에 맡기고 있다. 그 분도 나처럼 늙어간다. 가만 헤아려 보니 지금까지 내 머리를 이발해주려고 만진 손은 몇 개 되지 않는다. 나는 40대 중반부터 흰머리 염색을 그만두었다.

그런데 이게 웬일인가. 곧이어 우리나라 머리 모양들이 노란색, 파란색, 빨간색, 회색, 심지어 흰색으로 바뀌기 시작했다. 유행하고 관계없는 내 머리의 흰색도 그 속에 파묻혀 버렸다. 유행 아닌 유행으로 흰색이 좋다. 생긴 그대로의 머리카락 색깔이 좋다. 옷은 편이 선택해주고, 넥타이는 아이들이 주로 선택해 준다. 이곳엔 유행이 더러 머무는 것 같다.

나에게 가장 유행이 머물지 못하는 곳이 노래다. 유행하는 노래를 도대체 한 곡도 익히지 못한다. 가장 최근에 익힌 노래는, 익혔다고 해도 가사와 멜로디와 리듬을 거의 단독으로는 진행하지 못하지만, '이 마음 다시 여기에'다. 오래, 오래전의 노래인데 이제야 외웠다. 하지만 유행을 더러 따라가는 것도 있다. 독감. 그런데 아직은 아니다. 아직은 독감에 걸리지 않고 있다.

그런데 둔감은 미련과도 통하는 것 같다. 미련이란 터무니없는 고집을 부릴 정도로 매우 어리석고 둔함을 말한다.

난 건강검진의 면에서 미련했다. 물론 직장에서 제공하는 건강검진은 한 번도 빠트리지 않고 받았다. 올해에만 그때가 어머니 상중이었는지라 받지 못했을 뿐. 정기검진 외에 위내시경 검사 두 번 등 아주 기본적인 검사를 한번 하긴 했다. 하지만 대장 내시경 검진에는 유독 미련했다. "한번 해야 하는데, 한번 해야 하는데!" 하면서도 한 번도 하지 못했다.

이번엔 마음을 단단히 먹었다. 편의 검사도 동시에 하기로 마음먹고 신청했다. 그리고 어제 밤새 준비하여 오늘 이른 아침에 가서 했다. 위장과 대장, 결과가 나왔다. 깨끗했다. 이상이 없었다. 안도의 한숨을 쉰다. 그리고 결심한다. "미련을 대지 말아야지. 이제 건강검진 관련 검사 같은 건 제때에 해야지" 하고 내 자신에게 다짐한다.

오늘 부산 날씨도 아주 추웠다. 눈은 오지 않았다. 그러니 눈꽃도 물론 피지 않았고.

시장과 철학

완사 장날이다. 설을 앞둔 대목장이라 그런대로 붐빈다. 2월 초순 일요일, 비교적 일찍 부산에서 출발하였다. 한 시간여 지나서 진주 경상대학교 정문 앞에 도착하였다. 옆으로 난 길을 따라 좀 들어가면 진주와 하동을 연결하는 국도가 나온다. 진주서 하동으로 가는 2번 국도이다. 진양호 아래를 지나가는 이 길은 그전에 내가 드나들던 길이다. 부산서 진주를 지나 목포까지 가는 경전선 철길이 나란히 깔렸고 진양호 아래인지라 길옆의 내에는 물이 많아서 갈 때마다 기분을 상쾌하게 해주는 길이었다.

요즈음에는 도로 확장공사 그리고 수몰 지역의 이전 공사 등으로 인해 길이 너무 을씨년스러웠기에 이 길로 들어서지 않았었다. 오래간만에 들어선 길이었다. 그동안 길은 대체로 정비가 되었고 완사는 완전히 새로운 집과 마을로 탈바꿈하고 있었다. 곤양 다솔사와 좀 가까이 있는 마을, 면 단위의 자그만 한 마을치고는 사람과 물건이 모이기로 비교적 붐비는 곳이었다. 붐빈다는 말을 남포동 거리가 붐빈다고 할 때의 붐비는 의미로 알아들으면 안 된다. 면 단위 마을이 붐벼야 얼마 붐비겠는가?

그리고 완사장은 진주를 중심으로 한 서부 경남의 토속적인 냄새와 육젓 냄새가 녹아 있는 김진완의 시 「아이고 배야」의 완사장이기도 하다. 완사장에는 김진완의 시에 나오는 마천 댁처럼의 분만 직전의 배부른 아줌마는 없었어도, 곤양댁, 하동댁, 옥종댁 같은 나이 든 아주머니들과 외할머니 같은 할머니들은 여럿 있었다.

> "외할매, 5일에 한 번씩 서는 완사 장날 / 양지바른 한 구석 / 동네 아낙들과 옹기종기 앉아 / 옹기며 종기며를 못 다 팔고 돌아오는 시오릿길 / 자불음에 겨워 뉘엿뉘엿 돌아오시다 누군가 웃자고 홑몸 아닌 마천 댁더러 "머할라 힘들게 나왔노. 허리가 항아리멘쿠로. 머 우짜고"/ (중략) / "아이고 배야" / "머어? 머시라캤노! 어데가 아파?" / "아이고 배야 와 이리 틀리노" / "우야노 우야노 아아를 날랑갑다" / (중략) / 살문서 벨시런 이약 한 자락 하자믄" (김진완, 『천년의 시작』, 2006, 122쪽, 「아이고 배야」 일부.)

오전 11시 경의 대목장은 한참 사람이 모여든 시간이었다. 한 뼘 안에 들어오는 시장이었지만 볼거리가 많아 발걸음을 자주 멈추게 했다. 편은 편대로 돌고 나는 나대로 시장을 돌았다. 그러다가 편이 "보소, 이것 좀 차에 갖다 놓으소" 하면 나는 쪼르르 곁으로 달려가 장 본 비닐봉지를 받아들고 차에 싣곤 하였다.

그러기를 서너 번. 서부 경남 사투리 쓰는 외할머니 같은 할머니가 유달리 시선을 붙들었다. 할머니 한 분은 허리가 꼬부라져 기다시피 하여 장 안으로 들어와 생선 앞에 와서는, "이거 올만 데예?" 하니, 주인 아자씨가 "칠천 원, 칠천 원임미더" 한다. 할머니의 계속 물어보는 말에서도 존댓말을 쓰고 있었다. 허리 숙인 할머니의 파란 목도리가 아름답다. 내가 보기에 그 생선은 동태였다.

또 어떤 할머니는 허리를 많이 다쳤는지 양손에 금속으로 된 목발을 집고 있었다. 젊은 엄마를 따라온 여중생 소녀는 연신 핸드폰으로 문자를 날리고 있었다. 아니, 게임하는 건가? 살문서 벨시럽지 않은 이야 한 자루 하자몬 그렇단 얘기다. 김진완의 이 사투리를 사람들이 얼마나 알아들을 수 있을런지 모르겠다.

장날, 설 대목장인지라 사람도 물건도 제법 많았다. 곶감을 비추는 햇살이 따스했다. 곶감을 보니 한 줄 사서 감쪽같이 먹고 싶었다. "얼마요?"하고 물어보려는 사이에 저쪽에서 돌던 편이 왔다. 물어보려던 말을 감쪽같이 난 감추고 말았다.

시장은 돈이 도는 곳이고 물품이 교환되는 곳이다. 사실 화폐경제와 추상적 사고는 밀접한 관련이 있다. 추상적 사고는 대표적인 철학 활동이다. 고대 그리스 사상이 그 이전의 이집트, 메소포타미아 등의 다른 사상들과 구별되는 점은, 그리스 사상이 처음으로 신화(mythos) 단계를 벗어나 이성(logos)의 단계로 건너갔다는 데 있다. 그리스 사상에서 비로소 본격적인 추상적 사고가 시작되는 것이다. 말하자면 구체적 사고에서 추상적 사고로 넘어간 것이다.

어떤 근거에서 이렇게 말할 수 있는가? 원시생활은 '손에서 입으로'의 생활이었다. 그러다가 자기 소비를 위한 초기생산이 이루어졌다. 여기서 남은 생산물에 대한 물물교환이 이루어지고, 나아가 상품생산을 통한 유통이 이루어지게 된다. 그리고 화폐의 사용에 의한 화폐경제로 이행하게 된다. 물론 초기 화폐는 조개껍데기 등을 화폐로 사용한 것을 말한다. 이러한 초기 화폐경제가 처음으로 발달한 지역이 그리스 식민지인 소아시아 지역이었다.

그런데 화폐는 무엇인가? 화폐(금화)는 모든 상품과 교환될 수 있는 보편성을 띤 물건이다. 로고스는 무엇인가? 로고스는 세상 만물을 하나로 묶는 원리, 이치이다. 동북아 사상에서는 이(理), 도(道)라고 말한다. 아무튼 잡다한 상품들을 보편적으로 엮는 화폐의 발생과, 잡다한 사물들을 보편적으로 집약하는 로고스 개념의 개발은 시기와 장소가 일치하며 밀접한 상호 연관성이 있다. 즉 시장은 경제를 탄생시킨 장소일 뿐 아니라 철학을 탄생시킨 장소이기도 하다.

이 로고스와 금화의 관계를 헤라클레이토스는 "만물이 불로 변하고 불이 만물로 변하는 것은, 마치 모든 상품이 금화로 교환되고 또 금화가 모든 상품과 교환되는 것과 같다"고 했다. 여기서 불이란 우주를 관통하는 근본원리로서의 로고스를 말한다.

처음에 화폐는 어디까지나 상품교환을 위한 수단에 불과했다. 화폐 그 자체가 목적은 아니었다. 그러다가 점점 화폐는 그 자체 목적으로 되어 갔다. 손에 잡기만 하면 모든 것이 황금으로 변해 갔다고 하는 그리스 신화속 미디아스 왕 이야기는 이 점을 잘 말해준다. 이 이야기는 화폐경제의 발생과 배경을 같이한다고 말할 수 있다. 여기서 금화는 수단이 아니라 목적으로 추구되기 시작하는 것이다.

경제적 활동에서뿐만이 아니라 지식 활동에도 이러한 현상이 병행하여 나타난다. 처음에 지식의 의미는 생활수단으로서의 의미였다. 물론 이 점은 지금도 마찬가지이다. 오늘날에는 실용적 지식, 실증적 지식이 과거 그 어느 때보다도 평가받는 때이다.

그런데 그리스 문화권에서 생활수단으로서의 지식과는 또 다른 자기목적 의미의 지식이 추구되기 시작한다. 다시 말하면 지식 그 자체를 위한 지식을 참된 지식이라 본 것이다. 필로소피아에서의 소피아(sophia)는 실용적인 지(知)가 아니라, 자기 목적화한 지, 즉 순수한 지를 뜻하는 것이다. 이는 피타고라스의 올림피아 축제의 비유에서 나타나는 이론 정신과 맥을 같이한다.

피타고라스에 의하면 고대 올림픽 경기장엔 선수와 상인과 관객이 모인다. 상인의 목적은 이윤이고, 선수의 목적은 명예, 관객의 목적은 보는 것 즉 관전이다. 피타고라스는 이윤이라는 목적보다는 명예, 명예라는 목적보다는 관전이 더 우수한 목적이라고 한다. 보는 것을 중요하게 여기는 그리스 철학의 전통이 여기서 나타난다. 그리고 실용적인 것보다는 이론적인 지식을 더 지식의 본 모습으로 보는 정신을 여기서 볼 수 있다.

완사장에서 칡뿌리를 사게 되어 무엇보다 좋았다. 겨우내 칡차를 마시려 언제부터 칡뿌리를 구하고 싶었는데 못 구하고 있던 차였다. 아쉬운 것은 쥐약 파는 리어카를 사진 찍지 못한 점이다. 살짝 찍거나 양해를 구하고서 찍고 싶었지만 그 어느 방식으로도 찍는 걸 포기하고 말았다. 완사장이 무대로 등장하는 김진완의 시에는 쥐와 쥐약이 몇 번 등장한다. 아무튼, 완사장 쥐약 장사 리어카를 보았을 때 그래서 그랬는지 그 시인의 이름이 문득 떠올랐다. 완사장을 한 바퀴 돌고 집으로 돌아올 때 기분은 어느 때보다도 좋았다.

조율 한 번

올해도 풍년이었다. 작년에도 풍년이었고. 지금은 들판이 수확이라는 이름으로 가슴을 비웠지만, 저 들판이 푸르고 차 있을 땐 보는 것만으로도 배가 불렀었다. 풍년의 들판은 늘 보기가 좋다. 그래도 '금년 농사가 풍년'이라고 큼지막하게 썼던 신문 머리말 기사를 보지 못하는 시절을 살고 있다. 풍년이 더 이상 반가운 일이 아닌 모양이다. 농사, 흉작이어도 괜찮아서 그런 것일까? 생각의 조율이 필요하다. 풍년? 풍년초가 생각난다. 요새도 '풍년초' 같은 봉지 담배가 있는지 모르겠다. 풍년이 화제가 되지 못하는 시절을 우리는 살아가고 있다.

> "알고 있지 꽃들은 따뜻한 오월이면 꽃을 피워야 한다는 것을. 알고 있지 철새들은 가을하늘 때가 되면 날아가야 한다는 것을."

<어디로 갈까>라는 영화가 있었다. 내가 기억하는 처음의 영화가 무엇이었을까? 나의 삶에서 '처음'을 추적하는 작업을 언젠가는 본격적으로 시도할 터이다. 화두를 붙들고 가만히 앉아 있는 삶을 지금 살고 있지 못하는 고로 아직 본격적으로 시작하지 못하고 있다.

영화 어디로 갈까는 아마 내가 철들고 나서 처음 본 영화라고 생각하고 있다. 삼천포 실안 해안도로, 아픈 흔적을 숙명처럼 지고 사는 이들

의 마을인 영복마을 초입에 쪽빛 언덕이라는 찻집이 있었다. 그 찻집의 햇살 바른, 투명한 유리의 광포만 쪽으로 조각 아가씨는 늘, 내가 갈 때마다 그렇게 앉아 나를 보고 웃어 주었다. 어느 날 가니 쪽빛 언덕 찻집이 사라지고 없었다. 어디로 갔을까. 저 아가씨, 경아는 어디로 갔을까. 벗어둔 옷이나 챙겨 입고 쫓겨났을까. 섧다.

"문제 무엇이 문제인가. 가는 곳 모르면서 그저 달리고만 있었던 거야. 지고지순했던 우리네 마음이 언제부터 진실을 외면해 왔었는지."

수능시험이 끝났다. '고삼'이라 불리는 아이들, 고생 많았다. 우리 집도 '고삼' 열병을 세 번이나 겪었다. 그래서 그 열병의 후유증의 크기를 쬐끔은 아는 편이다.

밤 9시, 집으로 오는 길에 지나가게 되는 고등학교 정문 앞의 좁은 길이 요샌 덜 붐빈다. 9시만 되면 몰려나오는 고삼 아이들, 데리러 온 차들, 지나가는 차들 그리고 내 차 등이 범벅을 이루던 길인데. 그 아이들도 그 아이의 부모들도 밤 9시는 이제 집에서 좀 쉴 수 있는 시간이다. 금년부터는 수능 점수를 공개하지 않는다고 한다. 우열을 가리지 않겠다는 의미인지. 성적의 서열에서 앞줄에 서려고 목을 매달고 발버둥 치게 하는 우리 사회의 줄 세우기 문화, 이제 좀 완화되려는가.

우리 집에서 감을 많이 먹는 줄 알고 이웃에서, 지인이 이 가을에도 감을 보내주었다. 특등품, 일등품이란다. 가려지는 감들, 신세가 안됐다. 사람은 이렇게 꼭 우열을 가리고 줄 세우고 한다. 감 니네들이 이해해라.

"정다웠던 시냇물이 검게 검게 바다로 가고 드높았던 파란 하늘 뿌옇게 뿌옇게 보이질 않으니 마지막 가꾸었던 우리의 사랑도 그렇게 끝이 나는 건 아닌지."

볼거리, 먹거리, 듣거리, 맡거리…, 이렇게 말하면 말이 되는지 모르겠다. 먹거리는 '먹을거리'를 듣거리는 '들을 거리'를, 맡거리는 '맡을 거리'를 뜻한다. 볼거리, 먹거리는 친숙한데 듣거리, 맡거리는 보지 못한 말이다. 내가 이렇게 써 보는 말이다. 볼 게 있어서 보고, 먹을 게 있어서 먹는다. 들을 게 있어서 듣고, 맡을 게 있어서 맡는다. 지당하고도 당연한 말.

사람들이 모여 있었다. 볼거리가 있는 모양이다. 구경, 공짜 구경 그것 신나는 일이다. 내가 발을 아니 멈출 리 없다. 구경, 공짜 구경, 내가 얼마나 좋아하는 일인데. 공연은 끝나지 않았다. 객석은 찼고 무대는 흥으로 땀에 젖어 든다. 정오의 서울 세종문화회관 공연 뜨락의 어느 겨울 오후의 일이었다.

"미움이 사랑으로 분노는 용서로 고립은 위로로 충동이 인내로 모두 함께 손 잡는다면 서성대는 외로운 그림자들 편안한 마음 서로 나눌 수 있을 텐데."

물었으면 사든지, 사지 않으면 묻지나 말든지. 미안하고 죄송! 그러지 말고 좀 사소. 마수 좀 해 주소. 통영, 충무 김밥집 앞의 어느 겨울 오전 풍경. 내가 묻지 않았다. 옆의 사람이 물었다. 난 값은 잘 안 묻는다. 안 묻고 안 산다. 그런데 길은 잘 묻는다. 잘 묻고, 잘 못 찾아들고 또 묻고 그리고는 겨우 길을 찾아들곤 한다. 통영 아줌마, 다음엔 값을 물을게요. 묻고 살게요. 편보고 사라 그럴게요.

"내가 믿고 있는 건 이 땅과 하늘과 어린 아이들 내일 그들이 열린 가슴으로 사랑의 의미를 실천할 수 있도록."

이 노래의 작사가인 한돌에게 어느 날 어떤 목사에게서 전화가 왔다고 한다. 그 목사는 다짜고짜로 하느님이 잠자는 걸 보았느냐고 따졌단다. 그는 대답하지 않고 전화를 조용히 끊었다고 했다. 이 노래에서 말하는 하늘님은 하늘에 사는 하느님을 말하는 것이 아니라 사람들 마음속에 사는 하느님이었기 때문이다. 그런데 사람들 마음속에 있는 그 하느님이 잠을 자고 있으니 '잠자는 하늘님이여 이젠 그만 일어나요'라고 한 것인데 그 목사는 '잠자는 하늘님'을 하늘에 계신 하느님이라고 생각했던 모양이다. 작사가 한돌은 사람이 하느님이고 길가의 가로수가 하느님이며 흘러가는 구름도 다 하느님이다. 그런데 그 가운데 사람들 마음속에 있는 하느님만 아직도 잠을 자고 있다. 사람들이여 네 안에 있는 하늘님을 일으켜 깨우시라.

2020년 1월, 코로나 첫 환자 발생. 2월, 코로나 국내 첫 사망자 발생. 7월, 한국 역대 최대 규모의 폭우. 9월, 9호 태풍 마이삭과 10호 태풍 하이선. 9월 중순 지금까지 코로나 19로 인해 전 세계가 모든 면에서 마비 진행 중. 2021년 6월 현재 아직도 코로나 사태는 끝이 날 기미를 보이지 않는다.

"잠자는 하늘님이여 이제 그만 일어나요. 그 옛날 하늘빛처럼 조율 한번 해주세요."

(이상 겹따옴표 인용문은 모두 한돌 작사작곡, 한영애 노래 〈조율 한 번〉 일부.)

다섯,
바위와 새집

새 집, 새의 집(Bird's House) 그리고 새로운 집(New House), 평상 바위에 날아와 앉는 푸드득 곤줄박이를 보다가 새 집을 생각했다.

작업화, 긴 세월을 내 발과 함께 한

밭에서 일할 때 주로 신는 신발은 작업화 아니면 장화다. 안전화 즉 작업화 색상은 브라운이고 장화는 잉크색이다.

아로니아 나무 네 그루, 채진목(June berry) 한 그루, 개량 뽕나무 한 그루, 비파나무 한 그루, 앵두나무 한 그루, 무화과나무 한 그루 등 모두 아홉 그루를 큰 화분에 심어 밭에 묻었다. 땅에 묻힌 화분은 열 개인데 하나는 비어있다. 거기엔 나중에 블루베리를 심을 예정이다.

과수 묘목을 땅에 바로 심을 수 있는데 굳이 이렇게 한 첫 번째 이유는, 아로니아 묘목을 준 친구의 말 때문이다. 큰 블루베리 농원을 가꾸고 있는 친구가 묘목을 주면서, 땅에 바로 심지 말고 화분에 심어서 가꾸는 게 관리하기가 더 편리할 거라고 했다. 그는 자기 농원에서 대부분 블루베리나 아로니아를 그렇게 해서 가꾸고 있기에 나는 그의 말을 그대로 따랐다.

그리고 두 번째는, 화분이 묻혀 있는 밭 전체를 민들레 영토로 만들기 위해서이다. 우리 밭에는 민들레가 여기저기서 불쑥불쑥 꽃송이를 내민다. 처음에는 노란 민들레가 많았는데 지금은 하얀 민들레가 더 많다. 인근 지인의 뜰에서 캐온 하얀 민들레와 할미꽃이 몇 년 사이에 많이 퍼져서 그렇다. 이것들이 과수 화분이 묻힌 밭을 꽉 채워 꽃을 피우면 노란색과 흰색이 어우러져 또 하나의 봄 풍경을 이룰 것이다. 무화과와 앵두나무는 엊그제 구례장에서 사 왔다. 물론 이 영토에는 민들레와 할미꽃 외에 제비꽃과 달래, 현호색도 함께 머물 것이다.

그동안 신었던 안전화를 드디어 벗었다. 작업화라고도 불리는 안전화 이것은 12년 동안 내 발과 함께했다. 처음에 사서 신었을 때 약간 작아 발이 좀 불편하긴 했어도 계속 신고 일했다. 5년 전에 퇴직과 동시에 본격적으로 밭일에 투신하게 될 때 조금 더 큰 거로 새 작업화를 샀었다. 그래도 신던 작업화가 망가지지 않았을 뿐 아니라 신고 있는 작업화와 든 정이 깊어 새로 산 작업화는 선반 구석에 처박아 두었었다.

하이데거식으로 말하자면 새로 산 작업화는 '존재'가 아니라 한갓 '사물'로 머물고 있었다. 그러다가 12년 만에, 새로 사두었던 작업화를 기준으로 볼 땐 5년여 만에 내 발은 새로운 짝을 만나게 되었다. 작업화의 역할이 교대된 것이다.

새 신을 신으니 좋다. 새 작업화를 신으니 나무 화분을 파묻기 위해 곡괭이로 땅을 팔 때도 한결 발이 가볍다. 사실 나는 이 작업화에 대한 호감을 일찍부터 가지고 있었다. 내가 아직 퇴직하기 전의 직장에서, 밖에서 일하시는 분들이 신은 이 신을 볼 때마다 "저 신을 나도 한번 신어봤으면!" 하는 생각을 하곤 했다.

그건 공사장을 지날 때도 마찬가지였다. 안전모를 쓰고 이 신발을 신고 일하는 사람들의 모습이 아주 멋져 보였다. 마치 군복 주름을 칼처럼 예리하게 다림질해 입고 쇠구슬 링을 바지 끝에 넣어 찰랑찰랑 소리를 내면서 절도 있게 걷는 헌병의 모습을 연상시켰다. 물론 헌병이 공포의 대상인 적도 있었다. 전깃불도 없는 최전방 산골에서 군 복무를 한 촌놈 군인 나에게 전깃불이 있는 후방의 검문소에서 눈 부라리며 서 있는 헌병은 그 존재 자체가 공포였다. 하지만 지금 나에게는 헌병에게 느낄 공포 같은 건 없다. 그래서 이렇게 좋은 비유를 해본다. 난 작업화 저 신발에서 이처럼 반듯함을 암시받았다.

빈센트 반 고흐는 1886년에 「한 켤레의 구두」를 그렸다. 하이데거에 의하면 고흐의 구두 그림은 고단하고 남루하지만, 소박하고 경건한 농촌의 삶을 묘사하고 있다. 하이데거는 고흐의 구두가 바로 구두 주인의 삶의 궤적을 잘 묘사하고 있다고 보는 것이다. 고흐의 그림에 있는 구두가 그저 하나의 사물을 드러내는 것이 아니라 그 구두가 현실의 세계에서 겪게 되는 삶의 흔적, 즉 존재를 드러낸다는 것이다.

도시의 콘크리트 건물들 틈에서 사는 우리는 농촌 아낙네의 고단한 삶 속에 담긴 소박한 삶이 지닌 존재의 참된 모습을 알지 못한다. 비록 고단하고 남루하지만, 농부들은 소박한 일상 속에서 항상 발을 대지에 접하면서 경건함을 지닌 채 삶을 영위한다. 하이데거에 따르면 고흐의 그림은 도시의 삶 속에서 은폐된 이러한 소박하고도 경건한 세계를 드러낸다. 예술작품이란 이렇게 은폐된 삶, 즉 존재의 모습을 드러내 주는 것이다. 그러므로 하이데거에게 예술이란 아름답게 치장하거나 미적 쾌감을 주는 것이 아닌 은폐된 존재의 본래 모습, 즉 진리를 드러내는 활동이다. 하이데거의 말을 직접 들어보자.

"고흐의 이 그림은 구두라는 도구 밖으로 드러난, 내부의 어두운 틈으로부터 들일을 하러 나선 이의 고통이 응시하고 있으며, 구두라는 도구의 실팍한 무게 가운데는 거친 바람이 부는 넓게 펼쳐진 평탄한 밭고랑을 천천히 걷는 강인함이 쌓여 있고, 구두 가죽 위에는 대지의 습기와 풍요함이 깃들어 있다. 구두창 아래에는 해 저문 들녘 들길의 고독이 저며 들어 있고, 이 구두라는 도구 가운데는 대지의 소리 없는 부름이, 또 대지의 조용한 선물인 다 익은 곡식의 부름이, 겨울 들판의 황량한 휴한지 가운데서 일렁이는 해명할 수 없는 대지의 거부가 떨고 있다. 이 구두라는 도구에 스며들어 있는 것은, 빵의 확보를 위한 불평 없는 근심, 다시 고난을 극복한 뒤의 말 없는 기쁨, 임박한 아기의 출산에 대한 조바심, 그리고 죽음의 위협 앞에서의 전율이다. 이 구두라는 도구는 대지에 귀속해 있으며 촌 아낙네의 세계 가운데서 보존되고 있다. 이 같은 보존된 귀속에서 바로 도구 자체의 자기 안식이 생긴다." (M. 하이데거 저, 신상희 역, 『숲길』, 나남, 2008, 15쪽 이하, 「예술작품의 근원」 일부.)

이제 버리려고 하는 나의 저 낡은 작업화는 내가 그것을 신고서는 걷고 디딘 대지와 또 나의 12년간 이곳 흙 위에서 이루어진 모든 활동의 세계를 묻히고 있다. 나의 발에서 닳고 해지는 동안 저 구두는 내 발에 붙어 수도 없이 대지와 접촉했다. 작업화는 나의 밭 노동 속에서 나의 발을 보호하고 나의 땀과 발 냄새를 자기 안에 고스란히 담았다. 이렇게 저 낡은 구두는 한갓 '사물'에서 '존재'가 되었다. 나의 산기슭 모든 삶의 폭을 함께 공유하면서 말이다.

이렇게 생각하니 낡은 저 작업화를 버릴 수 없다. 하지만 버려야 한다. 그래서 버릴 것을 모아 담은 포대 안에 과감히 밀어 넣었다. 포대에 넣기 전에 마음을 다해 눈인사했다. "잘 가라, 이제 네 역할은 여기서 끝났다." 하지만 헌병처럼 꼿꼿한 자세로 거수경례를 하지는 못했다.

새 안전 작업화를 신었다. 조금 더 큰 것으로 샀었기에 발이 지난번 것보다 더 편하다. 그리고 출정식, 곡괭이를 들고 무게를 잡아도 편이 거들떠보지도 않는다. 그래서 "보소, 사진 하나 찍어주소. 나, 새 신 신고 출동하요." 이렇게 통사정했더니 겨우 한 장 찍어준다. 출정식을 마치고 곡괭이를 들고는 땅을 팠다. 아홉 그루 나무 화분 자리를 다 파고 나니 새로 신은 신에 흙이 많이 묻었다.

이제 새 신발인 이 작업화도 나의 발 노동 속에서 나의 발을 보호하고 나의 땀과 발 냄새를 자기 안에 고스란히 담게 될 것이다. 그렇게 해서 이 작업화는 한갓 '사물'에서 삶의 냄새를 공유하는 '존재'로 변해갈 것이다.

내려친 벼락

'찬홈'이라는 이름의 태풍이 본격적으로 비를 쏟아부을 거라는 지난 토요일에는 부산 집에 있었다. 과연 이 날의 강우량은 대단했다. 악양 지리산 끝자락 기슭의 내 다용도 작업실인 길뫼재와 그곳을 지키는 동반 견 두 녀석, 범이와 호비가 염려되었지만, 설마 별일 있겠느냐는 생각이 걱정에서 벗어나는 구실이 되어 주었다. 그렇게 한 나흘 머문 후 내려오는 날에도 장대비가 쏟아졌다. 길과 나란히 흐르는 섬진강 물은 폭우의 흔적을 보이긴 했어도 변함없이 잘 흐르고 있었고, 악양골 너른 평야의 탁 트인 전망은 변함없이 막힌 가슴을 뻥 뚫어 주었다.

도착, 충격적인 일이 기다리고 있는 줄을 까맣게 모른 채 문을 먼저 열고 들어간 편이 냉장고가 이상하다고, 스위치를 올려도 불이 안 켜진다고 말할 때까지만 해도 정전이려니 생각하고 차에서 짐 내리는 일을 계속했다. 여기는 산기슭 아니던가. 그래서 강우량도 다른 곳보다 더 많고, 그전에도 한여름 폭우 후엔 정전되는 일이 가끔 있었는지라 편의 긴장된 외침도 대수롭잖게 들었다.

실내의 전기 차단기 상자를 열어 보니 과연 정전이었다. 그런데 차단기를 올리고 스위치를 켜도 불이 오지 않는다. 그래서 밖의 전기 계량기 상자 있는 데로 갔다. 가니 아연실색할 일이 벌어져 있었다. 계량기 상자가 누가 망치로 때린 듯이 박살나 있는 것 아닌가. 부서진 조각들이 여기지기 흩어져 있었다. 그것이 벼락을 맞아 난 박살임을 안 것은 전기 가설업 사장에게 전화를 건 후였다. 며칠 전의 태풍 폭우 때에 악양 지리산 기슭에 내리친 번개로 피해를 본 집이 한 두어 채가 아니라는 거였다.

농업용 전기 계량기 상자 쪽으로 또 급히 발걸음을 옮겨 열어 보니 새까맣게 타버린 내용물이 주르르 흘러 내린다. 여기에도 불탄 조각들이 떨어져 흩어져 있었고. 계량기 상자 아래엔 바짝 마른 불쏘시개용 소나무 갈비 포대가 있었는데 불붙지 않은 게 천만다행이었다. 가슴을 쓸어내렸다.

다시 전화했더니 한창 공사 중인지라 몸을 뺄 수 없다던 전기 가설업 사장이 곧바로 달려와 주셨다. 차단기 상자 두 개가 번개로 이렇게 박살이 나고 타버린 건 처음 본다며 이런데도 어떻게 화재로 이어지지 않았는지 의아해한다. 이쪽저쪽으로 다니며 상자를 다 수리한 후 스위치를 올렸다. 그런데 이것 봐라, 그렇게 해도 불이 들어오지 않는다.

전기가설 공사를 하는 사장은 잠시 생각하더니 전봇대로 간다. 전봇대가 벼락을 맞은 거라고 외치면서 장대비 속의 전봇대로 올라가려 한다. 장대비가 쏟아지고 있는 지라 나는 한사코 말렸지만, 기어이 전봇대에 올라가 끊어진 선을 이었다. 내 눈에는 아찔하고 조마조마했다. 이 분은 악양의 나이 든 주민들에게 전기 일을 무료로 해주다시피 봉사하는 멋진 사나이시다. 나랑은 길뫼재 신축 때 인연을 맺었다.

벼락 맞은 전봇대와 차단기 상자 두 개는 이렇게 고쳤다. 그러고 나서 점검을 하니 냉장고와 TV는 탈이 없는데 지하수 제어 상자와 도그 하우스의 자동 급식기가 작동하지 않는다.

이번에는 지하수를 파준 분에게 전화했더니 현장에서 장비를 돌리고 있는지라 난색을 보이더니 한참 후에 내외가 함께 왔다. 부인은 지난번 지하수 팔 때 몸집이 자그마한 분인데도 탱크 같이 육중한 지하수 장비를 직접 몰고 올라와 나를 놀라게 한 분이다. 작동하지 않는 제어기는 A/S 센터에 가지고 가봐야 알 수 있다며 떼어서 지참하고는 임시로 응급조치한 후 내려갔다. 그래도 위안이 되는 것은, 바로 옆의 새로 지은 큰 집은 벼락 때 수중 모터가 나가버렸다는데 우리 집은 고가 장비인 수중 모터는 무사하다는 점이다.

이제 남은 문제는 반려견 범이와 호비의 자동 급식기를 고치는 일이다. 10년 동안 탈 없이 잘 사용한 물건인데 번갯불에 타이머 등이 떨어져 나가버린 것이다. 그런데 이것은 판매 상품이 아니라 제작을 부탁하여 어렵게 얻은 귀한 물건이다. 서울 부근 경기도 어느 지역에 머무는 애견가가 전국 출장을 다니면서 집을 비우는 일이 잦아, 좋아하는 개에게 제때에 급식하지 못하는 어려움을 해결한 글을 인터넷 서핑에서 발견, 부탁하여 만든 물건이다. 10년 전 그때만 해도 아직 인터넷 서핑이 그리 활발하지 않던 때였다. 흔쾌히 만들어준 그분, 얼마나 고맙던지.

아무튼, 급식기를 싣고 하동읍으로 나가서 전자 상회와 수리점을 세 군 데 돌았는데 다 처음 보는 물건이라며 고개를 젓는다. 수리 능력이 자기들에게는 없다는 것이다. 그래서 차를 마트 주차장에 세우고는 제작자에게 실례를 무릅쓰고 전화를 했더니 망가진 부속 이름이 '60초 타이머'라고 한다. '24시 타이머' 등 타이머가 두 개 자동 급식기에 부착된 걸 이때 처음 알았다. 이 정보를 가지고 읍에서 마지막 남은 전자제품 수리점으로 갔다. 뜯어보더니 회로판이 녹아 눌어붙어 있다고 했다. 수리 불가능! 제작자에게 다시 전화했더니 그렇다면 택배로 보내라고 하면서 주소를 말해 준다. 이 고마움이란!

마지막으로 남은 문제는 포장 문제다. 하부는 무거운 쇳덩어리이지만 상부는 아크릴 상자인지라 택배 포장이 어렵다. 궁리 끝에 악양우체국으로 그냥 들고 갔다. 접수 난색을 보이더니 직원이 직접 포장해 발송해 준다. 포장하는 동안 편이 밖으로 나가 아이스크림 한 뭉치를 사서 들고 온다. 직원들이 고마워했다.

택배를 부친 며칠 후 수리 된 자동 급식기가 도착했다. 가지고 갔던 지하수 제어기도 다행히 부속 몇 개 갈아 끼우는 것으로 수리가 되었다고 하면서 가지고 왔고.

벼락 맞은 정확한 지점도 확인되었다. 집 뒤의 거목 네 그루, 두 그루는 앞쪽의 전나무이고 두 그루는 바로 그 뒤의 잣나무인데 잣나무 한 그루에 벼락이 떨어진 것이다. 올라가서 보니 그 큰 나무가 산산조각이나 파편이 약 30m 반경 안에 흩어져 있었다.

벼락 후유증은 이렇게 해서 대충 정리되었다. 벼락 맞은 일들을 다시 정리해 본다. 비록 직접 맞은 것은 아니지만 길뫼재에 벼락이 떨어졌다. 불이 안 난 것이 큰 다행이다. 그때 우리가 머물고 있었으면 벼락 공격을 직접 받을 수도 있었다. 산기슭 생활에서는 천둥과 번개를 피할 수 없다. 생태계 변화로 여름 날씨가 어떤 성질을 부릴는지 모른다. 피뢰침을 세운다고 피할 수 있는 문제가 아니다(전문가 조언). 그러니 여름 그것도 번개 칠 땐 조심하는 수밖에 없다.

벼락 맞을 짓을 해서는 안 되겠다는 것이 이번 일을 치르는 와중에 떠오른 얼핏 생각이다. 30여 년 전의 벼락 경험, 내리친 벼락으로 원두막의 사람이 사망하는 현장 바로 옆의 고목 아래에서 비와 벼락을 피했던 젊은 날의 악몽 같은 경험이 연이어 떠오르기도 했다,

감자

감자의 원산지는 남아메리카의 고산지대였다고 한다. 다 아는 얘기다. 이곳에서는 벌써 신세기가 시작되면서 이 감자를 식품으로 소비하고 있었다고 한다. 독일에서 감자 농사를 짓기 시작한 것은 16세기에서 17세기로 넘어가던 시기인데, 처음에는 아무도 이 식물의 뿌리에 자리 잡고 있는 감자 덩어리를 알아차리지 못했다고 한다. 그저 예쁜 꽃들과 풍부한 잎들로 말미암아 정원을 아름답게 꾸미는 화초와 같은 존재였고, 그 수효가 많지 않았기에 흔하지 않은 꽃으로 여김을 받아 아주 사랑받는 정원화(庭園花)였다는 것이다.

독일에서 감자가 이처럼 중요한 식품으로서의 가치를 인정받게 된 것은 18세기 후반인데, 7년 전쟁 와중에 감자는 굶주림 해소에 크게 이바지했다고 한다. 우리나라에는 1824년경에 북쪽 그러니까 중국으로부터 들어왔다는 설이 있다.

주워들은 얘기다. 옛날에 스승이 한 분 있었다. 그는 완벽하고 위대한 스승이었다. 그러나 이 스승은 우리가 흔히 상상하는 그런 스승과는 달랐다. 때론 제자들을 야단치고 때리기도 했다.

어느 날 그 스승은 제자에게 감자 두 개를 가지고 가서 먹으라고 했다. 두 개를 반드시 다 먹어야 한다고 거듭 강조했다. 그 제자는 스승으로부터 받은 감자 두 개를 길가에 앉아 먹기 시작했다. 감자 두 개를 먹기란 쉽고도 쉬운 일. 말하자면 식은 죽 먹기. 아니, 식은 감자 먹기….

그 제자는 감자를 먹으면서 이상하다고 생각했다. 이리 쉬운 일을 스승이 왜 시키는 것일까? 아무튼, 스승이 하신 말씀에는 반드시 이유가 있으며 무조건 복종해야 한다는 것을 알고 있었기로 묵묵히 한 개를 다 먹었다.

두 번째 감자를 먹으려고 껍질을 벗길 때 거지 한 명이 다가왔다. 그는 다 죽어가는 목소리로 말했다. "제발 그 감자를 자기에게 달라"고. 그 거지는 며칠 동안 아무것도 먹지 못했다고 했다.

진퇴양난! 스승이 감자 두 개를 다 먹어야 한다고 강조했으니 그 지시를 어길 수도 없고, 이 굶주린 거지의 간청을 거절하자니 그것 또한 너무나 잔인한 일. 마음에서는 스승과 거지가 갈등을 일으킨다. 제자는 결단을 내렸다. 감자를 거지에게 주었다.

다음 날 스승에게 이 일을 말했다. 스승은 이를 듣자 호통을 치며 크게 꾸짖었다. 그 감자 중 첫 번째 감자는 부귀영화의 감자였고 두 번째 감자는 깨달음의 감자였다는 것이다.

이 이야기는 앨리스터 콘웰이 쓴 『스승님이 해주신 이야기』에서 첫번째로 나오는 이야기다. 이 책은 베트남에서 태어나 유학 중 독일에 정착하다 출가해 구도자의 길을 가고 있는 칭하이 스승의 말씀을 모아 엮은 책이다. 아무튼 이 상황은 내게도 진퇴양난, 딜레마 상황이다.

마찬가지로 주워들은 얘기다. 엄청난 물량 공세에도 베트남 전쟁은 미국의 의도대로 진행되지 않았고 자국 내 반전시위는 점점 더 심해져 갔다. 그런 상황에서 뉴욕 타임스는 베트남전을 '뜨거운 감자(hot potato)'라고 지칭했다. 미국의 처지에서 볼 때 베트남전은, 먹고는 싶지만 뜨거워 먹지 못하는, 하지만 포기하기엔 너무 아까운 뜨거운 감자였다는 것이다. '뜨거운 안녕'이 아니고 뜨거운 감자라니! 뜨거운 사랑, 뜨거운 포옹이면 몰라도 뜨거운 감자라니! 아무튼 난 감자를 많이 먹는다. 뜨거운 감자도 잘 먹는다.

양산 통도사 백련암을 오르는 길에 감자밭을 만났다. 감자꽃이 피었다. 반가웠다. 난 일행에서 떨어져 뒤로 처졌다. 감자밭으로 들어갔다.

우리 집엔 밭이 많았다. 지금은 논농사도 밭농사도 천덕꾸러기지만 한 때는 논농사가 더 대접받을 때가 있었다. 논농사가 대접받을 때 밭농사는 좀 천덕꾸러기였다. 밭농사가 제대로 대접받지 못할 때 우리 집엔 밭이 많았고 집엔 제대로 농사일을 하는 사람이 없었다. 아버지는 출근하는 분이었고 내 위로는 다 학교 다녔고. 나도 어렸고.

밭농사는, 그래서 농사일은 어머니 차지였다. 난 우리 어머니처럼, 농사일 처음부터 배운 게 아니면서 그리 악착스럽게 한 사람을 본 적이 없다. 물론 이는 어디까지나 주관적인, 내 관점의 언급이다. 다른 분들의 어머니들도 다 그리 열심히 일했을 것이다.

그런 우리 어머니의 감자 영농은 그 당시로는 근대화된 영농법이었고 또 생산된 감자의 품질에 대한 자부심도 대단했다. 우리 집에 밭이 많았으니까 당연한 얘기겠지만, 감자, 고구마, 양파는 우리 집이 그 부근에서 가장 많이 경작한 식물이었다. 감자 외에도 우리 밭에서 생산한 고구마는 품질이 참 좋았다. 배고픈 시절, 감자 농사일 하는 것이 힘들기도 했지만, 또 고픈 배를 감자가 채워주기도 했다.

감자밭 속으로 들어와서 가까이 눈을 대어서 보니 감자꽃이 아름답다. 작물의 꽃들은 얼핏 보면 별로 아름다운 게 없다. 감자꽃도 그렇다. 평소 감자꽃을 보고서 아름답다고 느껴보지 못했는데 오늘따라 무척 아름답다.

자주색 꽃은 자주색 감자, 하얀색 꽃은 하얀 감자라는데 꽃 보고 감자 색 구분하는 법을 이제 알겠다.

모자

이 모자면 되겠느냐고 물어봤다. 아니라고 했다. 편도 그랬고 아이들도 그랬다. 그래서 내 머리에 씌워질 모자는 매번 선택되지 못했다. 모자를 하나 선택해달라고 여러 해 전에 부탁했고 여러 해에 걸쳐 졸라왔는데도 아직 그 소원을 편도 아이들도 안 들어 준다. 안 들어 주는 것이 아니라 못 들어 주는 것이라고 했다. 이유는 하나다. 머리가 너무 크다는 것, 그래서 들어갈 모자가 없다는 것, 들어가는 모자는 안 어울린다는 것.

나를 스쳐 간 모자를 생각해 본다. 맨 먼저 스쳐 간 모자는 중학교 고등학교 시절의 교모다. 그리고 대학 시절 후반기부터 쓰기 시작해 제법 오래 쓴 바스크 모 즉 베레모가 있다. 또 80년대 초 처음 홍콩에 갈 때 부산 사직운동장 스포츠 센터에서 쓰고 나간 줄무늬 벙거지모자가 있다. 이 모자는 지금까지 쓰고 있다. 쓴 세월을 따지면 근 30년 세월이다.

이번엔 하나 사버렸다. 안 받아온 비옷 모자 받으러 간 김에 하동장에서 사버렸다. 단호히 내린 결정이다. 동매리 농원에서 비 올 때 입고 일하려고 비옷 두 벌을 늦봄에 샀다. 한 벌은 편꺼 다른 한 벌은 내꺼. 편은 이 비옷 입고 일할 날 1년에 몇 번이나 되겠느냐고 하면서 자기 것

사는 것에 반대를 했다. 일리가 있는 반대였다. 안전하게 배 탄다고 구명조끼를 우리 식구 수대로 다섯 벌 산 적이 있는데 그 조끼 한 번 입어보고는 다시 입을 일 만들지 않은 채 3년 이상 방치하고 있는 전력이 내게 있다. 그래도 나는, 준비는 미리 해 두는 것이 방책이라고 하면서 기어이 두 벌 샀었다. 가지고 와서 정작 비 오는 날 입으려고 꺼내 보니 내 비옷엔 모자가 없었다.

늦봄에 못 받아온 비옷 모자를 가을 다 갈 무렵에 받으려고 갔더니 챙겨 놓고 기다리고 있던 주인이 왜 이제 오느냐고 한다. 내내 기다렸다고 한다. 진열된 모자가 눈에 띄었다. 모자 집이 아닌지라 그 수가 적었다. 하나가 눈에 들어왔다. 머리에 써보니 작았다. 그야 당연한 일, 내 머리가 보통 커야 말이지. 대부분의 모자는 내 머리에 안 들어간다. 편에게 물어봤다. 블루진 재질의 이거 어떠냐고 했더니 기겁을 한다. 작을 뿐 아니라 안 어울린다고 했다.

잠시 멈칫했다. 흔들렸던 것이다. 하지만 이번에 결단 못 내리면 모자 하나 살 기회가 한참 뒤로 밀리게 된다. 이거 쓰겠다고, 사겠다고 단호히 선포했다. 눈치 빠른 주인아주머니는 곧바로 2,000원 깎아서 10,000원에 가져가라고 한다. 이렇게 해서 벼르고 벼르던 모자 하나 샀다. "이게 아닌데" 하는 표정이 편의 얼굴에서 역력히 보인다. 그 후로도 이 모자만 쓰면 코메디 보는 것 같다고 했다.

추석이다. 아이들 셋 다 서울에서 내려왔다. 모자부터 물어봤다. 모자 쓴 내 모습 어떠냐고. 이구동성으로 아니라고 했다. 아빠에게 어울리는 모자를 영국 친구에게 수배했는데, 영국 사람 머리는 다 작기로 머리 큰 사람이 쓸 모자는 국내 모자점에서 찾는 게 나을 거라는 조언도 받은 적 있다는 말을 큰 아이는 했다.

나는 "이 모자"라고 했다. 더는 찾을 수 없고 더는 기다릴 수 없다고 했다. 이 모자가 편하다고 했다. 작으면 늘리면 되지 않겠느냐고 강변하기도 했다. 그 모자를 써서 마음이 편하다면 부담 없이 머리에 얹으라는 말을 편도 아이들도 나중엔 해 주었다.

휘트먼, 내가 그의 시를 많이 아는 편도 아니고 자주 읽는 편도 아니다. 하지만 시를 쓰기 전에 합승 마차의 마부 석 옆에 앉거나 나룻배에 타거나 하여 민중의 생태를 관찰하고, 또는 아버지의 목수 일을 도우며 많은 시간을 독서와 사색으로 보냈다는 그의 삶의 자세, 내면 침잠은 좋아한다. 미국의 시인인 휘트먼(Walt Whitman)은 「게으름쟁이 사랑」이라는 글에서 이런 취지로 말한다. 즉 자기는 게으름쟁이를 한없이 사랑하는데 그 이유는 모든 사람들 중에서 순수하며 태어날 때 그대로인, 아무리 나이를 먹어도 변하지 않는 게으름쟁이보다 더 훌륭한 사람은 어디에도 없기 때문에 그렇다고 한다. 물론 휘트먼이 여기서 게으름쟁이라고 하는 사람은 그저 게으름을 피우는 사람을 말하는 것이 아니다. 그가 좋아하는 게으름쟁이는 침착하고 철학자 같은 사람들이다. 쓰고 있는 모자의 테가 떨어졌건 구두의 뒤축이 닳아버렸건 혹은 팔꿈치가 다 해져도 상관하지 않는 사람, 그런 사람을 그는 존경할 수밖에 없다는 것이다. 이렇게 말하는 나를 보고 웃을 테면 웃어봐라. 여기서 알아야 할 것은, 자연의 순수함에 그저 몸을 모두 바치는 이런 게으름쟁이의 철학에는 가슴을 뛰게 하는 쾌락보다도 더 황홀한 만족이 있다.

휘트먼의 '테가 떨어진 것도 모르고 계속 쓰고 다니는 게으름쟁이 모자'를 내 자신에다 대입시키면서 벙거지 이 모자를 쓰고 신나게 하동길 운전석에 앉는다. 가는 길의 북천역, 코스모스와 메밀꽃 꽃길 축제가 시작되는 날, 시작되는 지점이다. 기차 출발하고 난 아침 8시경 안으로 들어왔더니 역무원이 따라와서는 자기가 셔터를 눌러주겠다고 한다. 모자 쓴 나를 자기 옆에 안 세워줄 줄 알았는데 편은 밀치지 않았다. 가는 길 내내 코스모스가 지천을 이루고 있었다.

출문과 입문

산수유 마을을 내려올 때, 가느냐고 물으며 빤히 쳐다보는 나팔꽃들의 시선을 뿌리칠 수 없었다. 저만치 내려갔다가 차를 돌려 다시 올라왔다. 나팔꽃들은 자기들끼리 모여 꽃동네를 이루고 있었다. 저기는 사람 동네 여기는 나팔꽃 동네…. 우리 식구는 다섯. 나는 사진을 찍을 때 다섯을 찍으려 하는 편이다. 백두산에 갔을 때 거기 돌멩이도 다섯 개를 주워서는 가지고 왔었다.

9월 중순의 지리산 부근 배회 이야기이다. 편과 막내가 8시 20분 버스를 타고 부산을 출발했다는 전화가 왔다. 전화를 받으면서 나는 산수유 마을에서 천은사로 향했다. 천은사는 노고단으로 오르는 길목에 있다. 난 부끄럽게도 그때까지 지리산 천왕봉, 노고단을 아직 등반하지 못했다. 물론 그 후 천왕봉엔 다녀왔지만. 코스모스가 천은사 길목에서 늘어서서 기다리고 있다.

절을 다니다 보면 다리를 건너 들어가는 곳이 많다. 그런 절의 다리 이름은 대개 세심(洗心)이 이름으로 되어 있는데 이 다리는 이름이 '수홍'이었다. 수홍루(垂紅樓)라, 날렵한 몸매의 누각이 나로 하여금 돌아보게 했고 머물고 싶게 했고 또 쉬고 싶게 했다. 겨울에 눈이 내릴 때의 풍경이 아름답겠다. 아니, 조금 후에 단풍으로 뒤덮일 모습이 상상된다.

수홍루에서 바라본 인공 저수지, 호수 이름은 천은제라고 했다. 천은

사에는 조용함이 절 일부를 이루고 있었다. 호수는 포항 오어사의 호수와 비슷했다. 천은사가 속한 구례군 방광면 또한 아픔의 역사가 깊이 배어있는 곳이었다. 궁핍, 여순사건, 육이오 이후의 빨치산 습격, 혼란의 와중에 고용인에 의한 피고용인들 학살 등. 지금은 이 호수의 물로 농사를 짓고 평온히들 산단다.

천은사는 유난히 정갈한 절이었다. 경내를 세 번이나 돌았다. 요즘 절에 가면 보수공사라는 이름의 혼란이 판을 치고 있는 수가 많다. 김해 은하사가 그랬고 포항 기림사가 그랬다. 지리산 대원사도 그랬고. 천은사도 공사 중이긴 마찬가지였다. 그래서 정문으로 들어오지 못하고 이 길로 돌아서 들어왔는데 그게 오히려 잘된 일이었다. 정갈한 옆모습을 볼 수 있었으니.

가지런하다. 지붕의 가지런함은 잘 빗은 조선 여인의 이마를 보는 것 같다. 선방을 가리는 저 울타리 또 가리개는 그 안의 정갈함을 미루어 짐작 케 한다. 곁의 저 돌담은 차라리 작품이다. 대나무 빗자루를 들고 뜰을 쓰는 승복의 남정네를 기대했지만 볼 수 없었다. 저 뒤편의 산, 가을 이파리가 아직 푸르다.

저리 생긴 뒷문으로 출입하며 살았으면 좋겠다. 저 문으로 나와서는, 축담이라고 생각하기엔 좀 높지만, 축담이라고 부르기엔 뜰 밖에 있지만, 그래도 축담이라 여겨지는 저 담에 서서 날아오르는 산새를 한참 동안 보면서 서 있었으면 좋겠다. 산인(山人)은 저기 서면 오히려 사념이 일까? 속인은 저기 서면 그냥 정제되겠다. 바람은 불지 않았다. 하지만 가끔 소슬하게 불었다.

곰을 빼어 닮은 돌 하나가 마당 가운데 놓여 있다. 지리산 노고단의 성삼재 새끼 곰 한 마리가 이불에 오줌을 쌌을까. 소금 얻으러 왔다가 쓰고 온 키를 빼기고는 뜰 안에서 벌을 서고 있는 형상이다. 키? 쌀을 까부는 도구인 키를 우린 '체이'라 불렀다. 절의 스님들, 이제 그만 돌려 보내 주시지. 자기들은 클 때에 요에 오줌 안 싸 봤는가?

"가도 아주 가지는 않노라심은 굳이 잊지 말라는 부탁"이 있었기 때문이지 않겠느냐고 노래 '개여울'에서 정미조는 반문하던데, 문을 보니 나가도 나가는 게 아니고 들어와도 들어오는 게 아니니 '출'이나 '입' 그 어느 하나에 매이지 말고 드나들라는 부탁이라도 하는 듯 열려 있었다.

한 줄기 바람으로 가을이고 봄이고 겨울, 여름이다. 살고 죽는 마당이 어디 따로 마당이던가. 삶으로 들어오고 죽음으로 나가는 문이 어디 따로 출문(出門)이고 입문(入門)이던가. 저 높이의 담이면 마실 나온 산바람도 낮은 데로 임하겠다. 비어서 찬 안뜰….

둘러 싸고 있는 담이 큰 돌과 작은 돌들로 이루어져 있다. 담을 보고 담론을 연상했다. 담론(discourse)? 미셸 푸코 등을 따르면 "현실에 대한 설명을 산출하는 표현"이 담론이다. 즉 담론이란 현실을 설명할 수 있는 그 무엇을 말한다. 거대 담론은 모든 현실의 문제를 자기 이론 체계에 다 망라되어 있다고 생각한다. 헤겔이 그런 주장을 하는 철학자이다. 그런데 거대 담론은 종종 현실과 동떨어진 이론, 현실에 적용할 수 없는 규범이라는 뜻으로도 사용된다. 우리가 배운 역사 이야기는 일종의 거대 담론이다. 거대 담론을 통해서는 역사의 흐름은 알 수 있지만 실제로 우리 조상이 어떻게 살았는지는 알 수 없다. 그에 비해 "백제 시대 사람들은 어떻게 살았을까?"와 같은 책은 구체적, 일상적 담론이라고 할 수 있다.

담을 큰 돌멩이 중심으로 보니 거대 담론이 되었고 작은 돌멩이 중심으로 보니 작은 담론으로 되었다. 큰 이야기보다는 작은 이야기가 더 인간적이다.

절에 가면 나는 이름 적힌 기왓장을 숙연하게 바라본다. 누구의 바람들일까? 바람을 담은 이름들일까? 아직 난 저 기왓장에 이름 한번 올리지 못했다.

다시 본 고무망치

요샌 편이, "이제 일거리를 보면 겁이 좀 난다"라는 말을 가끔 한다. 지금까지는 겁 없이 일했는데 갈수록 일이, 힘에 부친다는 말도 곁들여서 했고. 나도 수긍했다. 이건 자연의 순리, 나이가 들어감의 징표 아니겠는가.

지난번 곶감을 위한 감을 깎을 때도 그랬다. 섬진강 변 길가의 돌산농장에서 감을 가져가라고 했을 때도 망설이는 표정이 편의 얼굴에서 스치는 걸 내가 옆에서 언뜻 봤었다. 손으로 하나하나 깎는 일이 힘들어 몇 개는 몰라도 많이 깎는 일은 포기하고 있었기 때문이다. 하지만 주는 감 포대를 기꺼이 받은 것은 정, 오랫동안 쌓은 교분 때문이다. 주는 성의를 거절하기엔 서로에게 깃든 정이 깊어서도 그랬다.

그때 감을 가지고 왔을 때 난 깎지 말고 그냥 홍시로 만들자고 말하고는 연주실과 서재를 겸하는 작업실로 들어갔다. 거기서 글 정리를 한 후 밤늦게 황토방에 자러 왔더니 편은 잔뜩 판을 벌여 놓고 그때까지도 감을 깎고 있었다. 이 광경을 보고 문득 사람에게 일이란 그런 거, 겁난다고 안 할 수 없는 거라는 생각이 들었다. 사람은 먹고살기 위해서 일하기도 하지만 안 해도 되는데 일이 눈앞에 있으니까 하기도 한다. 마치 산악인이, 산이 거기에 있으니까 오른다는 식으로. 일거리가 눈앞에 있는데 어찌 그걸 외면하겠는가. 그런 심정이나 자세는 아무래도 여성에게 더한 것 같다.

감 깎는 일을 거들어 준 적이 거의 없기 때문에 난 한마디 하려고 하다가 멈칫, 바로 그만두었다. 하지만 그 광경은 "이젠 일을 거들어야지, 이 이후론 모른 척하지 말아야지" 하는 결심을 나 딴엔 제법 단단히 하는 계기가 되기도 했다. 사실 편은 자기 힘에 부대끼는 일을 많이 하면서 살아오고 있다. 특히 길뫼재가 있는 악양 출입 시작 10여 년 전부터는 더욱더 그렇다.

이번엔 또 모과를 잔뜩 썰어야 할 일이 생겼다. 인근 지인의 집을 방문했더니 뜰에 있는 고목에서 딴 모과를 가져가라고 한 포대 안기는 것 아니겠는가. 주는 선물을 안 받을 수 없는 법, 가지고 와 포대를 정자에 내려놓고 편이 "이걸 어떻게 다 썬다지?"하고는 한숨을 쉰다.

사실 청을 만들기 위해 모과를 써는 일은 힘도 들고 신경도 많이 쓰이는 일이다. 옆에서 곁눈질로 봐서 내가 안다. 과육이 단단하기 때문에 힘들고, 칼질할 때 자칫 삐끗하기 쉽기 때문에 그렇다.

그런데 '청'이라, 모과의 청이 무슨 의미인지 문득 궁금하다. 그 뜻을 찾아봤더니 모과를 설탕이나 꿀에 재어 두면 삼투압 작용으로 과즙이 흘러나오는데 이렇게 흘러나온 과즙이 청이라고 설명되어 있다. 그 옛날 궁중에서는 꿀을 청(淸)이라고 불렀다고 하는 말도 곁들여서.

아무튼, 결심한 바도 있고 해서 난 함께 썰자고 하면서 칼을 들었다. 그런데 썰어보니 도대체 모과가 썰리지 않는다. 비스듬히 삐져도 잘 안 되기는 마찬가지다. 과연 모과를 칼로 썬다는 건 대단히 위험하고 힘도 드는 일임을 내 손으로 해보고 알게 되었다. 옆에서 썰고 있던 편은, 그러지 말고 모과를 "칼로 4등분해주면 모과 속을 긁어낸 후 썰거나 삐지기가 쉽겠다"라고 한다. 하지만 칼을 들고 시도해보니 반 토막 내는 이 일도 보통 일이 아니다.

그때 퍼뜩 떠오른 생각이 망치였다. 망치라는 생각에 이어 순간적으로 겹친 생각은 '고무망치'였고. 난 고무망치를, 지난번 황토방 별채의 화장실 타일 부착 작업을 할 때 쓰고는 다시 사용할 일이 없어 창고 구석에 처박아 둔 채 잊고 있던 터였다.

꺼내서 씻은 후 모과 위에 댄 칼등을 고무망치로 때리니 이것 봐라, 별스러운 소리도 내지 않으면서 모과가 쉽게 딱 쪼개어지는 것 아닌가. 이렇게 쉬운 것을 그렇게 고생하다니…. 고무망치로 칼등을 두들겨 별 힘들이지 않고 많은 모과를 금방 다 쪼개었다. 그리고 난 칼을 들고 속을 긁어낸 모과를 끝까지 따라 썰었다. 편이 웃으면서, "고무망치로 4등분 해 주니 일이 이리 쉬운걸" 한다. 나도 기분 좋았다.

때는 늦은 밤이었고 장소는 길뫼재의 전망 좋은 가제보(Gazebo, 전망대), 말하자면 정자였다. 머리 위의 전등이 비추는 연두색 조명과 눈앞 악양 골 마을들 등불의 깜빡거림은 모과 놀이 내내 몽환적이었다. 밤기온도 그날따라 온화했다.

나는 이중으로 우쭐했다. 집사람 일이라고 외면하고 살았던 일, 예를 들면 모과 썰기, 유자 껍질 까기 등의 일에 드디어 진입하기 시작했다는 착수감과 시골살이에서 안 쓰이는 물건이 없다고 하는, 예를 들면 비뚤어진 못, 깨진 타일 조각 등도, 나의 경험 법칙이 이번에도 맞아떨어져서 그랬다. 내버려 두다시피 한 고무망치를 모과 써는 데 쓰게 될 거라고는 예전에 미처 생각하지 못했었다.

그런데 망치라, 망치라는 말은 또 어디서 유래한 건가. 망치 또한 '청'처럼 그 어원적 근원이 궁금하다. 망치라는 말은 몽골에서 왔다는 설이

유력하다고 한다. 몽골어 '만치'가 우리말 망치로 된 것 같다는 것이다. 순우리말로는 메 혹은 곰배라고 하는데 나무로 만든 건 나무 메 즉 목메고, 쇠로 만든 것은 쇠메라는 것이다. 나무 메에는 떡메가 있다.

망치의 어원적 유래는 그렇다 치고 고무망치에 대한 재미있는 사실 하나는, 그것이 요즈음 들어 불티나게 팔리기 시작했다는 거였다. 난 고무망치가 하나의 건축 소도구로서 아주 옛날부터 있어 온 것인 줄 알았다. 그런데 그게 아닌 모양이다. 2013년 8월에 다이소라는 매장에 처음 출시되었는데 초기엔 특별한 주목을 받지 못했다고 한다. 캠핑 텐트를 칠 때나 얇은 철판의 구부러진 부분을 부드럽게 펴기 위해 구매하는 사람들이 종종 있었을 뿐이었다고 한다.

그러다가 갑자기 늘어난 것은 고무망치가 층간소음에 효과적이란 소문이 퍼졌기 때문이라고 한다. 발생론적으로 고무망치의 시작이 언제인지 모르지만, 고무망치의 고유한 사용 목적 이외의 목적으로 근래 수요가 늘어난다는 것은 아파트 아래위층 간의 늘어나는 갈등을 보는 것 같아 씁쓸한 뒷맛을 남긴다.

아파트인 부산 우리 집은 아래위층이 다 조용하다. 편과 나도 아파트에서 단연코 소리를 내지 않으니 아래층도 아마 조용할 거고. 위층은 초·중학생이 있는 집인데도 층간 소음을 별로 내지 않는다. 가끔 쿵쿵거리는 발소리를 조금 낼 뿐. 그런데도 그 집 아주머니는 만날 때마다 "쿵쿵거려서 어쩌죠?" 하고 인사를 건네어 오히려 우리가 미안할 정도이다.

다 썬 모과에 설탕을 버무려 쟁이는 일까지 연두색 불빛 아래서 마치고 황토방으로 들어오니 밤 9시경이었다. 고무망치는 다음의 모과 일을 위해 창고의 연장 자리에 잘 모셔두었다.

녹음 놀이와 인생

부산 우리 집의 인근 구인 사하구의 사하 문화원 연간 계획 중에 '생활 음악회'라는 사업이 있다. 이 사업은 '동네방네 골목 영화관'이라는 문화원 자체 사업에 딸려 진행된다. 5월과 9월 사이에 열두 번 정도 열린다. 사하 문화원 문화 자원 봉사단 3~4개 팀이 영화 상영 전 30여 분 공연하는데 우리 색소폰 팀도 얼마 전부터 참여한다.

문화 자원 봉사단은 사하 문화원 문화 강좌 수강생들로 구성되는데 나는 사하 문화원 회원이면서 수강생이고 또 자원 봉사단 단원이다. 문화 사업을 처음엔 을숙도 문화회관에서 운영했는데 얼마 전부터 문화원에서 주관한다. 나는 여러 해 전부터 을숙도 문화회관에서 주관하는 문화 강좌에 참여하고 싶었는데 현직에 있을 땐 현직에 있을 때인지라, 현직을 떠났을 땐 또 이런저런 이유로 참여하지 못했다. 그러다가 1년 전에 단호히 결심, 수강회원으로 등록하여 오늘에 이르고 있다.

을숙도, 그곳에 가면 문화가 있고 낙동강 하구언 바람이 있어 좋다. 비록 머리 위에서는 인근 김해 공항을 뜨고 앉는 비행기가 내는 소리가 굉음 수준이지만, 훼손 때문에 더는 철새들의 안식처가 되지 못하는 문제가 없지 않지만, 오가는 길의 낙동강은 또 오가는 길의 섬진강보다 더 웅장한 강폭을 보고 느끼게 되어 나는 또 인생사가 주는 피로를 을숙도 문화 마당에서 털어 내고 온다.

초가을 어제저녁, 다대포 해수욕장의 통일 아시아드 공원에서 열린 생활 음악회에서 함께 나팔을 불었다. 나는 우리 앙상블에서 파트 II를 담당한다. 함께 배우는 수강생이 스무 명쯤 되는 데 오늘은 열 명이 함께 했다. 파트 II엔 사람이 적다. 다섯 명인데 오늘은 나를 포함, 두 명이 참여했다.

독주도 어렵지만 합주도 어렵다. 현직에 있을 때 나의 일은 가르치는 일이었다. 그때 가르치면서 보니 가르치는 것도 쉬운 일이 아니었는데 배워 보니, 배우는 것도 결코 쉬운 일이 아니다. 불어 보니, 혼자 부는 것도, 서로 맞추며 함께 부는 것도 참 어렵다. 살아 보니, 살면서 뭘 해 보니 세상에 쉬운 일이 없고,

하는 일 중에 내가 뚜렷이 잘하는 게 없다. 따라가기 급급하다. 그 분야에서 독보적 업적을 남기거나 뚜렷이 앞서가는 선두 주자를 보면 그래서 무조건 고개 숙이려 한다. 유튜브에 들어가 보면 색소폰도 잘 부는 사람이 어찌나 많은지. 뭘 잘하는 사람, 어쩌면 그 '뭘' 어찌도 그렇게 잘 한단 말이냐! 나도 그 '뭘' 좀 잘해 볼 방법이 없을까?

그런 고민 끝에 생각해 낸 내 나름의 아이디어가 '녹음 놀이'이다. 바꾸어 말하면, 그 '뭘' 그렇게 잘하는 사람에 내가 끼지는 못한다고 하더라도, 보통 정도의 축에는 끼기 위해 해보려는 노력을 녹음 놀이라고 이름 붙인 것이다. 놀이, 여럿이 노는 것이 놀이의 본래 취지일 터이지만 혼자서 놀 수 있는 놀이를 가지고 있지 않은 사람은 삶의 여정 후반기에 정서적 곤경을 크게 겪게 될 수 있을 터. 사실 나는 혼자서 놀 수 있는 놀이에 관심이 많은 편이다.

녹음 놀이라고 하지만 녹음 시설이 없다. 그래서 여기서 녹음이란 내

작업실에서 스마트 폰 또는 최소한의 녹음 설비로 하는 녹음을 말한다. 그러니 제대로 작동할 음향 효과랄 것도 없다. 삼천포 금암요의 달묵 선생이 어제 전화에서, "모하시요? 나팔 그 정도 불었으면 한 나팔 들려줄 때 되지 않았소?" 했다. 이 말에 자극을 받았다. 그래서 해낸 생각이 '녹음'이었고 이왕 불 바엔 즐기자는 생각에서 녹음에다 놀이를 붙인 것이다. 문제는 내가 내는 나팔 소리가 영 시원찮다는 점이다. 그래도 어쩌겠는가? 얼굴에 철판 깔고 내 소리를 공개해 보는 수 밖에.

어제 우리들의 얘기 중에는 또 "장관, 국회의원, 국무총리 되는 사람 중에 확실한 병역 기피자도 많고, 그러니까 잘난 사람 많고, 요즈음 사례로는 심각한 음주 운전 사고 뺑소니자도 경찰청장 버젓이 되어 범법자 엄단을 외치는 세상이고, 그러니까 그 잘난 사람 중에 얼굴에 철판 깐 사람도 적지 않고, 문체부인가 하는 부서의 장관이 된 여성은 몇 년 사이에 교통 위반 스티커 비용으로 170여만 원을 내어 국가 세수 수입 증대에 기여 했다던 데, 말하자면 뻔뻔한 축에 끼어야 이 땅에서 청문회 대상 높은 자리에 가는데, 우리는 이게 뭐 하는 건지!"라는 자조 섞인 해학적 대화도 있었다.

우리는 운전 경력 수십 년인데도 돈 되는 스티커 한 장 제대로 끊겨 보지 못했음도 확인했다. 그러니 우리는 참 잘나지 못했다. 하지만, 그렇다고 기죽지 말고 남은 인생 잘살아 보자고 서로 격려하고는 한바탕 또 호탕하게 웃었다. 함께 웃을 때 떠올린 노래가 김성환의 '인생'이라는 노래였다. 맞다. "내 손에 없는 내 것을 찾아 낮이나 밤이나 뒤볼 새 없이 나는 뛰었다. 돌아본 인생 부끄러워도 지울 수 없으니 나머지 인생 잘 해봐야지."

다대포 해변 연주회를 무사히 마쳤다. 이번 연주회는 일종의 버스킹이었다. 버스커는 거리의 악사를 말하며 버스킹은 거리에 서 악기를 연주하는 행위를 말한다고 한다. 자동차 소리와 아이들 공 차는 소리가 길 건너편의 다대포 파도 소리를 밀어내어 버린 공연장 무대에, 설익은 소리로 버스커 되어 섰지만, 걸음 멈추고 들어주는 이들의 박수 소리가 소음 같은 우리들의 소리 행위를 버스킹으로 만들어 주었다. 겨울을 빼고는 우리가 참여해야 할 야외 공연이 이어서 기다리고 있다. 잘해야 할 텐데, 잘 해봐야 할 텐데….

그 '뭘' 나도 좀 잘 해보려는 노력, 이건 "이만하면 됐다"라는 단정이 붙여질 수 없는 일이다. 그래서 계속되는 녹음 놀이는 오늘 밤에도 지리산 기슭 여기 길뫼재의 적막을 깨트린다.

바위와 새집

바위에 앉아 바위를 본다. 앉은 바위는 평상암이고 보이는 바위는 숙진암이다.

바로 곁의 살구나무에서 푸드덕 소리가 난다. 곤줄박이가 내는 날갯짓 소리다. 살면서 보니 다른 새들은 철 따라 오가는데 곤줄박이는 사계절 내내 곁을 지키고 있다. 대개 한 두어 마리다. 사람을 피하지 않는 습성을 곤줄박이는 본래부터 지니고 있다는데 그래서 그런지 늘 주위를 맴돌면서 평상암에도 자주 앉는다.

가는 해의 끝자락을 붙들고 바위에 앉아서는 해가 바뀌면 먼저 할 일을 새집 만드는 일로 정하고 있던 터였다. 그런 내 생각을 알아차린 것일까? 곤줄박이가 자기 존재를 내게 깨우쳐주려는 듯 단번에 날아가지 않고 푸드덕푸드덕 여러 번 뛰어서(날아서) 겨우 저기까지 간다. 곤줄박이는 바위의 정적을 이렇게 자주 깨트리거나 흩트려 놓는다. 그래도 밉지 않다.

악양 지리산 기슭 이곳과 인연 맺은 지 15여 년, 상주하다시피 머물면서 밭농사 짓느라 낑낑대고 있는 건 퇴직 후부터니까 벌써 7년째 접어든다. 여기서 내가 가꾸는 밭은 두 뙈기인데 먼저 인연을 맺은 위의 큰 밭에는 대봉감 나무와 살구나무 등 몇 종류 과수와 길뫼재가 있고 그 뜰에 너럭바위가 있다. 나중에 인연을 맺은 바로 아래의 작은 밭에는 매실나무와 어마어마하게 큰 통바위가 있다. 통바위를 나는 숙진암이라 이름 지었고 너럭바위는 평상암이라 부른다. 그래서 아래의 작은 밭은 '숙진암 밭'이고 위의 큰 밭은 '평상암 밭'이다.

숙진암은 신화적 바위이다. 본래는 뒤편 한참 위에 있었는데 100여 명의 사망자를 낸 대참사였던 1998년 7월 31일의 지리산 게릴라성 폭우 때 굴러 내려와 지금 자리에 저렇게 앉아서는 마을의 재난을 막았다는 사실에서 그렇다. 내가 처음 이곳에 왔을 때 동네 사람들은 이구동성으로 이 사실을 증언해 주었다.

그 증언을 나는 어느 추석 연휴에 재방송해준 SBS '세상에 이런 일이'라는 프로그램에서 확인하였고. 놀랍게도 굴러서 내려오기 전의 본래 자리에 앉아 있던 형상 그대로 지금 자리에 앉아 있다는 점에서, 또 바위의 형상이 이쪽의 복호 골과 저쪽의 각우 골 즉 호랑이와 소의 모습을 동시에 담고 있다는 점에서 그렇다.

숙진암에 새겨진 세월의 무늬 그것들은 더욱더 신화적이다. 그 무늬들은 모두 내게 암호로 다가온다. 그걸 읽어내는 일 즉 해독하는 일은 산기슭 이곳에서의 내 산거 경독(山居耕讀) 생활 과제 중 하나이다. 야스퍼스(K. Jaspers)의 '초월자 암호와 그 해독이론'을 생각하게 하는 바위의 무늬들이다. 지금 숙진암은 나의 악양 서재인 길뫼재를 지키는 수호 바위다.

평상암은 바로 뒤의 밭에서 2014년 10월 9일에 옮겨온 바위다. 밭 주인이 포크레인으로 정지작업을 할 때 드러난 바위인데 "교수님의 길뫼재 뜰이 이 바위가 앉아 있어야 할 자리"인 것 같다면서 먼저 제공 의사를 밝히기에 옮겨 온 바위다.

평상암에 앉아 악양 들판과 섬진강 건너편의 광양 백운산을 본다. 오른편의 형제봉과 청학골 그리고 신선대의 일몰 또 왼편의 구재봉과 칠선봉도 본다. 이건 관조다. 바위에 앉아서 가끔 살아온 내 삶도 돌아보게 된다. 이건 반추다. 비록 살아온 삶보다야 길지 않지만 바라봐야 할 여생도 있다. 그건 전망이다.

바위는 내게 관조하고 반추하며 전망하도록 자리를 준다. 두 개의 바위와 나는 이렇게 해서 '나-그것(I-It)'의 관계를 넘어 '나-너(I-Thou)' 관계로 이어진다. 사물에 이인칭 인격을 부여할 수 있으랴만 그들에게 말 건네며 소통하는 나의 심중에서 두 개의 바위는 늘 이인칭이다.

평상암에 앉아서 새집을 조립한다. 가는 해 말에 주문한 새집 DIY 목공 자료가 새해 초에 왔다. 품명이 '잘살아보새집'이다. '잘살아 보세 집'의 잘못 표기인 줄 알았더니 그게 아니었다. 새해(New Year)에는 새에게 새집(Bird's House) 지어줄 생각이 어떻게 내 머리에 구체적으로 떠오른 걸까? 그건 지난해 초가을로 거슬러 올라간다.

그 무렵 길뫼재를 비웠다가 며칠 후 돌아오면 흰 부스러기가 어김없이 황토방 아궁이 옆의 바닥에 흩어져 있었다. 부스러기를 쓸어 담아 치우면서도 계속 예사로 보아 넘겼는데 그래도 그 사태가 끊어지지 않기에 드디어 왜 이런가 하고 의문을 가지게 되었다.

유심히 살피니 그건 황토방 처마 아래 틈새를 메꾸었던 우레탄폼 가루였다. "이게 어떻게, 어째서, 여기 아래에?" 하고 뇌까리면서 다시 고개를 들어 처마를 살피니 뜯겨 나간 우레탄폼 자국이 여기저기서 발견되었고 한 부분은 아예 큰 구멍이 나 있는 것 아닌가. 그래서 그때부터 귀를 집중하니 딱따구리가 나무 쪼는 것 같은 소리도 들리는 거였다. 그게 멀리서 나는 소리인 줄만 알았는데 다시 들으니 황토방 처마에서 나는 가까운 소리였다. 구멍 속을 들락거리는 녀석도 알고 보니 곤줄박이였고.

둥지를 틀 자리가 얼마나 급했으면 딱따구리 행세를 다 했을까 생각하니 그 구멍을 방치할 수 없어 메꾼 후에도 계속 마음이 짠했다. 그 뒤로도 곤줄박이는 떠나지 않고 계속 길뫼재 뜰에서 맴돈다. 곤줄박이는 해마다 여기 길뫼재 초기의 허술하던 창고나 고방에다 둥지를 틀었지만, 칸막이를 제대로 한 후에는 알을 낳고 품을 둥지 마련 자리가 아예 없어져 버린 거, 그래서 곤줄박이가 저렇게 단호한 행동을 하게 된 것 아닐까 생각하고 새집 지어줄 결심을 구체적으로 하고 실행에 옮긴 것이다.

새집 조립을 다 마쳤다. 독립가옥 두 채다. 평소 곤줄박이가 자주 찾아오는 고방의 벽에 걸기 위해 그것들을 들고 평상암에서 일어선다. 한 채에는 곤줄박이가 다른 한 채에는 가끔 여기를 찾아오는 박새가 이사 들어오기를 기대하고 있는데 그렇게 될는지는 잘 모르겠다.

'잘살아보새집'이라는 이름 그대로 새해(New Year)에는 새들이 새집(New House, Bird's House)에서 잘 살았으면 좋겠다. 나중 밤이 오면 새들과 잘 어울렸다는 아씨시의 성자 프란치스코에 대한 동영상과 글 자료를 찾아 다시 보고 읽을 참이다.

두 채 집을 벽에 건 후 돌아 나와 앞을 보니 두 마리 곤줄박이가 여느 때처럼 평상암을 맴돌고 있다.

공상과 실행

하늘에 한랭전선이 뭉쳐져 있으면 여행 가는 걸 연기하고 야릇한 취미에 빠져 시간을 보내 보는 게 어떻겠냐고 안톤 슈낙은 『우리를 행복하게 하는 것들』에서 독자들에게 물어본다. 그러니까 "나뭇잎으로 온몸을 장식하고 신나게 춤을 춰본다든지, 때리는 듯 세차게 떨어지는 빗방울을 맞으면서 혹은 갑작스레 밀려오는 추위에 몸을 부르르 떨면서 괴로워하면서도 묘한 쾌감을 느껴본다든지, 우산이 갑자기 확 뒤집어지는 걸 보고 킬킬대거나 점잖은 신사의 모자가 벗겨져 날아가는 걸 보고 휘파람을 분다든지" 해보는 게 어떻겠냐고 제안하고 있다.

하지만 이런 엉터리 짓이나 상대에게 불쾌감을 주거나 괴롭히는 짓을 한다면 어떤 일이 벌어질 것인가를 은근히 생각해보면서 햇살이 눈부시게 빛나는 들판을 거닐거나 카페에서 편히 앉아 햇빛을 맞이해보라고 하는 걸 보면, 저런 엉뚱한 생각을 실행에 옮기라고 권유하는 건 아닌 것 같다.

그의 제안이 아니라고 하더라도 사실 난 엉뚱한 생각, 각도가 조금 다른 생각을 청소년기 이후부터 지금까지 비교적 많이 하는 편이다. 그것이 아이디어이고 창의력을 잠재우지 않는 사고의 동작이라고 생각하기 때문이다. 아무튼 나는 타인에게 손해를 끼치지 않고 나에게만 적용되는 엉뚱한 생각을 행동으로 연결하며 살아온 편이다. 그런데 나는 엉뚱한 생각을 공상에만 그치지 않고 실행에 옮기려다가 낭패를 크게 당한 일이 있다. 공상과 실행은 별개라는 걸 뼈아프게 실감한 것이다.

유소년 시절의 코흘리개 동무들과의 재회, 몇 번 만남이 진행된 후 난 엉뚱한 제안을 했다. 다음 만남은 야외에서 하는데 그때 제기차기, 자치기, 돼기 치기를 할 터이니 연습도 많이 하고 놀이도구도 만들어 오자고 불쑥 제안했다. 그러면서 나는 우리가 나이가 나이이니만치 연습할 때 조심하자고 신신당부도 곁들여 했다.

그런데 이게 웬 날벼락? 공상 실행의 나쁜 결과가 바로 나에게서 일어난 것이다. 조심하자는 말은 일행 중에서 나만 했는데 말이다. 편이 아파트 거실에서 아침부터 제기차기 연습을 하다가, 풍선으로 차면 연습이 잘된다고 하는 말을 다른 모임에서 듣고는 제기를 놓고 풍선으로 차다가 미끄러져 오른팔 골절상을 심하게 입게 된 게 아닌가. 아직 일어나지 않고 침대에서 눈을 계속 붙이고 있는 내 곁으로 편이 황급히 들어와 "팔이 부러졌다!"라고 소리치는 게 아닌가.

벌떡 일어나 급히 옷을 챙겨 입고는 동네 정형외과 의원으로 달려갔다. X-ray를 찍더니 '왼 손목 요골 골절 및 척골 경상 돌기 골절'이라고 하면서 도수치료를 하면 되겠다고 한다. 도수 치료 후 다시 촬영하더니 이번에는 이골이 더 심해졌으니 큰 병원으로 가서 수술 치료받으셔야 하겠다고 한다. 다시 가까운 종합병원으로 달려가 하룻밤을 입원실에서 보낸 후 수술치료를 받았다.

이런 경우를 엎친 데 덮친 격이라고 해야 하나? 아무튼 다친 고통 위에 도수치료라고 하는 고통을 덧씌운 후 겪게 된 수술치료 고통, 난 편에게 많이 미안했다. 편은 연말과 연시를 입원실에서 보냈다. 나 또한 거기서 '송구'와 '영신'을 해야 했고. 그뿐만 아니라 파크 하얏트 부산 호텔 31층의 전망 좋은 밥집에서 차려준 자녀들의 칠순 밥상에도 편은 다친 팔에 깁스를 풀지 않은 채 참석해야 했다. 불편했을 터이지만 편은 내색하지 않고 함께 했고, 쪽도 팔리고 통증도 있었을 터이지만 커피 마실 때까지 그러니까 다 끝날 때까지 미소를 잃지 않았다.

아주 여러 해 전에 '나이 연하장'이라는 게 관심을 끈 적이 있다. 이 연하장을 만든 이는, 나이를 한 살 더 먹으며 '어른다운 어른'에 대해 다시 한번 생각해보게 됐다고, 나이를 잊고 바쁘게 살아가는 우리가 모두 자신을 한 번쯤 되돌아보는 계기가 되길 바란다고 말하면서 69세는 '상을 받을 때 고개를 숙이지 않아도 되는 나이'이고, 70세는 '대통령 이름을 그냥 불러도 건방짐이 없는 나이'라고 했었다.

그런 나이에, 그러니까 대통령을 이름에다 직위를 붙여 부르지 않아도 된다는 그런 나이에 공상이나 하고 그 공상을 실행에 옮기려다 낭패를 겪은 나는 한심해도 보통으로 한심한 게 아니라는 생각이 들기도 한다.

하지만 바로 생각을 고쳐먹는다. 사실 우리는 상식과 이성을 통해 삶의 혼란상을 정리하고 자기 세계관의 틀 속에서 수습하곤 한다. 그렇게 하는 것이 합리적이다. 합리성이라고 하는 것은 우리의 삶의 길에서 가장 중요한 도로 표지판이다.

그러나 다행히 우리에게는 상식을 뛰어넘는 상상력이라는 것도 있다. 상상력 발휘 즉 공상함으로써 바라는 걸 꿈꾸고 그렇게 하는 것을 통해 자신의 삶을 활기를 불어넣기도 한다. 가수 한대수도 그의 노래 '행복의 나라로'에서 "접어드는 초저녁 누워 공상에 들어 생각에 도취"해보라고 권유하지 않던가. 행복의 나라에 들어가기 위해선 말이다.

지금 세계는 일찍이 경험하지 못한 혼란을 겪고 있다. 사람들은 불순한 일기 때문에 여행을 잠시 중단하는 정도가 아니라, 미세해도 너무 미세한, 무서워도 너무 무서운 '코로나 19'라고 하는 것 때문에 여행길은 고사하고 동네 길도 마음대로 나서지 못하고 있다. 즉 벌써 여러 달 동안 옴짝달싹도 못 하고 있다. 일상생활 전체가 꽉 막혀 있는 이런 비일상의 일상화가 언제 끝나리라는 전망도 없다.

그런 와중에 '공상'과 '상상력 발휘'라는 놀이를 난 탈출구로 택한다. 이번엔 실행에 옮기는 걸 극도로 자제하면서 말이다. 공상과 실행은 별개 문제라는 아픈 체험도 잊지 않고서 말이다.

물망초

하동 읍내 장에 나왔다. 오늘로 나는 삼일째, 편은 이틀째 동매리 산기슭 생활이다. 내일까지 흙 만지다가 돌아갈 예정이다. 비록 사흘 동안의 머묾이지만 의식은 벌써 산기슭 주민이다. '산(山) 사람'은 아니지만, 산 사람 행세를 한다.

오후에 읍내 장에 다녀오자고 편이 제안했다. 흙 판다고 고생했으니 쇠게기(소고기) 좀 사서 멕여 주겠단다. 본격적으로 설 장을 볼 것은 아니지만, 명절을 앞두고 있으니 건어물 좀 사러 나가자고 편이 말했다. 나의 산기슭 삼일 그리고 편의 이틀이 그리 긴 시간은 아니다. 하지만, 편도 나도 죽자 살자 돌 만지고 흙 만졌다. 편은 아마 처음 만져본 돌일 것이다. 그리고 오늘은 탱자까지 심었다.

어제 비가 내려서 그런지 새벽에 밖을 나가니 꽁꽁 얼어붙어 있었다. 올해 겨울이 워낙 따뜻하다 보니 그리 많이 내려간 기온이 아닌데도 많이 얼어붙은 것으로 느껴진다. 7시경이면 아직 여명이다. 밖에 있는 난로에 불을 붙인 후 바로 삽질을 했다. 아침 식사 전에 하는 한 시간 정도의 일도 그 양에 있어서 제법이다. 땅이 좀 얼기는 했지만, 삽질하니 잘 파였다. 오늘 밭일은 삽질이 아니라 발굴 수준이었다. 바위 수준의 돌이 계속 나왔으며 빨래판처럼 평탄한 돌도 나왔다. 어제 한 개 오늘 두 개 등 모두 세 개나 캐내었다.

난 점심 숟가락을 놓고 1분도 지체하지 않은 채 밖으로 나와 바로 삽을 들었다. 부산서 이곳까지의 거리는 165㎞이다. 달려온 거리를 생각하면 1분이 아까운 시간이다. 3박 4일 머물면서 완수할 일차 목표는 내 손으로 365평 땅을 다 파서 뒤엎는 일이다. 물론 나흘 동안 부지런히 흙을 파는 일만 한다고 해도 목표를 다 달성하지는 못할 것이다. 그래도 웬만하면 다 이루고 싶어 부지런히 설쳤다.

설거지를 마친 편이 바로 나왔다. 함께 탱자를 심었다. 연못물의 배출구가 있는 개울 쪽에 탱자 씨를 심었다. 그러니까 차밭의 서쪽 끝 지점이다. 개울이 경계를 지어주는 곳이다. 그리고 그 개울과 연이어 있는 둑에도 탱자를 심었다. 작은 도랑을 사이에 두고 있지만, 둑 일부분은 우리 밭에 포함되는 땅이다. 작년에 머위를 심었는데 봄이 오면 그 자리에서 머위가 날지 모르겠다. 탱자 씨는 편이 심었다.

장을 다 봤다. 저녁밥 먹을 곳을 찾아야 한다. 하지만, 내가 못 찾는 것 중의 하나가 밥집이다. 그때 순간적으로 머리에 떠오른 집 이름이 있었다. 악양 초입, 화개 구례로 가는 길과 악양으로 가는 길이 갈라지는 섬진강 벚꽃 길가 삼거리에 한 채 있는 집인데 그 이름은 '섬진강 옛이야기'였다. 동매리를 오가면서 한번은 들르고 싶었던 집이었는데 그 기회를 오늘 잡은 것이었다.

들어가서 둘이 마주 앉아 스파게티를 시켰다. 음악이 흐르고 불이 은은하며 어둠이 내린 창밖 섬진강 꽃길을 오가는 차들은 무대 조명인 듯 유선(流線)으로 스쳐 지나갔다. 창가에 마주 앉으니 새삼 편이 여인의 얼굴이다. 집 식탁의 마주 앉은 거리보다 간격이 좀 더 넓은 테이블에 마주 앉은 그 간격은 신선한 시선의 공간이기도 했다.

흙 만지고 돌 만지다가 대충 손 털고 낯 씻은 후 나선 길이었기로 옷 매무새가 어떤지 그런 것엔 신경 쓸 틈 없이 주섬주섬 입고 나와 앉았는데 그래도 포크와 '크나이프'(knife)만은 우아하게 쥐려고 난 격식을 생각했다. 크나이프, 우리들의 중학교 영어 시간에 나이프는 크나이프였던 기억도 그것을 손에 쥘 때 떠올랐다. 접시의 스파게티는 양이 무척 많았다.

큰아이는 시드니 매쿼리 대학교 통·번역 대학원 합격 통지서를 받았다. 부모 곁에서 공부하겠다고 집에서 학교 다니던 막내도 서울의 자기가 원하는 대학으로 편입하여 가게 된다. 둘째는 직장 잘 다니고 있다. 당시 89세이시던 "할매를 마지막으로 내가 볼 테니 내 서울 올라가기 전에 옴마 아빠 따라 동매리에 다녀오시라"라는 강력한 권유로 오게 된 편의 동매리 이 자리였는지라, 자연히 아이들 이야기로 우리 둘의 화제는 옮아갔다. 비슷한 키에다가 편차 없이 비슷하게 자라 준 아이들의 성장 과정이 우리 둘에겐 고맙기 그지없는 일이었다. 아이 셋이 서울에서 모여 살게 된다. 막내는 집에서 자기 어머니 바쁠 때 할머니 시중도 잘 들었었다.

편에게 고맙다는 인사를 새삼 했다. 아이 셋 키우고 공부시키는 일과 아흔 노모를 모시는 일이 그의 어깨를 짓누르는 일일 텐데도 오늘까지 그녀는 얼굴 한번 내가 보는 데서 찡그리지 않았다. 앞으로도 그럴 것이다. 셋을 결혼시킬 일, 등록금 맞춰 낼 일, 연세 높은 분 혼자서 시중 들어야 할 일 등 앞으로의 일들이 지난 일들보다도 무게가 적게 나가는 일이 아니다. 내가 걱정하니 "닥치면 다 하게 되어 있다"라고 가벼이 말한다.

감미로운 이름의 음악이 계속 홀을 감쌌다. 대중음악도 있었고 라이트 뮤직, 세미클래식도 있었다. 클래식은 없었다. 스파게티가 나오기 전 어떤 음악이 나의 귀를 붙들었다. 음률도 음률이지만 운율이 귀에 들어왔다. "나를 잊지 마세요. 잊지 마세요." 편도 자기 귀를 이 노래가 붙든다고 했다. 웃음이 좋은 스파게티 배달 여성에게 물어봤다. '물망초'라고 했다.

산기슭 언덕은 캄캄한 밤이었지만 켜 논 길뫼재 안의 전깃불은 연주황 커튼 색으로 미소 짓고 있었다. 총총(叢叢)한 하늘의 별들은 형형(炯炯)이 빛나고 있었다.

반전

정년퇴직으로 부산가톨릭대학교 연구실 열쇠를 반납한 후 시작한 경남 하동군 악양면의 지리산 기슭 농사 생활이 올해로 7년째다. 이번에는 고추와 참깨, 들깨, 토란을 다른 해보다 더 많이 심었다. 7월 초순까지만 해도 비교적 가문 편이어서 하순의 뙤약볕이 예상되기에 햇볕에 말리는 태양초 고추 생산을 제법 기대했었다. 태양초 고추 그거, 자급자족 소규모 채소 농부의 소박하지만 찬란한 꿈 아니던가.

그런데 이게 웬일이람? 하늘은 나의 이 말 이후 "아나 콩콩, 그리되나 두고 봐라"라는 듯이 날씨를 바로 반전시켜 버렸다. 내리길 바랄 땐 햇볕이더니 정작 따서 말려야 할 지금은 폭우가 나날이 그치지 않는다. 그래서 말리기는 고사하고 제대로 따지도 못하고 있다. 건조가 관건인 여름작물 수확에 비상이 걸린 것이다. 틈틈이 수확한 고추와 참깨, 토란 줄기 등을 황토방에 널고는 불을 잔뜩 때어 위기를 극복하기 위해 안간힘을 썼다. 황토방은 여름에도 우리가 자는 방인데.

그러다가 이것 봐라, 어제와 오늘 하늘이 열리고 해가 보이는 게 아닌가. 절로 감탄사가 나온다. "데오 그라씨아스(Deo Gratias)!" 옛날식 기도문으로는 "천주께 감사!"다. 집사람과 나는 이리 뛰고 저리 뛰었다. 참깨를 찌고 고추를 따며 토란 줄기 껍질을 벗기는 등 집사람은 발바닥에 땀이 나도록 뛰었다. 나는 팔다리가 저려 코에 침을 발라야 할 정도로

예취기 메고는 풀들과 씨름했고.

그런데 이건 또 뭐람? 서너 시간 밭일을 마친 후 지친 다리를 끌며 올라와서 보니 승용차 보닛 위에 고추 광주리가 두 개나 얹혀 있는 게 아닌가. "세상에나, 막 산 새 차인데 아무리 급해도 그렇지, 저 위에까지?" 하는 생각이 들었지만, 건조의 매우 급한 사정을 아는지라 입 밖에 나오려는 말을 꾹 삼켰다. 아무튼, 날씨가 반전을 거듭했다.

아리스토텔레스의 『시학』에서 반전은 사건을 예상 밖의 방향으로 급전 시켜 충격을 줌으로써 독자에게 주제를 효과적으로 전달하는 방법이다. 주인공의 운명이 행복에서 불행으로 갑자기 바뀌거나 불행에서 행복으로 역전되는 구성 방식을 통해 주제를 효과적으로 전달하는 방법론이다. 그래서 '반전'과 '발견'은 무지의 상태에서 깨우침의 상태에 이르게 하는 탁월한 방법이 된다.

지금 전 인류는 '코로나 19'라는 엄청난 반전 사태의 늪에 빠져 있다. 종교사적으로 볼 때도 이는 그 이전과 이후를 확연히 가르는 분기점이 되리라고 한다. 소비시장에서 이미 시작된 비대면 접촉(언택트) 거래 방식이 이 사태를 계기로 사회 전 분야로 확산할 터인데, 특히 대표적인 대면 접촉(콘택트) 조직인 종교계는 어느 분야보다 충격과 혼란이 크리라는 것이다. 큰 지진과 해일을 만난 격이라고나 할까. 모여야 미사도 성사 생활도 가능할 텐데 모이면 안 된다고 하니 낭패도 이런 낭패가 또 없다. 반전도 이런 반전이 없다.

하지만 이럴 때일수록 우리에게는 '발견' 즉 식별의 지혜가 필요하다. 시대가 주는 징표를 제대로 읽어야 한다. 제도교회적 차원에서건 개별 신앙적 차원에서건 이대로는 안 된다고 하는 준엄한 음성이 그 반전 속에 들어있다고 봐야 한다. 제도교회 책임자들의 고민이 클 것 같다. 우리 개별 신앙인들도 일상에서 신앙생활을 충실히 할 수 있는 대안적 신앙생활은 무엇인지, 생활 속에서 참된 신앙을 어떻게 구현할 것인지 고민하며 그분의 음성에 더욱 귀를 기울일 때다.

여섯,
광포만 쪽빛 언덕

광포만 쪽빛 언덕
영복 마을 그 내력이 무엇이길래
파도 바람 구름 철길 친구
금암요 회상
와룡산 하늘 포구
경매장 여기저기
냄새 없는 세상
존재의 가루
버리는 곳 꽃섬
내가 노는 바다

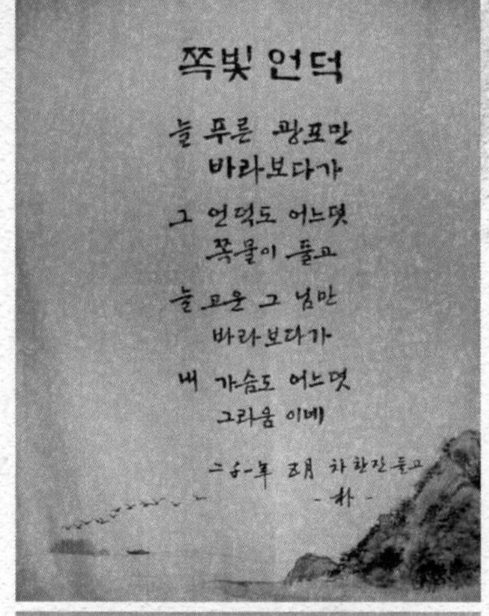

저기 지리산 겨울의 천왕봉은
유소년 내게 성장 백색화!

광포만 쪽빛 언덕

바다가 보고 싶을 땐 무시로 달려가는 곳이 삼천포다. 약속은 없어도 다시 와야만 할 것 같은 삼천포, 나는 삼천포를 늘 이런 심정으로 오갔다. 부산에서 출발하여 진주시와 사천시를 지나 가까이 왔을 때 직진하면 시내로 곧장 들어가지만 남양 사거리에서 핸들을 오른편으로 꺾어 모충공원 모랭이를 끼고 돌아서면 스윽 바다가 올라오는데, 광포 카페촌을 지나 영복마을을 굽어 실안으로 향하는 길에 오르면 갯내 물씬한 삼천포가 거기 기다리고 있다. 겨우내 푸르던 보리밭 아래에서 파릇한 바다가 삼천포에는 있다.

아주 오래전 어느 해 10월에 우리는 남양 사거리에서 우측으로 핸들을 돌려 실안해안도로로 들어섰다. 좌측의 각산 기슭을 보면서 들어가다 보면 우측에 모충공원이 나타난다. 그 모랭이를 넘으면 우측에 광포만 바다가 호수처럼 펼쳐지고 길의 좌우엔 '해변 포도원'이나 '캠벨 포도' 등등의 포도원을 알리는 팻말들이 다정하게 서 있다. 모충공원을 지나 좀 더 나아가니 왼편의 각산 아래 언덕 위엔 '쪽빛 언덕'이라는 찻집이 자리하고 있었다.

차를 세우고 안으로 들어갔다. 지나다니면서도 처음 차를 세워 보는 곳이다. 안으로 들어서니 이름을 감춘 시인의 시 폭이 먼저 나의 시선을 붙든다.

"쪽빛 언덕, 늘 푸른 광포만 바라보다가, 그 언덕도 어느덧 쪽물이 들고, 늘 고운 그 님만 바라보다가, 내 가슴도 어느덧 그리움 이네. 二千一年 五月 차 한잔 들고 -朴-"

朴이라는 분, 가슴에 어느 듯 그리움 인다는 朴이라는 저분은 설마 '쿠웨이트 박'은 아닐 테지만 은폐된 이름 때문에 더욱 시선을 끈다. 누구인지 궁금해 찻집 주인에게 물어봐도 알지 못했다. 몰라서 더 좋다. 이후로 내게 '쪽빛 언덕'은 찻집이기도 했지만 시어이기도 했다.

애잔한 음악으로 말미암아 우수에 젖는다. 노래 이름 몰라도 슬픈 사랑 회상 노래인 줄 멜로디만으로도 짐작하겠다. 바다로 난 창을 가리는 장막 또한 작품이다. 저 장막 아래 창가엔 편이 앉았다. 늘 보며 사는 사이지만 앉아 둘이 마주 보니 좋다. 바닷가 찻집이어서 더 그렇다.

그 후로 쪽빛 언덕 이 찻집의 창문 쪽 자리는 즐겨 앉는 우리 자리였다. 우리란 편과 나를 말한다. 부산에서 삼천포가 가까운 거리는 아니었지만 삼천포에 오면 거의 이곳에 들렀었다. 찻집 쪽빛 언덕에는 또 다른 언덕, 쪽빛 언덕이 있었기 때문이다.

쪽빛 언덕 유리창 밖, 길 건너 바다, 광포만이다. 물어서 알게 된 이름이다. 색이 푸르긴 했지만, 인상 깊게 특별히 더 푸르거나 쪽빛인 것은 아니었다. 하지만, 이 만에 정이 든 사람들의 눈엔 늘 푸른 광포만일 것이다. 그러니 찻집의 이 언덕은 당연히 쪽빛 언덕일 것이고.

쪽빛 언덕 찻집을 나와 쪽빛 언덕에 서니 광포만의 바람이 시원하다. 시야에 한 줄의 배가 들어온다. 자로 잰 듯이 반듯한 일렬횡대다. 방파제 가까이 있는 것이 아니라 광포만 한가운데서 저러는 걸 보면 정박하는 배가 아닌 것 같다.

광포만, 광포만의 바다가 별스런 바다는 아니었다. 여느 다른 바다처럼 평범한 하나의 바다고 바다색이었다. 그 마당에 서서 바라보니 광포만, 작은 바다 광포만이 껴안을 듯 가슴을 벌리고 누워 있었다. 그러니까 창밖으로 보이는 저 포구가 광포 항이고 저 바다가 광포만이라고 했다.

그런데 포구에는 배가 가지런히 묶여 있다. 뭐가 좀 심상치 않다. 알고 보니 출항할 수 없는 배, 닻을 올릴 수 없는 배들이었다. 쉬게 하려고 묶어둔 배들이 아니라 더는 움직이지 못하도록 엮어둔 배들이라는 것이다. 처음 볼 땐 줄지어 서 있는 정다운 배들이었는데 알고 보니 묶인 배, 엮인 배, 슬픈 배들이었던 것이다.

난 묶여 본 적이 없다. 엮인 적도 없다. 묶인 고통, 엮인 좌절, 어떻게 말로 설명할 수 있을까. 남의 마당을 침범하지 않고 우리 마당에서 놀았는데, 자기 마당에서도 놀지 못하도록 저 배들을 저렇게 줄줄이 사탕으로 엮었는가. 그 모습이 육지 사람들에게 고개 숙여 하소연하는 것 같았다.

바람을 가르고 제 몸으로 바람을 때리며 치고 나갈 때에야 살맛이지만 저렇게 바람을 맞고 서 있을 때에야 죽을 맛일 거다. 아니, 이미 죽은 배다. 움직이는 피로를 불평하는 사람도 정작 머무르게 될 때 더더욱 고통을 말하는 것처럼. 이제 바다는 그들의 바다가 아니다. 몸 묶인 저 배들에 바다는 이제 갈 수 없는 바다다. 소위 한일어업협정 때문에 더는 출항하지 못하고 폐기되어야 하는 배의 운명들, 안타까워 차마 바로 바라볼 수가 없다. 저 배와 함께 해온 사람들의 운명은?

광포만 너머로 지리산이 보인다. 큰 봉우리들 여럿이 한눈에 들어온다. 삼천포서 보게 되는 지리산 천왕봉은 새로움이다. 어릴 적 축동 집과 사천읍을 오가던 새벽 성당 길의 그 지리산이다. 큰 바위 얼굴처럼 지켜보던 큰 산 지리산은 봉우리에 이고 있는 겨울의 흰 눈 때문에 인지되던 산이다.

언덕에서 내려와 핸들을 왼편으로 꺾었다. 오른편에 '영복마을'을 새긴 돌이 보인다. 그 이정표가 가리키는 길이 거의 절벽처럼 직선으로 아래로 향하고 있다. 그래서 더욱 그 이정표는 그 이후로도 지나칠 때마다 유심히 보게 되는 돌이 되었다. 뭔지는 모르겠지만 무슨 사연을 가진 마을이겠다는 생각을 하기도 했다.

그런데 그로부터 한참 후인 지난여름, 일부러 시간을 내어 이곳에 다시 오니 찻집 '쪽빛 언덕' 입간판이 사라지고 없었다. 건물은 그대로인데 안에서 하는 일은 그전과 달랐다. 음식점으로 바뀐 것이다. 그리고 그 朴이라는 분의 '쪽빛 언덕' 시폭(詩幅)도 사라지고 없었다. 그리고 집 앞길 건너편엔 하얀 풍차가 돌아가는 '하얀 풍차' 찻집이 새로 들어서 있었다. '쪽빛 언덕'이 밀린 것이다. 새집의 미는 힘을 헌 집이 당해 낼 도리가 없었던 모양이다. 朴 그분은 누구였을까. 이제 알아내기는 영 틀려버린 모양이다.

해 질 무렵 지금 노을은 하늘에서보다 수면에서 더 붉었다. 노을은 자기 자리인 하늘에서보다 그 아래 들판의 작은 못이나 여기 광포항 해수면에서 더 가슴을 태우는 모양이다. 해가 지는 하늘의 아직 푸른 색, 구름의 흰색, 묶인 배 깃발들의 붉은 색이 어우러지니 하늘과 바다에는 노을이 그리는 초상화가 펼쳐진다. 그 초상화 속의 정착한 배들에는 깃발들도 달려 있고, 그 곁에 고쳐지고 있는 배도 있고 고치는 손길도 없지 않았다. 하지만 묶인 배들은 그다음에 가도 또 그다음에 가도 저 모습 저 대로 햇살에 지친 모습이었다.

영복 마을 그 내력이 무엇이길래

인터넷 서핑 중에 시를 하나 만났다. '남해바다 해변 포도원 근처'라는 시였다. 내용도 제목도 잘 다듬어진 시는 아니었지만 어쩐지 마음을 끌었다. 시의 '남해바다,' '해변 포도원,' '죽방', '캠벨 포도,' '영복 마을' 등의 말에 끌렸다는 말이 맞다. 처음엔 남해의 어느 마을이 이 시의 지점인 것으로 추측했다. 그런데 '해변 포도원,' '캠벨 포도'를 보고 쪽빛 언덕이 길의 어느 지점이겠다는 생각을 하게 되었다. 그러나 남해일 것이라는 생각이 더 우세했다. 아무튼, 이 시는 나의 마음속으로 들어 왔다. 그렇지만 곧 잊어버렸다.

6월 초여름, 삼천포 와룡산 백천 골로 갔다. 부산에서 출발한 깊은 밤 산골 초행길인지라 손전등을 하나 사서 가지고 갔다. 문학인들이 모인다고 하는데 내가 갈 자리가 아니어서 사양했지만, 삼천포 시인이면서 금암요 주인장인 달묵 선생의 간곡한 요청을 더는 거절할 수 없어 가게 된 자리였다. 백천 골 천포산장에서 하룻밤을 보낸 일행은 이튿날 달묵 선생의 도요로 갔다. 불을 끄고 식히고 나서 꺼낸 막사발들, 도공 선생의 말을 빌리자면 '불의 심판'을 끝낸 그릇들이 전시장에 쌓여 있었다.

조금 후에 소설가 한 분과 시인 한 분이 왔다. 거창에서 왔다고 했다. 소설가는 『사이보그 나이트클럽』을 쓴 이명행 선생이었다. 순간 2년 전의 그 시, 내가 찾으려고 제법 애를 썼던 그 시가 생각났다. 그 시가 거창의 어느 홈페이지에 실렸던 것을 생각해 낸 것이다. 맞다고 했다. 자기들 문학회 회원이라고 했다. 괴발개발 글씨로 쓴, 나도 잘 알아보지 못하는 글씨로 내 홈페이지 주소를 주었더니 그는 다음날 친절하게도 그 시와 전화번호를 거기에 올려 주었다. 그 시의 제목은 '남해바다 해변 포도원 근처'였고 시를 쓴 시인의 이름은 서○경이었다. 그 시의 일부다.

> "해안도로를 따라가다 보면 발목을 아리게 휘감는 마을이 하나 있습니다. 깊게 패인 기슭 바다만 바라보고 있는 마을 육지 끝, 비탈 한켠에 숨죽이며 앉아 있었습니다. (중략) 파도는 영복마을 내력도 잊은 채 모래알을 실어 나르고 포도나무들은 해풍에 맞서도록 마냥 자맥질을 서두르는데 영복마을 이웃엔 캠벨, 왕포도도 있습니다. 이 푯말 앞에 해변 포도원은 작은 섬이 되기 싫다는 포도나무들로 웅성거립니다. (중략) 남해바다 해변 포도원 근처에서는 작은 섬이 될 수 없는 사람들 뭉개진 각자의 얼굴을 조심스레 해면 위에 비추고 있습니다."

그리고 며칠 후 시를 쓴 서 시인과 연락이 닿았다. 묻고 물어 이루어진 연결이었다. 그의 집에는 컴퓨터가 없다고 했다. 농사지으려고 시골로 들어 왔다고 했다. 자기는 한사코 시인이 아니라고 했다.

이길, 해안 관광로-실안해변도로는 자주 다녀서 익숙한 길이다. 그런데 언제부터인가 해변 포도원, 캠벨 포도, 왕포도 등의 글자들이 다른 어디서 본 듯한 느낌을 주었다. 인터넷에서 이 시를 읽고 난 후의 현상이었던 것이다. 데자뷔 즉 기시감 현상과는 다른 종류의 본 듯한 의식이었다.

그건 영복마을을 새긴 큼지막한 표석을 볼 때도 그랬다. 쪽빛 언덕 찻집에 가서 이런 시를 쓴 시인이 저기 영복마을에 있느냐고 물어보기도 했었다. 그런데 결국 금암요에서 거창의 시인을 통해 그 시의 주인공을 확인하게 된 것이다. 마을 이정표가 내 시선을 끌게 된 또 다른 이유는 그 이정표가 가리키는 길이 거의 절벽처럼 직선으로 아래로 향하고 있다는 점이었다. 그래서 이정표를 따라 한번 내려가 보고 싶었지만, 급강하 좁은 길인지라, 올라오는 차 만나면 어쩌나 싶어 그만두었다. 이래저래 그 이정표는 지나칠 때마다 유심히 보게 되는 돌이 되었다.

영복 마을 맞은편의 광포만 건너 올망졸망 섬들 가운데는 비교적 큰 비토라는 이름의 섬이 있다. 나는 토끼 모양이라는 비토섬, 그 섬의 굴이 싱싱해 겨울엔 굴 사러 편과 해마다 다녀오는 섬이다. 비토섬은 어떤 참상과 결부되어 어릴 때부터 내 머리에 각인된 섬 이름이었다. 따스하고 온화한 섬, 지금은 다리가 놓여 비토는 이제는 섬이 아니다. 성년이 되어 비토를 드나들 때에도 어릴 적에 들은 그 참상 이야기가 생각나곤 했지만, 그렇다고 그 섬사람 누구에게 물어볼 일도 아니었다. 그런데 서 시인의 시가 계기가 되어 영복마을에 관심을 두게 되었고, 그 마을의 내력을 알아보게 되었다. 그리고 그 마을 바로 앞의 비토섬 지점도 확인하게 되었다. 그뿐인가. 비토섬 참사에 대한 기록을 많이 찾아보는 데까지 이르렀다. 그렇게 해서 찾아 읽은 자료가 한겨레21 특집, '한센병 환자들, 다 말하지 못한 역사'(2005년 9월 2일) 기사다.

그 자료에 의하면 경남 사천 비토섬에서 있었던 한센인 학살의 역사는 1950년으로 거슬러 올라간다. 6·25 전란을 피해 삼천포로 내려온 한센인 40여 명은 1950년 삼천포 실안동 일대 해안에 영복농원을 세웠다.

인구가 200명으로 늘어나자 영복 농원은 넘쳐나는 사람들을 감당하기 어려워 건너 편 비토섬에 군용 천막을 치고 산비탈을 깎아 개간을 시작했다. 섬사람들의 반발이 시작됐다. 1957년 8월 28일 오후 3시께 섬 위·아래 마을 주민들과 바다 건너, 300여 명이 한센인들의 정착에 반발해 무장을 하고 천막을 습격했다. 투석전이 잠시 이어지다가 수에서 밀린 한센인들이 천막 안으로 도망갔다. 습격자들은 한센인들을 천막까지 쫓아가 공격했다. 그날 주민들의 습격으로 한센인 27명이 숨을 거뒀다.

1957년은 내가 초등학생 시절이다. 풍문으로 우리 사는 데까지 들려온 비토섬 참사는 무섭고 충격적인 이야기였다. 살인, 그때나 지금이나 얼마나 무서운 말인가. 같은 군내이지만 비토섬이 어디에 있는지도 모르던 그때 이후 비토섬은 늘 그 사건과 이어져 연상되는 섬이었다.

"섬이 되고자 했던 꿈을 버렸을 사람들" "발목을 아리게 휘감는 마을 하나" "파도는 영복마을 내력도 잊은 채 모래알을 실어 나르고" "끝내는 시체들마저 외면했다는 공동묘지 가는 길"이 무슨 말인지 비로소 짐작하게 되었다. 어릴 적에 풍문으로 들은 그 참상의 진상도 알아보게 되었다. 인터넷 시 한 편이 고구마 넝쿨처럼 길게 이어진 셈이다.

이 길에 봄엔 유채 꽃도 핀다. 벚꽃도 꽃비 되어 떨어진다. 실안 만 낙조는 황홀하다. 죽방림 풍경은 또 어떻고. 요샌 남해로 이어지는 삼천포 대교가 밤에도 낮에도 장관이다. 아름다운 이 길, 들어서면 오길 잘했다는 생각을 매번 하는 이 길에 이런 아픔이 포장되어 있는 줄은 그전에 몰랐다.

광포만도 그렇다. 세월이 많이 지났지만 바로 맞은편에 그 참상의 섬이 있어 눈 뜨면 보게 되는데 그 고통 어찌 다스렸을까. 사실 서 시인의 시를 알기 전에도 영복마을은 어쩐지 무엇을 말하려고 하는 것처럼 내게 보이긴 했었다.

파도 바람 구름 철길 친구

'파도 바람 구름 철길 친구'가 듣고 싶다, 갑자기. 이 노래는 한국 최초 여성 싱어송라이터라고 불리는 방의경의 70년대 노래다. "파도가 이는 이 바닷가에 언젠가 찾아온 바람이 있었구려. 철길이 서 있는 이 뒤안 길에 친구여 아름다운 길이 있었구려."

삼천포로 달려가는 길이다. 도착했다. 삼천포 초입이다. 오른편으로 핸들을 돌려 실안해안도로로 들어선다. 영복마을 못 미쳐 도로변 언덕의 쪽빛 언덕 찻집에서 광포만을 바라보며 우리는 앉았다. 우리란 K와 나를 말한다. 지난 10월 초순 어느 날 얘기다. K는 20여 년 전에 오지리의 빈으로 갔으니 20여 년만의 만남이었다. 우리는 고교 시절로 곧 돌아갔다.

그 시절로 돌아가서 헤아려 보니 30여 년 만의 마주 앉는 만남이었다. 나는 여기서 이렇게 살고 있고 그는 빈에서 그렇게 살고 있었다. 하늘은 맑았고 광포만 바다는 쪽빛으로 되어 가고 있었다. 바다엔 요트가 여럿 떠 있었다. 나비 날개 같은 날개를 단 요트, 조금 전까지는 바다가 텅 비어 있었는데, 이전에는 이 바다에서 요트가 뜬 것을 한 번도 보지 못했었는데 어느 틈에 바다엔 젊음, 요트의 젊음과 태양이 가득했다. '태양은 가득히'의 선율이 햇살에 반짝이는 듯했다. 파도는 잔잔했다. 소박한 걸개가 걸린 유리창 밖으로 바라본 광포만에는 파도가 일렁이지 않았다. 바람도 잔잔했고. 하기야 바람이 잔잔하니 파도도 잔잔하지. 우리들의 마음에도 바람은 잔잔히 불었고 그래서 물결도 잔잔히 일고 있었다.

내가 조용히 앉고 싶을 때 먼 길을 마다치 않고 찾아가는 삼천포 광포만의 해변 찻집인 쪽빛 언덕, 난 저 자리에 늘 편과 함께 앉았었다. 편이 아니고 다른 사람과 함께 오니 주인 마나님의 눈이 동그래졌다. 웬 다른 여자와 오는 건가 하는 눈초리였다.

오지리에서 온 친구를 30여 년 만에 만나 앉은 자리, 이 자리에 앉으면 지리산 천왕봉도 보이고 바다는 햇빛을 따라 쪽빛으로 변하므로 이 자리는 무엇을 회상하기에 좋은 자리였다. 매미 날개 같은 돛을 단 형형색색의 요트들도 광포만에 여럿 떠 있었다. 우리는 고교 시절에 그럴 수 있었는가하고 갸우뚱할 만큼 지성적 담론을 나누었다. 지금 생각하면 개똥철학이긴 했지만 그와 그때 나눈 대화들이 내 지성적 성숙의 바탕을 이루었음은 부인할 수 없다. 그때 이미 내가 지성적 성숙을 이루었다는 말이 아니다. 그와 나눈 지성적 담론 이상의 담론을 그 후로 이루어 보지 못했다는 뜻이다. 세월이 흘러서 달라진 점은 나는 가족이 있고 그는 가족을 만들지 않은 점이다.

우리는 30여 년을 부챗살 접듯이 접었다. 접으니 우리는 '지금'을 살면서도 '그때'로 돌아갔다. 그때로 돌아갔으면서도 우리는 그때를 지금으로 재현했다. 『데미안』, 『지성과 사랑』, 『유리알 유희』, 『페터 카메친트』, 『차륜 밑에서』의 헤르만 헤세를 이야기하고 『권력과 영광』의 그레함 그린을 말하던 그 분위기로 스스럼없이 돌아갔다. 우린 그때 그러니까 고교 시절에 뭘 모르면서도 헤르만 헤세를 또 그레함 그린을 열심히 얘기했었다.

그 시절의 우리 주요 만남 고리는 비였다. 진주 망경동에서 순천 쪽으로 가는 철길 즉 유수리 부근까지 이르는 철길은 비 오는 날의 만남 길이었다. 철길 그 아래로 남강이 흐르고 위로는 산이 솟아 있었다. 강은 진주 남강이고 산은 망경산이다. 그때 저 산꼭대기에서 키 작은 친구 ○환이와 자주 올랐었다. 거기서 우리는 막 유행하여 번지던 '하얀 손수건'을 자주 불렀었다. 유수역 직전의 철길 터널 저기서 바라보던 남강 풍경을 기억해 내고 우리는 마주 보고 웃었다.

안개 낀 남강은 '안개 속의 풍경'이었음을 말하기도 했다. 물론 비 오는 날에 머슴애 친구 ○환이와 걸은 날이 훨씬 더 많다. 그 시절, 푸른 청춘 그 시절에 공부는 안 하고 맨날 만나기만 했다는 뜻은 아니다. 푸른 청춘이라고 표현한다고 해서 유치한 표현이라고 비웃지 마라. 지금이 푸르지 않음을 한탄하고자 하는 말이 아니다. 난 늘 '지금'이 좋은 사람이다. 청춘이 아니라는 것을 한탄하고자 함이 아니다. 다만 젊음은 푸른 시절이고 그 젊음을 '청춘'으로 발음해 보니 새삼 정답다는 것을 말하고 싶을 따름이다.

까까머리 또 단발머리 그 시절의 그런 만남이 이제 생각하니 시리도록 그립고 아름답고 소중하다고 했다. 세월이라는 것이 흐를수록 더욱 그렇다고 했다. 나도 그렇다고 대답했다. 창밖으로 보이는 광포만은 쪽빛 바다였고, 쪽빛 바다 너머에서는 지리산의 천왕봉이 고독하게 서 있었다. 산봉우리는 앉아 있는 건가, 서 있는 건가, 아니면 누워 있는 거?

쪽빛 언덕에서 우린 참 많이 얘기했다. 지난 세월을 이야기하기도 했지만 자기들의 오늘도 많이 얘기했다. 말하자면 "어디서 무엇을 하며 어떻게 살았는지"를 말이다. 그리고 우리들의 공통관심사도 많이 얘기했다. 그것은 철학과 심리학이었다. 하이데거와 야스퍼스와 또 빅터 프랭클을 많이 얘기했다. '실존분석을 통한 심리치료'를 또 빅터 프랭클을 그는 주로 말했고 나는 '철학 치료'를 잠깐 말했었다. 그 분야에 관심이 있다고.

나는 그때 '철학 상담을 통한 심리치료'라고 하는, 루 매리노프가 쓴 『철학으로 마음의 병을 치료한다』(이종인 옮김, 해냄출판사)를 읽고 있었는데 그 책에서 읽는 이론을 바탕에 깔고 내 이야기를 풀어냈다. 책의 원제는 『PLATO NOT PROZAC』(프로잭이 아니라 플라톤을)이다.

그에 따르면 철학 카운슬링은 정상인을 위한 치료법이다. 마음의 병에 걸리면 약이나 심리 상담보다는 철학 상담이 훨씬 종합적이고 효과적이며 약물남용 등의 부작용 없이 건강하게 심리회복을 이룰 수 있다고 말한다. 그는 구체적인 접근 방식으로 PEACE라는 낯익은 단어를 제시하고 있다.

PEACE는 철학 카운슬링의 5단계, 즉 문제(Problem), 정서(Emotion), 분석(Analysis), 명상(Contemplation), 평형(Equilibrium)의 머리글자를 따서 만든 용어다. 그는 3단계부터 심리학, 정신의학 너머의 분야로 진출하는 것이며, 명상의 단계에서는 철학의 영역 안으로 깊숙이 들어가는 과정이라 설명하고 있다. 빈 대학에서 철학 전공 후 심리학을 공부하고 있는 그는 내가 모르는 것을 잘 풀이해 주었다.

다시 오지리와 한국이라는 거리를 간격으로 두고 주제가 있는 지성적 담론을 나누기로 약속했다. 주제는 '실존이해', '실존분석', '실존치유' 등. 이를 위해 키에르케고르나 야스퍼스 또 하이데거 그리고 로고 테라피의 빅터 프랑클, 현상학을 다시 읽기로 했다. 물론 이를 위해서만 읽을 것이 아니라 두고두고 읽어야 할 주제들이긴 하지만. 그렇다고 쉽게 이루어지겠는가만.

우린 일어섰다. 그는 오지리로 돌아갈 것이고 나는 부산으로 돌아갈 것이다. 다시 돌아올 듯이 우리는 돌아갈 것이다. 내일 만날 듯이 일어서도 10여 년 동안 마주 앉지 못하고, 10여 년 만에 마주 앉아도 한 열흘 만에 마주 앉듯이 앉는 만남, 그건 우정으로 인해 그럴 수 있는 일이었다.

진주성의 서장대가 생각난다. 내 고교생 그때 서장대로 오르는 길은 참 고즈넉했고 내려오는 길에서 보는 남강변과 들판과 철길과 산은 정겨웠었다. 회상해 보니 살려내야 할 이 길에서의 아름다운 얘기들이 많다. "지나간 추억을 푸른 탄식으로 불어 놓고 멀리 사라지는 발자취 소리." 진주 시인 김경순의 「유성」 일부다. 방 의경의 아주 오래전 노래, <파도, 바람, 구름, 철길, 친구>를 다시 음미한다.

금암요 회상

도예가 찾아 나선 길

도예가를 만나러 간다. 찾아 나섰다. 도공이라고도 불렀던 도예가는 나에게 미지의 이름이다. 하기야 내가 모르는 분야의 사람들이 어디 도예가뿐인가. 파일럿을 내가 알며 어시장의 새벽, 이상한 손가락 동작하는 경매사는 아는가. 춤추며 비틀어 손가락으로 표시하는 그들 세계의 언어는 아직도 경이로움으로 남아있다. 도예가는 나에게 몇 개 안 되는 순백의 이름이다. 슬픈 이름이기도 하면서. 왠지 모르는 슬픔. 그 이름은 나를 설레게 하기도 한다. 도예가 찾아 나선 오늘은 12월의 30일, 망년이라는 말이 새삼 생각나는 날이다. 이 해도 다 간다.

그는 시인이며 백발의 색시 같은 할머니도 모시고 있다고 했다. 왜 혼자 사는지는 모르지만 혼자 살더라고 했다. 도요 이름은 금암요(琴岩窯)라고 했다. 풀이하면 '거문고 바위 가마'다. 이 정도의 말만 들어도 호기심이 발동했다.

막연히 향하는 삼천포 길이다. 그 도시가 그리 큰 도시는 아니지만, 이 정도의 말만 듣고 찾아낼 수 있을지는 미지수였다. 출발하기 전에 인터넷을 서핑했으나 찾지 못했고 사천시청 문화 관련 부서에 전화해도 모른다고 했다. 그래서 가서 찾아보기로 하고 출발한 것이다. 말해주는 이가, 도요 옆에 대학이 있는 것 같았다고 했으니 그렇다면 찾기가 쉬울 것 같았다. 지도를 보니 대학이 있는 동네는 이금동이다.

가서 보니 시가지에서 한참 벗어난 변두리 동네였다. 남일대 해수욕장 맞은 편, 상족암으로, 동화마을로, 고성으로 가는 국도 옆에 있었다. 항공 기능 대학 정문을 마주 보고서서 보면 오른편 동네. 몇 안 되는 집들 사이에 있었다.

이렇게 말하지만 사실은 한참 헤맸다. 대학 정문에 가서 물어봐도 모르고 몇 사람에게 물어봐도 모른다고 했다. 이리 봐도 도요 같은 지붕은 안 보이고 저리 물어봐도 대답이 안 들린다. 헤매다가 이래서는 안 되겠기에 정문 입구의 파출소로 갔다. 경찰 아저씨 혼자 지키고 있었다. 소장인 듯했다. 금암요를 찾는다고 했더니 옆에 있단다. 옆에 있는데 내가 왜 못 찾았을까 하고 반문했더니 바로 옆은 아니고 좀 가야 한단다. 앞서겠다고 했다. 집 비워두고 가도 괜찮겠냐고 했더니 파출소 털어갈 넘 없으니 안심하라고 했다. 경찰차가 앞서고 내가 뒤따랐다. 에스코트 받으면서 나서는 길은 처음이다. VIP가 된 기분이었다. 사실은 밥때를 넘겨 배가 고프니 VHP인데. 경찰 그분도 시를 쓰는 분이었다. 금암요 주인을 잘 알며 존경하는 선배라고 했다. 파출소 한번 제대로 찾아든 셈이었다.

가니 사람이 없었다. 물론 103세 할머니가 집안에 계신 줄을 안 것은 나중이었다. 기다려도 오지 않는다. 경찰 아저씨도 계속 기다린다. 미안해서 가시라고 했더니 좀 더 기다리겠단다. 그러면서 전화를 했다. 전화를 한 후에도 기다린 시간은 제법 길었다.

장승처럼 쩍 벌어진 사람이 꽁지머리를 하고 그 위에는 모자를 얹은 채 코란도 검은 지프에서 내려 성큼성큼 걸어오는데 눈은 부리부리하고 목소리는 우렁우렁하다. 마주 앉아 수인사했다. 이름은 박영현, 편하게 부르는 이름은 '달묵'이라고 했다. 이리저리하여 이렇게 찾아왔다고 했더니 찾아주셔서 고맙다고 했다. 자기 손으로 빚은 다기에다 차를 따랐다. 그는 도예가의 이유를 담담히 그러나 활력 있게 또박또박 말했다.

어린 시절 "학교에서 돌아오면 소먹이기, 꼴 베기, 보리밭 골 타기, 소죽 끓이기 등이 죽기보다 더 싫었다"라고 했다. "일을 강요하던 아버지가 화장실에 앉아서 죽어주기를 기도하기도" 했다고 했다. 하지만, 성년이 되어도 가능보다는 한계에 머물었던 육체노동에 대한 그의 해법은 죄의식과 한으로 버무려진 종양으로 가슴에서 긴 세월 동안 이자가 늘어나는 빚으로 자라나고 있었다고 통탄했다. "평생을 흙과 자웅을 겨루시다가 생을 마감하신 부모님들 영전에 고개 숙여 그 죄의 크기는 논할 수도 없었고. 부모님께서 부여하는 일을 거부하고 끝없이 출렁이는 호기심과 유희에 몰두하며 까만 구두를 닦고 또 닦아 아스팔트 위를 헤맨 인생, 부족한 듯, 모자라는 듯, 헛도는 듯, 힘이 실리지 않는 괴로움이란" 크고도 컸다고 했다.

그는 "인생의 반을 넘기고 시작한 흙을 주무르는 노동에 나름대로 온 힘을 다하고 있다"고 했다. 더러는 자기의 "노동을 이름을 얻어 걸치려고 하는 사치로, 시와 도자기의 근사한 접목쯤으로" 오해하기도 하지만, 그러나 지금 하는 자기의 노동은 "잃어버린 나의 젊은 세월을 찾으려고 하는 노력이며, 부모님께 사죄하는 마음이며, 도태당한 불량품이 상품으로의 회귀하려는 작업이며, 한 줄의 시를 쓰기 위한 진실이며, 무엇보다도 진한 삶을 직조하는 행복"이라고 했다. 그리고 "자신을 인정하기 위해 긍정으로의 반전을 꾀하는 음모라고 이름할 수도" 있겠다고 말했다. 이야기를 듣는 동안 나는 점점 숙연으로 빠져들었다. 그의 말에는 듣는 이를 매료시키는 힘이 있었다.

듣고 보니 도예가의 사랑은 애달팠다. 직접 들은 사랑이 아니라 시로써 확인한 그의 그리움이다. 행간에 나타나는 슬픔은 행 밖으로 번져 나와 행들을 적시고 있었다.

그는 차를 연방 따랐다. 마주 앉은 나는 도예가의 이유를, 노래를, 사랑을 혼신으로 들었다. 주는 차는 부어주는 대로 마셨다. 도예가의 노래는 고독했다. 흙 빚고 불 지르고 불 지키는 일이 어느 것 하나 고독하지 않은 일이 있겠는가 하고 들으면서 짐작했다. 게다가 그는 가족을 서울에 그냥 그대로 두고 백두 살 할미 모시러 태어난 터로 내려온 것이라고 했다. 색시 같다는 할머니를 뵙지는 못했다.

도예가는 말했다. 말을 이어갈수록 눈빛은 더욱 형형해졌다. "나의 노동은 언제나 한순간의 느슨함도 허용하지 않는, 약간의 광기도 환각제로 먹는 것"이라고 했다. "담 밖은 위로할 것 없는, 내가 위로받을 세상은 땅 밑에서 이미 썩었다"라고도 했고, "그릇에 눈을 붙여 자궁 깊은 곳에 포개어 놓고 마지막 불을 지필 것"이라고 했으며 "흙으로 생명을 피워내겠다는 나는 정말 미쳤다"라고도 했다. "온통 싸워야 할 하늘, 애증의 덫에 걸린 자"들은 모두 다 와서 "불의 심판"을 받으라고 선포도 한다.

이크, 불의 심판! "극복해야 할 나의 제단에 입은 옷 그대로 제물이 되어라"고, 그러면서 그는 "그대 앞에 생명으로 서리라"고, "숨김없이 서리라"고, "나의 영혼을 받쳐 들고 부끄러워도 힘주어 서리라"라고 애절히 말했다. '불의 심판'은 사이비 종파의 협박적 심판이 아니었다. 도요아궁이의 장작불 오묘함을 말하는 것이었다.

만나고 온 여운이 오래 남는다. 다음에 다시 와서 그의 삶을, 시를, 흙을, 불을, 흙의 직립을, 불의 심판을 뚫어지게 듣겠다고 생각했고 또 그렇게 말했다. 도예가와 가마터를 그리고 약간은 투박한 그의 그릇들을 뒤로 남기고 '쪽빛 언덕'의 광포만으로 발걸음 떼었다.

불의 심판

금암요에 다시 왔다. 도요 주인인 달묵 선생이 간단한 의식을 치르고 나서 불을 붙인다. 마른 원통 소나무를 가마 아궁이에 넣는다. 가마가 불탄다. 불가마다. 땀을 훔친다. 앉는다. 응시한다. 응시하는 도예가를 나는 또 바라본다.

바슐라르(Gaston Bachelard)의 「불」이 생각난다. 장 자크 아노(Jean-Jacques Annaud)의 영화 「불을 찾아서」도 연상에서 이어진다. 「베어」와 「장미의 이름」의 감독 장 자끄 아노가 6년에 걸쳐 만들었다는 「불을 찾아서」는, 인류 문명의 상징인 불과 인간에 대해서 본질적 질문을 던지기 위해 8만 년 전 유인원의 세계를 배경으로 인류의 역사, 인류의 문명 사이의 기원을 추적하고 있다.

이 영화에서는 대사가 없다. 사실적인 풍광과 고도의 훈련을 거친 원시인의 발성과 몸짓에 어우러져, 보는 사람들을 아득한 원시인류의 시대로 끌고 간다. 그때는 인간의 생존이 바로 불을 소유하고 있는 자들에게 의존되어 있었다. 불의 근원을 알아낸다는 것은 상상도 못 할 때였다. 자연에서 얻은 불을 바람과 비로부터 보호하고 다른 종족으로부터 지켜야만 했다. 불은 힘의 상징이었고 생존의 길이었다. 이 불을 갖고 있던 자가 곧 생명을 안고 있었기 때문이다. 평화로운 한 부족이 다른 원시인 부족의 습격과 늑대들의 공격으로 불을 잃게 된다. 살아남은 부족 원시인들은 거처를 옮기고 이들 중 세 사람이 불을 찾아 떠나게 된다. 여러 난관을 거쳐 결국 불을 가진 어느 부족으로부터 불을 얻는다. 그리고 문명이 발달한 다른 부족으로에게서 불을 만드는 방법을 보게 된다. 그들은 불을 가지고 드디어 고향으로 돌아온다. 기다리던 부족원들은 뛸 듯이 기뻐하지만, 너무 좋아하다 그만 불을 강에 빠뜨리고 만다. 하지만 불을 만드는 법을 알고 있는 여자 원시인에 의해 불이 다시 피어오르자 다른 원시인들이 놀란다. 자신들이 겪은 여러 경험담을 즐겁게 이야기하면서 달이 밝은 아늑한 밤, 그는 새로운 세대의 아이를 배고 있는 여자 원시인의 배를 바라보며 행복해한다. 컴컴한 산중에 불이 빛난다.

나도 모르게 불 생각에 빠진다. 불은 밤새 탔다. 달묵 선생은 아궁이에 원통 소나무를 계속 넣었다. 흐르는 땀도 계속 훔쳤고 앉고 서기를 반복했다. 그러는 중에도 한결같이 시선은 불을 향했다. 소주를 입에 부어 넣는 시간을 빼고는 그의 시선이 계속 불가마를 향했고 나의 시선은 또 불을 향한 그의 시선으로 향했다. 밤새 이랬다는 말은 아니다. 도예가의 응시는 꿰뚫을 듯 시선이었지만 나의 눈길은 게슴츠레 시선이었다.

불을 지키는 일, 불을 만드는 일, 불을 부리는 일 그 어느 하나 내게 있어선 만만한 일이 없다. 불을 부리는 도예가 앞에서 새삼 불을 부리는 삶을 사는 이들의 사유 세계를 짐작해 본다. 가마는 불타고 있었다. 일렁거리는 불꽃들이 거문고 현의 선율로 느껴졌다. 음을 형상화하면 천천히 탈 때의 가마 불길이겠다는 생각도 들었다.

도예가는 도요의 불을 '불의 심판'이라고 했다. 타는 불로 이루어지는 가마 속의 변화를 말이다. 달묵 선생은 이 표현을 여러 번 썼다. 말할 때의 그의 눈빛도 이글거렸다. 불의 심판, 오싹하게 하는 표현이었다. '불' 때문에 그렇고 '심판' 때문에 그랬다. 종말론적인 의미의 두 언어가 조합되니 그 상승작용은 더욱 컸다.

처음엔 그 표현이 다소 무섭더니 점차 친숙해졌다. 나중엔 헤라클레이토스의 말로 들리기도 했다. 모든 것은 유전하는데 불이 바로 이 만물 변화의 이치, 즉 로고스라고 말한 헤라클레이토스, 불이 변하여 흙이 된다고 했으니 불로 인해 흙덩이가 도자기로 된다는 도예가의 불의 비유 묘사가 그럴듯하게 들린 것이다.

그러고 보니 도예가는 흙과 불을 만지고 다루는 사람이어서 흙과 불의 길을 걷는 사람이고, 헤라클레이토스는 흙과 불과 물의 변화를 로고스라라는 개념으로 말하다가 불 속으로 뛰어든 사람이니 둘에게는 공통분모가 있다는 생각이 들었다. 그리 보니 로고스는 도자기로 형상화되고 가마에서 나온 도자기는 또 로고스로 표상될 수 있겠다는 생각이 이어 들기도 했다.

최소한의 꼴을(흙더미) 완성된 꼴로(도자기) 변화시키는 가마와 불, 불가마는 사유의 부엌이라는 생각을 하다가 그 앞에서 일어섰다.

그 길의 철 이른 코스모스

초여름이다. 금암요 그곳으로 드는 길 초입에 코스모스가 피었다. 삼천포 이문동의 비행기가 앉아 있는 대학 앞 샛길, 황토 흙 그 샛길에 코스모스가 진홍으로 피어 있었다. 한 송이로만 핀 그는 초입을 지키는 초병이었고 연홍의 여러 송이는 그 초병 뒤에서 바람과 수작하는 난봉꾼이었다. 나더러 잘 왔다고 환호하는 줄 알았더니 자기네들끼리 몸 부비며 하늘 푸른 구름들과 노닥거리는 것이었다. 6월 초순 지금이 코스모스 필 철인지.

도요를 다녀올 땐 그 위 하늘이 푸르다는 생각을 더러 한다. 점점 쇠잔해지신다는 백수(白壽) 할머니 이야기, 태울 것 다 태우고 스러져 가는 가마 장작불 이야기 또 불의 심판 이야기를 듣고 나올 땐 사라져 가는 것들이 보여주는 뒷모습의 아름다움을 생각하곤 했다. '뒷모습의 미학'이라는 생각을 했다. 아직 내공이 약해 빚을 흙을 곧장 곧추세우지 못한다는 이야기를 들을 땐 도예가가 흘려야 하는 땀의 양을 짐작해 보기도 했다.

고성 쪽으로 향했다. 와룡산을 옆으로 도는 그 길은 내내 짙푸르렀다. 터 지키고 서있는 분들 앞에서 난 늘 고개 숙이고 숙연해진다. 달묵 선생은 지키는 분으로 보였다. 그 아니면 102살 할머니 지킬 이 없고, 저 진돗개들과 저 염소를 지킬 이 없는 듯이, 이 와룡산 저 삼천포 지킬 이 없는 듯이 지키는 분으로 보였다.

흙을 지키고 불을 지키고 언어(시)를 또 지키고. 하이데거는 지키는 이를 '존재의 목동'이라고 했던가. 나는 무엇을 지키는지, 누구를 지키는지.

와룡산 하늘 포구

삼천포는 시인의 말대로 "약속이 없어도 다시 와야 할 것 같은" 항구다. 삼천포 가까이 왔을 때 좌측으로 와룡산이 보인다. 산정에 올라서서 내려다보면 와룡산은 "내려다보아서 편안한 모롱이"를 굽이굽이 가지고 있다. 아니 지나가다가 차량의 흐름이라도 완만할 때 느리게 속도를 내리고 올려다보면, 올려다보아도 편안한 봉우리를 와룡산은 또한 갖고 있다.

와룡산에 잠겨 있는 천포산장을 다녀온 후 와룡산을 보는 내 눈이 달라졌다. 자주 가는 삼천포인데 가다가 바라보는, 또 가는 그만큼 바라보던 와룡산, 흔하게 앉아 있는 하나의 산일 따름인데 와룡산은 내게 수채화로 다가온다.

천포, 이름하여 하늘 포구란다. 와룡산 아래엔 삼천포(三千浦)가 있고 와룡산 기슭에는 천포(天浦)산장이 있다고 모임의 그날 그들은 선포한다. 하늘 포구 산장에 가서 보니 어느 편에서 바라보아도 산장은 산의 품에 안겨 있는 모습이었다. 와룡산은 천포산장을 품었고 천포산장은 나를 품었다.

6월 7일, 밤늦게 부산을 출발하여 천포산장으로 갔다. 처음 가는 천포산장 와룡산 산길은 먼저 물을 만나고 오르게 된다. 밤에 차량이 뜸한 깊은 호수 물 곁으로 가려니 약간 두려워지기도 했다. 백천사라는

절 앞을 지나갈 때는 망가진 길 때문에 엉덩방아를 몇 번 찍기도 했다.

도착하니 그곳에선 천포문학회라는 모임 열리고 있었다. 처음 만들어지는 모임이란다. 밤 12시 반경에 그 곳에 도착했는데 여흥 분위기가 이미 무르익을 대로 무르익어 있었다.

나를 알은체하는 사람이 하나도 없다. 깜깜해서도 그랬고 나를 아는 사람이 없어서도 그랬다. 밖에서 그러니까, 모닥불이 피워져 있는 그 자리서 한 20분 서성이다가 부산으로 돌아가야겠다고 생각했다. 왜냐하면 자기네들끼리의 분위기가 형성되어 있었기 때문이었다.

차를 뺐다. 그냥 부산으로 돌아가려고. 액셀레이터만 밟으면 바로 돌아가게 된다. 잠시 생각했다. 참 잠시였다. 이건 아니라고. 그래서 차를 다시 대고, 모닥불로 돌아와 말 건네었다. 내가 그 이름을 아는 분을 좀 나오게 해 달라고. 밖으로 나왔다. 이렇게 해서 나는 돌아오지 않고 그 모임에 머무르게 되었다.

내가 그 공동체에 다가가는 모습이 이랬다. 그리고 안에서 어울리고 밖에서 어울렸다. 나도 그들이 처음이고 그들 간에도 대부분 처음이라는데, 모닥불 피워 놓고 함께 코러스하고 허밍해도 잘 이루어졌다. 내가 테너로 함께 할 수 있는 노래들이 흘러, 난 나도 모르게 노래의 물결에 합류했다.

모닥불 앞에서 누가 노래했다. 뻘쭘하게 비켜 서 있다가 나도 따라 노래했다. 누가 또 하모니카도 불었다. 먼저 분 사람은 내가 그 이름을 아는 시인이었다. 그 누구 가운데는 거제 조선소에서 감독관으로 있다는 한국말 모르는 루마니아인도 있었다.

모닥불 앞에서 새벽을 맞이한 몇 명 가운데 내가 있었다. 난 다른 곳에 가면 일찍 잠자리로 가버리는 편인데 그 날은 와룡산의 새벽을 지켰다. 처음인 타인 몇 명과. 그 타인은 시인이거나 소설가이거나 평론가일 것이라고 짐작했다. 그들이 내건 모토 즉 "젖어 있는 영혼"을 가진 이들이었을 거다. 어쨌든 나도 거기에 있었다. 그들의 문학모임을 다 이루고 난 다음, 잔치 말미에 합류한 것이긴 하지만.

그렇다면 그들이 내건 슬로건, 젖어 있는 영혼에 나도 부합하는가. 내 영혼은 말라 있는가 젖어 있는가, 문학은 내게 무슨 의미인가. 요새 난 이런 것을 나를 향하여 새삼 묻는다.

부산으로 돌아오는 대로 황명걸 시인에 대해 찾아보았다. 젊었던 70년대 시절, 동아일보 기자로 동아투위를 통하여 이 땅의 민주화, 언론자유 획득을 위해 투신, 해직되신 일들도 알게 되었다. 그때 난 군 복무 마치고 복학한 시든 대학생이었는데, 동아일보사 앞에 소위 동아일보 백지 광고 사태를 격려하는 격문들이 이리저리 붙어 있는 장면들을 잊을 수 없다. 그리고 동아일보의 빈 광고면, 그것은 늘 나에게 정지화면으로 머리 속에 남아 있다.

그릇의 빈 공간도 봤고 이번에 금암요에서 그릇을 구워 들어낸 도요의 빈 공간도 유심히 보고 와서 빈 공간의 의미가 나름대로 나를 의미로 채워준다. 그중에서도 그때 동아일보 지면 아래 부분의 텅 비어있음은, 그걸 무어라고 집어 말할 수는 없어도 지금까지 내 마음에서 의미의 하나로 자리하고 있는 것은 사실이다.

내가 그 자리에서 황명걸 시인에게 미안한 것은 권하는 술잔을 끝까지 거절한 것이다. 그가 드는 술잔은 옆에서 보기에 멋있는 술잔이었고, 그가 권하는 술잔은 또 옆에서 보기에 따뜻한 술잔이었다. 그런 멋이 있고 따뜻한 술잔을 난 끝까지 거절했다. 내 나름대로 즐겁게 지켜가고 있는 것들, 그런 것 중 몇 개는, 술 안 마시고 대신 물 마시고 취하는 거, 그것이 1회 단막극이건 연속극이건 티브이 극 안보고 차라리 벽을 보고 혼자 즐거워하는 거, 최소한의 동작이더라도 춤추는 데 가담하지 아니하는 거, 그런 거다. 물론 이렇게 생각하고 진행하게 된 소이가 있긴 하다. 그런데 몸동작은 요새 내가 그것에 나름대로 의미를 부여하고 있는 중이라 움직이려는 시도를 하고 있는 중이긴 하다만.

내 나름대로 글(철학)하는 자세는, 이곳저곳을 향하는 무성한 기웃거림의 발걸음을 묶어 두면서, 즉 기웃거림은 자제하고 골방에 틀어 박혀 무식하게 엉덩이 의자에 대고 앉아 있는 거라고 생각하고 있고 또 나름대로 그렇게 하고 있다. 이론의 현실접목을 부정한다거나 실천을 부정하고 이론에만 매달리겠다는 뜻도 아니다. 또한 해야 할 참여를 회피한다는 뜻도 아니다. 골방에 많이 틀어박혀 있어야 한다고 생각할 따름이다.

천포산장에서 느낀 문학도들의 분위기는 막힘이 없었고 또 노는 모습이 요란했다. 그날 밤 어떤 문학도는 "문학이란 금기의 타파, 금기 건드리기"라고 하던데 그 말을 듣는 순간 바타이유의 '금기 깨트리기'가 생각나기도 했다. 그 말을 들으면서 잘 통하는 통풍과 잘 통하는 소통을 이해할 수 있을 것 같기도 했다.

하지만 내가 휩쓸릴 분위기는 아니었다. 그래도 돌아와서 회상하니 나로선 색다른 경험이었고 아름다운 만남이었다. 거기서 누가 말한 바대로 모임의 그들은 '젖어 있는 영혼'들이었다. 고대 희랍 철학자 헤라클레이토스는 '젖은 영혼'을 폄하하고 '마른 영혼'을 강조했다. 이제 보니 헤라클레이토스는 뭘 몰랐던 것 같다. 황명걸 시인의 『흰 저고리 검정치마』와 『한국의 아이』를 읽는다.

6월 그때 천포산장은 녹음에 파묻혀 방초는 그 산을 뒤덮고 있었다.

6월의 풀냄새와 나뭇잎 냄새는 싱그럽다. 떠가는 흰 구름은 어떻고, 모가 자라는 논의 햇살을 받는 물 냄새는 또 어떻고…. 와룡산은 그런 싱그러운 냄새들을 먼 길 달려와 피곤한 나에게 청량 선물로 주었다.

깊은 밤 모닥불 그 곁에서 누군가는 문학 이론으로 핏대 올리고 누군가는 사는 문제로 담소하고 또 누군가는 별말 없이 관조했다. 또 누군가는 노래하고 그리고 또 누군가는 그 노래를 따라 부르고.

나는 하모니카를 차에 싣고 다닌다. 잘 불지는 못한다. 본격적으로 부는 것은 아니기 때문이다. 그냥 내 흥에 겨울 때 더러 분다. H 시인이 하모니카를 분다. '스와니강의 추억'과 다른 몇 노래를. 그렇게 하모니카 부는 H 시인의 어깨를 A 시인이 겉옷 걸쳐 부여잡는다. 덮인 어깨와 덮는 손 그리고 모닥불, 시인들은 저렇게 걸쳐 주고 부여잡아 주고하는 건가 보다. 난 시인들과 문학 모임에서 가지는 교류를 해본 적이 없어서 잘 모르겠다.

요란했던 산장의 밤은 이렇게 깊어갔고 나는 자는 둥 마는 둥 밤을 새웠다. 그리고 늦은 아침에 산장에서 내려왔다. 내려오면서 돌아보니 보려고 일부러 보지 않으면 눈에 띄지 않은 지붕이었다. 천포산장은 그렇게 와룡산의 품에 안겨 있었다.

경매장 여기저기

시장은 그런대로 늘 붐빈다. '그런대로'라는 표현을 쓴 것은, 과거에는 많이 붐볐지만 오늘날은 덜 붐비는데 그래도 그럭저럭 붐빈다는 것을 말하기 위함이고, 또 사람을 큰 시장 그러니까 홈플러스니 메가마켓이니 하는 공룡에게 다 빼앗기고 그나마 자투리 사람들을 겨우 흡수하고 있지만 그래도 인정이 넘치고 호기심이 번득이고 생기가 살아 움직이는 곳이란 것을 말하기 위함이다.

편은 생선을 산다고 어시장 깊숙이 빨려 들어갔다. 난 시장인은 아니어서 깊숙이 빨려 들어가진 않았지만 서서히 흡수되어 갔다. 재래시장은 삶의 상황, 인간의 상황-내-존재를 설명하기 위해 좋은 '장'인 고로 시장에만 오면 나의 둔한 지성도 예지로 빛난다. 예지스럽다는 말이 아니다. 둔한 내 지성이 그나마 예지로 빛난다는 말이다.

시장이라는 장(field)에서 나는 그들의 삶을 보며 삶의 상황의 의미를 더러 반추한다. '장'의 의미도. 삶의 상황을, 내 존재의 상황-내-존재성의 의미 반추에로까지 나아가기도 한다. 오늘이 그런 경우다.

줄지은 조개들, '차려, 열중 쉬어, 경례' 구령의 호령으로 사열을 준비하는 대열처럼 긴장이 팽팽하다. 분대장, 소대장, 중대장 같은 아주머니들 손에 의해 열 지어지는 조개들, 홀랑 까지지 않아도 알맹이와 껍데기로 가려진 듯 정연하다.

어디에서 읽었더라? 아무튼 조개의 말이다: 물고기는 헤엄을 잘 치고 춤도 잘 춘다. 다리가 많이 달린 게는 걸음이 빠르다. 새우는 뜀뛰기를 잘한다. 그러나 우리 조개는 별 재주가 없다. 모래 위에 웅크리고 있거나 기어 다니는 것 외에는. 왜 내겐 지느러미가 없을까? 왜 내겐 다리가 없을까? 풀이 죽어 있는 조개를 보고 나들이 다녀온 물고기와 게와 새우가 우정 어린 위로의 말을 했단다. 너의 껍데기는 얼마나 단단하고 멋지냐. 껍데기를 마음대로 열었다 닫았다 할 수 있다는 건 얼마나 멋진 재주냐. 그래도 마음의 위안을 얻지 못한 조개는 병을 얻었단다. 마음의 병, 몸의 병. 처음엔 속살이 찌뿌드드한 몸살이더니 곧 몸을 찢는 듯이 하는 아픔으로 인해 마침내는 정신을 잃을 정도의 괴로움이 되고 말았다. 파도조차 무섭게 쳤다. 그 서슬에 조개는 이리저리 정신없이 굴렀다. 정신을 차린 껍데기를 열고 보니 파도는 가라앉고 햇살이 물속까지 비치어 들고 있었다. 그때 조개가 자기 몸 속살에 박혀 있는 물체를 보았는데 그건 영롱하게 빛나는 물체더란다. 진주를 품은 것이다. 들어보니 조개 이야기는 진주 이야기였다.

시인이 들려주는 조개 까는 여자의 말이다: "조그만 조개 칼 한 바퀴 돌리면 깜짝 놀란 조갯살 바르르 떨고 나비 같은 껍데기는 수북이 쌓인다. 조개 까듯 이놈의 세상 홀랑 까서 알맹이 껍데기 가려 놓으면 좀 좋겠냐고. 까도 까도 고단한 삶을 탓하지만, 조개 칼 하나로 육 남매 키우고 공부시켜 아무 걱정 없는 줄 시장 사람들 다 안다."

정낙추의 「조개 까는 여자」 이야기를 들어보니 조개 팔아 자식(진주) 낳은 이야기, 사람들에게 조개 팔아 진주(자식) 키우는 이야기였다.

궤짝 속의 갈치나 멸치는 왕소금이 감싸고 있고 궤짝 속의 사과는 왕겨가 감싸고 있다. 왕소금의 왕과 왕겨의 왕이 같은 왕일 수는 없지만, 아무튼 궤짝은 왕의 틀이기도 하다. 정사각형 생선 궤짝을 아직 본 적 없다. 생선 궤짝, 사과 궤짝은 무조건 직사각형이다. 생선 궤짝과 사과 궤짝에 대해 어느 화가가 미술 잡지에 쓴 글이 내게 생선 궤짝을 새롭게 보는 눈을 열어 주었다.

생선 궤짝은 아직껏 누구도 길이나 넓이를 개량해볼 생각한 적 없어 보이고 요즘같이 흔한 칼라 시대에 페인트 자국 한 번 스쳐 지나간 흔적 본 적 없고, 거칠거칠한 표면을 대패로 밀어서 반들반들한 질감 낸 것 본 적 없다. 그렇다고 질 좋은 나무를 써서 상자 값을 한 푼이라도 더 올려 받을 잔머리 안 부리고, 제재소의 넓은 마당에서 피죽을 주워서는 톱날에 치수 대충 맞춰 판재 만들고 평균 사이즈로 잘라 못으로 또닥거려 만든 물건이 생선 궤짝이다. 수십 년 전에 본 모습이나 지금 본 모습이나 질감, 색상, 냄새, 크기 어느 하나 변하지 않은 게 생선 궤짝이다.

장날 시장통 외진 한편에 수북이 쌓여서 고린내 풀풀 내는 게 있으면 분명히 생선 궤짝이다. 누구 하나 재활용해 볼 요량으로 집안으로 가져가려고 욕심내는 물건도 아니다. 시골 아낙네들도 장을 봐온 생선을 다듬기도 전에 이 물건부터 발로 밟아 소죽 끓이는 아궁이에 먼저 밀어 넣었다. 바닷가 어물전 주인아주머니에게서나 소금 간한 생선 말리는 도구로 최소 재활용되는 정도의 물건이다.

이런 물건도 필요한 사람 마음에 들면 팔자가 달라진다. 개똥도 쓰기 나름이라는데, 생선 궤짝도 쓰는 주인 나름이어서 갤러리에서 당당히 한 자리 차지하는 궤짝도 있고, 거실이나 방 벽면 한편에 걸려서 오랜 세월의 척박했던 자기 존재를 향내 나게 하는 궤짝도 있다. 수도꼭지

틀어 흐르는 물에 생선 궤짝의 비늘을 씻어내고는 통풍이 잘되는 곳에 놓아두고 오랜 시간 배어 있는 꼬릿한 생선 냄새를 날려 보내고서 햇볕으로 잘 말려, 사포로 싹싹 밀어 표면을 매끄럽게 광낸 다음 엷은 색상을 살짝 칠한 후 귀한 존재로 탈바꿈시킬 수도 있다.

하지만, 생선 궤짝에게 이렇게 자기 존재를 탈바꿈시킬 기회가 올 가능성은 거의 없다. 사과 궤짝은 사과만 담다가 제 수명 다하게 되는지 모르지만, 생선 궤짝은 생선만을 담다가 꼬릿한 생선 냄새를 그대로 품고는 제 한 생을 마치게 된다.

생선 궤짝, 내 눈엔 정다운 사물이다. 풍요의 틀이다. 그 옛날 아주 소싯적, 초등학교 1학년 아니면 2학년이었을 소싯적의 갈치 궤짝이 먼저 생각난다. 우리 집처럼 외지던 작은 집에서 그 집의 어머니, 우리 어머니, 동네의 다른 어머니들이 궤짝의 갈치를 분배하여 나누던 그 일이 생각난다.

우리 몫의 갈치를 그 자리에서 바로 젓갈로 담았는지 그건 모르겠다. 분배한 그 갈치를 내가 우리 집까지 들고 왔는지 그것도 모르겠다. 형태가 비교적 뚜렷한 생각도 있고 희미한 생각도 있다.

희미한 게 많다. 유소년 시절의 일은 더욱 희미한 게 많다. 희미해서 더 그립다. 희미(稀微), 그 속에 희망이 있는 것은 아닐까? 희미하게 출발한 내 생, 여기까지 왔다. 여기까지 안내한 길잡이는 '희망'이었다.

삼천포 어시장, 이곳에 오면 끝 지점인 사량도행 배 타는 곳으로 나는 대개 간다. 편은 장을 보고 나는 궤짝을 본다. 손수레의 궤짝은 매번 수북하다. 여기서 탈 사량도행, 욕지도행 배를 꿈꾸어보기도 하지만, 마음은 대개 궤짝에 빼앗긴다. 매번 그런 건 아니지만.

냄새 없는 세상

냄새가 뭘까? 냄새와 향기의 차이는? 찾아보니 냄새는 코로 맡을 수 있는 온갖 기운을 의미하고 향기는 꽃이나 향수, 향초 등에서 나는 좋은 냄새를 말한다. 다시 말하면 냄새는 코로 맡을 수 있는 온갖 기운을 의미한다. 향기는 꽃이나 향수, 향초 등에서 나는 좋은 냄새를 말한다. 수학적으로 정리하면 향기는 냄새의 부분집합이다. 여러 가지 냄새 중에 좋은 것들이 특히 향기로 불리는 것이다. 그런데 예쁜 색깔들이 모이고 모이면 결국 검정이 되듯 좋은 향기에도 '과유불급'의 원칙이 존재한다.

나는 커피 냄새를 좋아한다. 시장에서 길 가다가 커피 아줌마 보이면 멈추어 커피를 청한다. 부산국제영화제 중에 남포동을 밤에 나가면 BIFF 광장 이곳저곳에서 앉아서 마시는 커피인들의 모습도 보기 좋고, 서서 담소하며 마셔들대는 커피 든 손들의 움직임도 생기 있어 보인다. 나도 들뜬다.

시장터에서의 커피 냄새는 나에게 더욱 좋게 다가온다. 여느 소도시의 시장터처럼 삼천포 중앙시장 터는 아직도 정겨운 풍경이다. 그쪽으로 갈 일이 있으면 난 나의 편과 함께 삼천포 시장터를 거의 들렀다 온다.

그곳 갯가엔 갈매기도 난다. 하기야 서해 안면도 꽃지 해수욕장 해변에도 갈매기는 날고 있었다. 아직 알려지기 전이고 길이 반듯하게 포장되기 전의 그곳 꽃지 해수욕장 풍경은 여름이었는데도 허허로웠고 공허했다. 거기도 갈매기는 날았다. 나는 갈매기 없었으면 공허를 내가 알아볼 수나 있었을까. 있으니까 '없음'을 알아보지.

아무튼, 갈매기가 나는 삼천포 중앙시장 골목 그 어귀에서 나는 커피 냄새의 유혹을 받았다. 나의 편을 보고 한잔 사달라니 안 사준단다. 나는 그를 끌었고 그는 나를 끌었다. 끄는 힘이 팽팽해서 가위바위보로 결정하기로 했다. 내가 이겼다. 편에게 속으로 용용, 메롱 했다. 나의 편이 한잔 사준다. 졌으니 사줘야지.

커피 아줌마가 커피 타면서 말을 한다. 그녀의 말들을 우리는 다 들었다. 그녀의 커피 휘젓는 손이나 말은 투박하였지만 인정스러웠다. 돌아와서 그녀가 한 말을 정리해보니 대충 이런 내용이었다. 어디서라도 들을 법한 내용이지만 시장터에서 직접 들으니 나에겐 더욱 진실로 다가왔다. 공명!

"나는 남편을 사고로 잃기 전에는 세 아이의 엄마였고 주부였다. 하루아침에 생계가 막연했고, 좌절과 허탈, 공허감으로 인해 그리고 어떻게 살 것인가의 고민 탓에 잠을 잘 수 없었다. 그러다가 깨달았다. 모든 문제를 한꺼번에 해결할 수 없다는 것을 말이다. 일을 한 가지씩 차근히 착수해야겠다는 것을 말이다. 이런 과정을 거쳐 오늘의 이 모습으로 굳건히 일어서게 되었다. 이런 식으로 하루하루를 산 결과 생활력이 강해졌으며, 이제는 그런대로 안정되었고 자녀들도 정상적으로 성장했다."

사실 삶에는 어려움이 많다. 그럴 때일수록 너무 멀리 볼 것이 아니라 하루 앞을 보아야 한다. 사람은 하루를 견디는 저력은 다 가지고 있다고 한다. 용감한 사람은 보통 사람보다 조금 더 용감한 사람이지 많이 용감한 것은 아니며, 무엇을 이루지 못한 사람은 아주 게을러서 그런 것이 아니라 조금 게을러서 그렇게 된 것이며, 무엇인가를 이룬 사람은 남보다 지속해서 조금 더 부지런해서 성공한 것이라고 한다. 우리는 단번에 여러 일을 할 수 없다. 한 번에 하나씩 해결해 간다면 비 온 뒤의 물기 머금은 초원이 아름답다는 것을, 슬픔 뒤의 강인한 믿음이 아름답다는 것을 알게 될 것이다.

그래, 모든 문제를 한꺼번에 해결할 수 없다. 한 가지씩 차근히 착수해야 한다. 그래, 내가 그것을 이루지 못했다면 많이 게을러서 그런 게 아니라 조금 게을러서 그랬던 거지. 아니 내가 이룬 것도 있다. 그건 내가 많이 부지런해서가 아니라 조금 더 부지런해서 이루어 낸 거지.

냄새가 없는 세상은 어떤 세상일까? 그런 세상은 빛이 없는 것만큼이나, 그리고 빛만 있고 어둠이 없는 것만큼이나 무미건조한 세상이 아닐까. 냄새는 이해와 공감에 크게 이바지하는 것 같다. 사태를 눈으로 파악하고 귀로 파악하지만, 눈과 귀만으로 사태가 다 파악되는 것은 아니다. 경험주의적 인식이론이나 합리주의적 인식이론을 여기서 말할 필요는 없다. 커피 냄새말고도 좋은 냄새가 많다. 시장통에서 사든 종이컵의 커피 냄새도 나에겐 참 좋다. 그런데 나의 진짜 향기는 무엇일까?

눈으로 보이는 것에 익숙한 시대다. 하지만 우리의 감각은 오감이라는 다섯 개의 채널을 통해 감지된다. '나'라는 이미지와 스타일은 향기로도 구분될 수 있다. 좋은 것만을 골라 섞어 어정쩡해진 냄새보다는 한 가지라도 확실히 구별되는 나만의 향기를 가져보자.

57번 상가에서 편은 멸치와 김을 샀다. 서울의 아이들에게 보내줄 오징어도 산 모양이다. 멸치 값 부담은 내 몫이다. 이곳에 오면 멸치는 내가 사준다. 그건 이 시장 출입 이래 전통이다. 멸치 사러 출입한 세월은 그럭저럭 한 20여 년 된다. 아주머니이던 주인이 이제 할머니가 다 되었다. 긴 세월을 찾아준 발걸음을 그는 무척 고마워한다. 요샌 그 빈도가 높아 갈 때마다 더 그런다.

중앙시장에서 볼일을 다 본 후 그 뒤편으로 나가 큰 도랑을 건너니 또 다른 시장 골목이 형성되어 있었다. 여기도 구경하고 가자고 편을 졸랐다. 다시 차를 세우고 그 골목을 걸었다. 나는 장돌뱅이가 아니다. 내가 돌아본 시장의 수도 그리 많지 않다. 그래도 나는, 시장은 생기가 돌고 붐비는 곳이라고 생각하고 있다. 생기를 잃은 시장도 있을 것이고 붐비기는커녕 쓸쓸해 못 견딜 분위기의 한적한 시장도 있을 것이다. 그래도 내 눈에 시장은 붐비는 곳이다. 붐벼도 부산의 부전시장, 동래시장 구포시장처럼 붐비는 것은 싫다. 한적하게 붐비는 시장이 좋다. 삼천포 시장과 장항시장, 구례시장은 그렇게 한적하게 붐비는 시장이었다.

5일장도 선다는 것이었다. 길 커피 리어카 아주머니가 알려 주었다. 길 커피 아주머니는 마주하는 시선을 피하고 있었다. 시선을 마주하면 핀트가 서로 어긋나는 눈을 가진 분이었다. 건네주는 커피 컵을 받으면서 손을 스치기라도 하고 싶었는데 그는 커피를 탈 때나 건네줄 때 돌아서서 그렇게 했다. 돌아서서 타주는 길 커피를 마신 경험도 생소한 경험이다. 이 지역 출입이 도대체 몇 년인데 난 5일장이 이 골목에서 선다거나 서리라는 생각이나 짐작을 전혀 하지 못했다.

메주를 봤다. 풋고추, 딸기, 걸려 늘어진 돼지의 나신 그 사이에 메주가 있었다. 메주가 생각났다. 메주는, 이루 말할 수 없이 빼빼하기만 하던 내 아버지가 면에서 돌아와, 그 몸보다 더 빼빼한 손가락들로 이루어진 손바닥으로 꼬아낸 빼빼 새끼줄의 그 메주였다. 메주를 보니 '메주'

소리를 들으면서 자라기도 했고 또 메주라는 별명이 적용되는 아이들이 곁에 늘 있었던 것이 회상된다. 메주! 새삼 정겨워 진다. 추억의 사물이다.

메주를 사지 못했다. 사자고 편의 소매를 끌까 말까를 고민한 것도 잠시였다. 설령 내가 메주를 사자고 말을 했어도 그런 나의 태도는 이해받지 못했을 것이다. 그게 먹을 풀빵도 아니고 맬 고무줄도 아닌데, 말하자면 무슨 추억의 물품도 아닌데 느닷없이 웬 메주냐고 핀잔 들었을 것이다. 내가 생각해도 뜬금없다. 메주에 이끌린 정이 말이다.

두어 번 돌아보다 저만치 갔다. 흐름에 합류한 것이다. 메주가 내 마음을 이리 끌 줄 몰랐다. 난 사실 메주-콩-콩밭-피다고라스로 이어지는 이야기의 맥을 잡으려고 했다. 그래서 한 '메주에 관한 묵상'이었다.

메주를 뒤로 두고 5일장 그 속으로 계속 가니 사람들은 서서 걸어 다녔다. 서서 움직이는 사람들 가운데 엎드려 좌판을 밀며 기어 움직이는 젊은이의 얼굴이 앳되었다. 메주, 나는 별명이 메주이던 중학교 친구 갑이도 좋아하고 편이 빚은 메주의 마르는 냄새도 좋아한다.

존재의 가루

실안노을길은 모충공원에서 시작된다. 쪽빛 언덕에 이어 영복마을을 지나면 산분령까지 인도가 없는 차도가 이어진다. 영복마을을 지나자 산분령 소공원이 나온다. 산분령 소공원에 이르는 송포동 이 길을 나는 무척 좋아한다. 삼천포에 갈 일이 있으면 바로 들어가지 않고 대개는 이 길을 따라 빙 돌아 들어간다.

이번에도 이 길을 따라 바다 언덕 높은 곳의 산분령 소공원에 도착했다. 도착하니 그전에는 보이지 않던 찻집이 하나 보인다. 이곳 언덕엔 초봄에 오면 보리도 파릇파릇 윤기 나게 자라고 있고, 유채꽃도 망울 맺고 있고, 그리고 초봄 햇살도 맑아 참 정다운 언덕이다.

그래서 건축물로 채우지 않고 비워 두었으면 바다 보기에 더 좋았을 자리인데 그런 집이 떡 하니 자리를 차지하고 있어 아쉬움이 크다. 하지만, 차 마시기에는 전망이 좋은 집이었다. 바다가 보이는 찻집이었기 때문이다. 바다 전망이 좋아도 보통 좋은 위치가 아니기 때문이다. 만일 바다로 난 창의 유리가 맑게 닦여져 있다면 따스한 온기의 유리 너머로 보는 바다색도 환상적일 것 같아서 그 찻집으로 들어가기로 했다. '카페 예원'이라는 이름을 달고 있었다.

편과 나는 창가에 앉았다. 과연 창의 유리가 깨끗했다. 또 컸다. 창가에 앉아 유리 너머로 보이는 실안동 앞바다 꼬막 딱지 섬의 이름을 눈이 큰 종업원에게 하나하나 확인했다. 저도, 마도, 둥근섬, 신섬, 늑도, 학섬, 초양섬, 모개섬, 코섬.

이 언덕에서 보는 일몰은 환상이다. 이곳 바다의 물결은 남해도와 창선도로 말미암아 호수처럼 잔잔하다. 태양은 바다로 곧장 빠져들지 않고 건너편 남해도의 산등성이 뒤로 서서히 숨어 들어간다. 낙조로 붉게 물든 바다 위로 고깃배라도 지나가면 그것은 말 그대로 한 폭의 수채화, 저녁노을 풍경이다. 삼천포서 부산 집으로 향할 때 이 길 일몰을 거쳐 가는 수가 많다. 어느 곳에서 보는 일몰보다 손에 잡힐 듯 가까이서 보게 되는 일몰이다.

난 재즈를 틀어 달라고 부탁했다. 특별히 재즈에 안목이 있어서가 아니었다. 순간적으로 든 생각이었다. 이 창가에선 재즈를 들어야 할 것 같다는 생각이 뇌리를 스쳤다. 적당한 음량으로 틀어 주었다, 간간이 귀에 익숙한 음악들도 나왔다. 반가웠다. 어차피 난 이젠 올드팬일 수밖에 없는 모양이다.

창의 유리 너머로 보이는 바다의 햇살이 눈부시다. 명멸을 거듭하고 있다. 재즈를 들으며 편과 나누는 간간의 대화 사이에 보게 되는 바다 수면엔 빛이 가루 되어 흩날리는 듯했다. 겨울의 의미가 가루 되어 뿌려지는 듯했다. 그것들은 잡으려 해도 손가락 사이로 금방 미끄러져 나가 주르르 흘러버릴 것 같았다.

가만히 보니 저것들은 시간의 가루, 존재의 가루, 아니면 무슨 근원(형이상학)의 가루라는 생각이 들었다. 내일도 이 모습은 반복될 것이다. 나 또한 저렇게 명멸할 것이고. 없다가 있게 되고 있다가 없어지는 존재의 사태. 볼거리가 많은 이 바다 해안선은 생각거리도 많이 제공했다. 점점이 늘어서 있는 섬들과 조금씩 피어오르기 시작하는 안개 그리고 또 등대가 어우러지고 있었다.

'움직임'조차도 '움직이지 않음' 속으로 품어버리고 마는 저 존재의 사태, 움직이지 않음은 있을 수 없다고 한 헤라클레이토스가 맞는지, 움직임이란 있을 수 없는 것이라고 한 파르메니데스가 맞는 것인지, 보는 중에도 내 사유의 전투장에선 한판 싸움이 붙고 있었다.

찻집을 나와 해변도로를 따라와 노산공원에 올랐다. 끝자락에 섰다. 바람이 시원하다. 오른편으로는 날렵한 창선교가 보이고, 왼편으로는 신수도가 보인다. 시선을 멀리 둔다. 겨울 바다는 마주 바라보기가 벅찬지 파도로 바람으로 소리로 탄성만 질러 댄다. 발아래 바닷물이 빠져나간 공간, 공허의 공간들은 그들이 잉태하고 껴안은 생명을 지키려는 고집으로 말미암아 새까맣게 지쳐 보인다. 하지만, 그 때문에 경건하기조차 하다. 까만 갯벌 가의 거친 모서리들이 고고하게 보인다.

그런 갯벌 곁에서도 나무들은 서 있다. 날렵한 해송 아니어도 그런대로 잘 빠진 나무가 자리를 지키고 있다. 바다 새들이 신나게 날아다닌다. 날아다니다가 날개가 아픈 새들은 죽방에 내려앉는다. 새들이 쉬고 있다. 쉬는 모습을 보니 일정한 간격이다. 하기야 죽방 그 나무들이 열 지어 서 있고 그 나무들 위로 새가 앉았으니 열 지을 수밖에 없는 거겠다. 날아오를 때 서로 날개를 부딪치지 않게 하기 위함은 아닌지….

아무튼 새들은 간격을 두고 앉는다고 한다. 우리가 까치를 좋아하는 이유도 이런 데 있다는 것이다. 조류학자들의 지적에 의하면 까치는 마을 가까이 둥지를 틀되 '불가근불가원'의 절묘한 거리를 유지한다고 한다. 사람과 적당한 거리유지 능력이 뛰어나다는 거다. 집 밖, 마을 어귀의 나무에 둥지를 틀고 적당한 음을 내면서 절제미와 균형미를 보여주기 때문이라고 한다.

사람도 그럴 것이다. 아무리 가까운 사이라도 적절한 거리 유지가 필요하다고 한다. 신체적 거리가 필요 이상으로 가까우면 불쾌감을 느끼게 되므로 서로의 존엄성을 위한 '배타적 공간'이 유지되어야 한다는 것이다. 최적의 대인 거리, 너무 가까이 해서도 안 되고 너무 멀리해서도 안 되는 거리, 그래서 인간(人間)이란 단어에 '사이 간'(間) 자가 들어 있는 것인지….

새가 날아온다. 날아와서는 가까이 앉는다. 앉는 듯하더니 도로 떼지어 날아간다. 시인 백무산을 흉내 내어 새에게 물어본다. "부리가 붉은 새여, 하늘을 날 때와 둥지에 앉을 때, 어느 때를 위해 사는가?" "꿈을 좇을 때와 생활에 충실할 때, 어느 때를 위해 사는가?" "어느 때가 일상이며 어느 때가 꿈인가?" "하늘에도 무서운 적이 있고 땅에도 덫이 있는데, 마음엔 숨겨진 비겁함이 도사리고 있는데, 언제나 날고 언제나 둥지를 틀 수 있는 네 자유는 어떻게 얻은 것인가?"

정말 저기 저 바다 새들은 바다 위 하늘을 날 때와 죽방에 앉아 쉴 때, 그 어느 때를 위해 사는 것일까.

버리는 곳 꽃섬

지금은 뜯겨 나가고 없지만, 뜯겨 나간 후 반듯한 도로가 되었지만 그 옛날 진주-삼천포선 철길이 깔려 있을 때 그 길을 걷던 일이 생각난다. 소년, 소년과 청년의 경계 지점에 서서 방황하던 시절의 얘기다. 그런 일들이 추억으로, 생각하면 눈시울이 젖어 오도록 시린 추억으로 남아 있다. 진주에서 사천, 삼천포까지 철길을 다 걸어보지 못한 것이 후회된다. 진주 역에서 개양까지, 강주 못 부근에서 사천 역까지, 사천 역에서 용현까지는 걸었던 기억들이 편린으로 남아 있다. 칙칙폭폭 기적 소리도, 퐁퐁퐁 동그라미로 솟아오르다가 옥수수수염처럼 길게 공중으로 늘어지던 백색의 증기도 잊지 못한다.

3월 초순 토요일, 달려 삼천포 가는 길이다. 와룡산이 보이는 용현 주문리, 아직 개통 전의 새 다리인 '사천 대교' 아래의 매인 배 없는 선착장에는 바람이 세게 불고 있었다. 닳고 닳은 깃발만이 바람에 저항하고 있었다. 항거할수록 바람은 깃발을 지우고 있었다. 조금만 더 지워지면 '버리는 곳이 아닙니다'가 '버리는 곳'으로 바뀔 판이었다.

영화, 〈꽃섬〉에는 세 여자가 나온다. 이 영화는 화장실에서 아이를 낳아서 변기통의 물을 내려 버리고는 자기를 낳은 여자인 어머니를 찾으러 가는 10대의 여자 혜나와, 설기저암으로 사형선고를 받은, 더는 노래할 수 없는, 노래로부터 버림받은 뮤지컬 배우인 여자 유진과, 딸에게 피아노를 사주려고 온몸이 검버섯투성이인 노인과 관계를 하려다가 노인이 복상사하는 바람에 남편에게 들켜버려 가족으로부터 버려진 여자 옥남 등 세 여자가 괴로움도 슬픔도 없는 꽃섬을 찾아가는 이야기다.

이들 세 여자는 육지의 삶으로부터 밀려나는 과정에서 우연히 만난다. 옥남은 혜나와 버스에서 만나 동행하게 되고, 승용차에서 자살하려던 유진은 옥남과 혜나 때문에 뜻을 이루지 못한다. 결국 이들은 남해 어딘가에 있는 꽃섬으로 함께 여행을 떠나게 된다.

눈빛이 슬퍼 보이는 10대 소녀 혜나, 남모를 아픔을 갖고 있던 혜나는 얼굴도 알지 못하는 엄마를 찾기 위해 남해행 버스를 타고, 거기서 우연히 30대 중반의 여자 옥남을 만난다. 버스는 옥남과 혜나를 인적 드문 산골짜기에 버려두고 북쪽으로 가버린다. 쪽빛 바다를 기대한 옥남과 혜나를 기다리는 것은 사람의 발길이 닿지 않은 하얀 눈밭뿐. 옥남과 혜나는 눈길을 헤매다 자살을 기도하던 뮤지컬 가수 유진을 살리고, 운명처럼 길 위에서 만난 세 여자는 모든 슬픔을 잊게 해준다는 꽃섬을 향한다. 죽음을 기다리는 노인, 욕쟁이 트럭 운전사, 코믹한 게이 밴드, 우직한 뱃사람 등 각양각색의 사람들을 만나며.

옥남, 혜나, 유진은 신나는 소풍을 가듯, 모험하듯 서로 부딪기며 마침내 꽃섬으로 가는 배를 타게 된다. 바다를 건너는 작은 배 안. 시퍼렇고 차가운 파도, 하염없이 휘날리는 눈보라에도 꽃섬을 향해 가는 세 여자의 표정은 밝고 비장하다.

DVD 영화를 주문했더니 택배로 금방 배달되었다. 〈꽃섬〉, 〈데칼로그(키에슬로프스키의 십계)〉, 〈위대한 개츠비〉, 〈초원의 빛〉, 〈폭풍의 언덕〉을 주문했었다. 오래전 본 영화를 저렴한 비용으로 다시 보게 되는 지금 세상은 참 좋은 세상이다. 피시 앞에 앉아 주문하면 금방 배달해 주는 참 빠른 세상! 꽃섬은 로드 무비다. 〈내가 마지막 본 파리〉는 주문한다는 게 그만 잊었다. 〈사랑할 때와 죽을 때〉와 〈사랑과 죽음의 마지막 다리〉 및 〈장마루 촌의 이발사〉는 있지 않았다.

자기 아이를 버리고, 자기를 버린 어머니를 찾아가는 혜나 이야기 때문에 이 영화를 볼 생각을 했다. 아직 개통되기 전의 다리 아래 선착장에서 '버리는 곳이 아닙니다'라는 깃발이 자기를 '버리는 곳'으로 바꿔버리려는 거센 바람에 맞서 닳도록 버티는 깃발의 글자를 보고는 버려진 이야기, 이 영화를 나는 생각했었다. 법정 스님은, 인생은 '버리고 떠나기'라는데, 버리고 떠나는 게 권유할 인생 살기라는데 그렇다면 10대 소녀 혜나는 처음부터 인생 살기를 제대로 체득한 셈이 되는 것일까. 자기가 버린 아이는 유산된 아이다. 세 여자의 인생 이야기가 가슴 아프기만 하다.

그런데 인생이라, 인생이 뭔데? 인생이란 사는 거 아니겠는가? 그렇다면 "사는 게 뭔데?" "사는 게 사는 거지, 뭐." 결국 '인생은 인생'이라는 말. 같은 말의 되풀이이다. 즉 동어반복(Tautology)이다. 그 말이 그 말인 거다. 동어반복은 어찌 보면 하나 마나 한 말이기도 하다. 무의미하다.

하지만 '인생은 인생'이라는 동어 반복적 발언은 사실 중요한 내용을 담고 있다. 이 말은 다양한 삶들은 모두 삶이라고 말할 수 있다는 것을 말해주고 있고, 삶이란 시간의 흐름에 관계없이 항상 동일하게 삶임을 말해 주고 있으며, 한 사람의 삶의 내용을 가리키며 '이게 인생이다'라고 지적하는 경우 그것은 삶이라는 실체와 그 삶을 지적하는 개념의 일치를 말해 주고 있기 때문이다. 동어 반복적 문장 때문에 사물이 일정한 개념과 이름을 가질 수 있게 된다.

사실 '인생은 나그넷길'이고, '눈물의 씨앗'이고, '허무한 것'인 것 같다. 인생은 한마디로 규정되는 총론이 아니라 다양하게 말해지는 각론이라고 한다면, 이 말들 하나하나는 다 맞는 말이다. 하지만 이 말 하나하나에 배타적으로 집착하면 그 견해를 인생에 대한 총론으로 고집하는 게 된다.

사실 개개인의 삶은 철학이나 종교에서 말하는 심오하고도 압축된 총론이 아니라 시행착오를 동반하며 진행되는 보통 사람들의 구체적 각론일 것이다. 그리 보면 이러한 개개 삶의 규정을 다 포용하는 적절한 표현방식은 동어 반복적 문장이 아닌가 한다.

'사는 게 사는 거'란 동어반복의 말속에는 사실 삶에 대한 거대한 긍정이 포함되어 있다. 이 말은 모든 인간의 개별적 경험을 '인생'이란 대전제 아래 포용하는 것이기 때문이다. 우리는 자기 인생을 긍정해야 할 것 같다. 내 인생이 결국 '내 인생'이니 말이다.

'버리는 곳이 아닙니다.' 희망을 버리는 곳이 아님을 깃발은 바람 맞서 외치고 있는 것 같았다. '버리는 곳입니다.' 절망과 슬픔을 여기서 다 버리고 가벼이 훌훌 돌아가라고 바람은 깃발을 통해 말해주고 있는 것 같았다. 바람이 인생인지 깃발이 인생인지…. 이 선착장에서 떠나면 어디 꽃섬에 닿을 수 있는 것일까! 꽃섬은 저기 저 다리, 저기 저 섬 건너 어디서 슬픔을 기다리고 있는 것일까. 두고 돌아 나오는 선착장엔 바람만 불고 있었다.

내가 노는 바다

나는 이 바다에 40년 이상 출입했다. 나의 편, 사람이 좋아서 정들기도 했지만 그의 마을의 먼 배경인 이 바다가 좋아서 정들기도 했다. 그렇게 해서 함께 산 세월은 이 바다에 지속적으로 출입하는 세월과 나란히 간다. 이 바다는 남해 중에서 작은 섬들이 많이 모여 있는 사천시 서포면 내구리 앞 바다이다. 남해안 어느 곳이 아름답지 않으랴만 이 바다는 올망졸망 모여 있는 그 섬들 때문에 더욱 고요하고 아름다운 바다다.

내가 가서 놀다 온 바닷속 섬 그 첫 번째는 작은 방아섬이다. 그때 늦가을 달밤의 방아섬 체험은 환상이었다. 겨울을 눈앞에 둔 11월 중순, 편과 나를 포함하여 우리를 태운 배는 그 섬을 향해 신나게 달렸다. 밤 10시, 달의 위치는 바다 가운데 빈 하늘 중천이었다. 바람이 찼다. 쌩쌩 달리는 배 위의 바람이어서 더욱 찼다. 작은 배, 우리 배는 빠르고 날렵하게 잘도 달려 그 섬에 도착했다. 남해대교 불빛이 멀리 보인다. 배를 대고 엔진을 끄니 달빛이 우리 위에 켜켜이 쌓인다. 소리 없이 몸 기대어 오는 바다의 작은 소리, 그것은 겨울을 초대하는 가을 바다의 만추 시그널이다. 바람 아래 달빛 파도는 흰옷 자락을 춤추듯 날린다. 전율이 느껴진다. 작은 섬 밤바다는 카오스가 아니다. 달의 하늘은 서너 점 구름과 별이는 숨바꼭질로 약간의 무질서다. 달은 쪼그라진 귀퉁이를 펴려고 헉헉대고 있다. 섬에 들국화는 보이지 않았다. 물론 달이 있다고 해도 어둠이었는지라 보지 못했을 것이다. 우리는 그 섬에서 세 시간을 머물렀다. 돌아오는 밤바다는 점령군 물안개 세상이었다. 물안개 그들의 진군은 장난이 아니었다. 적군처럼 밀려오는 안개와 같은 세력의 군단이었다. 그때 나는 늦가을, 초겨울 달밤 분위기에 너무 빠져 마음을 놓았기로 기관지 다치는 줄도 몰랐다. 덕분에 병원을 여러 번 갔어야 했다.

내가 가서 노는 섬 그 두 번째는 살강 섬이다. 무인도 이 섬은 내가 가장 오랫동안 출입하는 섬이다.

봄, 연안에서 가까운 작은 섬인 살강 섬에 왔다. 이 섬을 우리 아이들 외삼촌이 임대를 했기에 앞으로는 우리 섬처럼 드나들게 된다. 굴, 바지락 등을 캐기 위해선 물때를 맞추어야 하는데 마침 오늘이 적합한 때여서 찾아왔다. 복숭아 꽃이 활짝 피어 기다리고 있었다. 돌보는 손이 없이 방치되어 있으니 돌 복숭아 나무, 바닥으로 바짝 몸을 대다시피 누워서는 저쪽 뭍을 보고 있었다. 무슨 할 말이 있는 듯한 자세였는데 그런 게 없더라도 사연을 갖다 붙이면 전설이 되는 거, 그래서 애틋해 보인다. 편은 굴을 따고 있는데 나는 바지락이나 캐야겠다.

오늘은 물이 좀 늦게 들어온다고 하니 섬에서 느긋하게 머물러야 한다. 저기 앞의 선착장 부근의 아까시나무들, 아이보리 색 꽃송이들을 주렁주렁 달고 있다. 바야흐로 시작되는 초여름, 그러나 아직은 무르익은 봄이다. 굴과 말뚝 고동은 많은데 바지락은 영 없다. 애를 써서 캐도 겨우 채워지는 바구니! 편이 한 건 했다. 해삼을 한 놈 생포했는데 크고 싱싱하다.

가을, 찾아온 섬 여기 지금, 바람이 불지만 그리 차갑지 않고 기온 또한 온화하다. 섬에 배를 대기엔 아직 물이 덜 빠졌기에, 그 앞의 평평한 돌섬, 물이 차면 잠기고 물이 빠지면 드러나는 돌섬에 배를 먼저 대었다. 편은 굴을 딴다고 쪼시개를 부지런히 내리 쪼고 있는데 나는 건달처럼 어슬렁거리고만 있다. 물이 더 빠지면 본 섬인 저기로 걸어서 입도한다.

겨울, 편과 그의 형제들이 굴을 따는 사이 우리 남정네들은 마른 나뭇가지들을 줏어 모아 안전하게 물을 끓였다. 끓여 먹는 컵라면 맛이란, 또 블랙커피 그리고 구워서 까먹는 굴 맛이란! 살강 섬 원래 이름은 사강 도였다고 한다. 빛을 내는 모래가 있다고 하여 사광(沙光) 섬으로 불리다가 사강도, 살강 섬으로 바뀌었다고 하는 이 작은 무인도에서 해가 지는 오후 5시~6시 사이에 물 들기를 기다리는데, 추워도 너무 추워서 마른 나뭇가지를 주워 모아 불을 붙였다.

물론 아주 조심해서 그렇게 했다. 다행히 바람이 숨을 죽이고 조금 부는 바람은 바다로 향했다. 무인도에 머물던 7시간 동안의 라면, 떡국. 커피는 맛 중에서도 최상급 따봉 맛이었다. 추위를 대비하여 만반의 준비를 하느라고 해서 들어갔지만, 겨울 무인도에 들어갈 땐 그 이상의 준비를 하고 들어가거나, 들어가기 전에 한 번 더 고려해 봐야 한다는 교훈을 얻었다. 돌아오는 뱃길, 이 부근에서 제일 큰 산인 금오산 꼭대기의 불빛이 하늘 등대처럼 길을 밝혔다.

그리고 아이들과 다녀온 섬은 굴섬이다. 오늘 우리가 가는 섬은 작은 굴섬이다. 배가 속도를 내니 아이들이 엄청 들뜬다. 이날 따라 바람이 잠잠했는데 배가 워낙 쾌속으로 달리니 바람이 생겨서는 얼굴을 때렸다. 편은 챙길 게 많아서 배를 타지 않고 뭍에 남았다.

나는 이 날을 위해 구명조끼 다섯 벌을 미리 사두었었다. 오늘 목표 지점은 선착장에서 가장 먼 곳, 작은 굴섬이다. 배가 제법 깊숙히 들어왔다. 오른편으로는 남해대교가 가까이 보인다. 앞에는 창선대교가 한눈에 들어온다. 그 왼편에는 삼천포대교가 있다.

도착하니 작은 굴섬에는 소나무 서너 그루와 파라솔 두 개 그리고 몇 명의 사람들이 아름다운 그림을 만들어내고 있었다. 전국에서 가장 작은 해수욕장일 거라고 생각했다. 물에 들어가지는 않고 작은 해변을 거닐기만 했다.

바다 가운데서 배 타고 놀다 보니 시간 가는 줄 몰랐다. 해가 진다. 전어 축제가 펼쳐지고 있는 술상 포구에 배를 대고는 내려 어촌 마을 풍경을 이리저리 구경했다. 그리고 전어를 샀다. 출발했던 선착장 가까이 오니 우무섬, 널섬, 노루섬이 우리를 지켜보고 있다.

오후 8시, 오늘따라 밤 노을이 더욱 붉다. 노을 속에 잠겨 방파제에 앉아 저녁밥을 먹다 보니 노을이 사라지는 줄도 몰랐다. 노을은 날을 가두고 밤은 또 노을을 가둔 것이다. 어른들은 걸었고 아이들은 방파제 끝에 앉아 잔잔히 이는 물결 소리, 노는 물고기 소리를 듣고 있었다. 밤이 깊으니 이슬이 내리는 것 같다. 잠든 사람을 깨워 돌아가자고 했다. 고속도로에 들어서니 막혀 있었다. 부산, 집에 도착하니 새벽 두 시 반이었다.

내가 노는 바다, 그 바다에 가서 우리는 하루를 이렇게 놀다 왔다. 사강섬과 방아섬 그리고 굴섬, 내가 가는 섬이고 갈 섬이고 그리고 가고 싶은 섬이다.

일곱,
다시 올 봄의 화사한 첫차

버스 정류장에는 사람들이 서 있었다. 첫차는 생각보다 일찍 오지 않았다. 선착장 거기에도 사람들이 기다리고 있었다. 오지 않는 고도(Godot)를 기다리듯이 마지막 배가 오기를 기다리고 있었다.

간장독 하늘

봄을 설명할 수 없다. 순이 돋는가 하더니 잎이 되었고, 밭둑 또 논둑길이 연한 연두색으로 젖어 오는가 하더니 어느 틈에 초록이다. 오는 봄이라고 팔 벌렸더니 벌써 저만치 가고 있다. 피는 꽃에 눈웃음 보냈는데 다시 오니 지고 없다. 동백만 후드득 떨어지는 줄 알았는데 연한 꽃잎 벚꽃은 더더욱 후드득 몸 날린다.

길뫼재 뒤 장독대의 간장독, 간장을 비우고 채운 물 위에 벚꽃 한 잎 떨어졌다. 산벚꽃 잎 하나가 파르르 날아와 사뿐히 내려앉은 거다. 벌 한 마리, 잉 소리 내면서 두어 바퀴 헬리콥터처럼 선회하더니 곧바로 하강한다. 목표물은 그 꽃잎, 하지만 자기 날개를 간장독 물에 적시고 만다. 벌이 꽃잎을 포옹은 했지만, 상황은 위기다. 꽃잎은 흔들리고 벌은 요동친다. 이륙을 시도하지만 허사다. 몇 번 그렇게 하더니 잠잠해진다. 벌이 죽은 것이다.

물이 찬 그 간장독을 내려다보고 있는데 물이 갑자기 하늘로 변한다. 그래서 보고 있는 것은 물이 아니라 하늘이다. 물은 하늘을 닮아서, 또 하늘은 물을 닮아서 푸르다지만, 둘은 그렇게 서로 반영한다는 것을 알고 있었지만, 물속의 하늘을 처음 본 듯 새삼스럽게 보게 되었다. 내려본 하늘이어서 신기하기도 하다.

물속의 그 하늘엔 보고 있는 나도 있었다. 보고 있는 내 모습이 '하늘의 눈'이라는 생각이 든다. 그리 보니 나는 또 '하늘의 존재'다. 하늘, 새삼 하늘을 생각한다. 하늘을 닮아야겠다는 생각이 든다. 천성(天性)을 새삼 곱씹어 본다. 올려본 하늘이 아니라 내려 본 하늘에 내가 있다는 것의 의미를 깊이 생각해 본다. '땅의 존재'라는 것을, 낮은 데로 임해야 함을 꿀벌 정사의 간장독은 또 그 속의 하늘은 내게 교훈으로 준다.

그 옛날 양철집 우리 집의 장독대는 단이 높았다. 고목 석류나무가 있던 장독대에 서면 가무작살이라는 별칭의 동네인 원동 동네 그 가운데의 아이들 놀이터 봉분들 터가 잘 보였다. 동네 아이들 노는 소리가 잘 들리기도 했고. 정지문 바로 앞의 장독대 그곳은 그래서 전망대이기도 했다.

정지, 정지는 부엌보다 더 입에 익숙한 말이다. '정지'는 조선 시대 관북지방의 '정주간'에서 유래한 말이라고 한다. 정주간은 겨울이 몹시 추운 그 지방에서 볼 수 있는 가옥 구조로, 부엌과 안방 사이에 벽이 없이 부뚜막과 방바닥이 한 바닥으로 연결된 방을 지칭하는 말이라고 하고.

길뫼재 여기 장독대에서 내 유소년의 양철집 정지문 앞 장독대의 전망을 본다. 장독대 아래엔 도구통이 있었다. 길뫼재 장독대를 다시 보완할 생각이다. 독들이 지금은 바닥에 놓여 있는데 단을 좀 높이 쌓아서 올라서는 장독대로 만들 예정이다.

월요일이다. 도굿대와 도구통을 생각한다. 월요일과 도굿대, 도구통이 무슨 관련이 있는가? 없다. 유소년의 집 장독대 그 아래 도구통이 갑자기 머리에 떠올라 입에 올려 보았다. 나는 지금도 절구통보다는 도구통이, 절굿대 보다는 도굿대가 더 입에 익숙하다.

떡을 만들기 위해 불린 쌀을 도구통에 넣고 도굿대로 찧는 생각을 해 본다. 유년 시절의 우리 집에서 어머니는 여느 집들에서처럼 도구통에 무엇을 넣고 도구질을 많이도 하셨다. 식구 많은 집의 도구질이니 떡가루를 빻는 것보다 껍질을 벗기려 보리를 찧는 경우가 더 많았지만, 더러는 떡가루를 찧을 때도 있었다. 그리고 그때 옆에서 어머니 시키는 대로 도구 질을 거들 때도 있었다.

유소년의 회상이니 가물가물하지만 도구통 자리와 도구질 동작들이 눈에 선하다. 낚시할 때의 손맛이라더니 도구질할 때의 손맛을 기억하고 있다. 그래서 나는 지금 도구통이나 도굿대 같은 사물과의 친화를 생각하고 있다.

그 도구통에 걸쳐 앉아 기다린 봄날도 있었다. 지금 봄이 오고 있다. 하지만 아직은 겨울이다. 장년의 봄이 유년 시절처럼 오는 건 아니다. 비록 걸터앉을 도구통이 곁에 없지만 그래도 그렇게 봄 오기를 기다려 본다. 그 도구통에 걸터앉아, 콧구멍에 박혀 빠지지 않던 막 영근 감을 빼내지 못해, 공포에 절어서는 울면서 빼내려고 안간힘 쓰던 내 유년이 생각난다.

결국 빼내지 못하고 그 새끼 감이 곯아서 저절로 빠질 때까지 기다려야 했다. 그 도구통에 물을 채워 종이배를 띄우기도 했고 잡은 여치를 빠트려 헤엄치라고 닦달했던 기억도 있다. 무궁화나무 울타리 곁의 우리 집 그 도구통엔 떨어지는 꽃송이들이 많이 빠지기도 했다. 그럴 때 그곳은 부여 낙화암 삼천 궁녀 투신 물 자리.

그 도구통, 무거운 그 돌덩이를 시골집 철거할 때 부산까지 승용차 트렁크에 싣고 와서는 엘리베이터가 없는 우리 아파트 5층 베란다까지 기어이 들어 올렸었다. 물론 혼자서 옮긴 건 아니지만. 그때의 육중한 무게감이 지금도 몸에 배어 있다. 그렇게 보관하다가 다음 아파트로 이사할 때 기어이 버려야 했다. 돌이 자꾸 삭아 떨어져 더는 보관할 수 없었기 때문이다. 그 장독대와 도구통 그리고 도굿대가 오늘따라 더욱 생각난다.

비오델 이게 뭐람

물독 뚜껑 위에 놓아둔 한 줌 쌀이 그대로 있었다. 내가 없을 때 곤줄박이가 찾아오지 않았던 모양이다. 아니, 오긴 했을 것이다. 와서 밭에 놀다가 가긴 했을 것이다. 쌀을 얹어 놓은 물독 가까이 다가올 생각을 하지 못했을 것이다. 쌀이 물독 위에 그대로 있다고 부산 집에 전화했더니, "그릇에 담아 테라스 앞의 나무 아래에 놔둬 보지 그래요" 한다. 그래 볼까 하는 생각을 하면서 한 전화였다. 하지만 행동으로 옮기지는 않은 채 삽과 곡괭이, 거름 소쿠리 그리고 괭이 등을 챙겼다. 호박 구덩이를 팔 참이었다.

구덩이 열 개를 파고 나니 오후가 다 간다. 큰 돌이 많이 나오므로 처음부터 끝까지 곡괭이질이다. 물론 곡괭이질을 한 흙을 긁어내고 퍼 올리기 위해 괭이와 삽이 동원되지만 대부분 일은 곡괭이 몫이다. 지난번에 판 나무 구덩이 아홉 개를 합하면 열아홉 개의 구덩이가 큰 바위 밭에 생겼다. 심을 사과나무 세 그루, 복숭아나무 두 그루, 석류나무 여섯 그루, 살구나무 한그루 등은 이미 주문하여 배송을 기다리고 있다. 2월 중순에 택배로 받게 된다. 구덩이마다 소똥 거름을 한 소쿠리씩 가득 넣었다. 주렁주렁 달릴 호박을 상상했다.

해가 졌다. 초승달, 손톱달이 형제봉에 걸렸다. 그 달을 보다가 안으로 들어와 나팔을 들었다. 오늘 가지고 온 악보는 'Non Ti Scordar Di

Me', 이른바 '물망초'라는 곡이다. 어깨와 허리가 삐끗할까봐 조심한 곡괭이질이지만 내 수준에서 볼 때 가벼운 노동은 아니다. 몇 번 불다가 악보를 덮었다. 불면서 가진 의문 그러니까 물망초 노래를 알게 된 소년 시절 그때부터 가지고 있던 의문인 가사의 "비오델 향기로운 봄을 찾아"의 비오델에 관한 의문도 악보 덮을 때 함께 덮었다. 잠이 와서. 깎인 손톱달도 넘어갔다.

날이 밝았다. 물론 밝기 전인 새벽 4시에 일어나 자리에 앉았다. 산그늘이 아파트나 빌딩 등의 건물 그늘보다 더 짙은 모양이다. 이곳의 여명이 부산 집의 여명보다 늦다. 오늘 일은 차나무에 거름 주는 일이다. 차나무에 거름을 주고 나면 이번 겨울의 거름주기는 모두 끝을 맺는다. 말하자면 봄맞이 준비가 일단 완료되는 셈이다. 8시부터 시작한 일, 10시를 넘기니 배가 좀 고프다. 챙겨 가지고 온 밥풀과자와 커피를 새참으로 챙겨 테라스에 앉았다. 잠시 휴식, 꿀맛 같은 휴식 시간이다. 이때 푸드덕, 곤줄박이가 날아왔다.

셔터 한 번 급히 누르고 나니 푸드덕 날갯짓, 저만치 나뭇가지에 앉는다. 물독 위의 쌀을 앞쪽의 나무토막 위에다 옮겨 놓았다. 모이 준비가 되지 않아 급한 대로 쌀을, 내 식량인 쌀을 지금은 한 줌 놓았지만, 준비되는 대로 다음에는 새의 모이를 놓아줄 참이다. 일하는 사이에 유심히 살폈지만 내 있을 때에 쌀을 쪼아 먹지는 않는다. 아예 접근을 시도하지 않는다. 서너 번 얼굴을 보여주고는 어디론가 가더니 아예 돌아오지 않았다.

돌담 아래의 차나무들에 거름을 주는 것으로 오늘 일을 다 마쳤다. 이제부터 할 일은 연장 챙기고 돌아갈 채비하는 일이다. 이 또한 하나의 큰일이다. 시간을 제법 잡아먹는 일이다. 도그 하우스 자동 급식기에 사료를 챙겨 넣고 창고 문을 닫는 것으로 돌아갈 채비는 끝이 났다. 한 30분의 여유가 있다.

나팔을 들었다. 다시 물망초다. "해 없이 추움의 땅에서 저 제비 떼들 모두 떠나갔네. 비오델 향기로운 봄을 찾아…"의 물망초, 아마 고등학교 때 보았을 영화 '물망초'에서의 탈리아비니의 노래 속 아련한 물망초…. 영화보다 노래를 먼저 알게 된 것은 음악 시간 때문이었을 것 같고, 이런저런 물망초 꽃말을 듣게 된 것은 진주 남강이 내려 보이는 망경동 언덕 집의 고교 키 작은 친구를 통해서였다. 알게 된 순서 중에 영화는 맨 마지막이다. 꽃말과는 전혀 다른 내용의 영화였다. 영화의 원제는 '봄바람'이었다던가.

물망초는 그 무엇도 없고 그 무엇도 모를 서툰 사춘기 그때부터 생각만으로 아련해지던 그 '무엇'이었다. "비오델 향기로운 봄을 찾아"의 비오델은 미지의 세계로 이어지게 하는, 궁금증 더해주는 언어였다. 비오델, 노래를 배울 처음부터 분명 비오델이었다. 돌아가면 이번엔 꼭 확인해 보겠다고 생각했다.

부산 집으로 돌아와서는 오래되어 누렇게 바랜『학생 애창 300곡 집』을 폈다. 역시 '비오델'이었다. 비오델, 어느 장소를 말하는 것 아니겠느냐고 짐작하면서 확인 작업에 들어갔다. 비오델과 닮은 가사 단어는 viole이다. 집요하게 뒤졌더니 가사에 대한 해석이 나온다.

드디어 찾았다. 이런 뜻이었다. "제비는 떠나버렸네. 나의 춥고 해 없는 땅을. 제비꽃 사이의 봄을 찾아서(cercando primavere di viole). 행복의 사랑 보금자리를 찾아서…." 그러니까 비오델은 제비꽃을 말하는 것이었다. 그러니까 "비올레 향기로운 봄을 찾아"로 해야 할 것을 "비오델 향기로운 봄을 찾아"로 잘못 인쇄해, 그 당시 노래를 익힌 사람의 머리에 비오델로 고착시킨 것이다.

다시 내려온 산기슭 내 처소인 길뫼재의 오늘, 종일 비가 내렸다. 비를 맞으면서 일을 했다. 겨울비인지라 걱정했지만, 그리 많이 내린 비가 아니어서 그랬다. 새, 곤줄박이는 오지 않았다. 어디서 비를 피하고 있을 것이다.

제비꽃이 피면 그건 이 땅에 다시 봄이 온 것을 의미한다. 곤줄박이가 푸드득 날아왔다. 곤줄박이를 보면서 제비꽃 봄을 연상했다.

부산 집으로 돌아가는 고속도로, 비 내리는 고속도로인지라 엄청나게 천천히 조심 운전했다. 오늘, 거름 준 나무들이 비에 젖는 모습을 연상하면서, 비오델 그러니까 비올레 제비꽃의 향기로운 봄을 상상하면서 나는 마음이 젖어 있었다. 상념에 젖고, 필 매화의 봄에 젖어 있었다.

그때 봉숭아 물 손톱

날이 새는 내일이나 모레 봉숭아 꽃물을 손톱에 들여달라고 맏이와 막내가 제 어미에게 조르는 걸 옆에서 들었다. 서울에서 지리산 섬진강 악양 산기슭 여기까지 휴가 내려온 아이들, 둘째 내외는 먼저 다녀갔고 이번엔 막내 내외와 맏이가 왔다.

작년에 봉숭아, 채송화, 백일홍 등 다섯여 종류의 씨앗을 한 봉지씩 읍내 꽃집에서 사서 뿌렸었는데 모두 다 제대로 나지 않아서 포기, 잊고 있었다. 두어 그루 비실거리던 봉숭아가 해를 넘겨 올봄에 거기서 떨어진 씨앗으로 순을 올리더니 여름 폭우 장마철 지금은 더 이상 무성할 수 없이 무성하다. 엉성한 길뫼재 꽃밭은 그래서 지금 봉숭아 꽃밭이다.

맏이와 막내가 봉숭아 꽃물 얘기를 밤늦게까지 이어간다. 막내 사위와 나는 간간이 봉숭아 꽃물 얘기에 끼어들면서 끝까지 자리를 함께 했다.

부모인 우리도 비교적 젊었고 아이들도 한참 어렸던 때의 첫 아파트, 지금 우리 집인 아파트보다 작았지만 화단은 풍성했다. "봉숭아 꽃잎 찧어 우리 손가락마다 무명실 매어주던 엄마 손이 생각난다"라고 맏이가 회상하니 막내도 "맞다, 맞어. 엄마 그땐 봉숭아 계절에 여러 번 그래 줬어!"하고 맞장구친다.

두 번째로 이사 간 아파트에도 화단이 있었다. 맏이는 컸고 둘째와 막내도 제법 컸지만 그때에도 엄마가 봉숭아 꽃물을 손가락마다 들여주었다고 막내가 회상한다. "우리들 손톱에 꽃물이 들 때마다 엄마 손톱에도 꽃물이 들었잖어? 엄마 손톱 무명실은 엄마가 직접 매었잖어?" 하고 막내가 말한다.

지금 살고 있는 우리 집 아파트, 최근의 단지이니 지상에는 주차 공간이 없다. 그러니 부산의 어느 아파트 단지보다 정원이 잘 만들어져 있다. 하지만 1년생 화초는 거의 없다. 아니, 없지 않을 것이다. 내가 유심히 살펴보지 않아서 그렇지. 그리고 설령 있다고 하더라도 이제 꽃물 들여줄 손톱을 가진 아이들이 없다. 다 장성하여 서울의 자기들 둥지에서 머문다. 있다고 하더라도 그것 따러 22층에서 내려가기도 뭣하다. 있다고 하더라도 따면 안 될 것이다. 사유 공간이 아닌 공유 공간의 꽃잎을, 손톱에 물들이겠다고 나이깨나 든 사람이 따고 있다면 그 꼴을 누가 너그러이 봐주겠는가.

날이 새었다. 날밤 가리지 않고 몇 날 며칠을 그리 세차게 내리던 장맛비가 뚝 그치고 푸른 하늘을 보여준다. 전망 좋은 카페를 향해 남해로 달려갔다가 늦게 돌아왔다. 다시 날이 새니 하루 종일 비다. 그리고 오늘, 자기들 둥지를 찾아 서울로 올라가는 날, 짐을 챙겨 차에 싣고 시동을 건다. 그때 제 어미가 "참, 봉숭아 꽃잎, 막내가 자기 손가락에 물들이겠다고 꽃잎 따달라 했는데!" 하며 당황한다.

나는 막 움직이기 시작하는 아이들 차를 세웠다. 편이 봉숭아 꽃잎들을 빠른 동작으로 땄다. 나는 안으로 뛰어 들어가 비닐 팩을 가지고 나왔고. 꽃잎이 든 봉지를 받아 든 막내는 "엄빠 고마워, 물 잘 들일 께."

하고는 손 흔들며 출발했다. 맏이는 손톱 쳐다보고 있을 시간이 더 없어서 가져가지 않고. 그리고 조금 전 쎄울 먼 길 잘 도착했다는 카톡을 보냈다. 우리 손 흔드는 사진도 함께.

타인의 북 나의 북

짐 리브스의 머나먼 북소리(distant drums)를 듣는다. 1996년 노래다. 그 노래의 북소리를 듣는다. 짐 리브스의 머나먼 북소리는, 어둠 속에서 날이 밝아오고 아득히 북소리가 들리면 사랑하는 사람을 남겨두고 전쟁터로 떠나야만 하는 연인들의 애절한 이야기다. "아득히 북소리가 들리는군요. 저 멀리, 머나먼 곳에서. 만약 그들이 내게 돌아오라 한다면 나는 가야하고 그대는 머물러 있어야만 합니다.(I hear the sound of distant drums. Far away, Far away. And if they call for me to come, then I must go and you must stay.)" 프로테스트 송 같은 조용한 박력을 간직한 아름다운 발라드다.

북을 치고 싶다는 생각이 든 것은 아주 오래전이다. 구체적으로 하기 시작한 것은 80년대 초. 북을 치고 싶어서, 그리고 그 북을 다상 삼아 그 위에 찻잔을 놓고 차를 마시고 싶어서 하게 된 막연한 생각이었다. 그런 생각을 하게 된 어떤 계기가 따로 있었던 것은 아니었다. 막연하게 든 생각이었다. 말 그대로 뜬금없이.

북소리, 그건 나에게도 우선 먼 북소리였다. 둥둥 북소리는 멀리서 들려오는 소리였다. "어느 날 아침 눈을 뜨고 귀를 기울여 들어보니 어디선가 멀리서 북소리가 들려왔다. 아득히 먼 곳에서, 아득히 먼 시간 속에서 그 북소리는 울려왔다. 아주 가냘프게, 그리고 그 소리를 듣고 있는 동안. 나는 왠지 긴 여행을 떠나야만 할 것 같은 생각이 들었다."
(무라카미 하루키, 『먼 북소리』)

그리고 북소리 그것은 타인의 북소리였다. 내가 치는 북소리는 아니었다. "어떤 사람이 자기의 또래들과 보조를 맞추지 않는다면 그것은 아마 그가 그들과는 다른 북쟁이의 북소리를 듣고 있기 때문일 것이다. 그 사람으로 하여금 자신이 듣는 음악에 맞추어 걸어가도록 내버려 두라. 그 북소리의 음률이 어떻든 또 그 소리가 얼마나 먼 곳에서 들리든 말이다." (헨리 데이비드 소로, 『월든』)

또한 북소리는 이끌리는 북소리였다. 이끌리어 부르는 곳으로 떠나게 하는 북소리였다. "먼 북소리에 이끌려 여행을 떠났다. 늘어가는 분실물 이것이 여행이다…. 그리고는 또다시 눈에 보이지 않는 힘이 이끄는 대로 비틀비틀 벼랑 끝으로 다가가는 것처럼 여행길에 나선다." (장석주, 『추억의 속도』)

찻집에 갔다. 부산 대청동의 옛 미문화원 건물 앞 국제 시장 입구 부근의 찻집이었다. 북이 많이 진열되어 있었다. 만져도 보고 가격도 물어봤다. 그리고는 안 샀다. 차만 마시고 그냥 나왔다. 아직 확고한 결심이 서지 않아서였다.

10여 년 후 이번엔 중앙동의 북 파는 상점에 들어가 알아보았다. 이번에도 그냥 나왔다. 그로부터 몇 년 후 서울 인사동 골목에서도 북 집을 몇 군데 들락날락했다. 그리고 2000년대 중반에 와서는 인터넷에서 북을 뒤적이는 빈도가 늘어났다. 하모니카, 색소폰, 오카리나, 자전거, 수채화 도구 등에 대한 언급 시기와 빈도가 어느 정도 궤를 같이한다.

이것들은 내가 꾸는 꿈의 도구들이었다. 꿈이긴 하지만 어느 정도 현실화하고 있다. 하모니카, 색소폰, 오카리나, 접는 자전거, 북, 수채화 도구를 차에 싣고 다니는 꿈, 싣고 다니다가 차를 세우고 자전거로 네댓 바퀴 도는 꿈, 편이 삐뚤삐뚤 서툴게 탈 때 뒤에서 잡아주는 꿈, 폐교된 그 초등학교 운동장 구석에 홍매화가 피어 있으면 그걸 그리겠다고 수채화 팔레트에 물감을 짜는 꿈, 그리고 북을 두들기는 꿈, 불겠다고 색소폰, 오카리나 꺼내는 꿈….

고백하지만, 이 가운데 내가 제대로 하는 것은 하나도 없다. 특히 그림 그리는 일은 나하고 거리가 멀어도 너무 멀다. 하모니카는 두 개나 있다. 오카리나도 사고 색소폰도 샀다. 자전거를 입에 올리다가 자전거도 샀다. 차 트렁크에 싣고 다닌다. 수채화 도구는 아직 사지 못했다. 그런데 뜻밖에 나팔을 한 개 더 구했다. 그건 한 손으로 부는, 군부대에서 취침나팔, 기상나팔로 부는 군악 나팔이다.

북을 구했다. 드디어 북이 내 연구실에 들어왔다. 새 북은 아니다. 헌 북이다. 그래도 좋다. 80년대부터 꿈꾸어 왔던 북 하나의 소유가 2000년을 제법 넘긴 후 이루어진 것이다. 감회가 없을 수 없다. 생각하기에 따라서는 북 하나 구매하는 거, 별것 아닌데 말만 하고 실행에 옮기지 못한 나의 우유부단에 대한 자괴감도 들고, 다른 한편으로는 또 어쩌면 별것 아닌 꿈을 오랫동안 포기하지 않고 간직해 왔다는 자존감도 들었다.

북소리, 이제 그거 내게 먼 북소리가 아니다. 북소리, 이제 타인의 북소리가 아니다. 북소리, 이제 이끌리기만 하는 북소리가 아니다. 그렇다고 북소리가 가까운 소리일 수만은 없고, 나의 북소리일 수만은 없고, 이끄는 북소리일 수만은 없음을 안다. 그래도 이제 북소리는 가까운 북소리, 나의 북소리, 이끄는 북소리다. 북을 가졌으니 나는 이제 북쟁이가 되었다. 나팔을 가졌으니 나팔쟁이이기도 하고.

북을 부지런히 쳐서 고수가 되면 내친김에 동네북이 된다? 사람들 마음의 북과 하나하나 공명을 일으킨다? 그리되면 좋겠지만, 그 경지에는 죽다 깨어나도 도달하지는 못할 것 같다. 내 마음의 북을 건드려 일으키는 공명의 경지에만 도달해도 만족하겠다. 내가 지금 말하고 있는 북은 풍물북, 사물놀이의 그 북을 말한다.

유소년 시절의 동네 친구 아버지가 북쟁이였다. 그 분은 한쪽 다리에 심한 장애를 가지고 계셨다. 복장은 늘 흰 바지저고리 두루마기였다. 그리고 모자는 파나마모자. 영화 '서편제'에서 소리꾼인 유봉(김명곤 역)이 하고 있는 복장과 같은 복장이었다. 유봉과 그의 딸 송화(오정해 역), 아들 동호(김규철 역)가 고달픈 인생사를 잠시 뒤로 미루고 신명 나게 어우러져 진도 아리랑을 부르던 그 한 판 춤 장면에서의 유봉을 보고 난 영화를 볼 그때에도 북쟁이이신 친구 아버지를 순간적으로 연상했다. 친구 아버지는 '굿쟁이'이셨다. 북을 자전거 뒷편의 짐칸에 싣고 불편한 다리로 잘도 타시던 모습이 지금 내 뇌리에서 아련한 서편제가 된다.

북 이제 나의 북, 북소리 이제 나의 북소리…. 북을 치는 이참에 동네북이나 될까.

북소리 그건 내게 아련한 충동이다. 좀 과장된 표현이긴 하지만 그건 내 존재의 시원 그 지평을 열어주는 미세한 충동, 미세하지만 진폭이 작지 않은 둥둥둥 울림이다. 난 '둥둥'이라는 이 글자가 좋다. 글자만으로도 북소리의 울림이 전해진다.

오요요 강아지풀

"오요요, 오 요요요" 하며 부르니 손바닥 강아지풀이 털을 세우고 몸을 흔들며 앙증맞게 위로 오른다. 우리는 어린 시절에 이렇게 하고 놀았다. 강아지풀을 손바닥에 올려놓고 아랫입술을 튀겨 오요요, 오요요 하고 소리 내어 부르며 강아지풀이 앉아 있는 손바닥을 흔들었었다. 소년도 지나고 청년도 지났으며 중년도 지나 이제 장년인 지금, 내 손은 다시 소년으로 되어 강아지풀 흔든다. 손안의 강아지는 오소소 하고 떨며 손목 위로 오른다. 울컥 그리워진다. 어디로 향하는 것인지도 모르는 그리움이다. 긴 그리움, 강아지풀 그리움이다.

강아지풀 이삭을 반으로 갈라 코 밑에 붙이면 멋진 수염이 되었다. 또 코나 귀를 간지럽혔다.

울안이고 밖이고 간에 그냥 놓아두면 바랭이 강아지풀이 제멋대로 퍼지고 자라 길도 마당도 풀밭으로 되고 마는 여름 가운데 있다. 시골엔 요새 노는 밭이 많다. 노는 밭의 풀들도 마찬가지이다. 어디가 밭이고 어디가 풀밭인지 모르겠다.

비탈의 참깨밭 위의 고추밭에 갔다. 가서 보니 고추들은 주인의 바쁨을 아는지 본래의 야성을 발휘하여 풀과 벌레와 전쟁을 치르면서 스스로 열리고 자라고 붉어가고 있었다. 자연의 자연스러움! 그 앞에서 나는 또 한 번 겸허해진다. 바랭이와 강아지풀들이 고춧대와 키 재기를 하며 놀고 있었다. 놀이기구 없어도 지네들끼리 잘도 놀고 있다. 어린 메뚜기, 방아깨비, 새끼 사마귀들도 함께 잘도 놀고 있다. 내 돌아가고 나면 그것들은 더욱 신나게 놀기 시작할 것이다, 아마.

그러고 보니 땅은 누구의 편도 아니다. 고추 모도 자라게 하고 강아지풀도 자라게 한다. 메뚜기, 잠자리도 맘대로 놀게 한다. 그런데 나는 은근히 고추밭 편을 들고 있는 것 같다. 자연과의 친화가 어쩌고저쩌고, 생태적 안목이 어쩌고저쩌고하면서 바로 얼마 전의 어떤 학술대회에서 논평자랍시고 지껄이고 왔는데. 고추밭 강아지풀, 고추밭 고추잠자리 그들도 그 밭의 주인인데!

여름엔 생명이 무성하다. 풀들도 무성하고 꽃들도 무성하다. 벌레도 무성하다. 그래서 스님들은 하안거를 지낸다고 하던가. 풀꽃들이 무성히 피어있다. 꽃들이 아름답다. 내 눈엔 꽃만 꽃으로 보인다.

그런데 가만 보니 들판의 풀들이 다 꽃을 피운다. 길가에 아무렇게나 자라는 오요요 강아지풀도 꽃을 피운다. 강아지풀 그것이 바로 꽃이었다. 다시 보니 강아지풀 너 참 꽃답다. 꽃만 꽃으로 본 내 눈이 범속했다. 여름 바람으로 뒤집히는 무성한 잎새, 흐르는 아침 냇물, 무, 배추 밭머리를 지나가는 농부들의 고단한 등, 아침 안갯속에 서서히 드러나는 느티나무의 저 부러진 무욕의 허리 그리고 고추밭의 강아지풀 그 모두 꽃인 것을. 시선의 중심에 자리하는 모든 것은 다 꽃일 수 있는 것을.

해가 진다. 여름 해는 서산에 떨어져도 어둡지 않다. 방둑에 소가 누워 있다. 데리러 올 주인집 열두 살 딸을 기다린다. 소가 나를 쳐다보며 큼지막한 눈을 껌뻑껌뻑 한다. 순진하게만, 천진하게만 보인다. 소 콧구멍에다가 강아지풀 갖다가 간지럽게 했던 악동 시절이 생각난다. 그때 그렇게 하면 소는 참 열을 받았었다. 눈을 부라리며 씩씩거리고 침을 질질 흘렸었다. 그래도 그 소는 나를 정면으로 째려보지는 않았다. 순진한 소, 마음씨 좋은 덕구 아저씨 같던 소! 그 소는 이제 없다. 그 소가 그립다. 그 콧구멍 생각난다!

가을이 아닌데 한여름인데 코스모스 한 두어 놈이 우뚝 피어 있다. 참 건방져 보인다. 당돌하게도 보인다. 도도하게도 보인다. 그 옆으로 강아지풀이 고개 숙이고 있다. 꼭 잘못을 부끄러워하고 있는 것 같다. 가득 찬 씨앗도 무거운데 내리는 비, 아침이슬 때문에 물까지 머금게 되어 땅에 닿을 듯 머리를 숙인 강아지풀의 목덜미를 잠자리 한 마리 무심하게 누르고 있다.

그 위로 바람이 분다. 시원하다. 바람의 마음을 알 것 같다. 바람이 가장 잘 하는 일은 드리운 들판의 안개를 걷어 올리는 일이다. 나무를 깨우고, 날 것들의 날개를 말리고, 밤새 행군한 계곡의 물들을 눈 좀 붙이라고 바스락 소리로 덮어주는 일이다. 풀씨를 멀리 실어 가고, 어부의 땀을 씻어 주며 곡식들의 얼굴을 토닥거려 영글게 하는 일이다. 그러다가 밤이 되면 바람도 강아지풀 그리고 그 위의 잠자리와 함께 어둠을 이불로 덮고 잠을 자는 일이다.

고추밭 강아지풀들을 가만히 보니 쑥부쟁이, 토끼풀, 바랭이 그리고 내 이름 몰라 잡초라 부르는 풀들과 더불어 있다. 척박한 땅에서 기꺼이 서로서로 모시고 있다. 보란 듯 발돋움하여 옆 풀들에 그늘 드리우지 않고 어우러져 있다.

박노해 시인 말마따나 이 시대, 위태롭지 않고 위급하지 않은 삶은 없다. 모든 삶의 자리는 나름대로 다 척박하다. 변화의 물살에 지탱하기

버거운 우리네 삶의 자리, 비탈진 자리, 척박한 자리, 그 자리에서 나는 강아지풀, 바랭이풀들이 서로 더불어 사는 것처럼 더불어 사는가?

그들이 서로 위하여 사는 것처럼 나도 '위하여' 살고 있는가? 신이야 나보다 더 힘이 센 분이니까 그를 위하여 산다는 명분을 쉽게 정립할 수 있지만, 가족이야 내 가족이니 그들을 위하여 흘리는 땀이 당연히 그래야 하는 땀이지만, 바퀴벌레를 위하여, 강아지풀을 위하여, 내가 그 이름을 모르는 약자를 위하여 사는 부분이 내 삶의 전체에서 일부라도 있는가?

강아지풀이 바랭이 또 토끼풀을 모시고 사는 것처럼 나도 모시고 살아야 하는데. 모시고 살지는 못할망정 그늘이나 지우지 않고 살아야 할 텐데. 이 시대 삶의 자리는 나름대로 다 척박하다. 그러면서 또 척박한 그 자리에 꽃은 또 핀다. 꽃, 강아지풀!

격자창 가을 사랑

내가 그곳으로 갔을 때는 동네의 집들을 육중한 기중기가 무너트리고 난 후였다. 그런데 미쳐 다 무너져 내리지 못하고 넘어진 몸을 추슬러 일어나려는 듯 버티며 서 있는 집이 한 채 있었다.

"무참히 무너져가는 집의 그 모습을 보려고 달려갔던 것은 아니었다. 조그만 구석방에서 유년기 소년기 청년기를 보내면서 내가 마주 보고 별을 헤며 아침의 여명을 맞이하기도 했던 그 창문을 꼭 간직하고 싶었다. 어느 날 문득 창을 열면 둑길에 아슴히 피어오르던 연둣빛 봄을 발견하게 되기도 했고 감나무 모과나무 눈 틔우는 소리가 들리는 듯도 했으며 종달새 날아가는 것을 보기도 했다. 동경처럼 시냇가 그 멀리 늘 푸르게 보이던 미루나무와 까치집들, 낙엽이 톡톡 창호지 문을 때리며 덜어지던 밤들을 나는 잠 못 들어 뒤척이기도 했다. 때로는 연 날리는 소년들이 보이기도 했고 둑길을 태우던 황홀한 겨울 불꽃이 보이기도 했다. 바람에 살랑대던 망초 꽃과 쑥 향내도 잊을 수 없다. 초라한 동네였지만 그 격자창을 통해 내 추억의 장에 새겨진 한 폭 한 폭의 그림들은 더없이 찬란하고 귀하기만 하다."(이행수, 『내 영혼 속의 장미』, 교음사, 1996, 155-156쪽, 「고향 집 무너져 길이 되어 버리던 날」 일부.)

그 집은 뜰에 안개꽃이 피어있던, 내 『영혼 속의 장미』 저자가 가져오고 싶어 한 그 격자창의 방이 있던 집이었다. "여기 안개꽃 앞뜰, 저기 대령의 집 격자창 그 방"을 짐작하며 나는 한참 바라보고 서 있었다. 대령의 딸인 저 책의 저자에게 연둣빛 봄을 보여 주던 그 강둑, 모과나무 눈 틔우고 종달새 날아가던 그 강둑은 그대로 집터 뒤에서 길게 누워 있었고, 그 강물 그 들판도 그때는 아직 그대로였다. 폐허엔 늘 개선장군 휘하의 승리부대처럼 우쭐대며 늘어서 있는 망초들을 볼 수 있었다. 그날따라 망가진 그 동네의 망초들은 더 무성히 피어있는 것으로 보였다.

그 동네가 내 동네가 아니고 그 집이 내 집이 아니며 그 공간이 내 유년 소년 청년의 공간이 아닌데 그 강둑 그 강물은 나를 왜 그리 불렀는지 모른다. 3년, 10년이 훌쩍 가고 15년 부근을 지나갈 무렵에야 잡아주는 세월의 손에 끌려 격자창 그 집의 동네로 홀린 듯 갔었다. 갔을 그때 대도시에 이어진 그 동네는 다 망가지고 있던 참이었다. 내 동네도 그런 이유로 흔적 없이 사라지는 것을 경험한 터라 자기 터를 잃어버린 사람들의 심정이 헤아려진다.

격자창 그 창문이 눈에 떠오른다. 내 추억의 장 두어 폭 그림을 찬란하게 비춰주는 격자창 창문이다. 세월이라는 이름으로 쌓이는 켜가 두터워질수록 안개꽃 뜨락의 그 집 마당이 박하사탕처럼 알싸하게 너울진다. 봄 사랑처럼 또 가을 사랑처럼. 마음 화선지, 거기 적힌 먹빛이 희미해져도 하얗게 마름 한다고 해도 잊히지 않는 초원의 빛이다. 격자창 그 너머로 안개는 꽃피고 강둑의 풀들은 빛 비춘다. 꽃은 안개꽃, 빛은 초원의 빛. 창은 격자창….

격자창 그 집 뒤로 대전과 유성을 가르는 갑천은 저렇게 흘렀다. 그 시골 마을이던 유성은 지금 대전광역시 유성구로 되었고. 저만큼 넓은 강은 아니었다고 생각된다. 그 강은 도회 변두리였다. 지금은 큰 그 도시의 중심부 중의 중심부. 그 도시에 나는 자주 가서 머물렀다. 봄에 가면 아지랑이가 피어올랐고 종달새도 둑에서 하늘에서 노닐던 것으로 회상된다. 지금도 안개꽃을 보면 격자창의 그 대령 집이 생각난다. 지금 내가 서서 보고 있는 저 강은 하동 옥종 들판을 가로질러 흐르는 경호강이다.

김광섭의 시 〈성북동 비둘기〉의 성북2동, 거기서 잘 나가던 호화판 술집이 길상사라는 이름의 절로 되었다. 어느 늦가을에 길상사에 가니 구석에 당국화가 피어 있었다. 당국화 또는 과꽃, 과꽃으로 불리게 된 유래를 알고 나서는 더욱 애잔하게 보이는 꽃이다. 과꽃이라고 불러도 서러움이 가시지 않는 애틋한 꽃이다. 내 유년의 앞뜰을 그나마 희망으로 채워주던 꽃이 당국화고 나팔꽃이고 맨드라미고 칸나였다. 장미는 나중의 이야기고. 성북동이 생각난다. 가고 있는 가을의 뒷모습에서 격자창도 보인다. 내 영혼 속의 장미와 안개꽃 그리고 격자창….

옛 집터 찔레

누구는 초등학교 졸업 후 바로 마을을 떠났고 또 누구는 중학교 졸업한 후 떠났다. 또 누구는 마을에 남았고. 나는 중학교 졸업 후 2년 더 있다가 떠났다.

그리고는 또 마을이 사라졌다. 우리 동네 하동이 먼저 사천 공군부대 부지로 편입되었고 우리 집터는 그 부대 골프장의 중심 건물 자리가 되었다. 집 아래 신작로 건너편의 우리 우물과 못 둑 바로 아래 우리 논 그리고 논 바로 위의 원동 못도 다 부대 부지로 들어갔다. 그 후에 옆 동네인 원동, 다른 이름으로는 가무작살이 또 편입되어 마을이 통째로 사라졌다. 우리 집은 두 동네 중간 지점에 있었는데 원동이 더 가까웠기에 나는 우리 동네 하동보다는 가무작살 원동에 가서 더 자주 놀았다. 성당 다니는 사람들이 대부분이던 동네 원동 마을.

가무작살을 떠난 친구 중에 맨 먼저 떠났던 그리고 가장 멀리 떠났던 ○이 형이 나타났다. 60여 년 만이다. 우리 마음의 다리인 열물 다리가 그를 나의 열물 다리에 관한 글로 이어준 것이다. 인터넷 항해 중에 열물 다리에 관한 나의 글 아래 단 그의 댓글이 매개되어 서로 연락, 길뫼재 이곳에서 극적으로 만났다. 동안이 노안으로 바뀌어 마주 선 우리, 만감이 교차했다. 어디서 무엇을 하며 어떻게 살았는지 대화 나눈 후 우리는 소년 시절의 일곱 명 사진의 동무들에게 연락하기로 했다. 셋은 하늘나라로 먼저 갔으니 남은 넷, 연락되었다.

그렇게 다시 만난 우리 다섯, 배우자들을 합해 열 명, 우리 열 명은 어릴 때 뒹굴었던 가무작살 그 마을 터에 가보기로 했다. 지금은 그곳이 공군부대 소속이기에 철망을 치고 경비를 서는 초소 군인이 육중한 철문을 열어주어 들어갈 수 있었다.

그때 나는 일행과 잠시 떨어져 내 유년의 땅 옛 집터 그 아래 못 둑 가까이 갔다. 옛 집터는 골프장 가운데여서 가 보지 못하고. 5월 하순 그때 봄은 보리밭 그 위로 또 이랑 그 사이로 너울처럼 스쳐 지나가고 있던 때였다.

옛 집터 아래 그곳 고목 플라터너스 늙은 나무가 외로이 지키고 있는 도랑둑에는 하얀 꽃 찔레꽃이 수북이 피어 있었다. 붉은 꽃 찔레도 없지 않다는데 그때 찔레는 눈부시게 하얀 꽃 찔레 덤불이었다. 돌아보니 여기저기 덤불들은 숨어 있었다.

찔레, 찔레는 누구로부터도 기별받지 못하고 누군가가 그에게 기별하지 않아도 늦봄 5월이면 그리움 하나만으로 한세상 살아가면서 표연히 꽃을 피워 올린다. 찔레는 그리움에서조차 소외되어 후진 땅 뒤에 돌아앉은 채 가시로 얽힌 몸을 서로 비비며 그들끼리의 절박한 애정을 소리 없는 웅성거림으로 표현한다. 자기들의 세상을 지키려는, 앉아서 지키는 저 외로운 미련, 그들이 무더기로 피는 이유를 나는 모른다.

유소년 그때 앞산 공동묘지 길섶엔 찔레가 있었다. 공동묘지, 그 이름만으로도 경계심리가 발동되지만, 낮에 거기로 가면 전망이 사방으로 확 트여 경치 좋았기에 가슴이 뻥 뚫리던 전망 좋은 얕 산이었다. 거기엔 패랭이꽃, 제비꽃, 할미꽃도 있었다. 빛바랜 버선 짝을 그 앞에 품고 있기도 하던 그때 찔레 덤불, 비가 내린 후면 찔레 순은 열 뼘, 스무 뼘으로 가웃 자라 하늘을 찌르고 있었다.

찔레꽃 꽃잎을 따 먹은 기억은 없다. 순은 순하다. 통통하고 순하고 연한 찔레를 순으로 따서 껍질을 벗기면 슬쩍 벗겨진다. 벗겨진 순을 먹은 기억은 있다. 맛은 없었던 것 같다.

모를 심기 전의 논에 지천으로 깔렸던 메꽃, 이름을 몰라 나팔꽃이라고 했던 메꽃의 하얀 뿌리도 캐서 먹었다. 찔레 순은 장난삼아 먹었고 메꽃 뿌리 모매 싹은 밥 삼아 먹었다. 먹고 나면 취해서 비틀거리기도 했다. 나팔꽃이라 여겼던 메꽃, 지금 봐도 구분되지 않는다. 고구마꽃과도 너무 닮았다. '모매 싹' 이 말을 알아듣는 사람 있으려나. 우리는 메꽃 뿌리를 그렇게 불렀는데. 그때와 비교하면 지금은 나 부자다. 세끼 밥 끄떡없이 먹고 지내므로. 아직도 밥이 제일 맛있다. 피자보다 햄버거보다 밥이 맛있다.

아버지 찔레, 일하러 가시는 아버지의 길에도 찔레 덤불은 있었다. 엄마 일 가는 길에만 찔레가 있었던 것은 아니었을 것이다. 엄마 일 가는 길에 하얀 찔레꽃! 가난으로 등 휘고 팔이 굽은 우리네 아버지들, 괭이 들고 쇠스랑 메고 터덜터덜 가시는 그분들의 들길에도 찔레는 피어 있었을 것이다. 이른 새벽, 책보를 싸서 메고 초등학교로 공부하러 가기 전에 풀 캐러 비틀비틀 사립문을 나선 나의 못 둑 길 구석에도 찔레는 있었으니까.

못 둑 바로 아래의 우리 논에서 휘어진 등을 보이며 허리를 굽혀 거머리 논에서 피를 뽑다가 겨우 펴서는 '휴' 하시던, 괭이질 세 번마다 그 괭이 잡고 겨우 허리 펴 '훠이' 하시던 약골 울 아버지, 자유당 말년에 강제 퇴직을 당하신 후 철필 대신 잡은 괭이의 그 무게조차 버거워하시던 훌쭉한 우리 아버지, 그리 들지 않은 연세이셨지만 어머니의 등쌀과 대책 없이 입만 큰 여덟 자식새끼 입 메울 사명감에 잡은 괭이 또 삽이었지만, 그것들은 그분에게 갈 길을 재촉한 족쇄일 따름이었다.

남보다 빨리 가셔서 경치 좋은 산천에 흙 되어 풀이 되어 누워 계신 지금, 누웠기로 편하실까? 편히 쉬실까. 밥 먹을 일 없어 배고프지 않으실까? 자기 무덤 그 곁에서 가웃 자라는 찔레를 보시고 "찔레꽃 붉게 피는 남쪽 나라 내 고향" 하실까? 아니면 "찔레꽃 하얀 꽃은 맛도 좋지" 하고 계실는지. 누워계신 그 옆은 찔레꽃 지천…. 아버지 찔레, 아버지와 찔레!

> "이제 쉬었다 가요 / 나무 작대기도 거기 내려놓으시고요 / 당신이 좋아하시는 찔레꽃도 환하게 피어났어요 / 찔레꽃 가뭄 들면 하늘만 바라보던 / 섬진강 웃대꿀 열댓 마지기 논배미는 / 평생을 지고도 다 못 진 당신의 등 지게였다지요 / 경운기도 못 다니는 비좁은 논둑길을 / 등판이 휘도록 혼자 짊어지고 다녔다지요 / 막걸리 한 사발 들이키고 / 괜찮다 괜찮다 하며 어깨의 통증 / 밤새도록 돌아눕곤 했다지요 / (중략) / 당신이 내려놓은 무거운 등지게는 / 이제 내가 지고 가요" (양형근 <찔레꽃> 일부.)

어머니 찔레, 밤은 깊지 않아도 까맸다. 우리네 어머니들 들판에서 모심고 피 뽑고 나무하고 밭을 매고는 까만 밤을 혼자서 나무 짐을 머리에 이고 걸어오셨다. 걸어 뛰어오시기도 했고. 어머니들 발목은 내내 아팠다. 팔목도 아팠고. 구순도 많이 넘긴 울 어머니, 이제 허리도 팔도 사족을 못 펴신다. 이 글을 쓸 때에는 어머니가 생존해 계셨다. 어머니는 94세를 일기로 찔레꽃 무성히 피는 5월에 귀천하셨다.

발목 팔목 아픈 것쯤이야 입에도 못 올리고. 편도 지금 아픈 팔목 어깨를 밤마다 하소연한다. 팔목이 아파도 또 팔목을 쓴다. 하소연 그때마다 나는 죄인!

"느그 아부지는 학교 댕길 때 / 공부는 잘했다는디 / 할 줄 아는 것이 암껏도 없시야 / (중략) / 딸딸거리는 경운기 몰고 가면서 / 경운기의 시동도 못 거는 양반이라고 / 자꾸만 아버지를 흉본다 / 마늘 뽑다가도 '동물의 왕국' 본다며 / 찔레꽃 한 아름 꺾어 들고 / 집으로 들어가는 아버지를 두고 / 엄마는 원수, 사자, 속창시 없는 인간이라고 / 오후의 햇살 아래 험담을 널어놓는다 / 한동안 찔레꽃 향기로 / 가득해지는 우리 집 방안 / 무담시 순해지는 엄마, ○○○ 씨" (김경애, 『가족사진』, 천년의 시작, 2015년, 19쪽, <찔레꽃 아버지> 일부.)

김경애 시인의 <찔레꽃 아버지>는, 아버지 찔레인 줄 알았는데 다시 읽어 보니 어머니 찔레다. 소설가 이문구는 우리네 야산이나 마을 가까이에 있으면서도 시선에서 벗어나 있는 나무가 찔레나무라고 한다. 그는, 나무 같지 않은 나무, 곧 찔레나무를 농투성이나 백성에다 비유한다. 그는 그 나무들을, 밟히거나 무시당하면서도, 남이 알아주건 알아주지 않건, 존엄과 줏대를 유감없이 드러내는 농촌 사람들의 꿋꿋함으로 표상시키고 있다. 별것 아닌 나무, 보잘것없어 보이는 사람들의 저력을 찔레에 비유, 걸쭉한 충청도 사투리로 보여주고 있다. <장평리 찔레나무> 이것은 여덟 편의 나무 연작을 수록한 이문구의 소설집, 『내 몸은 너무 오래 서 있거나 걸어 왔다』에 수록된 단편 제목이다. 소설 속의 이은돈은 작가에 의하면 찔레나무와 같은 인생을 산다. 그는 마을 부녀회장 김 학자에게 사사건건 괴로움을 끼친다. 찔레나무가 들판에서 별

도움이 되지 못하듯 이 은돈은 그렇게 가시 같은 존재라는 것이다.

그렇다. 찔레는 그런 나무다. 알아주지 않아도 표연히 꽃 피우고, 황홀한 향기 뿜어 열매 맺는 그런 나무다.

생각난다. 옛 집터 이곳에 오니 더욱 생각난다. 우리 집 찌그러진 그 마루가 생각난다. 뒷마루가 아니라 앞마루였다. 못생긴 우리 집 개가 다짜고짜 뛰어오르던, 한 대 맞고 쫓겨 내려가던, 그래도 올라와선 거기서 자기도 하던, 비가 오면 노상 젖던, 보리나 쌀가마니가 텅 놓이던, 고구마 감자 포대 텅텅 놓이던, 제대로 한번 걸레로 손질받지 못한 그 마루 말이다. 걸레질도 제대로 받지 못하고 돈 되는 것 한 번 얹어보지 못한 퇴색한 마루였지만, 거기 서서 마당 향해 오줌 누고, 거기 앉아 세던 별의 밤 기억들로 말미암아 이젠 보석으로 회상된다. 가난했던 우리네 집들의 마루들, 투박한 나무 널빤지였지만 우리도 앉혀 주고 고추 말려 주고 파리들도 놀게 해 준 그 낡은 마루….

그 별들이 생각난다. 어두운 밤, 벌레가 우는 밤엔 하늘에 별도 많았다. 별을 세었다. 윤동주라서 헤아린 별이 아니었다. 티브이도 라디오도 피시도 인터넷도 없던 그때 셀 것이라곤 별뿐이 더 있었겠는가. 밤하늘은 스크린이었다. 동네에서 내려오는 밤길을 걸으면서도 마루 끝에 앉아서도.

텁텁하던 그 맛이 생각난다. 찔레 순을 따서 껍질 벗겨 먹는 아이들이 요새 그 어디 있을까? 요새 시골에 아이들도 없지만, 있어도 논둑 밭둑 걷는 아이는 더구나 없고 찔레를 순으로 먹는 아이는 더더구나 없다. 들판의 논둑, 밭둑 풀들이 수북이 자라고 찔레 덤불이 꽃들을 피워 올리면, 그리되면 이제 봄날은 그 끝자락에 섰다는 말이 된다. 찔레는 봄을 마감한다. 봄 무대의 마지막 출연자다.

빨간색 그 열매가 생각난다. 서걱거리는 나뭇잎 소리로 더욱더 을씨년스러운 동짓달 어느 하순, 문득 그 언덕에 가니 찔레는 있었다. 열매를 달고 있었다. 잎은 윤기를 잃고 있는데, 열매는 윤을 내고 있었다. 확인하니 찔레나무 열매를 한방에서는 영실(營實)이라 부른다고 한다. 영실, 빨간 영실이 얼굴 내밀고 있었다. 들판은 비었고 바람은 겨울처럼 부는데, 가지들은 바람 가운데서도 침묵하려고 몸부림치고 있는데, 영실 그것만은 눈부시게 얼굴 내밀고 있었다.

옛 집터 찔레, 보리밭 언덕 외진 곳에 찔레가 있었다. 사람이 들락거리지 않아 잡초만 무성하던 옛 집터 그곳엔 찔레가 여기저기 덤불을 이루고 있었다. 엄마 일 가는 길의 하얀 찔레꽃, 맛도 좋던 하얀 잎의 찔레꽃, 배고픈 날 가만히 따 먹었던 찔레꽃, 엄마 엄마 부르며 따 먹었던 이연실, 이은미, JK 김동욱의 찔레꽃이. 그 향기가 너무 슬픈 찔레꽃, 그래서 목 놓아 울었던 임동창, 장사익의 찔레꽃이.

로켓 라디오

그때 라디오는 있었다. 당연한 사실을 말하니 새삼스럽다. "무슨 말을 하려고 이런 말을 하노?" 싶겠다. 이 글을 읽는 분들이 말이다. 라디오는 있었으되 흔하지 않았다는 말을 하고 싶었다. 그때는 사람들이 라디오를 귀하게 가지고 있을 때였다. 트랜지스터라는 말이 오늘날의 컴퓨터라는 말보다 더 경이롭게 들렸고, 그때 시네마스코프는 DVD라는 말보다 더 경이로웠다. 그 이전에 또 그때 마이크 달고 영화 광고하는 차량에서 흘러나오는 세트화된 말은, '총천연색, 시네마스코프'였다. 지금은 DVD조차 촌스런 말이 되어버렸지만.

고등학생이던 나는 라디오를 가지지 못했다. 우리 집에도 라디오가 없었고. 트랜지스터라디오가 면에 두 대 들어올 때 그중 한 대를 우리 집에 있었지만, 그 라디오가 없어진 후로는 우리 집에 라디오가 다시 들어오지 않았다.

집을 떠나 진주 칠암동에서 나는 독방 쓰고 있었다. 칠암동은 남강변이다. 남강 가에서 쐰 여름 밤바람은 잊을 수 없다. 그건 또 나중에 말하기로 하자. 아무튼, 라디오를 참 듣고 싶었는데 구할 방도가 없었다. 그러나 항상 수요가 있으면 공급은 있는 법. 필요한 물건은 누군가가 만들어 팔게 마련이다. 당시 문방구에선 로켓 모양으로 생긴 장난감 같은 라디오를 팔고 있었다. 그것을 하나 산 것이다. 드디어 나도 라디오를 가지게 되었다.

로켓 모양의 광석 라디오는 손바닥 안에 완전히 들어오는 장난감처럼 생긴 물건이었다. 이것을 백열등에 달린 소켓에 꽂고는 로켓 바깥 부분, 즉 캡슐을 이리저리 돌려 사이클이 맞아떨어지면 그런대로 소리가 나왔다. 리시버로만 들을 수 있었다. 어렵사리 노래를 듣게 되면 이것은 완전히 〈신세계 교향곡〉이나 아니면 베토벤의 심포니 9번인 〈환희의 송가〉를 부르거나 듣는 것보다 더 환희로운 일이었다.

AM, FM 그런 구분이 뭐가 중요하냐고 지금은 말할 수 있는지 모르겠다. 그땐 FM 방송을 듣기가 쉽지 아니한 때였다. 그래서 귀했다는 표현을 쓰는 것이다. 로켓 모양의 장난감 같은 라디오를 구하긴 구했는데 FM을 잘 맞출 수가 없었다. AM도 잘 안 들리는데.

그런 어려운 가청 환경에서 귀하게 들은 노래들이 많다. 〈동숙의 노래〉와 〈보슬비 오는 거리〉가 그것 중의 하나이다. "가을날 비오롱의 서글픈 소리…." 하던 폴 베를렌의 시 〈가을의 노래〉도 이 로켓 라디오를 통해 들었던 것 같다. 이 시는 아마 추은희 번역.

〈9월이 오면〉, 알아보니까 이 영화는 1961년도 영화다. 우리나라에 몇 년도에 수입되어 상영되었는지를 잘 모르겠다. 짐작으로는, 이 무렵, 그러니까 1966년 전후가 아닐까 싶다. 진주의 거리, 특히 칠암동의 골목에 이 영화 포스터가 붙어 있었던 것이 회상되기 때문이다.

난 이 영화를 보지 못했다. 그런데 예고편은 본 것 같다. 나는 최근까지도 이 영화의 여자 주인공을 나탈리 우드라고 생각했다. 남자 주인공은 워렌 비티. 이도 또한 전혀 아니었다. 샌드라 디, 지나 롤로 브리지다, 그리고 록 허드슨임을 최근에 영화를 구해서 보고 나서야 확인했다.

로켓 라디오를 통하여, 그것도 운 좋게 FM에 맞추어 들은 아련한 노래들, 생각이 난다. 그 여운이 그립다. 늘 찍찍 하면서 잡음이 많았지만 어떤 때는 소리가 물결처럼 일렁이며 그런대로 들리기도 했다. 그때 노래로 생각나는 것은 〈푸른 들〉(Green field), 〈철쭉꽃 피는 언덕〉(Blueberry hill), 〈마지막 춤을 나와 함께〉(Save The last dance for me), 〈어느 소녀에게 바친 사랑〉(All for the love of a girl), 〈친구여 안녕〉(Adios amigo) 등이 있다.

그런데 9월이 가까이 오면 흘러나오는 음악이 있었다. 바로 〈9월이 오면〉(Come September) 이었다. 내 귀에 단번에 들어왔다. 9월이 오면…. 올라갈 땐 늘 쓸쓸했고, 쓸쓸한 팔월 말미엔 〈Come September〉가 흘러내렸다. 가을비 빗물처럼.

칠십삼 년 난 다시 캠퍼스로 돌아왔다. 제대 후 복학이었다. 여름방학 후 올라갈 때는 늘 8월의 끝자락이다. 8월의 햇살은 포도도 영글게 한다. 하지만 기우는 햇살, 9월이 오는 것이다. 진주역은 그때 참 왜소했다. 지금은? 올라갈 무렵엔 또 〈9월이 오면〉이 골목의 라디오 방에 있었다. 누군가의 로켓 라디오 안에도 물론 있었을 것이고.

〈9월이 오면〉이 흐르는 8월 말미엔 난 거의 매번 숙연해진다. 단정해지고 정갈해지고 싶어 한다. 지금은 내 안정되어 살지만, 열정과 번민과 좌절과 고독과 외로움과 이성에 대한 그리움이 파노라마로 가슴을 버무리던 젊은 시절에 '9월이 오면'은 여름 끝자락의 나를, 머물지 말고 싫어도 그 길로 가라고 다독거린 리듬이기 때문이다. 지금도 내 숙연히 듣고 숙연히 기다린다. 9월이 오기를.

그렇게 살아가고 그렇게 후회하고

짜장면

"[데니] 일터에 나가신 어머니 집에 없으면 언제나 혼자서 끓여 먹었던 라면. 그러다 라면이 너무 지겨워서 맛있는 것 좀 먹자고 대들었었어. 그러자 어머님이 마지못해 꺼내신 숨겨두신 비상금으로 시켜주신 짜장면. 하지만 어머님은 왠지 드시질 않았어. 어머님은 짜장면이 싫다고 하셨어." (이하 겹따옴표 인용문은 작사 2Pac, 작곡 , 노래 GOD의 <어머님께>)

잊히지 않는 얼굴들이 있다. 그런 얼굴은 누구에게나 하나쯤은 있을 것이다. 내게 잊히지 않는 얼굴 중에서 짜장면 집 아저씨와 아주머니가 있다. 이분들은 돌아가셨거나 아니면 아주 노쇠할 것이다. 오래전 소년 시절에 만난 분들이므로.

나는 지금 직업과 가정을 가지고 나름의 문화생활을 하고 있다. 말하자면 안정적 생활을 하고 있다. 그래서 그럴수록 더 생각이 나는 얼굴들이다. 80년대까지는 별로 떠오르지 않더니, 90년대에 들어서서는 떠오르기 시작했다. 2000년대로 들어서니 더 자주 생각난다.

이분들은 60년대 중반 무렵에 사천성당 정문 앞에 중국집을 열었다. 두 분 다 중국 사람이다. 빈약한 소읍의 중국집이 장사가 잘될 리가 없었지만 그래도 형광등은 빛났고 간판은 큼지막했고 노란색, 붉은색으로 치장한, 눈부신 조명의 집이었다.

60년대는 초등학교에서 중학교로 나의 성장이 이어지는 시기였으며 좌절이 이어지는 시기이기도 했다. 그때 과수원집 우리 집은 전기가 없었으므로 어둠은 니체가 말하는바, 권력의지로 군림하고 있을 때였다. 나는 어둠의 지배를 받고 있었고 말하자면 '어둠의 자식'이었다. 그래서 밝은 중국집 홀은 밖에서 들여다보면 늘 밝고 따스한 공간이었다. 그것도 해가 지고 난 후 지게 지고 지나가다가 보게 되면 더욱더 그러했다.

난 지금도 어둠은 싫다. 밝음이 좋다. 읍내에 나오면 갈 곳이 없던 그때 우리 또래들을 그 중국집 아저씨와 그리고 지금 생각하면 미모이고 육감적인 여성미를 가진 중국집 그 아주머니는 우리를 자기 홀에 머물게 해주던 따스한 외국인이었다. 특히 아저씨는 우리를 감싸주었다. 더러 얻어 마시는 우동국물이란, 만들어지는 자장면 냄새란. 자장면이나 우동을 얻어먹기라도 하는 날은 횡재하는 날이었다.

지오디 노래 중에서 자장면 얘기를 들으니 불현듯 이분들이 생각난다. 다음에 그곳에 가면 이분들이 혹시 생존해 있는지 추적해 보겠다. 고마운 이분들, 생각나는 이 두 분, 이 두 분은 자장면의 진정한 맛과 그 국물의 미학적 가치를 내게 가르쳐 준 분들이었다.

어머니

"[준형] 아버지 없이 마침내 우리는 해냈어. 마침내 조그만 식당을 하나 갖게 됐어. 그리 크진 않았지만 행복했어. 주름진 어머니 눈가엔 눈물이 고였어."

우리 어머니는 지금 연세가 아흔으로 살아계신다. 자기 집안 내력에 대한 자부심이 너무 강해서, 우리 자녀들이 보기에 그 내력에 꿀리지 않던 자기 시가집 내력은 늘 별로인 것으로 여기던, 처녀 시절 그리고 신혼 초기 시절에 머물던 일본 교토의 역사적인 성당 교리경시 대회에 일등을 한 사실과, 그때 상으로 받은 스위스제 시계에 대한 자부심이 너무 강해, 그것이 우리 자녀들에겐 큰 벽이던 강성 어머니.

이 땅으로 돌아와서는 면사무소에서 부면장으로 봉직하는 박봉의 남편이 흙을 만지지 않은 관계로, 장정 두 사람 세 사람 에너지로 흙을 만지고 우리를 호령하던 어머니, 그 어머니도 자장면, 어쩌다 생기는 쌀밥 그런 것은 먹지 않으셨다. 자기 입맛에는 안 맞다고 하면서. 나의 어머니도 지오디의 어머니도 또 그 누구의 어머니도 어머니들의 입맛은 다 그런 모양이다. 지금 우리 아이들의 어머니 즉 나의 편도 자기가 그렇게 좋아하는 과일도 깎은 다음, 깡다구 부분 그러니까 사과의 골격 부분을 먼저 먹는다. 어제 먹다 남은 찬밥과 식은 국이 더 맛있다고 하면서 그걸 먼저 먹는다.

그때 어머니가 영양제 삐콤을 한 병 내게 사주신 기억은 아직도 생생하다. 물론 60년대 그때 삐꼼이 있었는지는 잘 모르겠다. 어쨌든 내 기억에는 삐꼼이라고 기록되어 있다. 색깔이 누렇던 에비오제라는 영양제도 먹게 해주셨다. 비상금으로 그렇게 해 주셨을까. 쪼들리는 살림에 비상금은 무슨.

도시락 멸치볶음

"[호영] 중학교 1학년 때 도시락 까먹을 때 다 같이 학교 모여 도시락 뚜껑을 열었는데 부잣집 아들 녀석이 나에게 화를 냈어. 반찬이 그게 뭐냐며 나에게 뭐라고 했어 창피해서 그만 눈물이 났어."

지금은 도시락, 그때는 벤또. 노란 알루미늄 재질의 도시락은 나중에 나왔는데 그것은 벤또의 세련화를 의미하는 거였다. 물론 투박한 것은 벤또고 좀 발전된 것은 도시락이라고 불렀다는 말은 아니다. 아무튼 나는 회색의 투박한 도시락을 보자기에 싸서 들고 등교했다.

볶은 멸치가 반찬으로 담기면 그것은 최상급. 요즘 말의 '명품'보다 더 최상급이던 멸치볶음 그것도 날렵하고 준수한, 적절히 작은 몸집의 멸치볶음이란. 그런 멸치볶음이 도시락 속의 작은 반찬 그릇에 담긴 적은 드물었다. 멸치볶음은 고사하고 도시락을 싸서 갈 기회 자체가 드물었는데, 준수한 멸치들이 붉은 옷으로 치장하고 반찬통에 누워있는 도시락을 기대하는 건 꾸지 말아야 할 꿈, 사치라고 말할 수 있겠다. 그때 우리는 교실에서 '사치'는 몹시 나쁜 것으로 가르침받고 있었다.

우리 집 사정은 내가 중학교 다닐 때 더 나빠졌다. 내 위로 셋이, 그리고 내가, 또 내 아래로 동생들이 줄줄이 가방을 들고 다녀야 했을 뿐 아니라 3.15 부정선거에 협조하지 않는다고 압력을 받아 결국 아버지가 공직에서 물러나셔야 했기 때문이다.

난 지금도 연구실에서 도시락을 열 때 뭉클해질 때가 많다. 도시락밥 그것은 그때도 지금도 최고의 밥이다. 내게는 말이다.

아버지

"[태우] 난 당신을 사랑했어요. 한 번도 말은 못 했지만 사랑해요. 이젠 편히 쉬어요. 내가 없는 세상에서 영원토록."

내가 고등학교 2학년 때 아버지는 돌아가셨다. 일을 모르시던 분이 부산으로 가서는 노동판에서 부대끼다가 다시 시골집으로 와서는 담배 농사 짓는다고 신체의 힘을 다 소진하신 까닭이다. 담뱃순을 건조하는 건조실 짓는 일과 건조실 짓기 위해 흙을 버무려 벽돌 만드는 일, 그리고 담배 농사를 짓는 일은 참 힘들었다. 그때는 큼지막한 벽돌을 '렝가'라고 불렀다.

사랑한다는 말을 아버지 그분 살아생전에 한마디 드리지 못했다. 드릴 기회도 없었다. 아버지는 경외의 대상, 두려움의 대상, 함부로 말 건네지 못하는 대상으로만, 너무 큰 바위 얼굴로만 계셨다. 공직을 떠나신 후로는, 본인은 살 거라고 버둥대셨지만, 사실은 너무 무너진 모습이었고…. 자기 배우자나 자녀들로부터 이해를 받지 못한 아버지는, 우리가 성장하여 아버지의 의미에 관한 생각을 제대로 형성하기도 전에, 아버지상을 복원하기도 전에 돌아가셨다. 죽음 이후, 세월이 흐를수록 더 살아나는 게 아버지 또 어머니상, 부모의 상인 것 같다.

편은 울 아버지 산소에 갈 때 늘 성의 있게 준비한다. 산수와 풍광이 수려한 곳에 누워 계시는 아버지, 울 아버지 산소에 가면 더 성의 있게 절하고, 절하면 더 오래 엎드려 있어야겠다. 이해받지 못하고 돌아가신 아버지, 그 아버지는 그런 우리를 이해하고 돌아가셨을 것이다. 지금 생각하니 그런 흔적이 아버지 언행 곳곳에서 드러난다. 어느 틈에 나도 우리 아이들의 아버지다. 그 아이들은 다 장성하였고.

이 땅의 아버지들의 애환을 생각하게 하는 노래가 있다. 내게 그건 둘 다섯의 <얼룩 고무신>이다. 가을, 솔잎 갈비 한 동을 지고 팔러 읍내 장터에 나온 돌이 아버지, 해가 중천에 다다르도록 나무 짐 지게는 그대로 서 있다. 팔리지 않는다. 이 나무 짐을 팔아야 졸라대는 돌이 고무신도 한 켤레 살 수 있다. 나뭇 짐이 드디어 팔렸다. 간 멸치 몇 마리와 고무신을 사서 지게에 매었다.

집으로 돌아가는 길, 굽이굽이 고갯길을 다 지나고 돌다리 냇물도 쉬지 않고 다 건넜지만 집은 아직 멀기만 하다. 눈이 빠지도록 기다리다가 행여 잠들었을지도 모르는 돌이를 생각하면 마음이 바쁘기만 하다. 구불구불 비탈길을 올라가는데 소나기가 내린다. 개구리들이 빗속에서 울음으로 난리를 친다. 개구리 울음소리 속에서도 기다리고 있을 돌이를 생각하면 고무신이 꿈에서도 다시 나타날 판이다.

이 노래를 부르거나 들으면 아련해진다. 유소년의 시골길이 떠오른다. 소박하고 토속적이기조차 한 이 곡을 들으면 나도 모르게 유년으로 돌아간다. 우선 머리에 떠오르는 건 나뭇짐이다.

어릴 때 읍내 성당에 가면 입구 도로변에 나뭇짐 지게들이 줄을 지어 서 있었다. 그 나뭇짐은 대개 소나무 갈비 동이었다. 물론 장작도 없진 않았지만. 나뭇짐을 사는 사람은 대개 읍내 아주머니들이었다. 가격이 맞아 흥정이 되면 나뭇짐을 그 집까지 져다 주고 돈을 받는다. 그렇게 나무를 팔러 나온 사람 중에는 아는 사람도 있었다.

나무 지게를 지고 오릿길 십 리 길을 나온 사람들 중에는 아버지뻘이나 형뻘 되는 동네 사람도 있었다. 나무를 판 돈으로 장을 봐 가는 사람도 있었다. 이 노래에서 돌이 아버지도 이런 나무꾼 중의 한 사람이었을 것이다.

그런데 노래에서 얼룩 고무신이 어떤 고무신을 말하는 것인지 모르겠다. 얼룩은 본바탕에 다른 빛깔의 점이나 줄 따위가 뚜렷하게 섞인 자국을 말하거나, 액체 따위가 묻거나 스며들어서 더러워진 자국을 말하는데, 앞의 의미라면 그렇게 만들어진 고무신을 말하고, 뒤의 의미라면 더러워진 고무신을 말한다. 앞의 의미일 것이라고 짐작한다. 왜냐하면 고무신을 한 켤레 사서는 바삐 종종걸음 떼는 장면을 노래는 묘사하고 있기 때문이다. 같은 반의 순이와 숙이가 신은 고무신은 나비 무늬 흰 고무신이었다.

드디어 지난해 5월 말 정오 무렵에 남해 상주 해수욕장엘 갔었다. 며칠 전에 일정을 비교적 넉넉히 잡아 내려온 둘째 딸 내외와 남해 탐방 코스 중 맨 먼저 들른 곳이다. 들어서서 보니 이름을 바꾼 모양이다. 입구에 '상주 은모래비치'로 되어 있었다. 해수욕장이라는 말보다 비치라는 말이 더 어필해서 그런 건지 그건 나도 모르겠고. 곰솔로 이루어진 송림은 나무 사이 해수욕장의 트레이드 마크인 하얀 백사장이 마침 맑은 하늘 아래에서 더욱 빛을 발하고 있었다.

둘 다섯의 밤 배 노래비도 보고 노래비 음향 장치에서 나오는 노래도 들었다. 노래비의 위치를 왜 가장 번잡한 이곳에 잡았을까? 한 발 떨어진 곳이 이런 조형물에 더 어울리는 장소인데. 둘 다섯 노래 선율과 불일치가 심하다고 생각하면서 그래도 노래는 끝까지 들었다. 다음에 큰 캠핑카 빌려서 다시 한번 오자고 하는 말에 선뜩 동의가 되는 아늑하고 아름다운 곳이었다.

인생

"[태우] 그렇게 살아가고 그렇게 후회하고 눈물도 흘리고 그렇게 살아가고 너무나 아프고 하지만 다시 웃고."

그렇게 살아가고 그렇게 후회하는 게 또 인생인 모양이다. 형제자매 중에는 헤매는 형제도 있고 방황하는 자매도 있어 아버지 어머니를 중심으로 하는 반경 내에는 아픔도 머물러 있다. 삶의 여정에 동반하는 아픔도 아픈 아픔이고. 지오디의 노랫말을 유심히 들으며 노래를 음미하니 눈물 날듯 뭉클한다. 돌이켜 회상하니 더욱더 그렇다.

오늘 출근길에 지오디의 노래가 흘러나왔다. 멘트하는 라디오 FM 여성 진행자도 눈물이 나려고 한다고 말했다. 인생, "그렇게 살아가고 그렇게 후회하고 눈물도 흘리고 너무나 아프지만, 다시 웃기도 하는 거…." 인생이란 그런 것인 모양이다.

다시 올 봄의 화사한 첫차

춘래 불래춘(春來不來春)이라더니 봄이 오긴 했지만, 아직 봄이 아니던가? 겨울에도 내리지 않던 눈을 하늘은 바람과 비에 태워 부산 이곳에도 쌓이고 젖도록 뿌리고 또 뿌렸다. 그날 다른 지역에 비하면 이곳의 눈은 이른바 '새 발의 피'였겠지만, 눈에 익숙하지 않은 나에겐 차를 끌고 도로에 오를 엄두를 내지 못하게 할 만큼 세차게 내린 눈이었다. 함박눈은 아니었다.

지하철을 타고 출근하기로 했다. 바바리코트를 입고 나섰다. 지난번에 입고 서울 다녀오고서 두어 번 더 입은 후 이제 입을 일 없겠다고 구석에 걸어두었던 트렌치코트, '내 생애 네 번째 바바리'라고 말한 그 옷을 입고 지하철역까지 걷는 걸음은 봄에 맛보는 겨울의 낭만이었다.

버스 정류장에는 사람들이 많이 서 있었다. 눈 때문에 그럴 것이다. 차는 생각보다 일찍 오지 않았다. 내리는 건 눈이지 빗물이 아니었다. 하지만, 빗물이 많이 섞였다. 그래서 눈(雪)물 같은 빗줄기가 걸어가는 동안 내 어깨 위에 또 정거장에 서 있는 사람들의 머리 위에 적시도록 내렸다. 사이렌 소리로 달려가는 구급차도 두어 대 있었다. 버스는 질주하듯 멀리서 달려왔다. 초조한 승객들은 이 차 놓치면 다시 못 탈 듯이 몰려서 탔다. 봄이 오긴 했지만, 아직 봄이 아니어서 다행이라고 생각했다. 제법 긴 길 지하철역에 도착했다. 열차 칸에서 내내 서 있었다.

자리가 없어서 그랬지만, 자리가 있었어도 서서 갈 참이었다. 바바리라 부르는 트렌치코트를 입고 있었기 때문에.

봄은 내게 영영 오지 않을 것 같은 그해 겨울에 내리던 눈이 생각났다. 어둠의 터널 그때는 배회하던 정거장이 생각났다. 눈이 질퍽거려 펄처럼 튀기기도 하던 읍내 버스 정거장, 가도 기다릴 사람 없고 또다시 가도 내가 마중해야 하는 내릴 사람 없던 버스 정거장, 가끔 꿈으로도 배회하던 그 정거장들, 사천 정거장, 진주 정거장, 화천 정거장 그리고 또 대전 정거장…. 그래도 봄은 올 것 같았다. 봄이 오면 다시 오게 될 봄의 첫차는 화사할 것 같았다. 기다릴 그때 내 영혼은 젖어 뒤척이고 있었음이 틀림없었다. 지금 생각하니 그랬다.

탈이 난 어깻죽지 손보러 병원 이틀 다녀오고 나서 죽을 고생을 더 했다. 가기 전보다 두서너 배 더 아팠다. 이리 누워도 아프고 저리 누워도 아파서 잠을 잘 수가 없었다. 치료 후 더 아픈 경우도 드문 경우였다. 잘못된 진단 아니면 잘 되지 못한 처방 같아서, 그래서 아프지 않던 곳을 아프게 만든 것 같아서 항의하러 갈까 하다가 다니던 동네 병원으로 갔다.

진단이 다르게 나왔다. 처방도 물론 영 달랐다. 처음의 의사는 연세라는 말을 반복했지 엑스레이를 촬영조차 하지 않았다. 진단이 잘못되었으니, 아예 진단하지 않고 원인을 연세에다 돌렸으니 나로서는 안 해도 될 고생을 그것도 생고생으로 한 이틀 더 할 수밖에.

진통이 이제 많이 가셨다. 잠자리 습관과 일 습관을 확 바꿀 계기로 활용하기로 했다. 왼팔과 왼쪽 어깨를 그동안 너무 혹사했다. 반드시 바로 누워 자기로 했다. 쓰던 낫, 왼 낫이 망가졌는데 사지 않기로 했다. 오른 낫을 사기로 했다. 나는 반드시 누워 잔적이 없고 오른 낫을 써본

일이 없다. 바꾸려면 보통 노력이 드는 것이 아니다. 그래도 바꾸기로 했다. 왼팔을 이제 좀 쉬게 해야 하기 때문이다.

햇살 가득한 봄날 언덕길, 이 눈 다 녹고 나면, 이 비 다 그치고 나면 그때 도착한 창 너머 봄은 초록의 봄일 것이다. 연초록이지만 눈부시어 영롱한 초록일 것이다.

이제 버스 정거장에서 배회할 일 없다. 첫차를 더러 타기도 하지만 그 첫차는 마음보다 일찍 오는 첫차도 아니다. 제시간에 출발하는 차일 뿐. 어둠 걷혀 깨는 새벽 길모퉁이, 내가 나가던 어두운 시절의 그 정류장…. 사천, 진주, 화천, 대전 그 정거장에서 기다리고 탈 일이 또 있을까. 있다면 그 차창은 투명한 유리창, 햇살 가득한 창일까.

첫차 그 차는 초록의 봄날 언덕길을 영화 〈서편제〉의 전남 영광, 동호를 실은 버스처럼 회상에 잠겨 느리게 출발할까. 영화 〈꽃섬〉의 버스처럼 눈 내리는 산속 모호한 공간에 우격다짐으로 내리게 할까. 공간 그 지점의 모호함보다 더 애매한 내려야 하는 이유, 그런 것일까.

오늘 서울 성북구 성북동 성당 위의 길상사에서 무소유의 스님이 입적 길로 출발했다고 한다. "초록의 봄날 언덕길"이 더욱 생각난다. 버스 정거장에는 먼저 와서 서 있는 사람들이 있을 것 같다. 서서 '생각보다 일찍 오네'하고 그 누군가 보고 말 건넬 것 같다.

"다시 올 봄의 화사한 첫차," "오랫동안 비에 젖어 뒤척인 영혼," "십자가 높은 성당의 큰 종소리," "거기 하나씩 오르던 계단," "어둠 걷혀 깨는 새벽 길모퉁이" 그리고 "초록의 그 봄날 언덕길"을 서서 물어볼 것 같다. 어느 한적한 시골 정거장에서 말이다.(겹따옴표 인용은 정태춘·박은옥의 〈다시, 첫차를 기다리며〉 일부.)

책꼬리에

어제의 그 날이 오늘의 그 날

칠순을 맞는 기분이 어떻냐고 물어봤더니, 정경화는 "사실 별로 생각을 안 했는데 일주일 전부터 약간 기분이 이상했어요. 그런데 딱 70이 되는 날, 아침에 일어나니 너무 홀가분한 거야. '아! 70이 돼도 어제랑 오늘이 다르지 않구나!'"라고 했다.

소설가 박완서 선생도 똑같은 말 즉 말할 수 없이 홀가분하는 말을 했다고 기자가 말했더니, 정경화는 "네, 홀가분해요. 70이 됐다고 갑자기 더 늙는 것도 아니죠. 인간은 사실 매일을 극복하는 게 힘들어요. 젊었을 때는 앞날을 바라보면서 가죠. 40세, 50세가 지나면서 점점 앞날이 아니라 오늘이 중요하다는 걸 깨닫게 돼요. 그다음엔 순간순간이 중요하다는 걸 알죠. 60세가 되면 그런 생각조차 안 해요. 70세엔 이 시간을 보람 있게 보내야겠다는 욕심이나 부담이 없어져요. 그런데 신기하게도 자기 마음속 세상을 보는 눈은 조금도 늙지 않아요"라고 말한다. (겹 따옴표 인용은 김지수 지음, 『자기 인생의 철학자들』, 2018. 도서출판 어떤책, 135-155쪽, 「바이올리니스트 정경화」, '이제는 불완전한 내가 불만스럽지 않아요' 일부.)

정경화, 72년 제대 후 복학한 다음, 그 해이던가 그다음 해이던가 그건 잘 모르겠지만, 그녀가 이화여대 강당에서 연주회를 할 때, 어떻게 해서 가게 되었는지 모르지만 난 그녀의 연주회장 좌석을 하나 차지하고 앉아 있었다. 나의 20대. 먼 옛날이다. 그 후로 정경화의 격정적인 바이올린 연주 모습은 오랫동안 내 심중에 머물러 있었다. 그녀도 70대를 넘어선 모양이다. 나처럼. 내가 문턱을 넘을 때 그녀도 곧 따라 문턱을 넘은 모양이다. 10년 단위로 형성된 세월의 문턱을.

2021년 1월 1일 밤이다. 해가 바뀌면 생각이 좀 달라질 줄 알았는데 그렇지 않았다. 어제의 그날이 오늘의 그날이다. 깎인 손톱보다 조금 더 큰 달이 밤하늘에 걸려 있다. 시간을 보람 있게 보내야겠다는 욕심이나 부담이 지금 내게도 없다.